Manni Bräuninger
wann?

… und ihr werdet die Wahrheit erkennen,
und die Wahrheit wird euch frei machen.
Joh. 8,32

August 1973

Ein neuer Anfang

Nicht ein einziger Tag ist in all den Jahren vergangen, an dem ich nicht an damals gedacht habe, als ich nach Liljenholm zurückkehrte. Es war im November 1941, kurz nach vier am Nachmittag, und genau dort, wo die Lindenallee endet und man plötzlich freie Sicht auf das Gut hat, blieben meine Füße wie von selbst stehen.

»Mein Gott!«

Meine liebe Nella, die vor mir ging, drehte sich um. Ihre Haut war wie Porzellan, selbst bei diesem Wind, der sich schon längst ihrer sorgsam aufgesteckten Frisur bemächtigt hatte. Sie strich sich eine Korkenzieherlocke aus dem Gesicht und setzte ihren Koffer für einen kurzen Moment ab.

»Was ist?«

Sie sah meinen zeigenden Finger nicht. Nahm lediglich wieder ihren Koffer in die Hand und zog den Kragen höher.

»Ich schlage vor, dass du dich beeilst«, sagte sie über die Schulter.

»Aber siehst du denn nicht …?«

»Komm endlich. Ein Unwetter zieht auf.«

Vor fünf Jahren waren wir das letzte Mal hier gewesen, und während unserer Abwesenheit war das Gut wie ein buckliger Greis in sich zusammengesunken. Oder vielleicht war es auch nur die Wildnis, die sich ausgebreitet hatte. Einige Gewächse lagen jetzt in der Dämmerung auf der Lauer, kletterten die dunkelroten Mauern hinauf und verdeckten den größten Teil des Eingangsbereichs. Das Loch inmitten dieser Wildnis, wo die Haustür sein musste, glich jedoch etwas Anderem, Bedeutsamerem als einem Loch. Es glich … ja, ich weiß nicht recht, wie ich das erklären soll. Aber stellen Sie sich vor, Sie öffnen ein altes, dickes Buch, das Sie noch einmal lesen wollen. Nichtsahnend blättern Sie ein paar Seiten um, das Papier knistert, und natürlich erwarten Sie, dass die Geschichte, die Sie kennen, beginnt. Vielleicht steht dort sogar *Kapitel 1*, doch darunter ist nur ein Loch, so groß wie eine Faust, das sich durch alle Seiten bohrt, sodass nur noch halbe, verkrüppelte Sätze übrig sind. So hat es sich angefühlt, als ich Liljenholm erblickte. Selbst als ich näher herantrat, sah ich statt des Eingangs nichts als die beunruhigende Dunkelheit.

»Liljenholm ist nicht gerade mit Anmut gealtert«, stellte ich fest, nur um etwas zu sagen, das wieder Normalität schaffte. Nella hatte das Loch bereits fast erreicht. Flankiert von zwei mit Moos bewachsenen Steinlöwen, die mit gebleckten Zähnen auf ihren Hinterbeinen standen. Ich erinnerte mich schwach, sie schon einmal gesehen zu haben.

»Nein, hast du das erwartet?«, fragte sie und tätschelte zerstreut einen der Löwen. Den rechten, der die Hälfte seiner perückenähnlichen Mähne durch einen geraden Schnitt vom Scheitel bis zur Mitte seines muskulösen Rückens verloren hatte. Ihr Selbstbewusstsein überraschte mich, obwohl es das genau genommen nicht hätte tun sollen. Schließlich hatte sie, und nicht ich, ihre gesamte Kindheit hier verbracht. Achtzehn lange Jahre, zusammen mit ihrer Mutter, Antonia von Liljenholm.

Sie kennen den Namen? Ich hoffe es. Ungeachtet, was man sonst von Antonia halten mochte, war sie bis zum Zweiten Weltkrieg Dänemarks führende Autorin von Schauerromanzen, doch die Zeit ist mit ihrem Andenken nicht sanft umgegangen. Selbst die bedeutendsten ihrer 32 Romane sind mittlerweile in Vergessenheit geraten, und falls das auch auf ihre Lebensgeschichte zutreffen sollte, ist es wohl an mir zu erwähnen, dass alle in ihrem Umfeld gestorben oder verschwunden (oder wie in Nellas Fall nach Kopenhagen geflüchtet) sind, sodass Antonia die letzten zehn Jahre ihres Lebens ganz alleine auf dem Gut hier verbracht hatte. Sie starb im Alter von 52 Jahren an Krebs. 1936.

»Man muss sich einmal vorstellen, dass sie das ausgehalten hat, hier alleine zu wohnen«, rief ich genau in dem Augenblick, in dem der Umriss der Haustür sichtbar wurde und Nella den Schlüssel ins Schloss steckte und dreimal umdrehte. Wir waren einzig und alleine hier, um Ordnung in die von Antonia hinterlassenen Papiere zu bringen und die Erbstücke in Augenschein zu nehmen, bevor das Gut verkauft werden und unsere Zukunft beginnen sollte. Nun ja, Nellas Zukunft, um genau zu sein. Ich war nur hier, um Nella Gesellschaft zu leisten und zur Hand zu gehen, wo ich konnte. Ihre ungewichtige Begleiterin könnte man mich auch nennen, obwohl es angesichts meiner Erscheinung passender gewesen wäre, mich ihre gewichtige Begleiterin zu nennen. Nella drehte den Kopf und fing meinen Blick ein. Ihr Gesicht war gefühllos wie ein frischgebügeltes Laken.

»Bist du bereit?«, fragte sie und stieß die Tür auf, die sich mit einem ergebenen Seufzer fügte. Ich gehe einmal davon aus, dass ich Ja gesagt habe. Doch ich war nicht im Mindesten bereit. Selbst heute, nachdem so viele Jahre vergangen sind, dass das Ganze genauso gut erfunden sein könnte, spüre ich ein starkes, prickelndes Unbehagen bei dem Gedanken an den Moment, in dem ich über die Türschwelle trat. Alles, was mir bekannt und vertraut war, verschwand hinter mir, ohne dass ich mir dessen bewusst war. Alles, was ich war, wurde plötzlich in Frage gestellt, und ich weiß nicht einmal, was mich am meisten beunruhigt: dass es passiert ist oder dass es genauso gut *nicht* hätte passieren können.

Denn ich kam nie wieder fort von Liljenholm. Das ist die kurze Geschichte. Und die lange? Die erzähle ich Ihnen natürlich, wenn ich dieses Vorwort zu Ende geschrieben habe. Doch ich möchte noch einen Augenblick warten, bis ich das Wort an die wesentlich jüngere Ausgabe meiner selbst übergebe. An sie, die alles, was in diesem Winter auf Liljenholm passiert ist, und alles, was dem vorausging, aufgeschrieben und das Ergebnis dann 1943 als Roman herausgebracht hat, *Das Turmzimmer*. Unter dem wenig passenden Pseudonym A. von Liljenholm übrigens. Doch bevor ich mich ganz in der Vergangenheit verliere, muss ich darauf aufmerksam machen, dass ich dieses Vorwort nicht ganz freiwillig schreibe. Eigentlich verstehe ich nicht, warum ein Buch wie *Das Turmzimmer* überhaupt ein Vorwort braucht, doch meine Verlegerin ist da offenbar anderer Meinung. Bella heißt sie. Sie ist Nellas Tochter, und ich habe sonst nie große Probleme damit, Nein zu sagen, doch ich kann unmöglich einem Menschen etwas abschlagen, der Nella so sehr gleicht. Meiner Nella. Das macht die Liebe mit einem.

Bella kam neulich auf Liljenholm vorbei und küsste mich auf die Wange, wie sie das immer tut. Sie ist die reinste Augenweide mit ihren langen Gliedmaßen und ihrem sonnengebleichten Haar, das um ihr Gesicht schwingt. Ein wenig wie diese modernen Staubwedel, mit denen meine neue, junge Haushälterin herumeilt, aber natürlich schöner. Was Bellas Kleidung angeht, bin ich mir nicht so sicher, doch sie behauptet, dass kurze Röcke modern sind, und das wird schon stimmen. Ich selbst habe nie das Privileg genossen, mit meiner Zeit im Einklang zu sein, sodass ich mir kein Urteil anmaßen will.

»Der Verlag hat beschlossen, *Das Turmzimmer* in einer neuen Schmuckausgabe herauszubringen. Du weißt schon, mit allem Drum und Dran, mit Schutzumschlag und so«, sagte sie.

»Zu welchem Anlass, meine Liebe?«, fragte ich, und erlauben Sie mir den Kommentar, dass es dieses Buch doch wohl mehr als verdient hat, nicht nur anlässlich eines albernen Gedenktags neu aufgelegt zu werden.

»*Das Turmzimmer* ist schließlich vor genau dreißig Jahren zum ersten Mal erschienen, hast du das vergessen?«

»Was du nicht sagst!«

Ich bin auf meine alten Tage so zynisch geworden, sagt meine Freundin und Privatsekretärin Marguerite. Doch das liegt einzig und alleine daran, dass ich es nicht mehr so gut verbergen kann. Selbst wenn das Leben tut, was immer es kann, um sich zu verkleiden, wiederholt sich im Grunde genommen doch alles nur immer wieder, und wenn man die 75 erreicht hat, werden die Zeitspannen zwischen den Überraschungen allmählich furchtbar lang. Doch Bella zog eine für mich aus dem Ärmel.

»Ich weiß sehr wohl, dass du es hassen wirst«, sagte sie und fing meinen Blick ein. »Aber es war Nellas letzter Wunsch, dass du ein Vorwort schreibst, *wenn ausreichend Zeit verstrichen ist*. So hat sie es formuliert.«

»Was für ein Unsinn!«

Bella hob die Hand auf genau die gleiche Weise, wie Nella es immer getan hatte, wenn sie sich Gehör verschaffen wollte. Ich musste kurz wegsehen, um die Fassung wiederzugewinnen.

»*Das Turmzimmer* hat Mutter schließlich genauso viel bedeutet wie dir«, sagte sie eindringlich. »Sie hat sich wirklich gewünscht, dass du die Geschichte bis heute zu Ende erzählst.«

In diesem Augenblick trat Marguerite in mein Arbeitszimmer. Unser alter Hütehund, Simo der Dritte, folgte ihr auf den Fersen. Sie stellte zwei Tassen mit schwarzem Kaffee und einen steifen Whisky auf den kleinen Beistelltisch, den ich mir an meinem Schreibtisch habe anbringen lassen, und ich musste es mir verkneifen, ihr frischblondiertes Haar anzustarren. Es mag gut sein, dass ihr Frisör die Farbe als *hellen Kornton* bezeichnet, doch das Ergebnis sieht seltsam aus. Und gedrungen. Als hätte ihr jemand einen zerknüllten Hut auf den Kopf gesetzt.

»Ich bringe euch etwas zur Stärkung«, sagte sie und sah Bella vielsagend an, die ihren Blick besorgt erwiderte. Es gibt für mich nichts Schlimmeres, als wenn die Leute über meinen Kopf hinweg reden. Obwohl meine Entscheidungen hin und wieder zwar fragwürdig waren, lege ich großen Wert darauf, über das, was mich betrifft, selbst zu bestimmen. Vielleicht weil ich von ganz unten komme. Aus dem Kinderheim. Aber Sie kennen meine Lebensgeschichte wohl bereits? Ich nähre diese eitle Hoffnung, das kann ich nicht verbergen. Über viele Jahre hinweg habe ich mich unter anderem als armselige Sekretärin über die Runden gebracht, mit einem Vorstrafenregister so lang wie die Psalmenreihe am Sonntag. Die Jahre dürften es wohl inzwischen reingewaschen haben, das Vorstrafenregister. Doch ich bezweifle, dass das mit meinem Gewissen jemals geschehen wird. Wie eine kluge Frau mir einst geschrieben hat: *Wenn man erst einmal angefangen hat, im falschen Takt zu tanzen, wird man den richtigen nie mehr finden.* Wie recht sie doch hatte. Falsche Entscheidungen haben die Angewohnheit, sich zu vermehren, erst im Leben und dann im Kopf. Doch eine gute Entscheidung habe ich seinerzeit getroffen: Ich habe dieses Buch geschrieben.

Neulich, als Bella mit der Idee für dieses Vorwort kam, hat sie noch etwas anderes gesagt, das mir wichtig erschien. Sie hat gesagt: »Du brauchst gar nicht erst zu behaupten, dass *Das Turmzimmer* ein abgeschlossenes Kapitel deines Lebens ist, denn wir wissen schließlich beide, dass das nicht stimmt.«

Und wie recht sie damit hat! Wenn man sein Leben erst einmal vor den Lesern weltweit ausgebreitet hat, ist nichts abgeschlossen, ganz im Gegenteil. Es ist wie ein aufgeschlagenes Buch, und hin und wieder war schon allein das unerträglich. Nur noch übertroffen von den unverblümten Meinungen bestimmter Personen. In *Das Turmzimmer* distanziere ich mich nicht ausreichend vom Nationalsozialismus, meinten sie mit der Empörung der im Nachhinein Klugen auf ihrer Seite. Was war eigentlich mit dem Krieg? Hat er sich oder hat er sich nicht direkt vor den Mauern von Liljenholm abgespielt? Ich hätte alles weniger geschnörkelt aufbauen, von etwas anderem schreiben sollen, hätte weniger Effekte einsetzen und anstelle der ganzen frustrierten Weiber mehr Männer porträtieren müssen. Was sollte der ganze Wahnsinn überhaupt, ganz zu schweigen von all den Perversionen, *mit denen konfrontiert zu werden wir nicht gebeten haben*. Man stelle sich einmal vor, dass ein Kritiker das tatsächlich einmal geschrieben hat, als würde er es ernsthaft vorziehen, dass sie stattdessen unter der Oberfläche brodelten. Aber trotzdem verkaufte sich das Buch ausgezeichnet, sowohl während als auch nach dem Krieg.

Es gab Höhen und Tiefen, und es gab Vorwürfe. Alles andere wäre in Anbetracht dessen, wie kontrovers die Geschichte schließlich geworden ist, auch seltsam gewesen. Man soll zwar nicht für die Toten sprechen, doch nichtsdestotrotz mache ich eine Ausnahme. Denn ich zweifle nicht einen Moment daran, dass *Das Turmzimmer* mir und Nella die besten Jahre unseres Lebens beschert hat. Ich war die Autorin, Nella die Herausgeberin. Näher bin ich einer glücklichen Beziehung nie gekommen.

Ich möchte noch etwas sagen, aber ich weiß nicht, wie. Was das angeht, wird das Schreiben nie zur Routine werden. Immer gibt es etwas, von dem man nicht weiß, wie man es formulieren soll. Jedenfalls geht es um die Nächte, wenn sich Marguerite, mögliche Gäste von ihr und meine Haushälterin längst zur Ruhe begeben haben. In der Regel sitze ich dort, wo ich auch jetzt sitze, und wo Antonia vor mir gesessen hat, an dem alten Schreibtisch im Arbeitszimmer, unten im Turm, mit Aussicht auf den Park. Ohne Vorwarnung dringt mit einem Mal die Dunkelheit in meine Poren. Die ächzenden Laute suchen sich ihren Weg direkt in meine Blutbahn. Innerhalb von Sekunden merke ich, dass ich zittere, und nach und nach kommen die Gedanken angeschlichen. Dass ich bei allem Wichtigen immer zu spät gekommen bin und mir das erst sehr viel später klar geworden ist. Dass alles Mögliche mich daran gehindert hat, glücklich zu sein, und ich nicht einmal sagen kann, was das Schlimmste davon war. Dass ich auf eine glänzende Karriere als Autorin zurückblicken kann und mir trotzdem geplündert vorkomme wie ein alter Kleiderbügel. Ich habe auf zu viel verzichtet und zu wenig bekommen, so fühlt es sich an.

Zwölf Romane habe ich auf die Welt gebracht, Millionen von Wörtern geschrieben, und doch ist es mir nie gelungen, Nella zu sagen, dass sie mir sehr viel mehr bedeutet hat als alle Worte zusammen. Es ist nicht schön, das erkennen zu müssen, doch zum jetzigen Zeitpunkt bin ich wahrscheinlich wichtiger für mich als für andere. Marguerite natürlich ausgenommen. Und Bella vielleicht.

»Du vergisst nicht, von der Fotografie zu erzählen, ja?«, sagte sie von der Tür aus, kurz bevor sie ihr helles Haar schwang. Wenn es eine Sache gibt, die ich hasse, sind das Leute, die es sich anmaßen, mir zu sagen, was ich erzählen soll und was nicht. Doch ich will eine Ausnahme machen, da sie zufälligerweise recht hat. Im Gegensatz zu Antonia von Liljenholm, die meistens mitten in irgendeiner Gruppe und damit mitten auf irgendeiner Fotografie zu sehen war, habe ich ein besonderes Talent, außerhalb des Rahmens zu stehen. Entweder, weil ich aus freien Stücken hier gesessen und auf die Tasten meiner inzwischen total antiken Underwood eingehackt habe, oder weil es mir einfach zur Gewohnheit geworden ist, einen Schritt von der Menge zurückzutreten.

Die Fotografen haben sich auch kein Bein ausgerissen, mich mit der Kamera einzufangen, muss ich gestehen. Doch so ist das wohl, wenn das Äußere nicht den Konventionen entspricht. Wie dem auch sei, mich hat das nie ernsthaft gekümmert. Doch wenn ich jetzt hier sitze, ärgert es mich, dass ich sie nicht mit einer einzigen Fotografie von mir bereichern konnte. Nicht einmal von dem unbestrittenen Höhepunkt meiner Karriere. Denn der ist mit Sicherheit zur Genüge verewigt worden, auch wenn ich nicht auf einem einzigen Bild zu sehen bin. Unbestreitbar sieht niemand so aus, als würde er auch nur ahnen, dass ich überhaupt anwesend war, was mich jedoch nicht daran hindern soll, es hier zu erwähnen.

Vielleicht kennen Sie die bekannte Fotografie von 1959. Damals hatte meine inzwischen verstorbene Freundin Lula, besser bekannt als die Autorin Carson McCullers, die Baronesse Karen Blixen eingeladen, um die Bekanntschaft von Marilyn Monroe und Arthur Miller zu machen. Sie sitzen an Lulas Marmortisch und prosten sich mit Champagner zu, während sie auf ihre Austern warten, und mitten auf dem Tisch steht eine Schale mit Trauben. Ich erwähne die Schale deshalb, weil ich links davon sitze. Außerhalb des Bildes, getreu meiner Gewohnheit, und niemand scheint mit mir anzustoßen. Arthur sieht die Baronesse an, Marilyn ebenfalls, und wo Lula hinsieht, weiß ich nicht. Dafür sieht sie mich auf einer der anderen Fotografien, auf der sie, die Baronesse und Marilyn allein zu sehen sind, direkt an. »Komm doch zu uns herüber!«, sagt ihr Blick, und ich weiß wirklich nicht, warum ich es nicht getan habe, doch ich gehe einmal davon aus, dass ich einfach so bin. Wenn ich soll, will ich nicht. Selbst wenn eine Schönheit wie Marilyn Monroe mit ihrem reizenden Dekolleté und dem Duft von Chanel N°5 sich zu mir hinüberbeugt.

Das Merkwürdigste am Altwerden ist, dass ich immer häufiger Tagträumen nachhänge. Von Situationen, die endgültig vorbei oder nie eingetreten sind, von Nella und Marilyn und den Hofbällen, die ich gehasst habe. Vielleicht bin ich einfach ein Mensch, der besser im Kopf als in der Wirklichkeit lebt. Der Gedanke ist mir vor allem deshalb gekommen, weil die Wirklichkeit immer unwichtiger für mich wird. Früher fühlte ich mich wochenlang geschmeichelt, wenn ich von meinen Lesern begeisterte Briefe erhielt, heute lese ich sie nicht einmal mehr. Marguerite liest sie, glaube ich. Sie kümmert sich um meine Korrespondenz und um eine ganze Reihe anderer Dinge, und ich möchte die Gelegenheit nutzen, mich bei ihr zu bedanken. Wir kennen uns seit fünfzig Jahren, und das, Marguerite, meine allerliebste Freundin, ist nicht ein Jahr zu viel. Du tust es als unwichtig ab, wenn ich dir das sage. Aber nie bin ich dankbarer für etwas gewesen als dafür, dass du 1943, als ich so unglücklich war wie noch nie zuvor in meinem Leben, eingewilligt hast, nach Liljenholm zu ziehen. Weil du gekommen bist, bin ich geblieben. Ich mag gar nicht daran denken, wo ich sonst heute wäre.

1947, als die erste überarbeitete Auflage von *Das Turmzimmer* herauskam, wurde ich aufgefordert, das Buch den Lebenden zu widmen, doch ich habe es nicht getan. Ich habe es den Toten gewidmet, und dabei bleibt es. Ich vermisse dich zutiefst, Nella. Alles, was ich im Folgenden zu Papier gebracht habe, ist dir gewidmet, aus ganzem Herzen.

November 1941

Die Ankunft

Obwohl ich erst zum zweiten Mal in meinem Leben nach Liljenholm kam, musste ich tief Luft holen, bevor ich an diesem späten Nachmittag des Jahres 1941 über die Türschwelle trat. Als Erstes zündete ich eine goldene Lampe an, die sich einen Moment darauf zu leuchten entschloss. Der Koffer gab einen dumpfen Laut von sich, als ich ihn neben Nellas abstellte. Aufrecht wie immer stand sie in der stattlichen Halle. Ihre Hände bändigten schnell ein paar aus der Hochsteckfrisur auf Abwege geratene Korkenzieherlocken, und ich erahnte die mir nur zu gut bekannte Mischung aus Leichtigkeit und Konzentration auf ihrem leicht rundlichen Gesicht. Ich konnte nicht genug bekommen von dieser Mischung, kann es immer noch nicht, doch in diesem Augenblick sollte sie etwas anderes verbergen, dachte ich. Das Gut wirkte im ersten Moment zwar friedlich, doch ich spürte deutlich, dass dem bei Weitem nicht so war.

Nella war hier aufgewachsen, doch sie sprach nur selten über ihre Vergangenheit. Das tat keine von uns, denn Nella vertrat die feste Meinung, dass sie dort, wo sie war, am besten aufgehoben sei. Nämlich hinter uns. Ich wusste jedoch genau, dass sie hier mehr Unglück erlebt hatte, als die meisten Menschen in ihrem ganzen Leben auch nur annähernd erfahren, und trotzdem lächelte sie jetzt. Scheinbar ohne zu merken, dass es auf Liljenholm so still war, dass der Eindruck entstehen konnte, die alten Räume um uns würden sich gegenseitig zum Schweigen auffordern.

»Alles sieht doch wie immer aus«, sagte sie, und es fiel mir schwer zu glauben, dass wir das Gleiche sahen. Das Zimmer war etwas zu gelb tapeziert, *sonnengelb* dürfte die korrekte Bezeichnung sein, und auf den Kacheln im Rautenmuster, die den Boden bedeckten, mischten sich Glasscherben und zerbrochene Spiegelrahmen in einem bunten Durcheinander. Als hätte eine unsichtbare Hand das Zimmer zehn Meter hoch in die Luft gehoben und aus Spaß fallen lassen, kam mir der Gedanke. Selbst das Geländer der stattlichen Treppe rechts war zertrümmert, bis zur Unkenntlichkeit zerhackt und verschrammt, und ich kam nicht umhin, an das letzte Mal zu denken, als ich hier gewesen war. Vor fünf Jahren. Auf dem Weg die Treppe hinauf, mit Nella dicht auf den Fersen und dem einzigen Gedanken im Kopf: *Ist es zu spät? Ist es meine Schuld?* Jetzt räusperte sie sich.

»Kannst du nicht die Haustür hinter dir schließen? Hier ist es eiskalt.«

Sie hatte recht. Die Kälte schlich sich durch alle Ritzen, und doch schwitzte ich, als die Tür sich mit einem Seufzer schloss. Ich hatte mit vielem gerechnet, aber nicht damit, von Angst übermannt zu werden. Nicht damit zu schwitzen, diesmal wieder. Genau genommen kann man wohl sagen, dass meine Vorbereitung fehlgeschlagen war, und das passierte nur äußerst selten. In einem meiner früheren Berufe galt es, genau zu wissen, was auf einen zukam, und damit habe ich hoffentlich nicht zu viel verraten. Ich versuchte, den Blick auf die durch einen Wasserschaden verunstaltete Decke zu richten, die sich hoch über unseren Häuptern wölbte. Höher und höher, als würde sie dort oben herumschweben. Anschließend knöpfte ich meinen riesigen, unbequemen Lodenmantel auf, zog meinen Hosenanzug zurecht und suchte nach einem freien Bügel. Die Garderobe an der Tür erwies sich merkwürdigerweise als unbeschädigt, und es hing eine lange Reihe dunkler Mäntel daran. Sie hingen Schulter an Schulter. Mein Herz stach wie ein umgestülptes Nadelkissen.

»Ist etwas nicht in Ordnung?«, fragte Nella, und ich hustete so laut, dass es hallte. Zu laut möglicherweise.

»Mir geht es gut. Schließlich hat mich niemand gezwungen, hier herauszukommen, nicht?«

Das stimmte. Obwohl man es nicht glauben sollte, hatte ich mich aus völlig freien Stücken entschlossen, Nella zu begleiten. Der Anlass war schlicht und einfach der, dass plötzlich ein uns unbekannter Käufer für Liljenholm aufgetaucht war. Hans Nielsen hieß er, und er wusste, wie er sich auszudrücken hatte: Wenn Nella von Liljenholm nicht die Absicht besäße, in Zukunft das Gut zu bewohnen, wäre er sehr an einem Kauf interessiert, gerne vollständig möbliert und natürlich für eine stattliche Summe. Könnte das geehrte Fräulein sein Ansinnen wohl überdenken?

Meiner unwichtigen Meinung nach gab es da nicht viel zu überdenken. Liljenholm stand leer, seit Nellas Mutter, die große Autorin Antonia von Liljenholm, vor fünf Jahren gestorben war und Nella als ihre einzige Tochter alles geerbt hatte. Doch bis jetzt hatte sie sich geweigert zurückzukehren, was jeder Logik widersprach, wie ich gedacht hatte. Bis ich selbst hier stand, mich an meinem Mantel zu schaffen machte und wie eine Wahnsinnige schwitzte. Genau genommen hätte Nella schon lange Ordnung in Antonias persönliche Papiere und hinterlassene Manuskripte bringen und die wertvollsten Möbel zum Verkauf anbieten müssen. Wenn aus keinem anderen Grund, dann aus dem, dass Nellas ansonsten vorzüglicher Verlag langsam der Pleite entgegenging. Es gab keinen

Grund, zusammen mit den Kirchenratten und mir zu enden, wenn man dem entgehen konnte. Ich hatte gerade zum Gott weiß wievielten Mal meine Arbeit als Sekretärin verloren, was nicht an meinen Qualifikationen lag. Das zu schreiben gebietet mir mein Stolz. Ich war immer die Beste, auch darin, gekündigt zu werden, und mein Aussehen und Auftreten trugen zweifellos einen Teil der Schuld. Ich sah einfach nicht so aus und verhielt mich nicht so, wie man es von einer Sekretärin erwartete.

Doch genug davon. Jetzt waren wir endlich hier, und Nellas einzige Aufgabe bestand darin, Liljenholm so schnell wie möglich verkaufsfertig zu machen. Und meine Aufgabe? Tja, es mag gut sein, dass ich altmodisch bin, doch in meiner Welt sollte eine jüngere, unverheiratete Frau sich nicht alleine auf einem verlassenen Gut aufhalten, schon gar nicht mehrere Tage und Nächte lang, und deshalb hatte ich beschlossen, mitzufahren und ihr nach bestem Vermögen zu helfen. Man ist schließlich galant, auch wenn Nella wirklich getan hatte, was sie konnte, um mir das auszureden. Sie schaffe das Ganze leicht alleine, hatte sie betont. Es bestand nicht der geringste Grund, dass ich mein letztes Erspartes für eine Zugfahrkarte ausgab, und wenn ich Ihnen gegenüber, lieber Leser, von Anfang an ehrlich sein soll, habe ich ihr auch nicht nur um ihrer schönen Augen willen geholfen. Ich habe ihr geholfen, weil ihr Blick immer hart und dunkel wurde, wenn ich Liljenholm auch nur erwähnte, und das hat mich neugierig gemacht, das kann ich genauso gut zugeben. Ich wollte wissen, warum.

Nella musste mich etwas gefragt haben, und ihrem Gesichtsausdruck nach zu schließen, wartete sie schon eine ganze Weile auf eine Antwort. Schnell griff ich nach ein paar freien Bügeln zwischen den ganzen Mänteln. Sie rochen noch immer nach Antonias schwerem, orientalischem Parfüm, stellte ich fest, und das sagte ich auch. Nella schnupperte.

»Was schlägst du vor?«, fragte sie, und ich hätte gerne gesagt, dass ich vorschlug, umzukehren und nach Hause zu fahren. Es half nicht, dass mein Mantel jetzt auf einem Bügel hing und ich objektiv betrachtet zu dünn angezogen war. Ich schwitzte noch immer stark, und der alkoholgeschwängerte Parfümgeruch brannte in meiner Nase und setzte sich in meiner Kehle fest, sodass ich hustete, statt zu antworten. Nella nickte.

»Gut, dann drehen wir eine Runde durch mein altes Elternhaus, bevor wir auspacken«, sagte sie und blickte zu dem halbkreisförmigen Fenster über der Tür hoch, dessen Farbe in diesem Moment von hellgrau zu dunkelgrau wechselte.

»Das schaffen wir gut, bevor es dunkel wird, meinst du nicht?«

Heute Nacht sollte es Schnee geben, möglicherweise sogar einen Schneesturm. Den Wind hatten wir jedenfalls den ganzen Weg vom Bahnhof bis hier heraus wie eine kalte Hand im Nacken gespürt. Ich blickte mich um. Auf allem lag eine versöhnliche Schicht Staub, die davon zeugte, dass die Zerstörungen nicht neueren Datums waren. Was ich übrigens sehr wohl wusste. Zu den Zerstörungen war es bei unserem letzten Besuch gekommen, und mein Herz beruhigte sich ein wenig. Schließlich gab es nichts, wovor man Angst haben musste, nicht mehr, ich brauchte nur zu helfen, nett zu sein und die Dinge zu regeln, dann waren wir bald wieder in Kopenhagen, wo wir hingehörten.

»Worauf warten wir dann noch?«, fragte ich, und Nella drückte leicht meine Schulter.

»Auf dich«, sagte sie und knöpfte mit flinken Fingern ihren Mantel auf. Eins dieser kunstvollen Kleidungsstücke mit stoffbezogenen Knöpfen. Aus der Zeit vor dem Krieg, natürlich. Nella zog ihn nur bei besonderen Gelegenheiten an. Darunter trug sie ihre dickste Wolljacke. Gut, dass zumindest eine von uns wusste, was es hieß, Liljenholm im Winterhalbjahr einen Besuch abzustatten.

»Sollen wir?«

Sie glich einer Figur aus einem schlechten Stummfilm, als sie über die vertrauten Fliesen ging, scheinbar ohne besondere Notiz von den Scherben zu nehmen. Jemand hatte die Kulisse zerstört, und trotzdem spielte sie die Rolle der heimgekehrten Tochter, die mit ein paar schnellen Schritten zu dem ersten der Zimmer hochging, die Schulter gegen die Tür stemmte, alle Kraft in die Bewegung legte. Die Tür in dem gewölbten Eingang gab einen klagenden Laut von sich und ging auf.

»Machst du die Wandleuchte bitte aus? Wir wollen doch nicht, dass uns das E-Werk gerade jetzt den Strom abschaltet«, sagte sie über die Schulter. Normalerweise lasse ich mich von anderen Frauen, die zehn Jahre jünger sind als ich, nicht herumkommandieren. Doch ich machte eine Ausnahme und schaltete die Wandleuchte aus. Der Anblick der Wand ließ meine Fingerspitzen kribbeln. Meine Hände streckten sich wie von selbst danach aus.

»Die Tapete draußen in der Halle, Nella?«

»Ja, was ist damit?«

Ihr Schatten fiel auf die gelbe Fläche, verzerrte sich leicht, doch man sah noch immer die langen, hellen Kratzspuren, die erschreckend deutlich an die Spuren auf Nellas Körper erinnerten. Sie hatte sie sowohl auf dem Rücken wie auch auf dem Bauch und den Beinen (wie man wohl ahnt, kennen wir einander ziemlich gut), doch an den Wänden waren noch erheblich mehr. Manche nur an der Oberfläche, während andere tiefer gingen, und die meisten verliefen in fünf parallelen

Spuren, sodass man sich den Rest denken konnte. Meine Fingerspitzen folgten einem besonders tiefen Riss bis zu der offenstehenden Tür.

»Wer hat die Tapete abgerissen?«

Aus dem Vorzimmer, in das wir gerade traten, schien mir das Licht bleich entgegen. Nella lachte leicht.

»Oh, das haben mit der Zeit bestimmt viele«, sagte sie. Das Zimmer machte auf mich einen ruhigen Eindruck. Die dunklen Holzbohlen und der dickbäuchige Sekretär an der einen Wand waren ganz grau vor Staub, genau wie der längliche Tisch, der auf seinen geschnitzten Tierpfoten abwartend mitten im Raum stand. Worauf er wartete, wusste man nicht, doch mit ein paar Stühlen hätte er sicher besser ausgesehen.

»Ihr habt sie abgerissen?«

Nella war bereits bei den beiden Fenstern, die auf die Lindenallee hinausgingen. Sie nickte von dort.

»Ja, natürlich haben wir sie abgerissen.«

Und wer weiß, vielleicht war das in den besseren Kreisen auf Südseeland eine ganz normale Beschäftigung. Ich hatte mein ganzes miserables 43-jähriges Leben mitten in Kopenhagen verbracht und demnach wirklich keine Ahnung, womit man sich die Zeit auf einem Gut wie diesem vertrieb.

Darüber hinaus hatte man ganz offensichtlich versucht, seinen Gästen zu imponieren. Die Tapete in diesem Raum war mit goldenen Blumen übersät, der Stuck ähnelte einer hässlichen Kuchenverzierung (ich kann mir nichts Schlimmeres als Kuchen vorstellen), und mitten in etwas, das an eine kleinere Explosion von Stuckblumen erinnerte, hing ein überdimensionaler Kristallleuchter. Ich blinzelte, doch es bestand kein Zweifel. Die langen Glasprismen da oben schlugen zart gegeneinander, und eine Glaskugel schwang an einer reich dekorierten Kette spielerisch von einer Seite zur anderen. Nella zog den dicken, roten Gardinenstoff aus seinem Winterschlaf und inspizierte ihn.

»Aber du erkennst das Meiste wieder?«, sagte sie, scheinbar ohne eine Antwort zu erwarten, und das war bestimmt auch gut so. Als ich das letzte Mal hier gewesen war, war ich durch das Gut gestürmt, und wenn ich irgendetwas wiedererkannte, war es eher die Stimmung als ein bestimmter Raum. Das unverkennbare Gefühl, nicht willkommen zu sein und boshaft beäugt zu werden, als wäre man wieder zehn Jahre alt. Oder sogar noch jünger, in meinem Fall. Nella wickelte sich in den Gardinenstoff ein.

»Der reicht bestimmt für etliche neue Kleider, meinst du nicht?«

»Zweifellos.«

Wenn man nichts anderes und Besseres zu tun hatte, konnte man sich aus den Gardinen von Liljenholm mit Sicherheit eine ganze Garderobe nähen, aber es half weder sich herauszureden noch sie um sich zu drapieren. Der Raum scherte sich nicht das Mindeste um Besuch. Nella runzelte die Stirn, als ich das sagte.

»Liljenholm war eigentlich nie ein freundlicher Ort«, entgegnete sie. »Daran dürftest du dich doch erinnern?«

Doch in diesem Moment erinnerte ich mich nur an den haarsträubenden Tratsch, den ich über die Jahre über Liljenholm gehört oder gelesen hatte. Ohne ihn wirklich ernst zu nehmen. Von schlagenden Türen und ächzenden Lauten und Dingen, die verschwanden, nur um an den unwahrscheinlichsten Orten wiederaufzutauchen. Irgendeine Wahnsinnige mit dem fantasievollen Pseudonym Madame Rosencrantz hatte 1932 eine Schmähschrift verfasst. *Die Königin der Gespenster* hieß sie, und sie verkaufte sich weit über die Erwartungen hinaus, weil sie für sich in Anspruch nahm, *die un-*

heimlichen und blutigen Geheimnisse von Liljenholm und das *dunkle Schicksal* der Familie zu enthüllen. Ich will Sie jetzt nicht mit Details ermüden, sondern lediglich erwähnen, dass dieses dunkle Schicksal angeblich darin bestand, dass alle Generationen der Liljenholmer Zwillinge zur Welt brachten. Von denen einer ein wunderbares Leben führte, während der andere wahnsinnig wurde und sich das Leben nahm, um dann auf dem Gut herumzuspuken, wie es hieß. Und das versuchte ich zu verdrängen.

»Nur war die Situation letztes Mal ziemlich angespannt«, sagte ich so ruhig ich konnte. »Ich hatte wohl gehofft, dass heute alles anders wäre.«

Der Boden wölbte sich und knarrte. Vielleicht aus Verwunderung über die Schuhe, die über ihn liefen. Meine alten Herrenschuhe, Nellas hochhackige Stiefel.

»Wenn ich du wäre, würde ich diese Hoffnung die nächsten Tage aufgeben«, sagte sie trocken. Mit verschränkten Armen inspizierte sie den nächsten Raum.

»Aus diesem Grund wundert es mich ja auch, dass dieser Hans Nielsen so an einem Kauf interessiert ist«, fuhr sie fort. Wir hatten dieses Gespräch in den letzten Tagen bereits ein paarmal zu oft geführt. Nella, die meinte, dass die Leute hier so viel redeten, dass Herrn Nielsen die schlimmsten Gerüchte über Liljenholm wohl kaum entgangen sein konnten. Ich, die antwortete, dass dieser Hans Nielsen wohl einfach sein altes Leben hinter sich lassen wollte. Vielleicht liebte er die Natur, die alten Bäume im Park, und im Übrigen konnten uns seine Motive doch völlig egal sein, wenn er nur kaufen und bar zahlen würde.

Nella war einige Schritte weitergegangen. Der nächste Raum glich weitgehend dem vorigen. Den einzigen Unterschied machte eine Sitzgruppe vor den beiden Fenstern. Außer einem o-beinigen Sofatisch bestand sie aus einigen Sesseln und einer nicht gerade gelungenen Kreation aus Stuhl und Sofa.

»Eine *bergère*«, sagte Nella. »Hier hat Mutter also ihre Gäste empfangen.«

Dass dieser Raum einmal voller Leben gewesen sein sollte, konnte man sich heute fast nicht mehr vorstellen. Doch von 1905, als Antonia mit ihrem Debütroman *Lady Nellas geschlossene Augen* ihren großen Durchbruch hatte, bis zu Nellas Geburt drei Jahre später hatte Antonia angeblich ein reges soziales Leben geführt. Nella sagte bestimmt auch noch mehr dazu, doch mich beschäftigte einzig und allein die schleichende Dunkelheit, die uns umgab. Sie schien hier ausgeprägter, vielleicht weil ein paar hohe Bäume die Fenster überschatteten. Ich versuchte, Leben in eine verschämte Tischlampe zu knipsen, die auf einer Anrichte an einer der Wände stand. Vergebens. Hinter den Glastüren der Anrichte ruhte eine Sammlung alter Teller in Ständern. Mein Nacken knackte laut. Es war neu, dass er das tat, wenn ich den Kopf ruckartig nach hinten bog. Zweifellos ein Zeichen meines fortgeschrittenen Alters.

»Was war das für ein Geräusch?«

Nella verstummte. Erst jetzt wurde mir klar, dass sie die ganze Zeit geredet haben musste. Das Geräusch kehrte zurück. Es klang wie ein leichtes Klopfen oben vom Speicher, und Nella drehte sich halb zu mir um. Ihre schönen grünen Augen schienen plötzlich schwarz und warfen runde Schatten auf ihre Wangen.

»Es ist nur zu deinem eigenen Besten«, sagte sie. »Was immer du hörst oder siehst oder wahrnimmst, tu, als ob nichts geschehen sei. Das ist das Einzige, das hier auf Liljenholm hilft. Ich weiß, wovon ich rede.«

Im gleichen Moment strahlte uns der letzte Raum in einem

toten, nadelgrünen Ton entgegen. Wie es schien, handelte es sich um ein Eckzimmer, das als Speisezimmer diente. Vorsichtig trat ich näher.

»Es wird nur schlimmer, wenn man danach fragt, ich spreche aus Erfahrung«, sagte sie schnell. Ich konnte die kleinen Härchen in ihrem Nacken sehen.

»Was ist denn passiert, wenn du gefragt hast?«

Sie bückte sich, um eine Handvoll hellblauer Scherben vom Boden aufzuheben, der mit dicken, geblümten Teppichen bedeckt war, die meisten in fleischfarbenen Tönen. Es musste traurig sein, den schlechten Geschmack anderer zu erben, doch Nella schien dem keinen Gedanken zu schenken.

»Dann habe ich so viel Prügel bekommen, dass ich nicht wieder gefragt habe«, sagte sie. Die Möbel im Raum schienen plötzlich zu groß. Ein Esstisch für mindestens zwanzig Personen, eine Anrichte mit unendlich viel Porzellan, mannshohe Porträts an den Wänden. Nella legte die Scherben weg.

»Nur ein Versehen, als ich letztes Mal hier war«, sagte sie. »Eine Bodenvase, die umgekippt ist.«

Ich konnte ihren dünnen Körper nur zu deutlich vor mir sehen. Hände, die sich wehrten. Die zarte Haut von Schlägen übersät, die schließlich zu den Narben geworden waren, die ich so gut kannte wie die Straßen von Kopenhagen.

»Es tut mir leid, dass ich so darauf gedrängt habe, dass wir hierhin zurückkommen«, sagte ich, und ich meinte es, wie ich nur selten etwas gemeint habe. Ich hatte im Grunde genommen gut damit leben können, nicht viel über Nellas erste Lebensjahre zu wissen, und so gesehen hatte ich auch gut damit leben können, nicht viel über meine eigenen zu wissen. Und was Nellas angespannte Finanzlage anging, konnte ich ihr durchaus mit meinen zwar nicht vortrefflichen, aber doch brauchbaren Kenntnissen zur Seite stehen. Nella ging zu einer geschlossenen Flügeltür und öffnete sie.

»Machen wir weiter«, sagte sie leichthin. »Wir müssen schließlich noch auspacken.«

Sofort erkannte ich den Geruch des Raums wieder. Den staubigen und zugleich würzigen Duft alter Bücher. Und als das Opalglas der Deckenleuchte in fünf kleinen Sonnenuntergängen erstrahlte, sah ich sie auch. Sie säumten in langen Reihen die Wände, Rücken an Rücken, vom Boden bis zur Decke, und lagen in hohen Stapeln neben einem tiefen Sofa, in dessen Füße Blätter geschnitzt waren. Der Brokatbezug war an einem Ende zerschlissen.

»Womit hat sie dich geschlagen?«, hörte ich mich fragen. »Denn es war doch wohl Antonia, die …?«

Der verschwommene Umriss von Nellas Atem war deutlich zu sehen und bei genauerem Hinsehen auch meiner.

»Was? Ach so, in der Regel mit Eisenbügeln.« Sie sah mich verwundert an. »Aber das ist nicht so oft passiert, du brauchst dich nicht aufzuregen.«

Sie ging zu dem einzigen Stück Wand, das nicht mit Büchern zugestellt war, und blieb vor einem prunkvollen Porträt in einem noch prunkvolleren Rahmen stehen.

»Mein großes Glück war, dass ich nichts anderes kannte.«

»Meinst du das wirklich?«

Nella sah die Fotografie nachdenklich an. Sie zeigte zweifelsfrei Antonia, hingegossen auf einem Sofa, eine Zigarettenspitze zwischen den Lippen, die langen Wimpern waren hoffentlich hinzugemalt worden. Ich hoffte jedenfalls für sie, dass es nicht ihre eigenen waren.

»Du weißt genauso gut wie ich, dass es eine große Hilfe sein kann, nicht zu wissen, was normal ist«, sagte sie und sah schräg an mir vorbei zu der kleinen Treppe neben dem Bild, die zu einer geschlossenen Tür hinaufführte. Ich verstand ehrlich gesagt nicht, warum ich jetzt in das Gespräch einbezogen werden sollte. Deshalb richtete ich meine volle Aufmerksamkeit auf das Foto, das wohl kaum in den letzten zwanzig Jahren aufgenommen worden war. Es existieren ziemlich viele Bilder von Antonia, weil sie sich jedes Mal, wenn der Verkauf ihrer Bücher stagnierte, porträtieren ließ, sodass ich dieses einigermaßen datieren konnte. Als junge Frau war sie rundbäckiger, schöner und hatte unschuldigere Augen, und die letzten zehn Jahre ihres Lebens schminkte sie sich beträchtlich stärker als hier. Ihre Lippen wurden auch schmäler, und die Mundwinkel zeigten nach unten, während die Pelze um ihre Schultern immer opulenter wurden. Im Gegensatz zu Antonia selbst übrigens. Als der Krebs sich allmählich in sie hineinfraß, wurde sie mager wie ein Windhund. Nella zeigte auf irgendetwas.

»Sieh dir mal den Hintergrund der Fotografie an, den Spiegel oben rechts.«

Ich musste mir bei Gelegenheit eine Brille anschaffen. Die Stelle, auf die sie zeigte, sah ich noch immer unklar. Nella lächelte.

»Siehst du nicht, dass ich da mit dem Rücken zum Bild sitze?«

Es war mir überhaupt nicht in den Sinn gekommen, nach Nella zu suchen. Soweit ich das wusste, ließ Antonia sich immer alleine porträtieren. Das Glas war kalt an meiner Nase, doch jetzt sah ich sie. Im Spiegel, hinter einer Tischlampe, die eingeschaltet zu sein schien. Ihr Haar schwang wie eine Gardine um ihr Gesicht, und ihre Haltung war so aufrecht, dass sie selbst wie eine Lampe aussah. So schlecht sah ich also doch nicht. Hinter Antonia waren Bücher zu sehen, und unter einem Arm erahnte man die Schnitzereien des Sofas.

»Das Bild ist in diesem Zimmer aufgenommen, nicht? Wie alt warst du da?«

»Sechs.«

Sie setzte sich vor den Kamin, der sich zwischen die Bücher drängte.

»Hilfst du mir?«

Schnell reichte ich ihr ein paar knochentrockene Holzscheite aus einem Korb auf dem Boden. Ich sehe ein, dass da etwas ist, das ich Ihnen erzählen muss, auch wenn ich im Prinzip nicht glaube, dass ich als Person auch nur eine Spur wichtig für diesen Teil der Geschichte bin. Doch sonst werden Sie nicht verstehen, warum ich mich plötzlich so leer und traurig fühlte, dass Nella mich ganz verwundert ansah.

»Ist etwas?«

Die Leute sagen hin und wieder, dass Nella mir ähnlich sieht, wenn sie so guckt. Ein Ausrufungszeichen zwischen den Brauen und die Augen leicht schräg. Ich muss ehrlich gesagt zugeben, dass ich das erwähne, weil mir der Vergleich schmeichelt.

»Nein, was sollte denn sein?«

Die Holzscheite wanden sich wütend, als Nella versuchte sie anzuzünden. Mein Blick fiel auf die vielen Streichholzschachteln im Regal. Ein Lichtblick, dachte ich. In Kopenhagen waren Streichhölzer im letzten Jahr Mangelware geworden, und ja, ich rede darum herum. Ich habe das nie jemandem erzählt, nicht einmal meinem besten Freund, Ambrosius, deshalb weiß ich nicht, wo ich anfangen und wo ich aufhören soll. Das ist der Nachteil, wenn man Geheimnisse zu lange mit sich herumträgt, irgendwann gehen einem die Worte für sie aus.

Es geht um die ersten vier Jahre meines Lebens. Ich weiß sehr wohl, dass ich geschrieben habe, gut damit gelebt zu haben, nicht viel darüber zu wissen, und das sage ich auch gewöhnlich, wenn jemand sich erdreistet danach zu fragen. Doch die Wahrheit ist die, dass alles, was ich nicht über mich weiß, sich wie ein saugendes Loch in meinem Inneren anfühlt; wann ich Geburtstag habe, wer meine Eltern sind, inwieweit ich ihnen ähnlich sehe, was in den ersten Jahren meines Lebens passiert ist. Und hin und wieder, wenn ich direkt mit einer Familie oder auch nur den traurigen Resten davon konfrontiert werde, wächst das Loch, sodass ich kaum etwas anderes sehe. Selbst wenn die Familie so zweifelhaft ist wie Nellas.

Lassen Sie mich das etwas vertiefen. Nellas Großeltern, Horace und Clara, wohnten, verstehe es wer kann, auch hier auf Liljenholm, und eines Abends im Jahr 1898 saßen sie aufrecht in ihrem Ehebett und starrten in die leere Ecke neben dem Fenster. Doch sie sahen nichts. Nicht mehr. Sie waren nämlich mausetot, und soweit man weiß, haben Antonia und ihre Zwillingsschwester Lily sie gefunden. Was zwei vierzehnjährige Mädchen zu dieser Abendstunde im Schlafzimmer ihrer Eltern zu suchen hatten, kann man nur mutmaßen, doch die offizielle Todesursache hieß jedenfalls Selbstmord. Liljenholm war zu diesem Zeitpunkt hoch verschuldet, sodass man berechtigterweise davon ausging, dass Horace und Clara lieber sterben als ihre alten Tage im Armenhaus verbringen wollten. Oder einige zumindest sind davon ausgegangen, denn schon damals tuschelte man über die Gespenster auf Liljenholm und darüber, dass Horace und Clara sich deren Unmut zugezogen haben könnten, indem sie versucht hatten, sie aus den Türmen zu vertreiben. Zur Strafe hätten die Gespenster ihre Seelen aus den Körpern der beiden Liljenholmer gezerrt, hieß es. Jetzt waren sie mit all den anderen vereint, die vor ihrer Zeit gestorben waren.

Horaces und Claras viel zu früher Tod war übrigens weder

der erste noch der letzte in der Familie Liljenholm, und so gesehen hatte die Ihnen bereits bekannte Madame Rosencrantz auf ihre Weise recht. Alle Generationen der Liljenholmer bekamen tatsächlich Zwillinge, und einer von ihnen war tatsächlich verrückt und beging Selbstmord. Horace hatte zum Beispiel eine Zwillingsschwester, die Hortensia hieß und sich schon als Vierzehnjährige das Leben nahm. 1850. Da sprang sie aus einem der großen Fenster und landete direkt im Rosenbeet. Und viele Jahre später sprang Antonias Zwillingsschwester Lily auch dort hinunter. Es gibt nicht ein Foto von ihr, weil sie all ihre Bilder höchstpersönlich aus den Fotoalben herausgerissen hat, bevor sie in den Tod sprang. Doch angeblich war sie weder so schön noch so charmant wie Antonia, und außerdem hatte sie weitaus weniger Glück. In einer feinen Familie wie der Liljenholmer erbte die Erstgeborene alles, den Titel und die Schlüssel zu Speisekammer, Truhen und Türen. Und die Erstgeborene war nicht Lily. Die Erstgeborene war Antonia.

Während Lily ledig blieb, verlobte sich Antonia mit ihrer großen Liebe, Simon, und heiratete ihn später. Von ihm gibt es auf Liljenholm ebenfalls keine Fotografien, denn als Lily erst einmal dabei war, die Liljenholmer Fotosammlung zu malträtieren, hat sie auch ihn aus der Familie herausgerissen. Er und Lily und Antonia haben viele Jahre zusammen auf dem Gut gewohnt (mit begrenztem Erfolg, wie Sie wohl ahnen) und von dem Einkommen aus Antonias Büchern gelebt. Nella wurde in dieser Zeit geboren, sie war sechs Jahre alt, als Lily starb. Und dann war da noch die Verwalterin …

»Wie hieß sie noch mal, diese Verwalterin?«

Nella war es endlich gelungen, die Holzscheite anzuzünden, doch das Loch im Schornstein war mit Sicherheit seit Längerem nicht mehr gereinigt worden. Ich musste husten.

»Meinst du Laurits?«

Richtig. Fräulein Lauritsen, so hieß sie. Sie war schon viele Jahre zuvor eingestellt worden, und zu ihren zahlreichen Qualitäten gehörte es angeblich auch, über spezielle Fähigkeiten zu verfügen. Sie konnte mit den Toten reden, und sie tat es auch. Außerdem war sie Haushälterin, Kindermädchen und nach Horaces und Claras Tod schließlich Mutter der Zwillinge. Diese Funktion übernahm sie später auch Nella gegenüber, denn als Sechsjährige verlor Nella nicht nur ihre Tante Lily, sondern auch ihren Vater und in gewisser Weise ihre Mutter.

Simon löste sich nämlich ungefähr zur gleichen Zeit wie Lily in Luft auf. Oder genauer gesagt im Wasser, da er angeblich bei einer Angeltour verschwand, sodass man davon ausgehen konnte, dass er ertrunken war. Dass Antonia um den Verlust ihres geliebten Mannes und ihrer Schwester trauerte, war offensichtlich. Jedenfalls für alle bis auf die rührige Madame Rosencrantz, die behauptete, dass der ritterliche Simon und die menschenscheue Lily in Wirklichkeit jahrelang eine Affäre gehabt hätten und dass Antonia in einem Anfall von verschmähten Gefühlen und reinem Wahnsinn ihre Schwester in den Tod gestoßen und Simon umgebracht und an einer unbekannten Stelle im Park begraben habe. Aber ich verbreite keine Klatschgeschichten, lassen Sie mich also bei den Fakten bleiben, die so aussehen, dass Antonia auf den offiziellen Bildern plötzlich erheblich älter aussah. Ihre Augen blickten traurig, die Züge waren angespannt, und immer öfter verschanzte sie sich in ihrem Arbeitszimmer, um zu schreiben. So wuchs Nella mit Fräulein Lauritsen als ihrer nächsten Vertrauten auf, und als diese 1926 starb, zog Nella zu Hause aus. Erst zehn Jahre später, in Verbindung mit Antonias Tod, kehrte sie zurück.

Ungeachtet, ob man Madame Rosencrantz' farbiger Geschichte Glauben schenkt oder nicht, klingt das in meinen Ohren nicht wie der Traum einer Familie, und umso idiotischer fühlte es sich an, dass das Loch in meinem Inneren derartig wuchs. Es genügte offenbar nur der Anblick von Antonia und Nella auf einem Bild. Eine Mutter und eine Tochter, die sich kaum kannten, soweit ich das verstanden hatte. Die zudem noch in einem Umfeld lebten, wie ich es mir kälter kaum vorstellen konnte. Nella hatte die Hände jetzt in die Seiten gestemmt.

»Du hast Tränen in den Augen«, stellte sie fest.

»Das ist nur der Rauch vom Kachelofen. Ich vertrage das nicht, das weißt du doch.«

Nella schüttelte den Kopf, und ich konnte ihr nur recht geben. Meine Tränen machten keinen Sinn. Ich habe vielleicht nie eine große Familie gehabt, doch nachdem ich mit vier aus dem Kinderheim adoptiert worden war, bekam ich immerhin eine Mutter, die mich wie ihr eigenes Kind aufzog. Lillemor heißt sie, und vielleicht komme ich später auf sie zurück. Jetzt will ich nur erwähnen, dass ich als Neugeborenes ins Kinderheim im Vodroffsvej in Kopenhagen gekommen bin, das auch als *das Haus mit den frohen Gesichtern* bekannt ist. Ich selbst wäre schon froh, wenn ich mich auch nur an ein einziges Gesicht aus diesen Jahren erinnern könnte oder besser noch, wenn sich ein einziger Mensch aus diesen Jahren an mich erinnern könnte. Die Leiterin und meine Erzieherin sind beide längst tot und begraben, doch eine der Pflegeschwestern oder eine Assistentin ist sicher noch am Leben. Wenn ich nur jemanden, irgendjemanden, fragen könnte, wie ich damals war. Es mag seltsam klingen, doch die größte Einsamkeit ist die, mit seiner Geschichte alleine zu sein.

»Dann waren Simon und Lily gerade verschwunden, als dieses Bild von Antonia und dir aufgenommen wurde?«, wandte ich ein wenig halbherzig, wie ich glaube, ein, denn Nella sah mich einfach nur weiter an.

»Ja, davon gehe ich aus«, sagte sie, »und vielleicht sollten wir mit unserem Rundgang langsam zum Ende kommen. Du siehst aus, als könntest du eine kleine Pause gebrauchen. Möchtest du dich hinlegen?«

»Gott bewahre!«

Doch eigentlich war ich in diesem Moment so müde, dass ich gut bis zum nächsten Morgen hätte durchschlafen können. Nella schlängelte sich an mir vorbei, stieg die Treppe zu der geschlossenen Tür hinauf, und plötzlich wusste ich ganz genau, was uns erwartete: Antonias halbrundes Arbeitszimmer. Wie man vielleicht ahnt, war mir zu diesem Zeitpunkt die Anatomie Liljenholms noch nicht so vertraut, sodass ich nicht wusste, dass das Zimmer diese Form hat, weil es ganz unten in einem der Türme liegt (in dem anderen befindet sich ein Spielzimmer, in dem meines Wissens nie jemand gespielt hat).

Als Erstes sah ich zwei Bogenfenster. Sie gingen auf eine Wildnis hinaus, von der ich annahm, dass es sich um den Park von Liljenholm handeln musste, aber es war schon zu dunkel, als dass ich die Bäume voneinander unterscheiden konnte. Ich machte ein paar Schritte in den Raum hinein und zuckte zusammen, als das Haus ächzte. Irgendetwas knarrte irgendwo über unseren Köpfen. Sehr laut, kam es mir vor.

»Es stürmt«, sagte Nella unbeschwert. Das Licht der Deckenlampe ließ die abblätternde Decke wie ein verwittertes, vergilbtes Stück Papier aussehen, und das Licht der Glühbirne flackerte ein paarmal, als wüsste sie nicht, ob sie leuchten sollte oder nicht.

»Hast du keine Angst gehabt? Als du hier gewohnt hast, meine ich?«

Meine Stimme klang seltsam rau.

»Angst?«

Nella lachte trocken.

»Ich hatte keine Ahnung, was es heißt, *keine* Angst zu haben.«

Wir hielten kurz inne. Vor einem der Fenster thronte ein ordentlich aufgeräumter Schreibtisch mit einer glänzenden schwarzen Schreibmaschine, einer Remington, und über den Boden verstreut lagen umgekippte Bücherstapel. Ein überfülltes Bücherregal folgte der Rundung des Zimmers bis zum Kamin bei der Tür, davor stand ein geblümter Sessel. Ich musste mich zwingen, nach links zu sehen, zu dem schmalen Bett hin. Das letzte Mal, als ich hier gewesen war, hatte Antonia darin gelegen, die Hände über der Decke gefaltet. Sie war seit vielen Stunden tot gewesen.

»Das ist schon seltsam«, sagte Nella, und als ich sie näher ansah, kam es mir so vor, als glichen ihre Augen einer ganz dünnen Eisschicht.

»Obwohl Mutter tot und das Ganze vorbei ist, scheint sie noch immer hier zu sein. Spürst du das nicht? In der Luft?«

In diesem Moment sah es eher aus, als würde sie mit der Luft und nicht mit mir reden, und das beunruhigte mich. Ihre Stimme wurde schwächer.

»Ich wäre nicht die Spur überrascht, wenn sie plötzlich angeschlichen käme und ...«

Sie unterbrach sich. Ging schnell zu den Fenstern hinüber und griff nach etwas im Fensterrahmen. Einer ganz gewöhnlichen Schachtel Streichhölzer.

»Und was, Nella?«

»Wird das denn nie aufhören? Kannst du mir das sagen?«

Sie legte die Schachtel zur Seite. Es waren noch immer Streichhölzer darin, hörte ich.

»Wenn diese ganze Geschichte nicht einmal beendet ist,

wenn alle längst tot sind, was in aller Welt muss denn dann passieren, damit sie das ist?«

Sie zerrte an den grünbraunen, bodenlangen Gardinen, die sich das letzte Stück nur widerwillig fügten. In der Fensterscheibe erahnte ich noch immer einen dünnen Streifen meines eigenen Spiegelbilds. Mein Blazer saß nicht so wie er sollte, und ich sah müde aus, die Locken standen in alle Richtungen ab, selbst als ich versuchte, sie glattzustreichen.

»Aber *du* bist nicht tot, Nella«, bemerkte ich, was ja auch stimmte, doch das war die falsche Antwort, das wusste ich, sobald sie meinen Mund verlassen hatte. Ich war immer ein wenig zu gut darin, das Falsche auf die richtigen Fragen zu antworten, vor allem, wenn sie von Nella kamen, und jetzt stand ich tatsächlich da und wusste vor Verlegenheit nicht, wohin. Nella sah mich einen langen Augenblick an und blinzelte, wie sie das immer tat, wenn sie versuchte, ihre Gedanken zu ordnen.

»Ich habe mich übrigens lange mehr tot als lebendig gefühlt.«

Mit einem Ruck zog sie die oberste Schreibtischschublade auf. Alles darin lag in ordentlichen Stapeln.

»Wirklich?«

In Antonias Sachen herrschte erheblich mehr Ordnung, als es bei Nellas je der Fall gewesen war, obwohl ich persönlich ihre Papiere geordnet hatte. Sie hielt bereits Antonias letztes, nicht publiziertes Manuskript in der Hand, auf dessen erster Seite in Blockbuchstaben *Eine Handvoll Orkane* stand. Sie pustete den Staub vom Schreibtisch und legte es zur Seite. Hier hatten wir zumindest Nellas Miete für das nächste halbe Jahr, dachte ich.

»Ja, wundert es dich, dass ich mich hin und wieder wie tot fühle?«, fragte sie. Dieses Gespräch hatte sich total falsch entwickelt, wie so viele Gespräche zuvor. Wäre ich Herrin des Wortes gewesen, hätte ich Nella genau wissen lassen, wie froh ich war, dass sie lebendig und bei mir war und nicht tot und bei ihrer Familie.

Doch sie hatte bereits die nächste Schublade herausgezogen. So kräftig, dass die Stapel in Unordnung gerieten. Lilys Todesanzeige, Quittungen, Stapel mit Autogrammkarten und Leserbriefen mischten sich mit Beileidsschreiben anlässlich von Lilys Tod, vergilbten Zeitungsausschnitten und exklusiven Briefbögen mit den dazugehörigen Umschlägen. Einer der Ausschnitte erregte meine Aufmerksamkeit. Ein Interview mit Antonia. Allem Anschein nach kurz nach Simons Verschwinden und mit einem Profilbild von *Antonia von Liljenholm, Der Königin der Gespenster*, um den Bildtext zu zitieren. Antonias Blick war genauso traurig, wie Nella klang, als sie vorlas:

> *»Mein Mann war all das, was ich nie war. Lebenstauglich, lustig und liebevoll. Seine Schönheit war bemerkenswert. Sie sollten wissen, wie oft ich mich bei meiner Arbeit von ihm habe inspirieren lassen.« »Wenn Sie die jungen Liebhaber beschreiben, meinen Sie?« »Ja, sicher. Jetzt, wo Sie mich fragen, habe ich keine Ahnung, wie ich weiterleben soll, wenn er nicht zurückkommt. Mit jeder Stunde schwindet meine Hoffnung, ihn wiederzusehen.« »Haben Sie Angst, dass er tot ist?« »Natürlich fürchte ich das.«*

Hierauf machte sich der Interviewer die größte Mühe, Antonia dazu zu bewegen, den Namen ihres Geliebten zu verraten und ein Foto freizugeben, doch sie weigerte sich. *»Ich weiß Ihr Verständnis für meine Situation zu schätzen, doch meine Antwort bleibt Nein«*, sagte sie. Nella schien sich unwohl zu fühlen.

»Der Schluss ist fast noch schlimmer«, sagte sie. Sie las weiter:

»Gott sei Dank haben Sie ja Ihre kleine Tochter, Frau Liljenholm?« »Ja, Gott sei Dank! Gerade jetzt ist sie mein einziger Trost. Sie hat so viel von meinem Mann und meiner geliebten Schwester – Gott hab sie selig.« »Ihre Schwester haben Sie auch gerade verloren, ist das richtig?« »Ja, sie ist aus dem Fenster gesprungen, die Liebe. In unserer Familie gab es immer schon eine Neigung zu Depressionen, aber ich hoffe und bete natürlich, dass meine kleine Tochter davon verschont bleibt. Das würde jede Mutter wohl tun, glaube ich. Wir wünschen unseren Kindern schließlich das Beste.«

Der Interviewer war zu taktvoll, es direkt zu schreiben, aber es wurde trotzdem deutlich, dass er sich wunderte. *Gibt es Ihren Mann und Ihre Schwester überhaupt?*, konnte man ihn nahezu fragen hören. *Oder haben Sie ihre Tode nur inszeniert, um mehr Bücher zu verkaufen, Antonia von Liljenholm?*

Langsam riss Nella den Artikel in der Mitte durch, knüllte die Reste zusammen und warf sie in den Kamin. Glücklicherweise brannte er nicht. Ansonsten hätte ich selbstverständlich Schwierigkeiten gehabt, die Fetzen zu retten und alles wortwörtlich zu zitieren. Ich richtete mich zu meiner vollen Größe auf. Objektiv betrachtet bin ich nicht viele Millimeter größer als der Durchschnitt, doch angeblich wirke ich so. Besonders auf Frauen.

»Weißt du was«, sagte ich und nickte in Richtung Tür. »Ich könnte jetzt wirklich eine starke Tasse Tee vertragen.«

Liljenholm zeigt sich von einer neuen Seite

Ein Gedanke ging mir nicht aus dem Kopf, als Nella mich durch die Räume zurückführte.

»Ja, hier sind wir schon einmal gewesen«, sagte sie. »Vielleicht ist es dir nicht aufgefallen, aber hier ist eine Tür.«

Da war eine Tür. Eine Tür, die in der vergoldeten Tapete des Vorraums kaum zu erkennen war, und während ich in ein Zimmer trat, das der Bibliothek sehr ähnlich, aber mit einem Klavier, einer Standuhr und einem Schreibtisch eingerichtet war – Simon hatte das Zimmer angeblich als Büro genutzt, als er hier gewohnt hatte –, dachte ich an die Zwillinge. An das dunkle Schicksal der Familie Liljenholm. Denn wenn alle Generationen Zwillinge bekamen, was sie wohl taten, das hatte selbst Nella bestätigt, was war dann aus ihrem Zwilling geworden? Ich hatte sie natürlich ausgefragt, zweifellos einige Male zu oft, doch das Einzige, worin ich bestätigt wurde, war unser gemeinsames Schicksal. Ungeachtet, wie sehr Nella nachdachte und sich zu erinnern versuchte, die ersten sechs Jahre ihres Lebens waren einfach wie ausgelöscht.

»Da ist das Spielzimmer«, sagte sie und nickte zu einer geschlossenen Tür am Ende einer kleinen Treppe hin, die Ähnlichkeit mit der Tür hatte, die zu Antonias Arbeitszimmer führte. »Mutter hat sich oft dort aufgehalten, wenn sie eine Pause gebraucht hat.«

»Und was ist mit der Treppe dort links?«

Ich fror und zitterte so sehr, dass meine Zähne aufeinanderschlugen, und wenn ich die Wahrheit sagen soll, trug die eiskalte, stehende Luft nur teilweise Schuld daran. Nella sah mich besorgt an.

»Dort müssen wir lang«, sagte sie. »Die Küche ist unten, und anschließend sollten wir uns etwas ausruhen, meinst du nicht? Du siehst ziemlich erschöpft aus.«

Ich hatte Nella auch schon entspannter gesehen, doch ich begnügte mich damit, zu nicken und mir meinen Teil zu denken. Denn die vermutlich frohen Gesichter des Kinderheims vergessen zu haben, war natürlich schlimm. Doch weit schlimmer musste es sein, möglicherweise den eigenen Zwilling vergessen zu haben. Nun ja, und noch einige andere Dinge, die noch weitaus übler waren, wenn man Madame Rosencrantz Glauben schenken mochte. Jetzt, wo ich Nella die schwach beleuchtete Treppe in die Küche hinunter folgte, schlichen sich ihre Worte an mich heran. *»Dass die kleine Nella leben durfte, verdankt sie wahrscheinlich ihrem starken Willen und ihrer großen Ähnlichkeit mit Antonia«*, schreibt Madame Rosencrantz irgendwo in *Die Königin der Gespenster. »Antonia ist einfach davon ausgegangen, dass Nella der lebenstüchtigere Zwilling war, und hat ganz offensichtlich gehofft, dass sie das Gesamtwerk weiterführen würde, wenn sie erst erwachsen war. So viel Glück hatte die andere kleine Tochter, Bella, leider nicht. Bevor das Mädchen sechs Jahre alt war, nahm Antonia die Sache in die Hand, erwürgte sie und begrub sie im Park neben Simon. Antonia wollte dem Wahnsinn ein Ende bereiten, doch sie bekämpfte ihn mit einem Wahnsinn, der viel, viel schlimmer war. Die Ironie des Schicksals kleidet sich immer wieder in neue Gewänder, doch die Tragödie bleibt die gleiche.«*

Nella hatte mir das Gesicht halb zugewandt. Sie versuchte, meinen Blick einzufangen.

»Du bist so still?«

»Ach, ich musste an die Geschichte von Madame Rosencrantz über Bella und den Kindermord denken. Du glaubst doch nicht…?«

Das kühle Blau der Küche breitete sich im gleichen Moment über Schranktüren, Gardinen und Küchenutensilien aus, und Nella wirkte sehr blass. Ihre Wangen waren ganz weiß.

»Nein, ich glaube nicht, dass ich eine Zwillingsschwester namens Bella gehabt habe, die Mutter erwürgt und im Park begraben hat, wenn es das ist, wonach du fragen willst«, sagte sie.

Meine Füße blieben wie von selbst stehen. Die Küche von Liljenholm war weit größer, als ich sie mir vorgestellt hatte, ja, sie war größer als alle Küchen, die ich bisher gesehen hatte. An dem großen länglichen Tisch, der mitten im Raum stand, musste Platz für mindestens dreißig Bedienstete sein, und auf dem Herd hatten leicht zehn Töpfe auf einmal Platz. Die Dielen vor dem dunkelgebeizten Küchentisch waren auf eine äußerst anheimelnde Weise abgenutzt. Nella näherte sich langsam der Stelle und fuhr mit dem Finger über die staubigen Deckel einer größeren Sammlung von Metalldosen.

»Alles hier erinnert mich noch immer an Laurits«, sagte sie und sah sich schnell um. Sie atmete tief durch. »Alles, verstehst du? Es ist kaum auszuhalten, dass das so ist. So viele Jahre nach ihrem Tod.«

Über den Küchentisch zwängten sich zwei schwarze Fenster, und ich trat zu ihnen und beugte mich vor.

»Woran ist Fräulein Lauritsen gestorben?«

Die Fenster waren so niedrig, dass sie mit dem Boden draußen bündig waren. Nella streckte die Hand aus und öffnete systematisch eine Dose nach der anderen. Sie schnüffelte an einigen und runzelte die Stirn.

»An Altersschwäche, glaube ich. Sie war damals schon alt, über siebzig, soweit ich weiß.«

»Siebzig ist doch kein Alter!«

Nella hielt triumphierend eine Dose hoch.

»Habe ich es mir doch gedacht. Echte Teeblätter! Wir können richtigen Tee machen, ist dir das klar?«

»Alten Tee.«

Ich verstand nicht einmal selbst, warum ich so mürrisch war. Nach der Wüstenwanderung durch Teesurrogate, die wir im letzten Jahr hinter uns gebracht hatten, war selbst antiker Tee bei Weitem vorzuziehen. Nella verdrehte auch nur die Augen.

»Du kannst dir gerne deine Apfelblätter holen, sie liegen draußen im Koffer«, sagte sie und füllte einen schmiedeeisernen Kessel mit Wasser, setzte ihn schwungvoll auf den Herd und legte Holzscheite ein. Sie riss ein Streichholz an und noch eins. Es dauerte verdammt lange, bevor eins wirklich brannte. Es war seltsam, sie so zu sehen: zu Hause an einem Ort, der nicht mein Zuhause war. Jetzt zog sie einen Schemel zum Ofen hin und setzte sich, die dünnen Arme um die Knie geschlungen, als wäre sie ein kleines Mädchen, das irgendetwas in der Luft betrachtete. Ich kann es nicht anders beschreiben. Etwas oder jemanden. Dann lächelte sie, wandte den Blick zu Simons altem Arbeitszimmer hin und nickte.

»Was siehst du?«

Sie zuckte zusammen. In dem Moment begann das Wasser zu kochen. Sie stand auf, holte zwei filigrane Teetassen aus einem Schrank hinter dem Herd und gab Wasser und Teeblätter in die dazugehörige Kanne.

»Ich sehe nichts«, sagte sie. »Siehst du vielleicht etwas?«

Und das tat ich. Ich sah, dass Nella zur Ruhe gekommen war.

»Was hältst du davon auszupacken?«, fragte sie kurz darauf. Nach zwei Tassen dampfend heißem Tee, der sich beherzt bemüht hatte, uns von innen zu wärmen.

»Und ein paar Stunden zu entspannen?«, fuhr sie fort. »Dann können wir uns morgen daranmachen, das achtbare Erbe meiner Mutter durchzugehen.«

Sie legte den Kopf leicht schief, und ich wusste nur zu gut, was das zu bedeuten hatte.

»Du schlägst vor, dass ich auspacke, richtig?«

»Wenn du Lust hast?«

Ich konnte nicht sagen, dass ich wirklich Lust hatte, aber mir war noch weniger danach, mit Nella zusammen zu sein, wenn sie in Wirklichkeit lieber alleine sein wollte. In der Regel spielte sie dann Klavier oder lag mit geschlossenen Augen einfach nur da und atmete so schwach, dass ich sie mehrere Male beinahe geschüttelt hätte aus Angst, sie könnte tot sein.

»Oben in Antonias und Lilys altem Schlafzimmer. Ich schlage vor, dass wir dort schlafen, du kannst also dort auspacken«, sagte sie.

»Im Selbstmordzimmer?«

Die Frage kam spontan aus mir heraus, und das war gar nicht so verwunderlich, wenn ich das einmal so sagen darf. Ich war mir nahezu hundertprozentig sicher, dass das Fenster dort oben den Rahmen für die letzte Reise mehrerer Liljenholmer ins Rosenbeet gebildet hatte, doch Nella zuckte nur mit den Schultern.

»Wenn du meinst, kannst du deine Matratze natürlich auch gerne in eins der anderen Zimmer den Gang hinunter schleppen«, sagte sie, und mir dämmerte etwas. Antonia und Lily hatten die Möbel oben verkauft, um wieder flüssig zu werden, als Horace und Clara mehr oder minder freiwillig aus dem Leben geschieden waren. So war das. Und als Simon verschwunden war, hatte Antonia ihr Ehebett und die übrigen Schlafzimmermöbel wohltätigen Zwecken gespendet. Wer weiß, warum sie nicht auch die Möbel aus dem Selbstmordzimmer weggegeben hatte, wo sie denn schon einmal dabei gewesen war, die Etage auszuräumen. Jedenfalls war das Selbstmordzimmer das einzige möblierte Zimmer dort oben, und es konnte keine Rede davon sein, dass ich in einem leeren Zimmer ohne Nella schlafen wollte!

»Ich werde alles für uns herrichten«, sagte ich, entschieden, wie ich hoffte, und Nella nickte. Doch an ihren Augen sah ich, dass sie mit ihren Gedanken bereits an einem anderen Ort war.

»Dann sehen wir uns später«, erwiderte sie und nickte Richtung Treppe. »Ich werde nach oben gehen und spielen.«

Sie hatte sich bereits abgewandt, als ich Ja sagte, und ich stutzte kurz. Wenn ich mich nicht sehr irrte, sprach sie mit sich selbst, als sie die Treppe hinaufstieg. Oder murmelte, trifft es vielleicht eher. Bald hörte ich sie erst einen und dann noch einen Ton anschlagen. Das Klavier war nicht gestimmt, doch das hinderte sie nicht daran weiterzuspielen. Wieder hörte ich jemanden reden. Nella, vermutlich. Doch es klang nicht mehr wie sie.

Inzwischen habe ich Nella viele Male Klavier spielen hören, und sie spielt wirklich ausgezeichnet. Das muss sie auch. Sie hat mehrere Jahre als Klavierlehrerin gearbeitet, bevor sich ihr die Möglichkeit bot, den Verlag zu übernehmen. Doch wenn sie nur für sich spielt, winden sich die Melodien auf eine Weise ineinander, die nicht von dieser Welt ist. Hin und wieder erkennt man vielleicht den Ansatz eines Verlaufs, doch nur allzu schnell geht er in eine leise Monotonie über, die über Stunden anhalten kann. *Meine beste Art zu entspannen*, nennt sie ihr Klavierspiel, und auf die Dauer ist die Wirkung auch einschläfernd, doch an diesem Abend war meine Müdigkeit trotz allem wie weggeblasen.

Denn jetzt, wo ich alleine war, sah die Küche plötzlich ganz anders aus. Noch immer blau, doch so dunkel, dass man in den Ecken Verstecken spielen konnte. Das war nicht gerade ein Spiel, das mir fremd war, um ehrlich zu sein, doch zog ich es vor zu wissen, mit wem ich spielte. Auf der Fensterbank sah ich einen kleinen, wie eine Muschel geformten Kerzenleuchter mit einer halbwegs heruntergebrannten Kerze in der Mitte. Schnell zündete ich ein Streichholz an und wartete, bis die Flamme ruhiger geworden war als ich. Ich hätte den einfachsten Weg wählen können, nämlich die Treppe hoch zu Nella und die Tür ins Vorzimmer hinaus. Doch stattdessen beschloss ich, eine Bestandsaufnahme des Gebäudes zu machen, in dem ich mich befand. Vor mir lag der Park, links die besagte Treppe zum Büro und zum Spielzimmer und rechts die Bibliothek, die in Antonias Arbeitszimmer hinaufführte. Hinter mir waren das Esszimmer, das Teezimmer, das Vorzimmer und die Halle. Mein Blick ruhte auf einer Treppe, die der glich, die wir heruntergekommen waren. Nur am entgegengesetzten Ende der Küche.

Zuerst glaubte ich, sie würde in die Bibliothek hinaufführen, doch als ich die Tür an ihrem Ende aufmachte, sah ich, dass ich mich geirrt hatte. Das Zimmer schien zurückzuweichen, als ich den Leuchter hochhielt, um einen Lichtschalter zu finden, und etwas ließ mich zögern. In der Ecke stand ein Mensch, eine Frau, daran bestand kein Zweifel. Sie trug ein weißes Kleid, das in der Taille gebunden war, und um den Hals hatte sie eine dieser langen Perlenketten, die Königin Alexandrine vor einigen Jahren in Mode gebracht hatte.

»Wer sind Sie?«

Ich versuchte, den Leuchter ein wenig höher zu halten, doch das Gesicht der Frau lag im Dunkeln.

»Wer sind Sie, gnädige Frau?«

Ich sprach so laut, dass selbst Nella mich hören musste. Obwohl auch ihr Klavierspiel lauter geworden war. Doch die Frau antwortete weiterhin nicht. Sie bewegte sich auch nicht. Ich fand den Schalter und drückte ihn herunter.

Ich will nicht sagen, dass mir anschließend alles klar war, doch ich sah zumindest, dass die Frau in Weiß eine alberne Schneiderbüste war. Auch auf der gegenüberliegenden Seite des Fensters stand eine, sie trug ein hochgeschlossenes schwarzes Trauerkleid. Offenbar diente das Zimmer als Ankleidezimmer, denn um mich herum gab es mehrere Kleiderschränke, einen Toilettentisch mit allem möglichen Kram und einen Kippspiegel, sodass man sich aus allen Winkeln betrachten konnte. Mein Anzug sah besser aus als ich.

»Was in aller Welt soll Nella mit dir?«, fuhr ich mich an. »Du führst dich auf wie ein Kind, das man nicht in die Stadt mitnehmen kann. Für was hältst du dich eigentlich?«

Ich sagte noch eine Menge anderer Dinge, die nicht unbedingt schriftlich wiedergegeben werden müssen, doch plötzlich versickerten meine Worte, mitten in einer äußerst komplizierten Bestandsaufnahme, wie beschissen es um mich stand und wie deutlich mein Verhalten das bewies. Denn plötzlich beschlich mich das Gefühl, beobachtet zu werden, und ich drehte mich um. Ich kniff die Augen zusammen. Zuerst sah ich nichts von Bedeutung, dann fiel mein Blick auf die am weitesten entfernte Wand. Jemand starrte mich von dort aus an. Daran bestand kein Zweifel.

»Was geht hier drinnen eigentlich vor?«

Ich war eher wütend als ängstlich. Mein Sehvermögen ist bekanntlich nicht mehr das, was es einmal war, doch ich hatte tatsächlich den Eindruck, dass sich der Mund der Person dort drüben bewegte.

»Was sagen Sie?«

Der Mund bewegte sich ganz sicher, und ich trat einen Schritt näher.

»Können Sie nicht etwas lauter reden?«

Im nächsten Augenblick starrten mich meine eigenen blauen Augen an, und der Spiegel an der Wand lachte. Ich hatte schon lange die Nase voll von diesem Raum. Ja, und von diesem Ort. Doch es war in jeder Hinsicht zu früh. Deshalb schritt ich entschlossen durch die dunklen Zimmer, nickte den Erbstücken zu, als wären sie alte Bekannte, und griff nach unseren Koffern, die im Gang standen und schlummerten. In Wirklichkeit war es äußerst einfach, erinnerte ich mich. Nella sollte ruhig ihre Ruhe haben, während ich die Dinge ordnete. Dann waren wir schnell wieder in Kopenhagen, und das mit weit mehr Geld als zuvor.

Die breite Treppe ächzte bei jedem Schritt, und am Ende boten sich zwei Möglichkeiten. Entweder man stieg eine gewundene Treppe weiter hinauf, die hoch in das westliche Turmzimmer führte, oder man folgte dem Gang, von dem weitere Zimmer abgingen. Vom letzten Besuch hier erinnerte ich mich noch allzu deutlich an ihn, daher wusste ich auch, dass man zu einer weiteren gewundenen Treppe kam, die in das östliche Turmzimmer führte. Das Letzte, worauf ich jetzt Lust hatte, war es, diesen Weg einzuschlagen, deshalb stemmte ich die Schulter gegen die Tür des ersten Zimmers. Des Selbstmordzimmers. Antonia und Lily hatten die ganzen Jahre über in diesem Zimmer gewohnt, bis Simon ins Spiel kam und es ausschließlich Lilys Zimmer wurde. Es glich dem, was es einmal gewesen war: einem alten Schlafzimmer. Die wenigen, weißlackierten Möbel mit den gold gestrichenen Kanten waren vergilbt. Ich stutzte. Mitten im Raum stand ein Himmelbett ohne Himmel. Das Bett der Zwillinge, nahm ich an. Es handelte sich ganz eindeutig um ein Doppelbett und nicht um zwei einzelne Betten, und vielleicht war es wirklich völlig normal in den feineren Kreisen auf Südseeland, mit seiner Schwester im selben Bett zu schlafen. Auch wenn man erwachsen war. Doch in meiner Welt war das seltsam, das muss ich einräumen. Schnell stellte ich die Koffer ab, und irgendetwas ließ mich das Zimmer wieder verlassen und zurück in eine kleine Kammer links der Treppe gehen.

Ja, ich kann genauso gut zugeben, dass mich die Neugierde antrieb. Denn obwohl die Kammer unscheinbar wirkte, zweifelte ich nicht daran, dass sie von Bedeutung war. Wie wenn man einen Menschen trifft und augenblicklich weiß, dass der Betreffende das eigene Leben verändern wird, das kennen Sie sicher. Ich trat ein. Die Möbel erinnerten mich im Grunde genommen an meine wenigen ausgedienten Habseligkeiten in der Pension Godthåb in Kopenhagen, die man auch mein Zuhause der letzten zehn Jahre nennen könnte, obwohl ich mich nie auch nur im Mindesten dort zu Hause gefühlt habe. Links von der Tür stand ein breites Bett, dessen Farbe abblätterte, rechts ein Schreibtisch mit einer einzigen quer verlaufenden Schublade, auf dem Boden lag ein abgenutzter, runder Teppich und im Kleiderschrank hinter der Tür baumelten fünf hochgeschlossene, langärmlige, dunkelgraue Kleider auf dicken Stahlbügeln. Ich nahm eins heraus und hielt es vor mich. Es war deutlich zu groß für mich, und das sagt nicht wenig, wenn ich ganz ehrlich sein soll. Der Stoff fühlte sich steif an, der Schnitt war unnötig eckig.

Die einzigen Lichtquellen des Zimmers waren ein hohes Fenster, vor dem eine dicke Gardine hing, und eine Leselampe auf dem Schreibtisch. Nach kurzem Suchen fand ich den Schalter am Fuß derselben, und ein ruhiges, grünliches Licht fiel auf die abgenutzte Tischplatte. Jemand musste an diesem Tisch gesessen und gearbeitet haben, dachte ich. Ich zog den Stuhl vor und setzte mich. Jemand, der in irgendeiner Form Handarbeiten ausgeführt hatte, doch in der Schublade gab es weder Nadel noch Faden. De facto lagen dort nur ein altes Kartenspiel, ein Stapel grauer Briefbögen von grober Qualität mit den dazugehörigen Umschlägen und ein Rosenkranz mit Holzperlen und einem Metallkreuz am Ende. Ich sah mich um. Wie man es auch drehte und wendete, ich hatte das unangenehme Gefühl, jemanden zu stören, und meine Bewegungen waren dementsprechend. Es gelang mir, mich so leise hinzusetzen, dass nicht einmal ich selbst es hörte.

»Ist hier jemand?«

Ich war überrascht, dass ich tatsächlich eine Antwort erwartete, so real fühlte sich die Gegenwart eines Fremden an. Etwas pfiff.

»Hallo? Ist da jemand?«

Wieder pfiff etwas, und ich zerknüllte den Kleiderstoff in den Händen, bis mir klar wurde, dass es der Wind sein musste, der hier oben sehr viel deutlicher zu hören war. Langsam ließen meine Hände den Stoff los. Ich kann mich nicht erinnern, ob mir bereits zu diesem Zeitpunkt klar war, dass ich mich in Fräulein Lauritsens Zimmer befand, doch ich glaube es fast. Ihre *besonderen Fähigkeiten*. Bis jetzt hatte ich eigentlich nicht weiter über diese nachgedacht, vielleicht weil ich den Kopf mit Misshelligkeiten voll hatte, die mir sehr viel schlimmer erschienen. Doch als ich dort saß, verspürte ich den starken Wunsch, zumindest den Mut der alten Verwalterin zu haben. Denn mutig musste sie gewesen sein. Jeden Abend, solange sich Nella zurückerinnern konnte, hatte sich Fräulein Lauritsen in das Turmzimmer hinaufbegeben. *Ich konnte sie ganz deutlich dort oben hin und her gehen hören, wenn ich in meinem Bett lag*, hatte Nella einmal gesagt, und das glaube ich gern, so dick wie Fräulein Lauritsen gewesen sein musste. *Es kam auch oft vor, dass ich sie dort oben mit tiefer, beharrlicher Stimme reden hörte,* erzählte Nella bei einer anderen Gelegenheit. *Es bestand kein Zweifel, dass sie mit jemandem sprach. Mit den Toten, pflegte meine Mutter zu sagen. Wenn Laurits wieder herunterkam, war Liljenholm zur Ruhe gekommen. Es war plötzlich ganz still.*

Auf einem wackligen Nachttisch entdeckte ich ein paar unscheinbare Fotografien hinter Glas, und auf einer erkannte ich Nella sofort wieder. Die Hälfte ihres Haars wurde von einer großen Schleife zurückgehalten, der Mund war ein leicht gebogener Strich, die Augen weit geöffnet. Plötzlich wurde ihr Klavierspiel noch lauter, und ich fühlte mich auf der Stelle von einer Müdigkeit übermannt, die ich mir nur schwer erklären konnte. Das Einzige, woran ich mich erinnere, ist, dass ich mich mit einer Decke auf das schmale Bett legte. Sie roch schwach nach Lavendel. Alle Laute schienen plötzlich wie aus einer anderen Welt. Es pfiff nicht länger der Wind, sondern etwas Lebendiges, das sich meinem rechten Ohr näherte, und im ersten Moment fühlte es sich weich auf der Haut an. Wie ein Kuscheltier vielleicht. Oder ein Damenpelzmantel. Doch plötzlich spürte ich einen stechenden Schmerz im Ohrläppchen, und die Hand, die ich zum Schlag erhoben hatte, gefror in der Luft. Der Boden öffnete sich vor mir, und überall waren Schatten. Ein großer, gebückter Schatten und eine Menge kleiner, hüpfender Schatten warfen sich kopfüber in das Loch und verschwanden.

Ich wachte mit einem Satz auf. Der Wind blies jetzt große Schneeflocken gegen die Fensterscheibe und musste das auch schon eine Zeit lang getan haben. Jedenfalls war der Schnee bereits ein gutes Stück die Außenseite des Fensters hinaufgekrochen. Vom Nachttisch aus starrten mich zwei Augen an.

Antonias Augen. Sie mochte vierzehn oder achtzehn Jahre alt sein, man konnte es nicht sagen. Das Bild war in der Mitte, wo Lily wohl einmal gewesen war, durchgerissen. Man sah nur noch einen halben Arm, ein wenig von der Schulter und einen Schuh ganz unten rechts, und ich war mir ganz sicher, dass ich die Umgebung schon einmal gesehen hatte. Vor Kurzem.

Mein Rücken schmerzte, und die Beine fühlten sich steif an, doch sie gehorchten mir, und ich ging den Gang hinunter. Antonia und Lily mussten genau hier gestanden haben, in dem Selbstmordzimmer nahe am Fenster, wo verschiedene vergilbte Bilder in einem zufälligen Muster aufgehängt waren. Auf der zerrissenen Fotografie sah man die Hälfte der Bilder, und unten links erahnte man einen einzelnen Kerzenleuchter und den Umriss eines Fensterrahmens. Das Bild musste spiegelverkehrt sein, ansonsten sah alles gleich aus, bis man näher heranging und den grauweißen Staub wahrnahm, der jetzt auf allem lag. Ich beugte mich vor. Pustete vorsichtig, bis das Motiv in dem mittleren Rahmen klar zu erkennen war. Wenn ich mich nicht sehr irrte, war es ein Jugendbild von Horace und seiner – vermutlich – wahnsinnigen Zwillingsschwester, Hortensia, die eher ängstlich als wahnsinnig aussah. Sie sah ihm ähnlich, oder vielleicht war es auch umgekehrt. Ihr Haar lockte sich um die Ohren, ihres etwas mehr als seins, und ihre Augen standen weit auseinander. So weit, dass einem dieses Detail als Erstes auffiel. Etwas an ihnen kam mir bekannt vor. Ich kam nicht darauf, was es war.

»Das da rechts ist meine Großmutter Clara.«

Ich drehte mich ruckartig um, und Nella trat einen Schritt auf mich zu. Ich hätte natürlich bemerken müssen, dass ihr Klavierspiel aufgehört hatte.

»Du hast mich erschreckt!«

Sie betrachtete das Bild mit leicht schräggelegtem Kopf, als würde sie sich ihren Teil denken, und das tat ich auch. Clara lächelte uns aus ihrem Rahmen geheimnisvoll an, ihre Locken waren ordentlich frisiert, den Hals umrahmten Spitzen. Ihr Blick war fern, als wäre sie bereits an einem anderen Ort. Mir kam eine der aufsehenerregendsten Thesen von Madame Rosencrantz in den Sinn. Denn wenn man ihren »zuverlässigen Quellen« Glauben schenken durfte, hatten weder Gespenster noch der finanzielle Ruin Horace und Clara in den Tod getrieben, sondern Fräulein Lauritsen, *»die nicht ganz so loyale Verwalterin, die um ihres eigenen Vorteils willen alles tat«*. Was es ihr gebracht haben sollte, ihre Herrschaft zu töten, ist jedoch fraglich. Wie alles, mit dem Madame Rosencrantz Seite um Seite füllte, verloren sich die wichtigen Beweise in einem Nebel, dick wie der Nebel um Liljenholm in den frühen Morgenstunden. Einen Augenblick kam es mir vor, als würde mir Clara von ihrem Platz an der Wand aus zublinzeln, doch der Staub in der Luft musste mir einen Streich spielen. Nella trat zu dem Himmelbett. Sie unterbrach meine Gedanken.

»Ich frage mich oft, wie Antonias und Lilys Verhältnis zueinander wohl gewesen ist«, sagte sie. »Mutter hat oft erwähnt, dass sie alles miteinander geteilt haben, während sie aufgewachsen sind …«

»Ja, auch das Bett, wie ich sehe.«

»Ihre Kindheit und Jugend verlief ebenso abgeschieden von der Welt wie meine, sodass sie wohl niemanden hatten als den anderen, mit dem sie alles teilen konnten. Niemand von uns hat mit anderen Kindern gespielt. Ich glaube, ich habe nicht einmal geahnt, dass es außerhalb von Liljenholm überhaupt welche gab. Es war ein riesiger Schock für mich, als ich Liljenholm verließ und feststellte, wie viele Menschen in meinem Alter es gibt. Ich habe geglaubt, anders als alle anderen zu sein, verstehst du?«

Das Himmelbett hatte tatsächlich eine gewisse Ähnlichkeit mit einem Käfig, vor allem im Gegensatz zu den dunklen Dielen. Aus den Daunen stoben Staubwolken, als Nella sich setzte. Ich tat es ihr gleich und versuchte, ein Husten zu unterdrücken. Nella schien sich über etwas zu amüsieren.

»Es ist übrigens nicht ganz so ungewöhnlich, das Bett mit jemandem zu teilen, das müsstest du doch wissen«, sagte sie. Das stimmte. Meine eigene Schwester ist zwar gestorben, bevor ich sie kennenlernen konnte, doch seitdem habe ich mit dem einen oder der anderen das Bett geteilt. Nicht dass meine Verwunderung über Antonias und Lilys übermäßig enges Verhältnis deshalb weniger geworden ist, denn sie dürften absolute Gegensätze gewesen sein, dachte ich. Lily war, soweit bekannt, sehr menschenscheu und überhaupt nicht daran interessiert, im Mittelpunkt zu stehen, nicht annähernd so schön oder erfolgreich oder etwas anderes von Bedeutung, wie ich bereits erwähnt habe (ich kann mich nur zu gut mit ihr identifizieren, deshalb erwähne ich es noch einmal). Sie dürfte ihre Schwester wohl gehasst haben, als ihr die Verteilung der Güter klar geworden ist.

»Ja, absolut, mit der Zeit hat die Eifersucht sie von innen her aufgefressen«, nickte Nella und griff nach ein paar Kissen, in die sie sich zurückfallen ließ. Ein Teil von mir mochte es nicht, wie gut sie meine Gedanken lesen konnte. Ein anderer Teil wünschte sich, dass sie sie öfter lesen würde, sodass ich mich nicht mehr so alleine mit ihnen fühlte. Als ich mich zurücklehnte, spürte ich eine deutliche Vertiefung in der Matratze.

»Deine ersten Lebensjahre waren bestimmt nicht leicht«, sagte ich zu Nella. »Mit Antonia und Lily zusammen, meine ich.«

Der Wind musste an Stärke zugenommen haben, und möglicherweise hatte er auch gedreht. Er trieb die Schneeflocken mit einem leisen, beharrlichen Heulen gegen die Scheiben des Selbstmordzimmers. Nella drehte sich auf die Seite und sah mich an. Zwischen ihren Brauen hatte sich eine tiefe Furche gebildet.

»Was ist mit deinem Ohr passiert? Das sieht ganz nach einem Biss aus?«

Wir griffen beide gleichzeitig danach, und ich spürte, was Nella sah. Den Mäusebiss aus meinem Traum. Ich hätte ihr gerne davon erzählt, doch etwas hielt mich zurück. Mein Stolz, wie ich vermute. Ich konnte damit leben, von vielen und vielem gebissen zu werden, doch nicht von behaarten Nagern.

»Da habe ich mich vor Kurzem geschnitten.«

Die Furche zwischen Nellas Brauen war tiefer geworden.

»Ungeachtet dessen, was Mutter den Journalisten erzählte, in meiner Gegenwart hat sie immer schlecht von Lily gesprochen«, sagte sie. »Ich weiß nicht, wie viele Male sie gesagt hat, dass ich ihr ähnlich bin, sowohl was das Aussehen als auch was das Verhalten angeht. Sie hat mich nicht gemocht. Ich habe nie verstanden, warum.«

»Ich bin mir sicher, dass sie getan hat, was sie konnte, um dich zu lieben«, versuchte ich, sie zu besänftigen, und ich hätte gerne noch mehr gesagt. Dass eine Mutter ihr Kind nur dann hassen kann, wenn sie zumindest vorgeben kann, alles in ihrer Macht Stehende getan zu haben, es zu lieben. Doch die Worte blieben mir im Hals stecken. Das passierte mir nicht zum ersten Mal.

»Was hat Fräulein Lauritsen eigentlich in ihrer Kammer gemacht? Da neben der Treppe?«, fragte ich deshalb und fühlte mich sofort besser. Nella ging zum Fenster und zog ruckartig die Gardinen vor.

»Wie meinst du das?«

Liljenholm knarrte gefährlich unter uns, einen Augenblick nur. Ich sagte Nella, was ich dachte, nämlich dass ich mich über die Tischplatte wunderte. Fräulein Lauritsen machte nicht gerade den Eindruck einer Frau, die lange Winterabende damit verbracht hatte, zu sticken oder zu klöppeln. Nella schien sich bei dem Gedanken zu amüsieren.

»Nein, meine Liebe, Laurits hat *geschrieben*«, sagte sie. »Habe ich dir das nie erzählt? Sie hat jeden Abend Tagebuch geführt, und ich habe oft auf ihrem Bett gesessen und ihr zugesehen. Ich habe es geliebt, ihr zuzusehen. Das hat mich beruhigt.«

»Dann glaubst du, dass …?«

Nella schüttelte langsam den Kopf.

»Nein, ich glaube, dass Laurits die Tagebücher vor ihrem Tod vernichtet hat, falls du das meinst. Das macht man hier so auf Liljenholm. Man vernichtet alles, von dem man meint, dass es den Hausfrieden stört, und wenn es vollbracht ist, hofft man, dass Ruhe einkehrt.«

»Ruhe?«

Das Wort entfuhr meinem Mund, bevor ich es verhindern konnte. Nella ging langsam zu ihrem Koffer, hob ihn auf einen Stuhl und öffnete ihn weit. Sie holte ein paar Kleider heraus und strich sie öfter glatt, als es nötig gewesen wäre.

»Ja, wenn wir Liljenholmer nicht auf Ruhe hoffen würden, wer in aller Welt dann?«

Sie stopfte das eine Kopfkissen tief in den Kleiderschrank, zog einen Kissenbezug über das andere und legte es auf meinen Platz im Bett. Ich zuckte zusammen. Allzu nah neben meinem Kopf knarrte etwas, und plötzlich war es stockdunkel um uns herum. Nun glauben Sie vielleicht zu wissen, was das zu bedeuten hat, doch glauben Sie mir, Sie wissen es erst, wenn Sie die Dunkelheit auf Liljenholm erlebt haben. Sie kroch mir bis tief in die Seele, durch meine Augen hindurch, so fühlte es sich an. Nellas Atem berührte meine rechte Wange.

»Ganz ruhig. Der Strom fällt hier oft aus. Er ist gleich wieder da.«

»Bist du sicher?«

Sie legte etwas zur Seite und zündete ein Streichholz an. Das Feuer spiegelte sich in ihren Pupillen. Die Flamme bewegte sich durch das Zimmer, bekam einen Docht zu fassen und loderte auf.

»Hast du keine Angst, Nella?«

Sie lachte auf eine Weise, von der ich nicht wusste, ob ich sie kannte oder mochte, und im selben Augenblick kehrte das Licht mit einem Klicken zurück. Ich kann mich tatsächlich nicht erinnern, wann ich das letzte Mal wegen einer derartigen Kleinigkeit so erleichtert gewesen bin. Vielleicht spielten mir meine Augen in diesem Moment einen Streich, denn der Wechsel zwischen Dunkelheit und Licht war allzu plötzlich. Denn Nella sah aus, als wäre sie leichenblass. Nur einen Moment, bis sie sich vorbeugte und mir ungeschickt die Decke zuwarf, sodass ich nur noch Staub sah.

Eine Verwalterin plaudert aus dem Nähkästchen

Am selben Abend erwachte ich von einem Schrei. Einem deutlichen lang gezogenen Schrei. Zunächst wusste ich nicht, wo ich war. Etwas, das sich wie ein Sack Kartoffeln anfühlte, lag halb auf meinem Gesicht, als hätte jemand versucht, mich zu ersticken, sich im letzten Moment aber eines anderen besonnen. Erst als ich danach stieß, begriff ich, dass es mein eigenes Kopfkissen sein musste. Ich hatte mich in der Decke verheddert, die sich wiederum im Bezug verheddert hatte, und ich schwitzte, obwohl die Temperatur im Zimmer um den Gefrierpunkt liegen musste.

»Nella?«

Wo sie hätte liegen müssen, griff ich ins Leere.

»Nella?«

Die Decke auf ihrer Seite des Bettes war zurückgeschlagen und der Bezug eiskalt. Irgendetwas fiel zu Boden und ging zu Bruch, als ich nach den Streichhölzern auf dem Nachttisch tastete, doch schließlich hatte ich Erfolg und fand, was ich suchte. Die Flamme flackerte, bevor der Docht richtig brannte. Ich hörte Nella irgendetwas rufen, das ich nicht verstand. Ihre Stimme kam von irgendwo nahe der Treppe.

Ich schlug den erstbesten Mantel um die Schultern und vermied es mit knapper Not, in die Scherben zu treten. Die Bodenbretter waren wie Eis. Die Kälte kroch in mir hoch, und von dem Gang bis zur Treppe purzelten meine Gedanken übereinander. In der Tür zu Fräulein Lauritsens Zimmer blieb ich stehen.

»Nella?«

Sie saß auf dem Boden, Fräulein Lauritsens Decke um sich geschlungen und einen großen Stapel Kladden vor sich. Die gängigen billigen Schreibhefte mit dem schwarzen Umschlag, soweit ich das sehen konnte. Das oberste war in der Mitte aufgeschlagen.

»Entschuldige, wenn ich dich erschreckt habe«, murmelte sie, ohne den Blick zu heben. Das grüne Licht der Tischlampe warf einen Kreis auf den Boden, und Nella bedeutete mir mit der Hand mich zu setzen. Die Schrift in dem Buch neigte sich in eine Richtung. Leider konnte ich über ihre Schulter nichts lesen.

»Ist das Fräulein Lauritsens Schrift?«

Erst jetzt fiel mir auf, dass Nellas Wangen nass von Tränen waren, und sie wischte sie fort. Schnell, als hätten sie nichts zu bedeuten.

»Wo ich sie gefunden habe, sind noch mehr Tagebücher«, sagte sie. Im Schein der Leselampe warf ihre Nase einen langen Schatten auf ihre Wange. Sie war auf eine ganz andere Weise schön als tagsüber, wo sie alles tat, um genau das zu sein.

»Und wo waren die Tagebücher?«, fragte ich, doch Nella schüttelte nur den Kopf.

»Als ich vor fünf Jahren an diesem Ort war, habe ich hier, hier in dieser Kammer, die grauenvollsten Dinge erlebt«, sagte sie. »Du darfst aber nicht schlecht von mir denken, versprichst du mir das?«

Sie wartete die Antwort nicht ab, atmete tief ein und fuhr fort.

»Ich wäre damals beinahe zur Mörderin geworden, und ich

habe mir geschworen, niemals mehr dieses Zimmer zu betreten. Vor allem nicht in der Nacht.«

Ich hatte Lust, ihr die Wahrheit zu sagen: *Hör zu, wenn ich alle Orte hätte meiden wollen, an denen ich im Laufe der Zeit beinahe zur Mörderin geworden wäre, hätte ich mein Zimmer in der Pension Godthåb nicht mehr verlassen können.* Doch ich begnügte mich damit, zuzuhören und zu nicken.

»Meine besten Kindheitserinnerungen sind mit dieser Kammer verknüpft«, fuhr sie fort und machte eine ausladende Handbewegung. »Und schließlich bin ich doch hier hineingegangen. Ich habe mich auf Laurits' Bett gesetzt, wie ich das immer getan habe, als ich klein war und aufgewacht bin und nicht mehr einschlafen konnte. Ich konnte ihren Stift ganz deutlich auf dem Papier hören, er ist nahezu mit ihr davongelaufen. Es ist so merkwürdig, dass sie nicht mehr hier ist.«

»Aber sie ist seit fünfzehn Jahren tot.«

Ich ärgerte mich über meinen Kommentar, sobald ich ihn ausgesprochen hatte. Ich müsste doch besser als alle anderen wissen, dass man die Toten jahrelang vermissen konnte, mit jedem Jahr, das verging, auf eine andere Weise. Nellas Finger balancierte auf der Kante des Tagebuchs, das sie in der Hand hielt.

»Ich habe die letzten beiden Stunden gelesen«, sagte sie, »mal hier, mal da, und ich hätte nie gedacht … ich hätte wirklich nie geglaubt …«

Sie sah mich an, als wäre ich ein umstrittenes Kapitel in einem der Bücher, die sie überarbeitete.

»Soweit ich sehe, hat Laurits alles aufgeschrieben, was sie von ihrer Einstellung 1884 bis zu ihrem Tod gesehen und getan hat, und eins kann ich dir sagen: Wir wissen nichts, und Fräulein Lauritsen weiß alles. Was sie schreibt, ist so verrückt, dass ich es nicht einmal schaffe, dir zu erzählen, was ich gelesen habe.«

Damals glaubte ich, dass Nella das vor allem sagte, um mich neugierig zu machen, aber ich sollte bald eines Besseren belehrt werden. Nella nickte zu einem runden, schmutzigen Teppich auf dem Boden hin.

»Die Bücher liegen da unten in einer großen Metallkiste unter einem der Bretter.«

Sie hatte recht. Unter dem Teppich warteten ein paar lose Dielenbretter, die eher wie ein Deckel aussahen. In jedem war ein Loch von der Größe zweier Finger, und als ich sie hochhob, lagen die Bücher in ordentlichen Reihen mit Datenangaben auf den Rücken vor mir. 1/1-1898-1/1-1899, 1/1-1900-1/1-1901 …

Ich holte die fünf obersten Hefte aus der Tiefe. Nellas Blick glitt über den Stapel. Sanft, wie mir auffiel.

»Wir haben dem Zufall viel zu verdanken«, sagte sie. »Und den Mäusen.«

Einen Moment spürte ich, wie mir etwas Weiches, Lebendiges über die Wange strich, gefolgt von einem Biss, und Nella nickte.

»Ich habe ganz ruhig hier gesessen und an Laurits gedacht, als ich etwas fiepen hörte. Ich habe die Bretter angehoben, um nachzuschauen, und zuerst nur den Metallkasten gesehen. Dann habe ich den fiependen Laut wieder gehört. Er kam nicht aus dem Kasten, wie ich angenommen hatte. In dem Kasten waren nämlich nur diese Kladden. Erst als ich ihn etwas zur Seite geschoben hatte, habe ich die Mäuse dahinter entdeckt. Sie scheinen schon lange hier zu wohnen. Während ich hier saß und las, ist mir plötzlich eine über den Arm gelaufen.«

»Und da hast du geschrien?«

»Ja, tut mir leid.«

Sie zog die Decke fester um sich. Sie roch schwach nach Lavendel. Die Gedanken stürmten auf mich ein. An den Traum, der vielleicht Wirklichkeit war, und an Fräulein Lauritsen, die sich nicht an die Benimmregeln von Liljenholm gehalten und die Tagebücher versteckt hatte, statt sie zu vernichten.

»Ich glaube, Laurits wollte, dass ich sie lese«, sagte Nella. »Ansonsten ist mir nicht klar, warum sie sie versteckt hat, dir etwa?«

In diesem Moment knallte eine Tür, sodass ich im wortwörtlichen Sinn zusammenzuckte. Nella griff nach meinen Händen und drückte sie leicht.

»Liljenholm heißt dich noch einmal herzlich willkommen«, sagte sie. Ihre Hand war sehr warm, und wie immer wünschte ich mir, der Augenblick möge länger andauern, als er es tat. Vielleicht ist es einfach mein Schicksal, mehr haben zu wollen als mir vergönnt ist. Nella ließ meine Hände jedenfalls los und wandte sich wieder dem Stapel mit den Tagebüchern zu.

»Sollen wir anfangen zu lesen?«

Sie begann mit dem Anfang und ich in der Mitte. Ich hob das Licht näher zu den Seiten hin, bis sich die ersten harten Striche zu Sätzen formten, die ich mir nicht einmal in meiner Fantasie hätte vorstellen können. Und meiner Fantasie fehlt es eigentlich an nichts, muss ich notwendigerweise hinzufügen. Wenn Sie es nicht bereits erraten haben.

Während der nächsten Stunden bekamen wir kaum Schlaf noch aßen wir genug, doch dafür lasen wir alle Geständnisse von Fräulein Lauritsen. Tauschten die Tagebücher aus und lasen weiter. Ein einziges Mal weinte Nella, den Kopf an meine Schulter gelehnt, und brachte nur mühsam halbe Sätze hervor: *Wie konnte Fräulein Lauritsen nur hier mit uns leben und all das wissen? Wie konnte sie mir das antun?… Ich hätte nie geglaubt, dass Madame Rosencrantz auch nur in einem Punkt recht haben konnte, doch … Und dieses Verhalten, glaubst du, dass das erblich ist? Glaubst du auch, dass ich …?*

Ein anderes Mal schlug sie eins der Tagebücher zu.

»Im Moment schaffe ich es einfach nicht, mehr über diese Turmzimmer zu lesen. Kannst du das eine Weile übernehmen?«, bat sie, und ich nahm ihr als Antwort Fräulein Lauritsens Tagebuch aus der Hand, las und las und wunderte mich sehr.

»Bist du auch auf *DIE EPISODE* gestoßen?«, fühlte ich mich genötigt zu fragen. Erst sah Nella mich nachdenklich an, dann nickte sie. Laurits schrieb oft davon, immer in Großbuchstaben, als wäre das von Bedeutung, doch warum schrieb sie dann nie, um was es dabei eigentlich ging? Nella zuckte mit den Schultern, als ich sie danach fragte.

»Vielleicht hat selbst Laurits ihre Geheimnisse. Das haben wir wohl alle«, meinte sie, und ehrlich gesagt kann ich mich nicht erinnern, wann eine Antwort mich das letzte Mal mehr beunruhigt hat.

Drei Tage später hatten wir alle Tagebücher gelesen, ohne einen einzigen Buchstaben übersprungen zu haben. Oder vielleicht sollte ich hier besser für mich sprechen. Es war meiner Aufmerksamkeit schließlich nicht entgangen, dass Nella auch einige Stunden leer in die Luft gestarrt und das eine oder andere in dem kleinen Notizbuch notiert hatte, das sie immer bei sich trug. Jetzt streckte sie sich vorsichtig in Fräulein Lauritsens altem Beichtstuhl, ihr Rücken knackte. Zumindest freute es mich, dass ich nicht die Einzige war, die sich mit einem klappernden Skelett herumschlagen musste.

»Ich habe ein Gefühl, als hätte ich seit Tagen hohes Fieber«, sagte sie, und ich nickte, obwohl ich mich eher so abgenutzt fühlte wie das Laken unter mir, und wahrscheinlich war ich auch so zerknittert. Ich hatte jedoch nicht die Nerven, einen Spiegel zu konsultieren und zum Gott weiß wievielten Mal festzustellen, dass ich wie eine Leiche auf zwei Beinen aussah. Deshalb stand ich auf und schlug vor, dass wir uns etwas zu essen machen sollten, was äußerst vernünftig war.

Keine von uns erwähnte die Tagebücher, die wie ein geschändeter Grabhügel in Stapeln über den Boden verteilt lagen. Wir stiegen einfach darüber hinweg und schlossen die Tür gut hinter uns zu. Die Treppenstufen ächzten laut, ungeachtet, wie vorsichtig wir auftraten. Ich selbst übersprang die Hälfte, doch die restlichen ächzten nur noch lauter, und der Duft von Antonias orientalischem Parfüm wurde stärker (*du musst aufhören, den Duft als »orientalisch« zu beschreiben*, hat Nella mit ihrem Gekritzel an den Rand geschrieben. *Soweit ich weiß, ist nichts Orientalisches an weißen Lilien!*). In der Halle hielten Antonias Mäntel Wache wie stumme Soldaten. Sie sahen erheblich furchteinflößender aus als vor drei Tagen, kam es mir vor, und das Vorzimmer wartete mit angehaltenem Atem, noch immer nicht auf längeren Besuch eingestellt, doch wesentlich weniger feindlich gesinnt. Ich stellte mich unter den Kronleuchter, und Nella trat zu mir. Als ich die Arme um sie legte, ging die Sonne hinter den schneeweißen Baumkronen draußen vor den Fenstern unter. Ein langer Windstoß ließ das Gut singen.

Eine Idee nimmt Formen an

Während des Abendessens unterbreitete mir Nella ihren Vorschlag. Wir saßen im Esszimmer, an dem einen Ende des länglichen Tischs. Um uns herum an den Wänden hingen gerahmte Vorfahren mit wachsamen Blicken, verewigt mit zierlichen Pinselstrichen. Auf dem Ehrenplatz am Ende erkannte ich Horace, und wenn man dem Gemälde vertrauen konnte, hatten die Jahre, die, seit das Foto im Selbstmordzimmer aufgenommen worden war, vergangen waren, die Konturen seines Gesichts noch verschärft. Unter den Wangenknochen zeigten sich jetzt Vertiefungen, die Ecken um das Kinn waren kantig geworden, die Locken abgeschnitten oder ganz verschwunden. Auf den ersten Blick sah er vielleicht noch stattlich aus in seiner reich dekorierten Uniform und mit dem Fuß auf einem toten Hirsch mit Geweih. Doch vor allem wirkte er sonderbar nackt und sich dieser Tatsache bewusst, als würde er unfreiwillig sein Inneres nach außen tragen. Ich war mir auch überhaupt nicht sicher, ob es dazu geeignet war, vorgezeigt zu werden, doch mein reales Wissen über ihn als Person war spärlich und ist es noch immer. Fräulein Lauritsen erwähnt ihn verblüffend selten in Anbetracht dessen, dass er ihre Herrschaft war.

»Ich habe über etwas nachgedacht«, sagte Nella und sah von mir zu Horace und zu den Kerzen, die ich in der winzigen Hoffnung angezündet hatte, sie könnten etwas Gemütlichkeit verbreiten.

»Ja?«

Mein Löffel tauchte in den dünnen Haferbrei ein. Liljenholm war plötzlich ganz still, als wartete jedes einzelne Zimmer auf die Fortsetzung.

»Ich denke, dass man hieraus ein Buch machen könnte«, fuhr Nella fort, und mein Löffel blieb auf halbem Weg zwischen dem geerbten Geschirr und meinem halb offenen Mund in der Luft stehen.

»Ein Buch?«

»Ja, wie Antonias Bücher, wenn man einmal davon absieht, dass ihre Geschichten erfunden sind, teilweise zumindest, und das hier die Wahrheit ist. Die Wahrheit über Liljenholm. Verstehst du, worauf ich hinaus will? Ohne all die schönen Fräulein und die unheimlichen Barone und die ritterlichen Söhne und all das.«

Sie wissen es sicher schon, lieber Leser, doch lassen Sie mich der Ordnung halber darauf hinweisen, dass Nella auf Antonias bereits erwähntes Debüt *Lady Nellas geschlossene Augen* anspielte und dass sich hinter »all das« unter anderem eine kinderlose Ehe, eine schlaue Amme, eine heimliche Verliebtheit und eine in dicke Wassermetaphorik verpackte Liebesszene verbarg. Wenn Sie irgendeins von Antonias späteren Büchern gelesen haben, werden Sie das Muster wiedererkennen, denn sie ist seitdem nicht davon abgewichen.

Nella sah mich abwartend an. »Du sollst nur die Wahrheit schreiben, das ist das Einzige, worum ich dich bitte«, sagte sie. Die Schnitzereien an der Tischkante schnitten in meinen Magen.

»*Ich*?«

Nella nickte.

»Ja. Doch zunächst müssen Laurits' Tagebücher natürlich gekürzt und zu einer Geschichte zusammengeschrieben werden, die einen Sinn ergibt. Wenn das getan ist, bist du schon weit gekommen.«

Ich musste eine Zeit lang dagesessen und den Kopf geschüttelt haben, denn Nella sah mich eindringlich an. Ihre Augen hatten die gleiche dunkelgrüne Farbe wie die Wände um uns herum, nur leuchtender. Wie Tannen an einem Wintermorgen, musste ich denken.

»Du weißt doch selbst, wie schwer es ist, etwas mit sich herumzutragen, von dem man keine Ahnung hat, was es ist«, sagte sie. »Jetzt, wo Laurits' Tagebücher mir endlich eine Antwort darauf gegeben haben, was mich so lange gequält hat, will ich einfach, dass es verschwindet. Aus mir heraus, verstehst du?«

Mein dummer Kopf nickte. Wenn ich eins verstand, war es der Traum, dass alles Belastende eines Tages leichter werden und in die Welt hinausfliegen und vielleicht sogar sein eigenes Leben leben würde. Nichts wäre schöner als das. Es sei denn, dass andere alles erfuhren und verstanden.

»Und warum schreibst du nicht selbst …?«

»Weil ich das nicht kann«, unterbrach mich Nella. »Ich habe natürlich darüber nachgedacht, ob ich es kann, während ich in den Tagebüchern gelesen habe. Das ist klar. Aber ich bin keine Autorin, wie Mutter so gerne gesagt hat, wenn sie mich am meisten gehasst hat, und ich werde auch nie eine werden. Es ist mir einfach nicht gegeben. Im Gegensatz zu dir.«

»Aber ich bin doch nur eine armselige Sekretärin«, wandte ich ein, ein wenig halbherzig, um ehrlich zu sein, und Nella schüttelte auch nur den Kopf.

»Wir wissen doch beide, dass du immer schreiben wolltest«, sagte sie, und zu meiner Schande hatte sie recht. Solange ich zurückdenken kann, habe ich die durch und durch eitle Vorstellung gehegt, dass es meine eigentliche Bestimmung sei,

Bücher zu schreiben. Romane, um genau zu sein. Und als ich mir hundert Romanversuche später eingestehen musste, dass ich nicht eine einzige zusammenhängende Geschichte in mir trug, war Sekretärin schließlich besser als nichts. Wenn auch nicht viel besser.

»Ich zweifle keinen Augenblick daran, dass du die Richtige für diese Aufgabe bist«, hörte ich Nella sagen. Eigentlich bilde ich mir ein, für Schmeicheleien nicht empfänglich zu sein, doch Nella, die meine Schreibfähigkeiten lobte, konnte ich einfach nicht widerstehen. Zumal mein alter Traum wie ein freigelassenes Zirkuspferd durch die Manege galoppierte und ich mich so gut fühlte, wie der Tag lang war. Das musste man sich einmal vorstellen! *Ich* konnte meiner geliebten Nella das Leben erleichtern! Eine Last von ihren zarten Schultern nehmen!

Und außerdem ... Nun ja, ich will mich nicht besser machen, als ich bin. Ein Diener ist bekanntlich nicht besser als sein Herr und ein Bote nicht bedeutender als der, der ihn gesandt hat, und so weiter. Die Sache war die, dass Madame Rosencrantz' Biografie sich wie warme Semmeln verkauft hatte, und natürlich kam mir der Gedanke, dass dieselben Leser möglicherweise auch die wirkliche Geschichte kaufen und mit klingender Münze bezahlen würden. Nicht dass dieser Roman als Lizenz zum Gelddrucken gedacht ist, wie ich gleich betonen möchte. Ich kann auf viele erheblich leichtere Arten Geld verdienen, als hier zu sitzen und in die Tasten zu hacken. Doch als ich nickte und sagte, »Wenn du das wirklich meinst, will ich es versuchen«, und Nella den Atem anhielt und fragte, »Bist du sicher? Willst du das wirklich für mich tun?«, glaubte ich, dass wir beide ein wenig von einem Leben ohne gepantschten Haferbrei und unbezahlte Rechnungen träumten.

Nella scharrte unter dem Tisch mit den Füßen.

»Ich habe noch eine Idee«, sagte sie. Und bevor ich fortfahre, muss ich Sie in etwas einweihen. In etwas, das in diesem Moment passierte. Denn während Nella sprach, sah ich mich selbst in Antonias Arbeitszimmer sitzen, vor Antonias alter Remington. Und überall waren Worte. In meinem Kopf, in meinen Fingern, in ordentlichen Stapeln auf dem Schreibtisch. Ich beugte mich vor, um ein paar Seiten zu lesen, strich Stellen durch und überschrieb sie mit meinem roten Stift, und eine Frau in einem äußerst formlosen Kleid trat wie aus dem Nichts zu mir. Ihre Schritte wirkten erheblich leichter als sie selbst, und um den Hals trug sie ein Medaillon. Es baumelte von einer Seite zur anderen, als sie sich vorbeugte und mir etwas ins Ohr flüsterte. Nella sah mich besorgt an.

»Hörst du mir überhaupt zu?«

Ich öffnete den Mund und schloss ihn wieder. Nella schüttelte den Kopf.

»Was ich gesagt habe, ist, dass wir, statt Liljenholm an diesen mir unbekannten Hans Nielsen zu verkaufen, auch beide hier hinausziehen könnten, nur vorübergehend. Warte, bis ich ausgeredet habe, bevor du Nein sagst. Wir sind uns einig, dass das nicht die beste Lösung ist, die die Welt je gesehen hat, aber es wäre weit billiger für uns, wenn du dein Zimmer in der Pension kündigen würdest und ich den Verlag von hier aus führen könnte. Dann kämen wir auch um die Rationierungen und die Verdunklung und die Ausgangssperre und die Schießereien herum. Hier herrscht doch Ruhe zum Schreiben, nicht?«

»Das ist nicht dein Ernst!«

Eine lange Furche durchschnitt jetzt Nellas Stirn.

»Ich will dir gegenüber ganz ehrlich sein«, sagte sie. Einige ihrer Ringellocken hatten sich gelöst, und ich rechnete damit, dass sie sie zurück an ihren Platz schieben würde, doch sie sprach einfach weiter. »Meine Geschichte, dieser Ort hier verfolgt mich ohnehin die ganze Zeit, ungeachtet, wo im Land ich mich befinde. Dem muss ich endlich in die Augen sehen. Und deswegen kann ich mich auch ebenso gut hier aufhalten, bis das ein Ende hat, denke ich. Und ich habe mich so gesehen auch bereits dazu entschlossen. Ungeachtet, wie du dich entscheidest, plane ich, für eine Zeit lang hier hinauszuziehen.«

Nellas Entschluss hätte mich streng genommen nicht so sehr überraschen dürfen. Obwohl sie zerbrechlich wirkt, geht sie lieber ihren eigenen Weg, als dass sie andere auf sich aufpassen lässt, und der Gedanke an sie hier alleine und mich in Kopenhagen beschloss die Sache. Ich würde mich lieber zu Tode erschrecken lassen, als vor Sehnsucht zu sterben. (Im Gegensatz zu Nella offenbar. Oder vielleicht würde sie mich auch gar nicht vermissen?) Meine Erscheinung von vorhin kam sofort zurück. Die flüsternde Stimme in meinem Ohr: *Nähere dich Nella, so sehr du kannst,* hatte sie gesagt. *Lerne sie richtig kennen.*

»Ich lasse mich nur darauf ein, wenn du mir alles erzählst, worüber du nie sprechen wolltest. Sowohl über deine Jahre hier auf Liljenholm als auch über damals vor fünf Jahren, als Antonia im Sterben lag und du zurückgekommen bist«, sagte ich mit einer größeren Ruhe, als ich sie empfand. Nella trippelte unruhig mit den Füßen. Die lange Furche in ihrer Stirn war noch tiefer geworden, doch ich fuhr fort: »Bei aller Ehre und allem Respekt vor Fräulein Lauritsens Tagebüchern, doch wenn sie gekürzt und zusammengeschrieben werden sollen, musst du das übernehmen. Ich will Liljenholms *ganze* Geschichte erzählen. Nicht nur ihren Teil. Verstehst du das?«

Nella stand ruckartig auf, und zuerst glaubte ich, sie nickte zu meiner Frage, doch dann sah ich leicht verwundert, dass sie zur Tür hin nickte.

»Was hast du vor, Nella?«

Als Antwort zündete sie die nächstbeste Kerze an. Wir gingen an dem Mädchenzimmer und der Viktualienkammer vorbei und weiter die Treppe zur Küche hinunter. Im Küchenboden, hinter dem Ofen, entdeckte ich ein viereckiges Loch. Eine Kellertreppe, wie sich herausstellte. Die Stufen waren lose, was auch auf das Geländer zutraf, wie ich auf halbem Weg feststellte. Es fiel krachend die Stufen hinunter. Nella erweckte eine einzelne Deckenlampe zum Leben.

»Pass auf das Geländer auf«, murmelte sie irgendwo vor mir, was sie auch gut etwas früher hätte sagen können.

»Was ist da unten überhaupt?«

Der Geruch nach Holzfäule war unverkennbar, und meine Beine zitterten so sehr, dass ich nur mit Schwierigkeiten einen Fuß vor den anderen setzen konnte. Nella ging jetzt einen Gang entlang.

»Soweit ich weiß, sind hier nur leere Kellerräume und eine Menge Wein von ich weiß nicht wann«, sagte sie. »Da drüben rechts sind übrigens die Sicherungen. Das solltest du vielleicht wissen, wenn der Strom wieder einmal ausfällt.«

Ihre Antwort gefiel mir nicht. Streng genommen hatte ich schon genug Probleme mit den ganzen leeren Zimmern oben, vor allem jetzt, wo ich hier wohnen sollte. Umgeben von Leere, wie es schien.

»Komm schon!«

»Aber Nella, du weißt doch, dass ich nicht … ich meine im Alltag …«

»Scht, komm her und nimm ein paar Flaschen, und hör mit dem Unsinn auf. Unsere Vereinbarung muss gefeiert werden, komm schon! Nein, nein! Zwei Flaschen reichen mit Sicherheit nicht!«

Als wir wieder oben waren, holte Nella die feinsten Gläser heraus, die es auf Liljenholm gab, mit vergoldeten Füßen, die plattgedrückten Blumenköpfen glichen. Wo genau sie die gefunden hatte, weiß ich nicht, denn als Erstes lotste sie mich an Simons Arbeitszimmer mit dem Klavier vorbei in das fast leere Eckzimmer unten im westlichen Turm, von dem aus man volle Sicht auf den Park hatte. Jedenfalls tagsüber. Jetzt sah ich nur quadratische Ausschnitte meines Spiegelbilds, und ich glich dem, was ich war. Jemandem, der zu alt war, sich tagelang wachzuhalten. Alles in mir erstarrte. Das Gefühl von etwas Fremdem war hier drinnen noch aufdringlicher als oben in Fräulein Lauritsens Kammer. Eine schneidende Kälte durchfuhr mich.

»Wenn du dich denn losreißen kannst?«

Der Wein in dem Glas, das Nella mir reichte, sah fast schwarz aus.

»Aber spürst du das denn nicht?«

Das Gefühl verschwand, sobald wir uns zuprosteten.

»Was soll ich spüren?«

»Nichts«, antwortete ich, was der Wahrheit entsprach. Der Wein lagerte sich in einem trüben Muster auf der Innenseite des Glases ab, was die Hoffnung in mir wachsen ließ, dass Nella jeden Gedanken weiterzutrinken aufgeben würde. Doch offenbar begeisterte sie der Geschmack von Alkohol und gärender Hefe, denn sie prostete mir erneut zu.

»Ich wollte dir schon seit Jahren eine Geschichte erzählen«, sagte sie und ließ sich auf einem alten, roten Sofa nieder. Es war das einzige Möbelstück im Raum, sodass ich ihr vorsichtig Gesellschaft leistete. Die Federn quietschten unnötig laut, schien es mir. Nella wippte gedankenverloren mit dem Fuß, leerte ihr Glas und füllte es erneut.

»Mehr Wein?«

Die schäumende Flüssigkeit stieg diesmal etwas zu nah an den Glasrand. Ich bekam das klebrige Zeug auf die Finger, als ich das Glas an die Lippen führte. Nella hatte ihres bereits noch einmal gefüllt.

»Ich bekomme einfach nicht heraus, warum die Geschichte wichtig ist, verstehst du?«, sagte sie und leerte ihr Glas. »Aber ich bin davon überzeugt, dass sie wichtig sein *muss*, und ich wünschte wirklich … ja, wenn ich die Autorin wäre, würde ich mit ihr anfangen.«

»Du willst, dass ich mit einer Geschichte anfange, von der du selbst nicht einmal weißt, warum sie wichtig ist?«

Nella nickte.

»Sie ist das Erste, an das ich mich mit Sicherheit erinnere, und an das Erste, an das man sich erinnert, erinnert man sich doch in der Regel aus einem ganz bestimmten Grund, nicht?«

Ihre Augenlider zuckten.

»Es ist mir ein Rätsel geblieben, was ich an jenem Nachmittag eigentlich gesehen habe. Immer wieder war ich fast überzeugt, es herausbekommen zu haben, und als wir oben in Laurits' Zimmer gesessen und gelesen haben, hatte ich gehofft, dass sie es mir verraten würde. Denn Laurits war auch dabei gewesen. Deshalb glaube ich, dass es Dinge gibt, über die nicht einmal Laurits gewagt hat, in ihren Tagebüchern zu schreiben. Ich befürchte, dass hier sehr viel mehr passiert ist und dass es schlimmer ist, als wir uns das überhaupt vorstellen können.«

»Dann glaubst du also, dass das, woran du dich erinnern kannst, etwas mit der berüchtigten *EPISODE* zu tun hat?«

»Ich habe keine Ahnung, aber das habe ich mich natürlich auch gefragt.«

Nella griff nach der Flasche und schenkte nach.

»Ich bin bereit, wenn du es auch bist«, sagte sie, und natürlich war ich bereit. Mein Gedächtnis ist nicht fotografisch, doch in aller Bescheidenheit ist es sehr viel besser als das des Durchschnitts. Hören Sie die Geschichte, die Nella mir erzählt hat.

»Ich war sechs Jahre alt, als es passiert ist«, begann sie. »Der Wind rüttelte an Liljenholm, wie Mutter an mir rüttelte, wenn ich unartig war. Und als ich in meinem kleinen Zimmer … das, das neben dem Selbstmordzimmer liegt … die Beine über die Bettkante schwang … du warst vielleicht einmal drinnen?«

Ich schüttelte den Kopf, und sie fuhr fort:

»Also, als ich die Beine über die Bettkante schwang, wusste ich, dass Mutter noch fester an mir rütteln würde, wenn sie herausfand, dass ich mein Bett verlassen hatte. Ich hatte meine kleine, rote Klingel, die ich betätigen sollte, wenn mir etwas fehlte, dann kam Laurits. ›Was kann ich für Sie tun, Fräulein Nella?‹, pflegte sie zu fragen. So war es die ganzen Wochen gewesen, in denen ich krank im Bett gelegen, Blut gehustet und im Fieber geträumt hatte, erstickt zu werden, doch jetzt war alles anders. Ich schwitzte und fror gleichzeitig, hatte aber weder Durst noch Schmerzen. Dafür hatte ein Laut von unten mich neugierig gemacht. Eine Art Weinen. Zunächst hatte er mich an ein Geräusch erinnert, das ich oft oben aus dem östlichen Turmzimmer gehört hatte, und dann doch wieder nicht …«

»Ein Geräusch?«

Ich konnte es nicht lassen, sie zu unterbrechen, eifrig wie ich war, und Nella nickte zwischen ein paar Schlucken.

»Ja, man hörte oft einen leisen, klagenden Laut von dort oben. Das waren die Gespenster, die stöhnten, sagten Mutter und Laurits. Ich sollte mich von den Zimmern fernhalten und

Liljenholm in Frieden seine Eigenheiten haben lassen, meinten sie. Dann passiere mir nichts.«

Wir schauderten gleichzeitig.

»Der Unterschied war nur, dass das Weinen, das ich von unten hörte, sehr viel hysterischer klang als die Laute aus dem Turm. Wenn ich weinte, sagte Mutter immer: ›Sei nicht so hysterisch, Nella!‹ In letzter Zeit hatte sie das sehr oft gesagt, deshalb wusste ich, dass man hysterisch war, wenn man ganz tief unten in etwas Schwarzem saß und nicht wieder hochkam. Jetzt versuchte ich stattdessen auf die Beine zu kommen. In dem bleichen Nachmittagslicht, das durch die Ritzen in den Gardinen hereinfiel, sahen sie krank aus. Die Blutadern hatten eine gewisse Ähnlichkeit mit einem gespannten Fischernetz, waren noch blauer als meine Haut, und meine Zähne klapperten, obwohl ich meinen dicksten Mantel über das Nachthemd zog. Ich schlich in Richtung des Schluchzens. Der Laut mischte sich mit Laurits' Stimme, die so klang, wie wenn sie mich tröstete. Auf dem Boden des Spielzimmers sah ich ein Bündel. Und dieses Bündel schrie.«

Nellas Augen wanderten von den Fenstern zu der kleinblumigen Tapete. Sie hatte Flecken von alten Wasserschäden, die obszönen, dunkelbraunen Blumen glichen.

»Damals war dieser Raum hier fast ebenso leer wie heute, abgesehen von einem Schaukelpferd und ein paar Bauklötzen in der Ecke«, fuhr sie fort. »Das Bündel schaukelte auf dem Boden hin und her. Es musste Schmerzen haben, ich habe nie jemanden auf diese Weise jammern hören, und als Laurits sich aufrichtete, musste ich die Augen fest schließen und wieder aufmachen. Doch es bestand kein Zweifel.«

Nella starrte in die Luft.

»Das Bündel war Mutter, und sie war … entschuldige, aber sie war nackt, abgesehen von dem Umhang, der um ihre

Schultern lag. Ich wusste nicht einmal, dass sie nackt sein *konnte*, verstehst du? Für mich war sie in ihren langen Kleidern und mit ihrer steifen Maske von einem Gesicht auf die Welt gekommen, und jetzt lag sie plötzlich da. Ihr Mund stand offen, und die Beine waren gespreizt. Sie schien zu bluten, woraus, konnte ich nicht sehen, und ihr Gesicht war nass, das Haar klebte an der Haut. ›Zieh deinen Umhang ordentlich an, dann gehen wir hoch ins Bett‹, sagte Laurits zu ihr. ›Komm, ich helfe dir.‹ Doch Mutter zeigte nur mit einem silbernen Gegenstand auf sie, den sie dann ruckartig auf ihren Bauch richtete. Oder etwas tiefer. Ich kann mich gut daran erinnern, was sie gerufen hat: ›Ich habe sie schreien hören. Sie hat geschrien. Ich bin mir sicher, dass ich es gehört habe, und du hast sie mir genommen!‹ Laurits beugte sich wieder zu ihr hinunter. Sie kämpften um den Gegenstand, aber Laurits war stärker. Laurits war immer stärker. Sie warf den Gegenstand weg, sodass er dicht vor meinen Füßen landete. Es war Mutters Brieföffner mit dem silbernen Griff. Das Blatt war blutverschmiert. ›Sie hat nicht geschrien, meine Liebe‹, hörte ich Laurits sagen, und ihre Stimme zitterte. Ich hatte sie noch nie zuvor zittern hören. ›Sie kann nicht schreien, weil sie tot ist. Du weißt doch, dass sie tot ist. Hörst du, was ich sage? DU WEISST DOCH, DASS SIE TOT IST!‹«

»Und weiter?«

Nella wandte mir das Gesicht zu. Ihr Blick war leer.

»Ja, ich muss mich wohl in mein Bett zurückgeschlichen haben, aber ich kann mich nicht daran erinnern. Ich kann mich auch nicht erinnern, wie lange ich krank war oder was ich eigentlich hatte, doch all die Jahre hörte ich hin und wieder Mutters Weinen aus dem Spielzimmer. In der Regel abends, wenn sie glaubte, dass ich schlief. Mir fiel dann nichts anderes ein, als mir die Decke über die Ohren zu ziehen, bis sie aufhörte. Und ich dachte ... oder ich habe versucht zu denken, dass ich an dem Nachmittag nichts gehört oder gesehen habe. Nicht wirklich. Es war nur das Fieber, das mich hat Gespenster sehen lassen. Doch in den folgenden Tagen hinkte Mutter so merkwürdig und hielt sich den Bauch, und seitdem waren ihre Handflächen und Unterarme manchmal mit Schnittwunden übersät. Manchmal waren Laurits' Handflächen das auch.«

»Und du hast nie eine der beiden gefragt ...?«

Nella goss uns beiden Wein nach. Bis zum Rand und etwas darüber.

»Nein, ich habe nie eine der beiden gefragt, was in aller Welt da vorging«, sagte sie. »Ich habe ja nie etwas anderes gekannt, wie du weißt, und außerdem habe ich es nicht über mich gebracht zu erzählen, dass ich Mutter gesehen hatte ... so.«

Wir schwiegen eine Weile. Ich war allmählich ziemlich benebelt, und der Gedanke an Antonia, nackt, mit gespreizten Beinen und einem Brieföffner in der Hand, sorgte dafür, dass das Sofa sich drehte.

»Und du glaubst, dass sie von Bella gesprochen hat?«, war das Einzige, das mir einfiel. Nella schien unbeeindruckt.

»Du solltest Madame Rosencrantz' alte Schauergeschichte von meiner ermordeten Zwillingsschwester endlich in Frieden ruhen lassen«, sagte sie. »Ich habe dir gesagt, was ich davon halte. Ehrlich gesagt: Der einzige Platz, an den sie vielleicht gehört, ist neben den *Jungfrauenkäfig*.«

Der Jungfrauenkäfig war einer von Antonias Romanen. Ich hatte ihn in einer Ausnahmesituation sogar gelesen. Nella lächelte nachsichtig. Wahrscheinlich über mich.

»Lass uns austrinken und noch eine Flasche aufmachen, ja?«, meinte sie leichthin. Ich versuchte, einen Gedanken zu fassen, der mir immer wider entglitt. Er hatte mit der trauernden Antonia zu tun. Ich hätte nicht geglaubt, dass diese seltsam vereiste Frau dieses Gefühl gekannt hatte.

Was weiter an diesem Abend geschah, versinkt für mich, milde ausgedrückt, im Nebel, doch zumindest lagen schnell drei weitere leere Flaschen neben dem Sofa. Der Wein schmeckte immer besser, je mehr wir tranken. Das lag in der Natur des Liljenholmer Weins, versicherte mir Nella. Ich versuchte ihr mehrmals von meinen Erscheinungen zu erzählen, daran erinnere ich mich. *Plötzlich war da ein großer, gebeugter Schatten. Er stürzte sich Hals über Kopf in das Loch, in dem du die Tagebücher gefunden hast, und ich glaube, ich habe ihn neulich wiedergesehen… Das war Fräulein Lauritsen, nicht? Sie hatte ein Medaillon um den Hals und hat mir zugeflüstert…*

Doch Nella hörte schon lange nicht mehr zu.

»Da sind noch mehr, wo der herkommt«, sagte sie und meinte den Wein, mit dem der Keller offenbar gut gefüllt war. Ich muss wohl nicht erwähnen, dass sie danach sofort einschlief. Mit dem Kopf auf der Armlehne und einem seligen Lächeln auf den Lippen, das dort verweilte, bis die Sonne über den Baumkronen des Parks wieder aufging. Ich weiß das, denn als ich die Augen aufschlug, schwindelig von einer anderen Welt, lächelte sie noch immer. Die Geschichte von Antonia und dem Brieföffner kam zurück. Ich versuchte, mir die Situation vorzustellen, doch in dem Zimmer war es bereits zu hell, und es gab weder eine Blutspur noch war auch nur der Schatten eines Schaukelpferds zu sehen. Ich sah nur eine Erinnerung, die sich mir nicht erschloss, und die sehe ich noch immer. Ungeachtet, wie ich es drehe und wende, passt sie nicht in die mir bekannte Geschichte von Liljenholm, und das macht mir Sorgen. Denn die Wahrheit über meine

Schreibfähigkeiten ist die, dass es mir nie gelungen ist, eine Geschichte mit einem Anfang, einer Mitte und einem Ende fertig zu schreiben, obwohl in meinem Kopf alle Teile präsent waren und es nur darum ging, sie zu Papier zu bringen. Und wie, frage ich mich, soll ich überhaupt bis zur Mitte oder sogar zum Schluss kommen, wenn entscheidende Teile der Geschichte einfach fehlen?

Die letzten Vorbereitungen

Ich kann Ihnen verraten, dass die Frage dadurch, dass mittlerweile anderthalb Monate vergangen sind, nicht unwesentlicher geworden ist. Eigentlich hat die Zeit alles nur schlimmer gemacht, inklusive der Widrigkeiten Liljenholms, und das ist die Ironie des Schicksals in ihrer reinsten Form. Meines Wissens war Nella und nicht ich diejenige, die hatte hierbleiben wollen, bis all die deprimierenden Geschichten aus ihr heraus und von mir zu Papier gebracht worden waren. *Bis es aufhört,* waren ihre genauen Worte gewesen. Umso verwunderlicher ist es, dass ich mich die letzten drei Wochen und vier Tage alleine auf Liljenholm aufgehalten habe. Drei Wochen und vier Tage! Sie machen sich keinen Begriff davon, wie langsam die Zeit vergeht, wenn man immer angespannt ist. Und darüber hinaus lassen die Ablenkungen in dieser Gegend etwas zu wünschen übrig. Hier gibt es kein Telefon, kein Radio, die Post kommt nur einmal die Woche, und sobald ich Antonias altes Arbeitszimmer verlasse, fehlt nicht viel, dass ich an Fingern und Zehen Erfrierungen bekomme.

Und Nella? Nun ja, sie genießt wohl das süße Leben in Kopenhagen, während ich diese Worte schreibe. *Wie die Mutter, so die Tochter*, könnte man das Phänomen auch nennen, doch das setzt voraus, dass man einen Teil der Geschichte kennt, von der ich nicht weiß, wie ich sie zu Papier bringen soll. Lassen Sie mich nur so viel sagen, dass Nella bereits vor zwei Wochen wieder nach Liljenholm hätte zurückkommen sollen, wenn ihr Versprechen einen höheren Wert gehabt hätte als das Brennholz, das ich zum Verheizen hacke, sodass sich meine Arme danach wie Pflastersteine anfühlen. Das Versprechen wurde an einem späten Abend vor genau drei Wochen und fünf Tagen gegeben, als Nella an die Tür von Antonias Arbeitszimmer klopfte und den Kopf hereinsteckte. Ihr Haar war offen wie die Gedanken an einem Sommertag.

»Wie läuft es?«

In der Hand hielt sie eine Vase mit einer jämmerlichen Mischung aus Weidenkätzchenzweigen, frischen Johanniskrautzweigen und roten Vogelbeeren. Bevor ich protestieren konnte, stellte sie sie mitten auf Antonias sauberen Schreibtisch. Wir hatten eine Woche gebraucht, um Großputz zu machen, überall aufzuräumen und eine endlose Reihe von Schränken und Schubladen nach potentiell wertvollen oder auch nur aufschlussreichen Dingen zu durchforsten. Jedoch ohne nennenswerten Erfolg. Ganz offensichtlich war Antonia weitaus eher bereit gewesen, alles zu vernichten, was auch nur ansatzweise den Hausfrieden hätte stören können, als ihre Verwalterin es gewesen war.

»Ich habe gerade angefangen zu schreiben«, sagte ich, nicht um zu nörgeln, sondern weil es mich, ohne zu übertreiben, einen wahren Kraftakt gekostet hatte. *Setz dich hin, und die Inspiration kommt von oben*. Ha! Das Einzige, das von oben kam, war Schnee, Schnee und noch mehr Schnee, verwässert von Stürmen, und dann waren da all die Geschichten, die Nella mir in den Stunden nach Mitternacht erzählt hatte. Manche so ungeheuerlich, dass ich kaum wusste, was ich mit ihnen anfangen sollte. Doch jetzt saß ich endlich hier und schrieb von unserer Ankunft auf Liljenholm, während ich mich nahezu in sie zurückgeschleudert fühlte, sodass ich am liebsten nicht gestört werden wollte. Nella zeigte mir ihr charmantestes Lächeln, als ich ihr das sagte.

»Ja, aber genau darüber will ich doch mit dir reden«, sagte sie, und meine Hände froren auf den Tasten von Antonias schwarzer Remington fest.

»Wie meinst du das?«

Ich hatte eine dunkle Ahnung, was sie meinte. Außerdem kostete es mich große Anstrengungen, die richtigen Details für die Beschreibung der Ankunft auszuwählen, sodass meine Laune schon bessere Tage gesehen hatte. (Ich habe die Szene in den vergangenen Wochen um die zehn Mal umgeschrieben, und man sollte wohl anerkennen, dass ich mir meine Frustration bis jetzt nicht habe anmerken lassen.)

»Hör zu«, sagte Nella, »du weißt doch, dass ich zurück nach Kopenhagen muss. Um den Umzug in die Wege zu leiten, meine Wohnung zu kündigen und den Verlag umzugsbereit zu machen. Du kannst natürlich gerne mitkommen, aber …«

Wir kannten die Fortsetzung beide: Ich hatte nur das Geld für eine einfache Fahrkarte, und Nella bekam mit knapper Not noch das Geld für eine Rückfahrkarte zusammen. Also hatte ich die Wahl, auf Liljenholm oder in Kopenhagen zu bleiben. Nella legte den Kopf schief. Sie sollte mich öfter so ansehen.

»Soll ich in der Pension Godthåb vorbeigehen und ein paar von deinen Sachen holen?«, fragte sie, und beinahe hätte ich laut gelacht.

»Was hast du dir denn vorgestellt, was du holen willst?«

Nella wusste genauso gut wie ich, dass alles, was ich besaß, auf der Durchreise war. Als ich in die Pension gezogen bin, habe ich das abgelegte Leben meines Vormieters übernommen, seine Möbel, seine alte Bettdecke, ein paar in Wachs eingekapselte Kerzenleuchter, und jetzt war die Zeit gekommen, alles weiterzugeben. Mir tat der, der das übernehmen sollte, leid.

»Soll ich denn nicht eine Nachricht an …?«

»An Lillemor? Nein, danke. Aber du kannst gerne …«

»Ja, ja, ich werde mit Ambrosius reden.«

Nella klang müde. Aus unergründlichen Gründen hat sie meinen besten und einzigen Freund nie gemocht, und warum sie Lillemor so gerne treffen wollte, war mir nicht klar. Doch andererseits war mir ebenso unklar, warum ich unter keinen Umständen wollte, dass Nella und Lillemor sich trafen. Ich weiß nicht einmal selbst, warum mir das so gegen den Strich ging.

Nella ließ sich auf dem alten geblümten Ohrensessel vor Antonias Bücherregal nieder und saß somit vor dem absolut Einzigen auf Liljenholm, das eine fortwährende Anziehung auf mich ausübte, nämlich Antonias Lebenswerk, ihre 32 Romane. Sie nahmen das gesamte Regal ein, in sämtlichen Ausgaben und Auflagen und in allen möglichen Sprachen. Ich stand täglich davor. Manchmal zog ich einfach einen vergoldeten Buchrücken nach dem anderen heraus, bewunderte den Einband und die Papierqualität, roch an dem Inhalt. Andere Male las ich einzelne Passagen oder ganze Abschnitte, während ich auszublenden versuchte, dass sie in diesem Zimmer geschrieben worden waren. Man kann nicht in ein Buch flüchten, wenn es genau an dem Ort spielt, von dem man flüchten will. Ich kann das jedenfalls nicht. Der Blumenbezug verlieh Nellas Haut eine wärmere Glut.

»Dann weißt du inzwischen, womit du anfangen willst, und bist mit den Vorbereitungen fertig?«, fragte sie. Das wusste ich nicht, und deshalb ließ ich meiner Neugierde freien Lauf.

»Mit deinen Erlebnissen an Antonias Sterbebett, hatte ich gedacht. Was hältst du davon?«

Sie schwang die Beine über die Armlehne und machte es sich im Sessel bequem.

»Ich habe mir schon gedacht, dass du daran denkst«, sagte sie, und ich war mir nicht sicher, ob das Lob oder Tadel sein sollte. Sie lächelte mich schief an.

»Und was ist mit deinem Teil an der Geschichte? Willst du den nicht aufschreiben?«

Sie betrachtete nachdenklich einen Stapel farbenfroher Taschenbücher, die ich auf dem Boden zusammengeräumt hatte, und ich spürte nur allzu deutlich, dass ich rot wurde.

»Meinen Teil an der Geschichte? Wie meinst du das?«

Man kann viel über Taschenbücher sagen, doch als geschmackvoll kann man sie wohl nur bezeichnen, wenn man auch nicht den leisesten Ansatz von Geschmack hat. Auf den Rückseiten stehen Sensationstexte, die nichts mit dem Inhalt zu tun haben und die Titelseiten sind noch schlimmer. Frauen in einem Hauch von Nichts und Männer, denen der alte Filmheld Rudolph Valentino Modell gestanden hat. Ich will nicht weiter darüber nachdenken, was es über mich aussagt, dass mich jedes einzelne davon begeistert. Und schon gar nicht jetzt, wo Nella mich mit ihrem strahlendsten Lächeln ansah.

»Nun, man kann schließlich nicht sagen, dass du für die Geschichte unwesentlich bist«, sagte sie. Ich versuchte, nicht weiter darauf einzugehen.

»Hör auf! Ich bin doch nur eine Nebenfigur, der zufällig das Wort erteilt worden ist!«

Doch das glaubte ich nicht einmal selbst, das kann ich hoffentlich schreiben, ohne mich selbst zu rühmen. Denn natürlich bin ich für den Fortgang dieser Geschichte wichtig. Außerordentlich wichtig sogar. Das war wohl auch einer der Gründe, warum Nella mich und nicht irgendeine Sekretärin gebeten hat, sie aufzuschreiben. Doch warum gerade ich wichtig bin, kann ich im Moment noch nicht verraten. Nella nickte verständnisvoll, als ich das sagte. Ihr Blick war auf Antonias schmales Bett gerichtet.

»Kannst du uns nicht eben etwas Wein holen?«, fragte sie, als hätte das Wort »eben« auch nur das Mindeste in einem Satz zu suchen, in dem es darum ging, in den Keller von Liljenholm hinunterzusteigen. »Und versuch die uralten Flaschen zu meiden«, fügte sie hinzu. »Dann werde ich auch versuchen, dir alles in der richtigen Reihenfolge zu erzählen.«

Zu meiner Verwunderung begann Nella, mir eine ganz andere Geschichte zu erzählen als die von Antonias Sterbebett, und sie ist mir seitdem nicht mehr aus dem Kopf gegangen. Wo genau sie in der umfangreichen Geschichte von Liljenholm ihren Platz hat, ist unklar, deshalb füge ich sie an dieser Stelle ein und hoffe, dass sie auf ihre ganz eigene Weise hineinpasst.

Nella begann, nachdem sie ein paar Gläser Wein geleert und eine geraume Zeit in die Luft gestarrt hatte.

»Ich war eigentlich ein braves Kind, doch eines Abends hatte ich einfach genug von Mutters und Laurits' Gerede von en Turmzimmern und davon, wie gefährlich es für mich sei, dort hinaufzugehen.«

Sie schenkte uns beiden Wein nach, obwohl nur ihr Glas leer war, und strich mehrere Male über den geblümten Stoff des Sessels.

»Du solltest vielleicht wissen, dass ich als kleines Kind Schlafwandlerin war, doch zu der Zeit eigentlich nicht mehr. Es war mehrere Jahre her, dass ich das letzte Mal mit offenen Augen unten in der Küche gestanden hatte, ohne zu wissen, wo ich war, und außerdem fühlte es sich diesmal ganz anders an. Sehr viel realer.«

»Wie meinst du das?«

Sie leerte ihr Glas und schenkte sich erneut ein.

»Ich kann mich an alles erinnern«, sagte sie. »Es war stürmisch an dem Abend, was es erschwerte zu sagen, woher die Laute kamen. Das weißt du ja auch.«

Sie hat recht. Ich habe längst bemerkt, dass Liljenholm bei Sturm auf eine besondere Weise klingt, als würden die knarrenden Laute wie zufällig von Raum zu Raum springen. Kennt man das Haus nicht gut, ist es fast unmöglich zu hören, wo sie anfangen und wo sie enden. Nella atmete tief durch.

»Ich habe lange Zeit geglaubt, dass Liljenholm einfach sein generelles Unbehagen über das Wetter ausdrückte, doch diesmal hörte ich ein leises, inständiges Klagen, und im nächsten Augenblick vernahm ich Laurits' Schritte auf der Treppe. Sie gingen den Gang entlang und an meiner Tür vorbei. An Laurits' Schritten erkannte man allmählich, dass sie alt wurde. Sie ging immer langsamer, und an diesem Abend blieb sie mehrere Male auf der Treppe zum östlichen Turm hinauf stehen. Bestimmt war sie auch müde, die Arme. Mutter hatte sie den ganzen Tag herumgescheucht. Ich hörte jeden einzelnen Laut: Laurits' Schlüssel, die in der Tür zum Turmzimmer rasselten, das lang gezogene Knarren, als sie aufglitt. Ich wartete nur darauf, dass sie zuknallte, doch das tat sie nicht. Ich stand auf.«

»Ja?«

Nella sah an mir vorbei. Einen Augenblick glaubte ich, ein Schatten tanze über den Boden, doch es war nur ihr Fuß, der auf und ab wippte.

»Ja, ich stand auf. Es war Sommer, deshalb war ich sehr dünn angezogen. Ein weißes Batistnachthemd und sonst nichts. Es wickelte sich ab und zu um meine Beine, als ich den Gang hinunter- und die Treppe hinaufschlich, an deren Ende ich Licht sah. Einen goldenen Schimmer, der auf die gewölbte Wand fiel. Das restliche Zimmer war stockdunkel, und der klagende Laut war wieder da. Er kam von überall, wie es den Anschein hatte, und plötzlich hörte ich die Tür hinter mir zuknallen.«

Nellas Augen wurden ganz schmal. Ich hätte viel darum gegeben, in diesem Moment das Gleiche sehen zu können wie sie.

»Auf der Wand, der angestrahlten, sah ich Schatten, die ineinanderflossen. Einer schien auf einer Art Bett zu liegen. Später habe ich gedacht, dass das wohl die alte Chaiselongue gewesen sein muss, und mit etwas gutem Willen konnte der eine Schatten Laurits sein, die sich darüberbeugte. Doch ich bin mir bei Weitem nicht sicher. Der Schatten verwischte wie ein Tintenklecks, und plötzlich sah ich nichts mehr.«

Nella zog die Beine unter sich.

»Jemand hielt mir die Augen zu und zerrte mich hinaus, sodass ich stolperte und Splitter in die Füße bekam. Der klagende Laut wurde von einem leisen Sausen abgelöst. Irgendjemand rief auf eine wirklich seltsame Weise nach mir: ›Nella? Bist du das? Komm zurück! Nella? Komm her!‹ Ich hörte mich einen kläglichen Laut ausstoßen, bevor ich den Schmerz spürte. Direkt aus meinem Pony war mir ein großes Büschel Haare gerissen worden, doch das stellte ich erst später fest, als ich mich im Spiegel sah. In der Situation selbst war ich mir sicher, sterben zu müssen. Doch dann hörte ich, wie Mutter mir etwas ins Ohr flüsterte. Sie wollte wissen, ob ich wach war und was ich gesehen hatte. Den ganzen Weg die Treppe und in mein Zimmer hinunter antwortete ich *nichts*. Sie ließ mich erst los, als ich lag, wo ich die ganze Zeit hätte liegen sollen, und erst zu spät begriff ich, dass … oh, es ist so schwer, davon zu reden …«

Schnell reichte ich Nella mein Taschentuch, und sie vergrub

eine Weile das Gesicht darin, trocknete sich die Augen und knüllte es in der Hand zusammen.

»Mutter hatte ein Kissen in der Hand. Viel zu nah an meinem Mund. ›Wenn du etwas gesehen hast, musst du mir das jetzt sagen‹, verlangte sie. Ich tat, als würde ich schlafen, mit weit offenen Augen, wie damals, als ich noch schlafwandelte. Mutters Parfüm kam mir süßer vor als sonst. Du kennst ja den Duft. Und als sie sich über mich beugte, wurde er noch intensiver. Ich starrte das Kissen an und wartete nur darauf, dass es mein Gesicht ganz bedecken würde, doch mehr passierte nicht.«

»Sie ist gegangen?«

»Ja, sie ist nach unten gegangen, und kurz darauf ist Laurits aus dem Zimmer oben gekommen, wie sie das immer tat. Ihre Schritte waren noch langsamer als zuvor, und ich wiederholte immer wieder, dass ich nichts gesehen hatte, obwohl ich das ja hatte. Doch es waren nur Schatten gewesen, und die zählten nicht. Laurits sah mich am nächsten Tag seltsam an, das weiß ich noch, und ich wünschte, sie hätte nach dem kahlen Fleck gefragt, da er sehr schmerzte. Aber sie frisierte mich nur so, dass man ihn nicht sah. Ich fühlte mich furchtbar allein. Schließlich sah ich ein, dass es auf Liljenholm Gefahren gab, vor denen nicht einmal Laurits mich beschützen konnte.«

Ich denke, ich kann verraten, dass Nella absolut recht hatte. Es gibt Gefahren auf Liljenholm, und an Antonias Sterbebett waren sie darüber hinaus zahlreicher denn je. Das war mir völlig klar, als Nella die Geschichte zu Ende erzählt hatte. Der nächste Morgen war hereingebrochen, und ich fühlte mich in keinster Weise zuversichtlich, als Nella ihren Koffer packte und mit emsigen Fingern ihren Mantel zuknöpfte. In meinem Kopf drehten sich die Sätze im Kreis: *Ich wage es einfach nicht, hier zu sein und deine Erlebnisse an Antonias Sterbebett aufzuschreiben, während du nicht da bist! Das ist viel, viel zu real, verstehst du?* Doch ich griff nur nach ihrem Koffer, trug ihn in die Halle hinunter und bat um nähere Informationen, wann ich sie wiedersehen würde.

»Oh, ich bleibe nicht lange weg«, sagte sie leichthin. Ihre Augen waren rot vor Müdigkeit. »Höchstens zwei Wochen, dann bin ich wieder da.«

»Versprichst du es?«

Als Antwort gab sie mir einen Kuss, und ich hätte sie und nicht mich fragen sollen, ob das ein Ja oder ein Nein war.

Die Vase mit den Weidenkätzchenzweigen, den roten Vogelbeeren und den inzwischen abgestorbenen Johanniskrautzweigen steht noch immer mitten auf meinem Schreibtisch und hat mehr und mehr Ähnlichkeit mit einer verwirrten Vogelscheuche. Sehr passend, dachte ich, wenn ich mich ein seltenes Mal im Spiegel ansah. Dann biss ich die Zähne zusammen und schrieb an all den Seiten weiter, die Sie bis jetzt gelesen haben. Es sind mehr Seiten, als ich jemals an einem Stück geschrieben habe, und inzwischen hat Liljenholm sich mit meiner Gegenwart angefreundet und Ruhe gegeben. Doch an den meisten Tagen bin ich viele Male unterbrochen worden, und die erste Woche, nachdem Nella abgereist war, wurde ich nahezu dauernd gestört. Ich bin ohne jeden Anlass zusammengezuckt, wenn eine Tür zuknallte oder über meinem Kopf etwas knarrte oder der Wind draußen drehte und den Schnee direkt gegen mein Fenster trieb. Nellas Worte gingen mir dann durch den Kopf. *Ungeachtet, was du hörst und siehst und wahrnimmst, tu, als ob nichts geschehen sei. Das ist zu deinem eigenen Besten.*

Allmählich sind die Worte in mir zur Ruhe gekommen. Ich

zucke noch immer zusammen, wenn das ganze Haus ächzt, als hätte es zu lange in ein und derselben Position gestanden. Auch das unverkennbare Gefühl, nicht willkommen zu sein und spöttisch beäugt zu werden, hat sich noch immer nicht ganz gelegt. Und ich war alles andere als ruhig an jenem Abend, an dem ich meine Bettdecke zur Seite schlug und einen Brieföffner mit einem silbernen Griff entdeckte, der am Morgen ganz sicher noch nicht dort gelegen hatte. Doch ich versuchte, so zu tun, als ob nichts geschehen sei. Ich versuchte, Ruhe zu bewahren. Mit Daumen und Zeigefinger der einen Hand griff ich nach dem Brieföffner, und mit der anderen öffnete ich das Selbstmordfenster und ließ ihn die todbringenden Meter hinunter ins Rosenbeet fallen.

»Lebwohl«, sagte ich laut und wartete fast auf eine Antwort. Das war das einzige Mal, dass ich mich gefragt habe, ob ich hier draußen langsam den Verstand verliere. Und das habe ich Nella am nächsten Tag auch geschrieben. *Willst du nicht bald zurückkommen?*, habe ich geschrieben. *Ich habe Angst, langsam wahnsinnig zu werden, wenn ich alleine hier bin.* Nella hat noch nicht geantwortet. Natürlich nicht. Die Post hat meinen Brief erst heute Morgen mitgenommen, sodass Nella ihn hoffentlich Freitag hat, und ich werde frühestens in einer Woche und einem Tag von ihr hören. Dann kann ich auch ebenso gut damit beginnen, Ihnen all das zu erzählen, was Nella mir von der Zeit berichtet hat, als sie an Antonias Sterbebett zurückgekehrt ist, damals vor fünf Jahren. Vielleicht hoffe ich ja – wenn auch nur ein ganz klein wenig – Nella dabei etwas weniger zu vermissen.

September 1936

Ein Telegramm von einem Freund

Ich habe mich lange gefragt, wo Nellas Teil der Geschichte sinnvollerweise beginnen sollte. Damals, als Nella sich eng an Fräulein Lauritsens Leiche schmiegte? Oder damals, als sie beinahe aus dem Selbstmordfenster gesprungen wäre, stattdessen jedoch ihr Erspartes gegen ein erbärmliches Dachzimmer in Kopenhagen eingetauscht hatte? Ich habe mich in aller Bescheidenheit an beiden Anfängen versucht, und noch an ein paar anderen, die ich gar nicht erst erwähnen will. Doch nach ein paar Seiten hatte ich das Gefühl, dass etwas fehlte. Etwas Wichtiges. Lassen Sie es mich also noch einmal versuchen.

Nellas Teil der Geschichte begann mit einem Telegramm, das beinahe nie angekommen wäre. Sie hatte einen ihrer harten Tage hinter sich, unmögliche Schüler an unmöglichen Orten in der Stadt und zum Abschluss eine unmögliche Straßenbahn, die mit der üblichen Verlässlichkeit allzu weit von ihrer Haustür entfernt hielt. Sie musste, das billige gelbe Notenheft unter dem Mantel versteckt, durch einen feinmaschigen Vorhang aus Regen laufen, und als sie um die Ecke der Hedebygade bog, kam ihr wie an all den anderen Tagen zuvor der Gedanke, dass ihr Leben von hinten bis vorne aussichtslos war. Eine Tatsache, nannte sie das gewöhnlich, wenn die wenigen Menschen, mit denen sie Umgang pflegte, sich um ihr

Wohlergehen sorgten. Der Rhythmus der Worte klang in ihren Füßen nach. Eine Tatsache. Sie sprang über ein paar Kanaldeckel und hob die Hand zum Gruß, als ein schwarz gekleideter Mann zur Seite trat, um sie vorbeizulassen. Sie hörte seine platschenden Schritte hinter sich.

»Entschuldigung?«

Nella kannte die Männer und ihr »Entschuldigung« gut genug, um zu wissen, dass sie nur selten nach dem Weg zum nächsten Bäcker fragen wollten, vor allem nicht um diese Tageszeit. Sie hielt die Schlüssel in der geschlossenen Faust und ging am Nachbarhaus vorbei, das wie üblich ganz dunkel war. Ihre Haustür hätte einen neuen Anstrich vertragen können, und was das anging, passte sie ausgezeichnet zu ihrem Leben, dachte sie, als sie den Schlüssel ins Schloss steckte.

»Bitte bleiben Sie doch einmal stehen, Fräulein!«

Sein schneller Atem berührte ihr linkes Ohr, und sie wollte ihm gerade die Tür vor der Nase zuknallen, als sein Fuß sich dazwischenschob.

»Sie sind nicht zufällig Nella von Liljenholm?«

Es war zehn Jahre her, dass Nella zum letzten Mal Nella von Liljenholm gewesen war. Alles, womit der Name behaftet war, hatte sie hinter sich lassen wollen. Trotzdem drehte sie sich sofort um. Was sie ruhig ein wenig früher hätte tun können, wie sie feststellte, denn der Mann trug eine Postbotenuniform.

»An der Tür steht Holm, doch die Adresse stimmt, deshalb habe ich gedacht, dass Sie das sein könnten.«

Seine Augenbrauen schnellten in die Höhe.

»Sind Sie immer so unwirsch, Fräulein?«

Das Häufchen Elend, das noch von ihr übrig war, fauchte, dass ihn das wohl kaum etwas anginge, doch er öffnete nur seine Tasche und sah plötzlich sehr traurig aus.

»Ich habe ein Telegramm für Sie.«

»Das kann ich nur schwer glauben.«

Nella hatte jahrelang kein Telegramm bekommen, doch der Postbote suchte weiter in seiner Tasche. »Das müssen Sie auch nicht glauben, das ist so«, sagte er und reichte ihr ein Telegramm. Nella versuchte, sich auf eine souveräne Weise zu bedanken. Ein wenig wie wenn einer ihrer Schüler lange geübt und trotzdem falsch gespielt hatte. Doch der Postbote sah nur noch trauriger aus.

»Sie haben wirklich Glück gehabt, dass ich Sie gefunden habe«, sagte er und machte eine unmotivierte Kopfbewegung. »Ansonsten hätten Sie Ihr Telegramm vielleicht zu spät erhalten.«

»Ach, das glaube ich nicht.«

»Doch, das befürchte ich.«

Sie wollte ihm gerade antworten, dass er wirklich so klug sei, dass er auch gut ohne Kopf auskommen könne, als ihr Blick das Formular streifte und ihre Augen an den Worten hängenblieben. Sie las sie viele Male. Doch die Worte blieben dieselben.

Antonia von Liljenholm liegt im Sterben und möchte Sie sehen STOPP Beeilen Sie sich STOPP Ein Freund

»Wer in aller Welt ist *Ein Freund*?«

Entweder hatte der Postbote keine Wimpern, oder sie waren ganz weiß. Seine Augen blickten jedoch seltsam starr, und jetzt blinzelten sie.

»Das weiß ich nun wirklich nicht«, antwortete er und hob die Hand zum Abschied. »Ich bin schließlich kein Hellseher, nicht wahr, Fräulein? Ich trage nur Telegramme aus.«

»Aber …«

»Auf Wiedersehen, Nella von Liljenholm. Ich hoffe, Sie kommen noch rechtzeitig zu Ihrer Bekannten.«

Die beiden Sekunden, in denen er das Wort *Bekannten* in die Länge zog, reichten aus, es wie eine Frage klingen zu lassen. Aber er war bereits im Regen verschwunden, der genau in diesem Moment stärker wurde. Doch damit hielt Nella sich nicht lange auf. Selbst wenn im übrigen Kopenhagen die Sonne schien, hing merkwürdigerweise immer ein riesiger Pilz von einer Wolke über ihrem Haus. Nur stand normalerweise kein Postbote vor ihrer Haustür, der sie anstarrte. Jedes Mal, wenn sie blinzelte, waren seine Augen schwarze Flecken auf ihrer Netzhaut, und auf dem Weg die Treppe zu ihrer kleinen Dachwohnung hinauf knüllte sie das Telegramm zu einer winzig kleinen Kugel zusammen.

Jahrelang hatten Nellas Abende sich so sehr geglichen, dass sie sich kaum voneinander unterschieden, doch an diesem Abend sah selbst ihre eiskalte Wohnung anders aus. Kleiner und dunkler mit den wenigen Habseligkeiten, die die Wände säumten. Sie ließ sich auf den nächstbesten Stuhl fallen und machte sich Antonias baldigen Tod bewusst, betrachtete ihn von allen Seiten und verstand nicht, warum er sie so überraschte. Der Tod ereilte uns schließlich alle, das hatte sie die Zeit auf Liljenholm doch gerade gelehrt. Aber Antonia war im wortwörtlichen Sinn nicht einfach ein Mensch, der starb. Sie war der Mensch, der noch übrig war, während alle anderen tot waren. Nellas Mantel hinterließ kleine Pfützen auf dem Boden. Sie sollte ihn ausziehen, doch ihre Finger kamen nur bis zur Tischkante, wie von selbst glitten sie über das Holz.

Soweit Nella wusste, waren bis auf sie selbst und irgendeinen Verleger alle Menschen in Antonias Leben längst tot. Doch seit Nella vor zehn Jahren Liljenholm verlassen hatte, ohne sich zu verabschieden, hatte Antonia nichts von sich hören lassen, sodass Nella sich nicht wirklich sicher sein konnte. Theoretisch gesehen konnte Antonia viele Freunde haben, die der verlorenen Tochter in Kopenhagen rücksichtsvolle Telegramme schickten. Damals, als Lily noch lebte, bevor sie den Verstand verlor, und Simon verschwand, hatte Antonia doch auch eine Reihe von Freunden und Gästen gehabt und mit Autoren und anderen Persönlichkeiten aus dem Kulturbereich korrespondiert. Antonia hatte über die Jahre hinweg immer mal wieder einige Namen genannt, doch keiner hatte Nella etwas gesagt. Wie dem auch war, jedenfalls erschien es ihr äußerst unwahrscheinlich, dass Antonia bei der Produktivität, die sie an den Tag legte, Zeit für Freunde haben sollte. Die letzten zehn Jahre hatte sie mit der Präzision eines Uhrwerks pro Jahr ein Buch abgeliefert. Nella wusste das, weil sie hin und wieder an einem Buchladen vorbeiging und die letzten Bücher in der Reihe unter L als Liljenholm ausmachen konnte. Sie nahm sie nie aus dem Regal, fasste sie absichtlich nicht an, sondern stellte lediglich fest, dass es sie gab. Das war schon fast zu einem Ritual geworden, genau wie die Kälteschauer, die sie jetzt überfielen.

Die Worte des Telegramms grinsten sie aus unregelmäßigen Reihen an. Sie stand auf und machte überall Licht. Die Ecken leuchteten ihr entgegen, die Risse in der Decke streckten sich zu ihrer vollen Länge. Bis jetzt hatte sie es für das Beste gehalten, genau zu wissen, wo sie Antonia verorten konnte. Nämlich vor der Schreibmaschine, wo sie immer gewesen war. Wenn die Kälteschauer sich nach ein paar Tagen verzogen, gab diese Gewissheit ihr gewöhnlich für das nächste Jahr Ruhe, bis ihr Weg sie wieder an der Buchhandlung vorbeiführte. Sie wanderte auf und ab, von der Küche ins Wohnzimmer, schälte sich aus dem Mantel, strich das nasse Haar zurück. Das hier war etwas völlig anderes, und daran würde auch ein Gang in die Buchhandlung kaum etwas ändern.

Der Mieter unten klopfte gegen die Decke. Nella musste aufgestampft haben, ohne sich dessen bewusst zu sein, und sie ließ sich mitten auf das Sofa fallen, wo der Stoff schon ganz zerschlissen war. Sie konnte es sich genauso gut eingestehen. Sie wusste nicht mehr, wo sie Antonia mittlerweile verorten konnte, und schon gar nicht, ob es stimmte, dass Antonia sie sehen wollte.

Ihre Beine weigerten sich stillzustehen. Sie gingen mit Schritten über den Boden, denen es gleichgültig war, ob der Nachbar Löcher in die Decke klopfte oder nicht. Ihr Koffer öffnete sich wie von selbst. Ein paar Kleider hüpften von ihren Bügeln, falteten sich zusammen und legten sich hinein. Zu wenige Kleider, dachte sie, aber sie waren wohl optimistischer, was die Dauer ihres Besuchs anging, als sie. Das traf auch auf das halbe Stück Seife und die Flasche mit dem Rest Parfüm zu, die sich freiwillig auf das Ganze warfen. Sie zählte ihr Geld, und es reichte für die Zugfahrt, und weiter auch nicht. Führte sich die guten Gründe vor Augen loszufahren, und sie ließen sich an einer Hand abzählen. An einem Finger. Die Angst war das Einzige, das sie antrieb, und während sie einen Bekannten bat, ihren Musikunterricht zu übernehmen, und einen anderen, ihre Topfpflanzen zu gießen, spürte sie sie wachsen. Gegen Mitternacht war sie so groß, dass sie in ihr zersprang. Das, was noch von ihr übrig war, saß auf ihrem Bett und zitterte.

Der Albtraum in der Bibliothek

Soweit Nella zurückdenken konnte, war sie auf Liljenholm jede Nacht erwürgt worden. In ihren Träumen, nicht in der Wirklichkeit, versuchte sie sich zu sagen, doch ihr Herz weigerte sich zur Ruhe zu kommen. Es zog in ihrer Brust, sodass sie aufstehen und im Zimmer umhergehen musste. Vom Schlafzimmer ins Wohnzimmer und in die Küche, bis vor den schrägen Fenstern die Sonne aufging und der Traum langsam verblasste. Die dunklen Erbstücke, die langen Gardinen. Im Traum war sie so klein, dass alles um sie herum sie überragte, und an den Füßen trug sie Lackschuhe mit harten Sohlen. Sie lief die Treppe von Liljenholm herunter, durch das Vorzimmer und das Teezimmer und das Speisezimmer in die Bibliothek, und in ihrem Bauch kribbelte es. Sie wusste, dass jemand dort drinnen auf sie wartete, jemand, den sie gut kannte. Sie breitete die Arme aus. Doch in dem Moment, in dem sie erwartete, hochgehoben zu werden, spürte sie ein paar kräftige Hände um ihren Hals. Im Traum und nicht in der Wirklichkeit, Gott sei Dank im Traum. Doch in der Wirklichkeit war sie langsam mehr und mehr davon überzeugt, dass das doch nicht nur ein Traum sein konnte. Es war diese Erinnerung, die sie jede Nacht im Bett hochschrecken ließ.

Jemand musste damals in der Bibliothek von Liljenholm versucht haben, sie zu erwürgen. Jemand, der nicht gezögert hatte zuzudrücken. Sie versuchte ihn zu fokussieren, blinzelte mehrmals, doch über den Menschen, der sich vor ihr auftürmte, hatte sich Dunkelheit gesenkt. Die Hände des Betreffenden zitterten vor Anstrengung, und sie wusste nur, dass sie kalt und feucht und sehr viel stärker als ihre eigenen waren. Noch heute hatte sie keine Ahnung, wem sie gehört haben könnten. Das war eigentlich das Schlimmste daran, denn es mussten die Hände von jemandem aus ihrer engsten Familie gewesen sein. Von ihrer Mutter oder ihrem Vater oder von Lily oder Fräulein Lauritsen. Theoretisch gesehen hätten es natürlich auch die eines Fremden gewesen sein können, aber von wem? Soweit Nella sich zurückerinnern konnte, hatten sie so gut wie nie Besuch gehabt.

Während der Zug von einem trostlosen Bahnhof zum nächsten dahinschlich, näher und näher an Liljenholm heran, viel zu nahe an Liljenholm heran, schweiften Nellas Gedanken von dem Albtraum zu Simon. Als Nella noch klein war, hatte Antonia jeden Tag von ihm erzählt. Nella trocknete bei dem Gedanken ihre Hände an ihrem Mantel, wie sie es schon die ganze letzte Stunde über getan hatte. Aber es half nicht. Sie hatte sicher tausend Mal gehört, was für ein unglaublich edler Mensch Simon gewesen war. Schön, ritterlich, begabt, und im Grunde war es ärgerlich, dass Nella weder das eine noch das andere von ihm geerbt hatte. Aber so war das Schicksal nun einmal. Launisch im besten Fall.

»Aber jetzt ist er ja schon viele Jahre tot«, hatte Nella immer dann leise eingewandt, wenn sie sich inbrünstig gewünscht hatte, dass Antonia ihn dort lassen würde, wo seine Reste zweifellos ruhten. Auf dem Grund des Sees, zusammen mit den Angelutensilien oder was auch immer er bei sich gehabt haben mochte. Nella sah Antonia vor sich. Ihr Gesicht war aus einem harten Material gegossen, das an einem Mundwinkel rissig wurde, wenn sie sprach.

»Du ähnelst Lily jeden Tag mehr«, hatte sie gesagt. »Sie musste das Messer auch immer in die Wunde stechen und herumdrehen, bis eine Reaktion kam. Aber du kannst dir die Mühe sparen. Ich habe dir nichts mehr zu sagen, und da ist die Tür. Ja, da hinter dir. Worauf wartest du noch?«

Nella hatte nie gewagt zu sagen, dass sie eine ordentliche Erklärung erwartete, obwohl sie in Wahrheit genau das tat. Sie hatte wohl gedacht, dass Antonia ihr die irgendwann einmal freiwillig geben würde. Ihr erzählen würde, warum Lily sich umgebracht hatte und Simon tot und alles verändert war und Nella sich an nichts erinnern konnte, nicht einmal an ihren eigenen Vater oder ihre Tante. Und schließlich und endlich kam Antonia auch mit einer Erklärung. Oder zumindest mit einem Ansatz von einer Erklärung.

Nella zuckte im Zugabteil zusammen, und ein Mann sah sie von dem gegenüberliegenden Sitz aus besorgt an. Er hatte lockiges, mit Brillantine frisiertes Haar und strich sich eine Ponyfranse aus den Augen, die sehr blau waren.

»Sie weinen ja, meine Liebe. Nehmen Sie das.«

Nella stutzte. Die Stimme gehörte eindeutig einer Frau, und sie sah Nella direkt in die Augen und reichte ihr ein frischgebügeltes Taschentuch. Nella stieg die Röte in die Wangen, sie sagte, dass ihr nichts fehle. Die Frau blinzelte sie an.

»Das wird schon wieder«, sagte sie. Nella hätte ihr am liebsten gesagt, wie es tatsächlich aussah: *Das wird überhaupt nicht wieder, und ich habe Angst, dass es von jetzt an nur noch schlimmer wird.* Doch stattdessen bedankte sie sich für die Freundlichkeit und drückte die steife Baumwolle gegen die Augen, bis alles davor weiß wurde.

Antonia war wütend gewesen, als sie sich das letzte Mal gesehen hatten. Vor zehn Jahren, die sich wie ein einziger Tag anfühlten.

»Was machst du mit *meinem* Zettel?«, hatte sie mit zitternder Stimme gefragt, und Nella hatte sich wieder wie ein kleines Kind gefühlt und nicht wie ihre achtzehn Jahre, die sie eigentlich war.

»Ich … habe ihn gefunden.«

Bei den letzten Worten hatten sich Antonias Züge verdunkelt. Als wäre das Licht in ihrem Gesicht ausgeknipst worden.

»Du hast ihn *gefunden*? Wo hast du ihn *gefunden*?«, hatte sie gefragt, und Nella hatte unmöglich sagen können, »in deiner Schublade«, sodass sie ihr die erstbeste Lüge aufgetischt hatte.

»In einem Buch. In Mary Shelleys *Frankenstein*. Ich habe in deinem Zimmer gesessen und darin gelesen, und da … ist der Zettel herausgefallen … Mitten in dem Abschnitt, in dem das Monster abhaut.«

»Gewöhnlich lügst du mich nicht an«, hatte Antonia geantwortet. »Das sieht dir nicht ähnlich, Nella.«

Jedes Mal, wenn Nella an dieses Erlebnis zurückdachte, sah sie, wie Antonia sich vor ihr auftürmte, groß und mächtig. Obwohl sie eigentlich genau wusste, dass sie ihrer Mutter längst über den Kopf gewachsen war. Selbst wenn Antonia ihre höchsten Absätze trug, was sie selbst dann oft tat, wenn sie einfach nur dasaß und schrieb, war Nella immer noch größer. Antonia hatte den Kopf schräg gelegt, als würde sie sich ihren Teil denken.

»Gib mir den Zettel, Nella. Sofort!«

Antonia hatte ihn langsam zusammengeknüllt und in den Kamin geworfen, doch Nella erinnerte sich noch gut an das, was darauf stand. Sie erinnerte sich auch genau, was sie gedacht hatte, als sie ihn gelesen hatte. *Liebe Lily, du hast recht, so kann es nicht weitergehen. Es bleibt uns nichts anderes übrig, als dem ein Ende zu bereiten. Dein Simon.*

»Hatten Vater und Lily ein Verhältnis, Mutter?«

Der Gedanke war Nella eigentlich schon öfter gekommen. Vielleicht weil Antonias Hass auf Lily ansonsten völlig unverhältnismäßig gewesen wäre. Sie sah Antonias Brauen vor sich. Dünne Striche, die nach oben zeigten.

»Nein, weiß Gott, das hatten sie nicht«, hatte sie geantwortet. »Simon und ich haben uns geliebt. Er war mein Ein und Alles. Das weißt du doch.«

»Aber warum …?«

Nella hatte sich geduckt, als Antonia zu ihr getreten war. Doch Antonia wollte sie nicht mit der harten, flachen Hand oder ihren noch härteren, nicht ganz so flachen Bügeln schlagen. Sie hatte ihr nur leicht die Wange getätschelt.

»Warum was …?«

Nella hatte versucht sich aufzurichten.

»Ja, warum hat Vater an Lily geschrieben, dass etwas aufhören muss, und mit *dein Simon* unterschrieben?«

Antonia hatte sie lange mit ihrem seltsamen, schrägen Blick angesehen.

»Ich habe die ganzen Jahre versucht dich zu schonen«, hatte sie gesagt. »Gott weiß, warum du das nie zu schätzen gewusst hast. Vielleicht also hast du recht. Vielleicht sollte ich dir die Wahrheit sagen. Du bist wohl alt genug, sie zu erfahren. Bist du nicht achtzehn?«

Nella hatte gedacht, dass sich jetzt alles klären würde. Dass Simon in Wirklichkeit Lily geliebt hatte, so wie Madame Rosencrantz das vor wenigen Jahren behauptet hatte. Doch Antonia hatte etwas anderes gesagt, und ihre Augen hatten dabei nicht ein einziges Mal geblinzelt.

»Wenn du nicht wärst, Nella von Liljenholm, wären sowohl Simon als auch Lily heute noch hier. Das ist die traurige Wahrheit, mein Mädchen. Das Ganze ist deine Schuld. *Du* hast sie getötet, bist du jetzt zufrieden?«

Antonias Kiefer hatte sich auf und ab bewegt, doch Nella hatte ihr unmöglich weiter zuhören können. Sie hatte es natürlich versucht, hatte aber nur irgendetwas mit *niemals geboren worden* mitbekommen. Sie sah sich aus dem Arbeitszimmer stürzen, durch die Bibliothek und das Esszimmer und das Teezimmer. Der Staub in der Luft stand still wie ängstliche Insekten, und Fräulein Lauritsen war nirgends zu sehen. Natürlich nicht. Ihre Laurits war seit vierzehn Tagen tot, und trotzdem konnte sie nicht aufhören, nach ihr zu suchen. In der Küche, in der Kammer oben, im Ankleidezimmer, wo Fräulein Lauritsen so oft Kleidung ausgebessert hatte. Doch als die Tage vergangen waren, war es, als wäre ganz Liljenholm langsam zusammen mit ihr verschieden. Selbst die Treppe gab nicht einen Laut von sich, als Nella hoch in die erste Etage rannte. Im Selbstmordzimmer fiel das Licht in einem Kegel durch das Fenster.

»Laurits?«

Der einzige Mensch, der ihr etwas bedeutete, konnte ihr nicht mehr antworten. Und in den letzten Tagen war ihr außerdem eine Veränderung aufgefallen. Es waren die Farben. Sie waren auf seltsame Weise verblasst, als hätten sie zu lange in der Sonne gehangen, und wären, kaum dass man sich einmal umgedreht hatte, ganz grau geworden. Selbst die Luft hatte sich plötzlich ganz anders angefühlt. Wie Wasser in ihren Lungen. Sie hatte sich noch einmal gedreht, sich noch ein wenig mehr gedreht, und der Staub hatte sie mit sich zum Fenster geführt. Das Glas hatte ihre Stirn gekühlt. Bestimmt entsprach es der Wahrheit, dass Lily genau wie sie gewesen war. Lily war schließlich trotz allem Antonias untalentierte Zwillingsschwester. Alles Graue war plötzlich weiß geworden. Ob Lily das auch so erlebt hatte? Und das Weiß, das warm seufzte, öffnete sich, nur ein wenig. Einen warmen, einladenden Spalt.

Die Frau auf dem Sitz gegenüber stand auf und hievte ihren Koffer aus dem Gepäcknetz.

»Passen Sie gut auf sich auf.«

Nella hatte immer eine Schwäche für ein angedeutetes Lächeln wie ihres gehabt.

»Gleichfalls … oh … warten Sie! Ihr Taschentuch!«

Doch die Frau war bereits verschwunden. An der nächsten Station musste Nella selbst aussteigen. Sie spürte den Schweiß ihren Rücken hinunterlaufen. Auf vieles hatte sie sich mit der Zeit vorbereitet, doch nicht darauf, hierher zurückzukommen. Die winterlich bleiche Landschaft, die erbärmlichen Städte erinnerten sie an das letzte Mal, als sie hier gewesen war. Im Selbstmordzimmer mit einem einzigen klaren Gedanken im Kopf.

Die Schuhe hatten nicht von den Füßen gewollt an diesem Tag, und sie hatte einen hohen, scharfen Laut ausgestoßen. Sie hatte gelauscht, nur einen Augenblick. Sich selbst gelauscht, ihrer Stimme, die bereits wie eine andere klang. Es war verblüffend leicht gewesen, die Fenster zu öffnen, auf die Fensterbank zu klettern und nicht an die zerzausten Korkenzieherlocken zu denken. Sie würde eine hässliche Leiche abgeben, aber egal. Zerkratzt von den roten und gelben Rosen, die dort unten blühten, doch das war nur ein Detail. Wenn man von den Dornen absah, waren die Rosenblätter schließlich ganz weich, und Nellas Herz schlug ruhig. Ruhig und dumpf, noch zehnmal, und dann war es Zeit, den Fensterrahmen loszulassen.

Doch in dem Moment, als sie bei zehn angekommen war, hatte ein hoher, heiserer Laut ihre Hände an dem Rahmen festfrieren lassen, und sie war auf den Zimmerboden heruntergefallen. Der heisere Laut war erneut erklungen. Er schien oben aus dem Turmzimmer zu kommen, doch sie war sich nicht sicher gewesen. Langsam waren die Farben zurückgekehrt.

»Laurits? Bist du das?«

In ihrer Stimme hatte eine winzig kleine, törichte Hoffnung mitgeschwungen, und plötzlich hatte sie jemanden auf der Treppe gehört.

»Laurits?«

Doch es war nicht Laurits gewesen, und sie hatte es gewusst, noch bevor sie Antonia in der Tür stehen sah. Einen Strich im Gesicht anstelle eines Mundes. Wenn Nella sich nicht sehr irrte, sah sie Enttäuschung in den Augen ihrer Mutter. Sie wanderten ohne innezuhalten durch das Zimmer, und Nella war sich in diesem Moment wie ein Stück ausgemustertes Inventar vorgekommen. Oder schlimmer noch: wie ein Stück Inventar, das zu wertlos war, überhaupt ausgemustert zu werden. Antonia war sofort wieder verschwunden. Nella hatte ihre Schritte den Gang hinunter zu der Treppe laufen hören, die in den Turm hinaufführte, eine Tür hatte dort oben geknallt, und irgendetwas war umgekippt oder auf den Boden geworfen worden. Danach war es still. Das Einzige, das Nella mit Sicherheit gewusst hatte, war, dass Liljenholm sie gerade vor dem Tod bewahrt hatte, doch sie hatte keine Dankbarkeit empfinden können. Damals nicht.

Wie von selbst hatten sie ihre Beine in die Kammer neben dem Selbstmordzimmer geführt. Früher war es einmal Horaces und Claras altes Schlafzimmer gewesen, doch die letzten achtzehn Jahre war es alleine Nellas Zimmer gewesen.

Sie hatte einen alten rotbraunen Koffer geöffnet, kurz gezögert, doch schon bald hatte sie ihn über ihren wenigen Eigentümern geschlossen. Weniger als sie eigentlich besaß. Drei braune Kleider und eine Flasche Eau de Toilette, Kamm und Bürste, Unterwäsche für eine Woche, das gelbe und das grüne Notenheft, ein wenig Erspartes und ein paar Perlenketten, die sie verkaufen konnte, falls es nötig werden sollte, hatte sie gedacht.

Niemand hatte versucht, sie aufzuhalten, als sie den Koffer die Treppe hinunter und weiter durch die Halle geschleppt hatte, wo ihr selbst Antonias Mäntel den Rücken zugekehrt hatten. Sie hatte sich den braunen unter ihnen herausgesucht, den langen mit dem Gürtel in der Taille. Hatte ihn so stramm gebunden, dass sie sich beinahe in der Mitte eingequetscht hätte, und es hatte sich gut angefühlt. Der Gürtel, der in ihr Fleisch schnitt, während ihre Beine darum kämpften, einen Fuß vor den anderen zu setzen, die ganze Lindenallee hinunter. Liljenholm war hinter ihr immer kleiner geworden. Das letzte Mal, als sie sich umgedreht hatte, hatte sie gemeint, hinter dem Gitterfenster hoch oben in einem der Türme einen Schatten zu sehen. Als blinzelte Liljenholm ihr zu, hatte sie gedacht, und sie hatte nicht gewusst, warum sie die Hand gehoben hatte, um zu winken. Es gab wohl keinen Grund, einem Haus zu winken, das ihr die letzten achtzehn Jahre das Leben nicht gerade leicht gemacht hatte. Andererseits war die Erleichterung fortzugehen so groß, dass sie Lust hatte, zu winken und zu winken und schneller zu laufen und zu winken, bis sie den Bahnhof und den Zug nach Kopenhagen sehen konnte.

Doch heute rollte der Zug wieder in den Bahnhof ein, dem sie vor zehn Jahren zum Abschied gewunken hatte. Es erging ihr ähnlich wie den Bremsen, die hoch und schrill kreischten. Alles in ihr kam zum Stehen. Doch sie nahm sich zusammen, stieg aus dem Zug, ging über den Bahnsteig und nickte dem Schaffner zu, der sie wiedererkannte, es jedoch unterließ zu grüßen. Die Liljenholmer waren offensichtlich nach Madame Rosencrantz' Biografie nicht gerade beliebter geworden. Nebenbei bemerkt hatte sie sogar zu mehreren Verhaftungen geführt, wenn man den Zeitungen Glauben schenken durfte, weil ein paar Verrückte aus der Gegend begonnen hatten, nach den berühmt-berüchtigten Leichen von Antonias anonymem Mann und der kleinen Bella im Park zu suchen. Im Schutz der Nacht hatten sie nach ihnen gegraben, doch offenbar nicht *Die Königin der Gespenster* genau gelesen. Denn dann hätten sie gewusst, dass Antonia zu dieser Nachtstunde in ihrem Arbeitszimmer saß und schrieb. Ein Telefon hatte sie natürlich nicht, sodass die Anzeigen erst später kamen, doch sie besaß ihren Stock, und der konnte ebenso hart zuschlagen wie ihre Flüche und Verwünschungen.

Nella versuchte, sich die Situation vorzustellen, während sie die letzten Kilometer zu Fuß zurücklegte. Das ging beunruhigend gut. Antonia konnte jedem einen riesigen Schrecken einjagen. Sie musste dazu nicht einmal anwesend sein. Nella bemühte sich, den Schweiß zu ignorieren, der die Kleider am Körper kleben ließ, obwohl es kaum mehr als sieben oder acht Grad waren. Sie war einzig und allein hier, weil Antonia nach ihr geschickt hatte. Das sagte sie sich immer wieder, doch mit jedem Schritt kam es ihr unwahrscheinlicher vor. Sowohl, dass Antonia nach ihr geschickt haben sollte als auch dass sie tatsächlich deswegen hier war.

Wie ihr mit einem Mal klar wurde, war sie hier, weil die Fragen ihr ohnehin keine Ruhe ließen. All die Jahre hindurch, an jedem einzelnen Tag hatte sie sich gefragt, warum sie sich an nichts erinnern konnte, wer versucht hatte, sie umzubringen, und wie sie, Nella, auf irgendeine Weise Simons und Lilys Tod verschuldet haben konnte. Hatte Simon Lily doch geliebt, obwohl ihre Mutter das abstritt? Und hatte Antonia in Wirklichkeit Simon und Lily getötet? Lilys Grab kannte Nella nur zu gut. Antonia war einmal im Monat immer auf den Friedhof gegangen, um das Unkraut zwischen den Kieselsteinen zu rupfen, die den großen weißen Stein umgaben. *Lily von Liljenholm (1884–1914) ruhe in Frieden* stand darauf. Simons Leiche hatte man nie gefunden.

Nellas Blick wanderte nach rechts. Zum See hin, der zwischen den Hügeln auf der Lauer lag. Die Landschaft war in Nebel gehüllt, der sich nie ganz zu lichten schien, nicht einmal bei strahlendem Sonnenschein. Sie dachte an ihren Vater. Er musste mit seinen Angelsachen noch immer dort unten auf dem Grund des Sees ruhen. Unzählige Male war sie in ihrer Kindheit am Ufer des Sees entlangspaziert. Jedes Mal hatte sie gehofft, nur ein ganz klein wenig, dass einer seiner Angelhaken an Land getrieben worden wäre. Oder ein Stück seiner Kleidung. Was auch immer, wenn es nur der Ungewissheit ein Ende bereiten würde. Als sie nach Kopenhagen gezogen war, hatte sie versucht, alle Gefühle abzuwehren, um diese Ungewissheit nicht mehr zu spüren. Doch in Wirklichkeit war sie ständig präsent gewesen, ohne dass sie es bemerkt hatte, dachte sie jetzt. Sie konnte Antonias höhnisches Lachen beinahe hören. *Musiklehrerin, sagst du? Nun ja, ich hatte etwas mehr von dir erwartet, aber ich bin natürlich auch früher schon enttäuscht worden. Ist das wirklich alles, was aus dir geworden ist, Nella?*

Jetzt tauchten die von Grünspan überzogenen Türme von Liljenholm hinter einer ausgemergelten Hügelspitze auf. *Ja, das bin ich geworden, Mutter. Du hast doch immer gewusst, dass ich untalentiert bin, nicht wahr?* Die Türme sahen höher und schmäler aus, als Nella sie in Erinnerung hatte, und irgendetwas war mit dem Dach. Sie kniff die Augen zusammen, um durch den Nebel besser sehen zu können. Das Dach war zweifelsfrei nicht überall grün von Moos gewesen, als sie das letzte Mal hier gewesen war. Wo einmal nackte, dunkelrote Mauern gewesen waren, rankten sich jetzt halbwegs verblühte Gewächse. Ein paar drohende, graublaue Wolken segelten über den Himmel, und im nächsten Moment spürte sie die ersten Tropfen auf der Stirn. Das Letzte, woran sie dachte, bevor sie den Kiesweg hinunterzulaufen begann, waren die Rosen. Zehn Sekunden später gingen Himmel und Erde ineinander über.

Ein Wiedersehen mit den Toten

Antonia pflegte in regelmäßigen Abständen die Schlösser von Liljenholm auszuwechseln, und deshalb wunderte es Nella umso mehr, dass ihre Schlüssel noch passten. Die Haustür glitt mit einem lauten Ächzen auf, und sie stellte den Koffer so unwirsch ab, dass die Fliesen vor Verblüffung dröhnten. Mit einer schnellen Bewegung schaltete sie die Wandleuchte ein. Etwas stimmte nicht an dem stickigen Geruch in der Diele. Als wäre ihm etwas anderes, etwas Herbes beigemischt. Sie blieb vor dem ovalen Spiegel stehen, der kleiner war, als sie ihn in Erinnerung hatte.

»Mutter? Mutter, bist du hier?«

Doch Antonia schwieg wie ein Grab, und ich hätte selbstverständlich nie eine so abgedroschene Wendung bemüht, hätte Nella nicht darauf bestanden, dass es sich genau so angefühlt hatte. Wie ein Grab, das sich öffnete. Vor ihrem inneren Auge sah sie die kalten Überreste von Fräulein Lauritsen, an dem Morgen, an dem sie tot in ihrem Bett gelegen hatte, als Nella sie mit einem Frühstückstablett hatte überraschen wollen. Nella hatte das Tablett auf dem Schreibtisch abgestellt, war neben sie auf das Bett gekrochen, so dicht an ihren massigen Körper heran, wie sie nur konnte, und hatte ihrer Laurits etwas ins Ohr geflüstert. All die lieben Worte, die sie ihr nicht mehr hatte sagen können, weil sie ihr erst jetzt einfielen.

Wie lange sie dort gelegen und geflüstert und wie lange

Antonia in der Tür gestanden und sie angestarrt hatte, wusste niemand. Doch plötzlich hörte Nella sie reden, mit leiser, eindringlicher Stimme und zusammengepressten Lippen. »*Du* hast sie mir genommen«, hatte sie gesagt, und Nella hatte nicht gewusst, zu wem Antonia sprach. Oder über wen sie sprach. Tränen liefen ihre Wange hinunter, doch ansonsten sah ihr Gesicht unbeeindruckt aus. »Mutter, weinst du?«, hatte Nella gefragt, doch Antonia hatte sich bereits abgewandt.

Jetzt trat Nella vor den großen Spiegel in der Halle und richtete ihr Haar, das in den letzten zehn Jahren dunkler und kräftiger geworden war. Das hellrote Rouge ließ sie in dem schwachen gelben Licht der Wandleuchte krank aussehen. Sie starrte in ihre Augen. Ihre Pupillen waren größer als sonst, und der Regen hatte die Mascara verlaufen lassen. Wenn sie Lily wirklich ähnlich sah, wie Antonia zu behaupten pflegte, musste Lily hin und wieder ein ausgesprochen unschöner Anblick gewesen sein. Nella versuchte, die einmal so ordentlich aufgesteckte Frisur zu richten und die Lippen mit einem rosa Lippenstift nachzuziehen, doch ihre Hände gehorchten ihr nicht.

Als sie die Stufen hochstieg und die Tür zum Vorzimmer öffnete, bemerkte sie als Erstes, dass alles kälter und dunkler war, als sie es in Erinnerung hatte. Die Gardinen bewachten die Fenster vom Teezimmer bis zum Speisezimmer und der Bibliothek, und irgendwo knallte eine Tür.

»Mutter?«

Einen Augenblick meinte sie, schräg über ihrem Kopf ein leises Heulen zu hören, doch das konnte ebenso gut der Wind sein, der den Regen gegen die Mauern trieb. Unwillkürlich zog sie ihre langen Ärmel noch weiter herunter.

»Mutter? Bist du da?«

Das rauchfarbene Opalglas in der Bibliotheksdecke leuchtete auf, und der Wind umfing das Dach mit seinen Klauen. Bald würde die Elektrizität sich verabschieden, es sei denn, Antonia hatte die Sicherungen ausgewechselt. Die Tür zu ihrem Arbeitszimmer stand offen. Im Zimmer war Licht, und zunächst meinte Nella zu sehen, was sie dort immer gesehen hatte: Antonias breite Schultern vor dem Schreibtisch, ihren gebeugten Rücken über der alten Remington. Doch die Manuskriptseiten, die in ordentlichen Stapeln auf dem Schreibtisch lagen, wie sie das immer taten, wenn Antonia so weit war, sie an den Verlag zu schicken, waren das Einzige, das wie sonst war. Nella schüttelte kräftig den Kopf, doch das änderte nichts daran, dass in dem Bett auf der linken Seite ein Mensch lag. Er sah aus wie eine Frau, und die Frau konnte wohl kaum jemand anderer als Antonia sein, obwohl … Nellas Füße traten näher. Doch, die Frau war Antonia, sie erkannte die schmalen Augenbrauen und die Wangenknochen, die jetzt noch markanter hervortraten. Die Schlüsselbeine ragten aus der Halsgrube wie windschiefe Bügel an einer Stange.

»Mutter? Hörst du mich?«

Die Schlüsselbeine bewegten sich nicht im Mindesten. Auch nicht, als Nella sich an die Bettkante setzte. Von Antonias Gesicht war nicht viel mehr als eine Totenmaske übrig. Die Haut war so bleich, dass die weiße Bettwäsche beige wirkte, und das Haar war kein bisschen ergraut, nicht einmal an den Schläfen. Es lag wie ein leuchtender, schwarzer Kranz um ihr Gesicht.

Dann bin ich also doch zu spät gekommen, dachte Nella. Ihre Hände wollten nach Antonias greifen, hielten jedoch auf halbem Weg inne. Da war es wieder, das leise Heulen, diesmal direkt über ihrem Kopf, und es klang einfach nicht nach Regen und Windstößen. Das betäubende Prickeln in ihren Schläfen breitete sich in die Arme aus, die auf eine nur zu gut bekannte Art gefühllos wurden. Sie zwang sich, tief zu atmen. Langsam einzuatmen und langsam wieder auszuatmen. Doch mitten im Einatmen hielt sie inne. Die Luft hätte streng genommen nicht mit Antonias Parfüm geschwängert sein dürfen. Schon gar nicht so durchdringend, als hätte sie sich innerhalb der letzten vierundzwanzig Stunden einparfümiert. Im selben Moment hob sich Antonias Brustkasten. Nella hatte richtig gesehen. Er hob und senkte sich, und Antonia schlug langsam die Augen auf. Die Augenbrauen zogen sich wie in einem Fieberkrampf zusammen.

»Was in aller Welt tust du hier?«

Antonias Stimme klang anders als sonst. Heiserer und kraftloser, und Nella hatte sich auf einiges vorbereitet, doch nicht darauf, mit einer Toten zu sprechen, die noch lebte. »Ja, also, ich …«, war das Einzige, das sie herausbekam. Antonia hob die Augen zu der gewölbten Decke. Sie hatte so viele Risse, dass man ernsthaft befürchten musste, sie könnte über ihnen einstürzen. Und in diesem Moment konnte Nella nicht einmal sagen, ob sie nicht vielmehr hoffte, dass das geschehen würde.

»Wer hat nach dir geschickt?«, fragte Antonia jetzt. Ein kleines Lächeln glitt über ihre Lippen, als das leise Heulen erneut erklang. Nella antwortete, dass sie es nicht wisse, was der Wahrheit entsprach. Sie hatte ein Telegramm bekommen, das war alles, und da hatte sie gedacht, dass sie besser …

»Ich habe dich nicht um das ganze Gerede gebeten …«

Antonias Zähne schienen zu lang, wenn sie sprach, und ihr Atem roch so vom Tod geprägt, wie sie aussah. Warme, verfaulte Atemzüge. Sie schmeckte genau nach, bevor sie die Worte ausspuckte.

»Ich will dich nicht hier haben.«

»Aber ich habe dir etwas mitgebracht, Mutter. Aus Kopenhagen! Warte, ich muss es gerade aus der Tasche holen, einen Moment.«

Nella hatte am selben Morgen eine Schachtel Luxusschokolade besorgt, obwohl sie streng genommen weder die Zeit noch die Mittel dazu gehabt hätte. Die Beste von Anton Berg, Schokoladenfläschchen mit Likör gefüllt. Während Nellas Kindheit war Schokolade der einzige Luxus gewesen, den Antonia sich zugestanden hatte. Doch als Nella Antonia die Schachtel reichte, verzogen sich ihre Mundwinkel nach unten.

»Das meinst du nicht ernst!«

»Aber Mutter, du hast doch immer …«

Die Schachtel hing zitternd in der Luft. Eine unangebrachte Entschuldigung, eingepackt in farbenfrohes Stanniolpapier, konnte Nella noch denken, bevor sie den Gedanken von sich wies. Wenn sie denn weiter die personifizierte Entschuldigung sein sollte, wollte sie zumindest wissen, was sie getan hatte. Antonia hustete und versuchte die Hand zu heben, musste jedoch aufgeben. Ihre Nägel kratzten wütend über den Bettbezug, und Nella nahm die Schachtel an sich. Die Musiklehrerin in ihr erhob sich. Sie, die hinter Klavierbänken gestanden und die nervösen Hände der Kinder so lange gerichtet hatte, dass sie sich manchmal gefragt hatte, ob sie es in Wirklichkeit nicht im Schlaf tat. Sie fragte Antonia, ob sie etwas zu essen oder zu trinken haben wollte, ob ihr etwas fehlte, ob sie einen Arzt rufen sollte. Antonias Lungen pfiffen laut. Sie musste eine Lungenentzündung haben, die die letzten Kräfte aus ihr heraussaugte.

»Lass mich um Gottes willen in Frieden sterben«, sagte sie. Wenn Nella jetzt darüber nachdachte, war es im Grunde genommen unglaublich, wie vieles Antonia im Laufe der Jahre in Frieden hatte tun wollen: in Frieden schreiben, in Frieden lesen, in Frieden sein.

»Ich hole dir ein Glas Wasser.«

Antonia fielen die Mundwinkel herunter.

»Untersteh dich, mir Wasser zu geben«, zischte sie, doch Nella tat, als würde sie sie nicht hören. Für etwas waren die ganzen Jahre auf Liljenholm doch gut gewesen, dachte sie. All das zu überhören, was sie hatte überhören sollen. Sie musste ihre Füße durch die Bibliothek zwingen, durch das Ankleidezimmer, den Gang und die Treppe hinunter in die Küche, musste tief durchatmen, bevor sie das Licht einschaltete. Oh, Laurits! Sie konnte sie hier noch immer spüren, in den Küchenutensilien, ja, selbst in dem großen Ofen. Das Wasser in der Küche war braun von Rost. Sie ließ es über ihre Handrücken laufen, bis die Knochen eisig waren. Ließ es noch eine Weile weiterlaufen, doch sie konnte sich nichts vormachen. Der Verlust ließ sich nicht betäuben.

Während der Sturm einen Holzstoß durch die Luft zu wirbeln schien, protestierte Antonia, so gut sie konnte.

»Zuerst lässt du mich vor die Hunde gehen, und dann kommst du plötzlich angerannt«, flüsterte sie, während Nella ihr das Wasserglas an die Lippen hielt. »Du kommst einfach her … und übernimmst … als würde dir das Ganze gehören. Als hättest *du* es verdient, auch nur irgendetwas zu besitzen …«

Das Wasser lief über Antonias Wangen und bildete rotbraune Flecken auf dem Kissenbezug. Die Ungeduld ließ Nellas Stimme zittern.

»Komm schon! Trink etwas Wasser, Mutter!«

Doch Antonia wandte nur das Gesicht ab und kniff gleichzeitig die Lippen zusammen, als würde sie ernsthaft erwarten, dass ihr Nella den Inhalt ins Gesicht schüttete. Nicht, dass ich ihr das hätte verdenken können, aber lassen wir das.

»Verschwinde«, flüsterte Antonia, sobald Nella das Glas abgestellt hatte, doch Nella hatte nicht vor zu verschwinden, und Antonia schien das zu wissen. Ihre Züge erschlafften langsam.

»Du hättest niemals geboren werden sollen«, murmelte sie als Letztes, und Nella musste sich ins Gedächtnis rufen, dass sie das alles schon einmal gehört hatte. Alle Anklagen, alle Verwünschungen, all die Arten, auf die sie als Liljenholms Erbin versagt hatte. *Musiklehrerin! Mein Gott wie anspruchsvoll!* Wenn Antonias Worte so in ihrem Kopf widerhallten, setzte sie sich gewöhnlich in Bewegung, damit sie verschwanden, das war ihr schon fast zur Gewohnheit geworden. Also verließ sie auch jetzt mit schnellen Schritten das Arbeitszimmer und kam mit ebenso schnellen Schritten wieder zurück. Sie machte sich an dem Kamin und an einigen Teppichen zu schaffen, zog einen geblümten Ohrensessel vor das Regal, nahm ein versilbertes Hakenkreuz von der Wand über dem Schreibtisch und warf es in den Abfalleimer. Es half, noch schneller zu gehen. Durch das Ankleidezimmer, die Treppe zur Küche hinunter, die ohne Fräulein Lauritsen weiterhin leer wirkte. Selbst nach all den Jahren, die auf eine seltsame Weise hier draußen nicht vergangen zu sein schienen. Das Roggenbrot, das sie heute Morgen beim Bäcker gekauft hatte, war bereits zu hart für die stumpfen Küchenmesser. Nella sägte und schnitt, während das leise Heulen erneut zu hören war. Als sich das Brot in zwei Hälften teilte, hörte Nella ihre Mutter rufen.

Ein paar ereignisreiche Wochen

Vor genau vierzehn Abenden hat mein neuer, zweifelhafter Freund, Liljenholm, mich in gewisser Weise vorgewarnt. Wovor ist mir allerdings nicht ganz klar. Ich war in mehr als einer Beziehung am Boden zerstört, denn Nella hatte nichts von sich hören lassen, obwohl ich ihr einen beschwörenden Brief nach dem anderen geschickt hatte. *Ich werde wahnsinnig, hier alleine zu sein! Wenn du nicht innerhalb einer Woche zurückkommst, fahre ich nach Hause nach Kopenhagen. Dann kannst du machen, was du willst!* Aber ich fuhr nicht nach Hause, obwohl ich zwei Wochen hintereinander damit gedroht hatte. Ich saß noch immer in meinem Arbeitszimmer und hämmerte auf die Tastatur ein, während ich mir mit jedem Moment idiotischer und eingesperrter vorkam. Antonia hatte die Einsamkeit jahrelang ertragen, versuchte ich mir ins Gedächtnis zu rufen. Dann konnte ich das wohl auch, zumindest noch eine Weile. Meine Arbeit schritt schließlich planmäßig voran, wie Sie sehen. Nur weil Nella ihr Versprechen nicht hielt, hieß das noch lange nicht, dass ich auch meins brechen musste.

Doch gerade als ich so darüber nachgrübelte und mich abwechselnd verschmäht und reinen Herzens fühlte, fiel der Strom aus. Es wurde stockdunkel. Ich konnte nicht einmal meine Hand sehen, wenn ich sie dicht vor meine Augen hielt. Ich bekam den Kammerleuchter zu fassen und ein Streichholz, das ich anzündete. Entschlossen erhob ich mich und öffnete die Tür. Die kleine Treppe ächzte laut, als ich sie hinunterstieg. Alles andere als entschlossen, fürchte ich. Natürlich war mir Liljenholms Grundriss einigermaßen vertraut, deshalb wusste ich, dass ich nach rechts durch die Bibliothek ins Ankleidezimmer musste, um zu der Treppe, in die Küche und zu dem Loch, das in den Keller hinunterführte, zu gelangen, wo die Sicherungen waren. Die Bücher erschienen in der Dunkelheit plötzlich äußerst lebendig, und in den Ecken lauerten Schatten, die sonst nicht dort waren. *Tu um Gottes willen, als ob nichts sei!*, murmelte ich laut vor mich hin, während die Flamme leicht flackerte. Ich zwang meine Füße weiterzugehen. Konzentrierte mich auf die nächsten Schritte und auf nichts anderes.

Wie man sich sicher vorstellen kann, braucht es Zeit, bis man die Sicherungen unten im Keller erreicht hat. Kurze Zeit später beleuchtete eine einsame Birne mit ihrem harten, weißen Licht die Treppe, und ich atmete erleichtert auf. Doch als ich so dastand und die Spinnenweben studierte, die wie tote Schlingpflanzen von der Decke hingen, sah ich auf dem Boden etwas glitzern. Es war das Medaillon, das in meiner Erscheinung um den Hals der übergewichtigen Frau gebaumelt hatte, von der ich annahm, dass es sich um Fräulein Lauritsen gehandelt haben musste. Die dazugehörige Kette war ordentlich darum arrangiert, als läge es in einem Schaufenster. Ich hob es auf, hielt es lange in der Hand und spürte, wie das kalte Metall wärmer wurde. Ich meinte zu erkennen, dass es aus einundzwanzigkarätigem Gold war.

Mein erster Gedanke war natürlich der, dass Nella es verloren haben musste, als wir das letzte Mal hier unten waren. In diesem Moment öffnete sich oben die Haustür und fiel wieder ins Schloss. Jemand sagte etwas, ich kannte diese Stimme. Nellas Stimme. Nellas Schritte auf den Fliesen.

»Bist du da?«, rief sie. Die Tür öffnete sich und fiel wieder zu. Ich eilte die Treppe hinauf, durch das Haus. Vielleicht habe ich auch gerufen: »Ja, ich bin hier, Nella! Ich bin hier!« Oder um ganz ehrlich zu sein: Ich habe es gerufen, als wäre das, was noch von mir übrig war, ein mit dem Schwanz wedelnder Hund, der zu lange alleine zu Hause gewesen war. Nella stand mit fünf Koffern, zwei Hutschachteln und mehreren Aktenschränken in der Halle. Ihre Hände machten sich nervös an den Knöpfen ihres feinen Mantels zu schaffen. Nach den vielen Wochen des unzumutbaren Wartens hatte ich einerseits Lust, die Arme auszubreiten, und andererseits, ihr das Medaillon an den Kopf zu werfen. Doch eigentlich hatte ich mehr als genug damit zu tun, den Kloß in meinem Hals hinunterzuschlucken, der es mir unmöglich machte zu sprechen. Die Halskette baumelte an meinem Finger.

»Aber das ist ja Laurits' Medaillon!«

Nella kam auf mich zu. Ihre Brauen hatten sich zusammengezogen, und sie nahm mir die Halskette ab und studierte sie eingehend.

»Wo hast du sie gefunden?«

Sie versuchte, das Medaillon zu öffnen.

»Laurits hat sie bei festlichen Anlässen immer getragen. Ich habe sie seit Jahren nicht mehr gesehen«, sagte sie. Sie sah mich nicht einmal an.

»Ich habe sie im Keller gefunden. Der Strom war ausgefallen.«

Das Medaillon widersetzte sich all ihren Bemühungen, es aufzubekommen, und meinen ebenso. Nella interessierte sich offensichtlich viel mehr für die dumme Halskette als für mich, und es half nicht, dass ich blinzelte und mich räusperte und wegdrehte. Jeder Idiot, selbst der allergrößte, hätte mitbekommen, dass ich weinte, und auch sie starrte mich endlich an.

»Habe ich etwas falsch gemacht?«, fragte sie tatsächlich. Ich hoffte, ihr mein Problem begreiflich machen zu können. Ein Monat des Wartens auf Liljenholm bringt wohl jeden dazu, den Kopf hängen zu lassen, und zu Nellas Verteidigung muss man sagen, dass sie sich viele Male entschuldigte. Offenbar hatte es doch länger gedauert, mit dem Verlag umzuziehen, da die meisten Umzugswagen nicht fahrtüchtig waren, und die, die fahrtüchtig waren, kosteten ein Vermögen, das Nella erst zur Verfügung stand, nachdem sie Ambrosius kontaktiert hatte. Auf ihn ist immer Verlass, obwohl Nella regelmäßig die Augen verdreht, wenn ich das sage.

»Ich hatte doch keine Ahnung, dass du auf mich gewartet hast«, sagte sie mehrmals. »Ich habe geglaubt, du schreibst.«

»Das eine schließt das andere doch nicht aus?«

Sie roch nach einem neuen Parfüm. Nach Rosen, glaube ich. Oder Maiglöckchen.

»Du ziehst deine eigene Gesellschaft doch gewöhnlich der anderer vor, wie also sollte ich wissen …?«, murmelte sie in mein Revers, und ich habe keine Ahnung, wie sie zu dieser bizarren Vorstellung kommen konnte. »Hör zu, Nella«, wollte ich sagen. »Ich ziehe deine Gesellschaft jederzeit meiner eigenen vor.« Doch stattdessen murmelte ich in ihr hochgestecktes Haar, dass es ein äußerst produktiver Monat gewesen und ich bestimmt nur übermüdet sei, weil ich seit den Morgenstunden geschrieben hatte. Nun ja, und im Übrigen könne sie gern alle Seiten lesen, wenn sie die Zeit habe. Dann würde sie hoffentlich verstehen, dass ihre Gesellschaft geschätzt wurde.

Selbstverständlich war ich davon ausgegangen, dass sie sofort mit Lesen anfangen würde, doch offenbar gab es für sie andere und wichtigere Dinge, sich die Zeit zu vertreiben. Die ersten Tage beschäftigte sie sich mit den Aktenschränken, stellte die

Möbel in Simons altem Arbeitszimmer um und verbreitete überall ein Meer von Papieren. Schon bald war das Klavier kaum mehr zu sehen, doch man hörte Nella oft darauf spielen. Ja, das tut man manchmal noch immer. Skalen, wie es den Anschein hat, und sonderbare Liedfetzen. Jedes Mal, wenn man glaubt, ein bekanntes Lied zu erkennen, geht es in ein anderes über, das man mit Sicherheit noch nie gehört hat. Ich tue, was ich kann, um mich auf diese Geschichte zu konzentrieren, doch das verlangt mir allmählich ebenso viel ab wie die Zeit, in der Liljenholm und ich uns selbst überlassen waren.

Vor zehn Tagen hatte ich Nella einen ganz unschuldigen Besuch im Arbeitszimmer abstatten wollen, da ich hinter der Tür, die seit den Morgenstunden geschlossen war, das Klappern ihrer Schreibmaschine erahnt hatte. Doch als ich anklopfte und den Kopf hineinsteckte, sah sie nur zerstreut auf. Das Haar fiel ihr zerzaust in die Stirn.

»Ich bin gerade mit etwas beschäftigt«, sagte sie. Das war nicht zu übersehen. Sie saß inmitten eines Papierhaufens, von dem ich annahm, dass es der Schreibtisch sein musste, senkte demonstrativ den Blick und schrieb weiter. Es änderte auch nichts, dass ich sagte: »Ja, dann will ich dich nicht weiter stören!«, und stehen blieb. Sie legte lediglich einen Stapel Notizbücher, die aussahen, als gehörten sie Fräulein Lauritsen, an eine andere Stelle, öffnete eins davon und murmelte »Danke«. Neben ihr in einem Aschenbecher lag Fräulein Lauritsens Medaillon. Es war noch immer geschlossen.

Heute habe ich herausgefunden, dass es Fräulein Lauritsens Tagebücher *sind*, über denen Nella sitzt, wenn sie nicht die Veröffentlichung von *Eine Handvoll Orkane* vorbereitet. (Habe ich geschrieben, dass Nella jetzt Antonias Bücher verlegt? Wenn nicht, wissen Sie es jedenfalls jetzt, lieber Leser.)

Sie schreibt die Tagebücher ganz einfach ab und kürzt sie. Ich habe es herausgefunden, als ich an ihrem Arbeitszimmer vorbeiging, während sie sich woanders aufhielt, wo, darauf komme ich gleich zurück. Lassen Sie mich als Erstes betonen, dass meine Intention einzig und allein die war, ihre Blumen zu gießen. Nur damit Sie nicht denken, es könnte mir in den Sinn kommen, in Nellas Sachen herumzuschnüffeln, denn da verläuft für mich selbstverständlich die Grenze. Ganz zufällig habe ich die unterste Schublade in ihrem Schreibtisch geöffnet, und da lagen sie. Nicht ganz verdeckt unter ein paar leeren Seiten. Anschließend habe ich weiter Blumen gegossen, und inzwischen bin ich zu dem Schluss gekommen, dass Nella daran arbeiten muss, die Tagebücher für eine Veröffentlichung zusammenzuschreiben. Wahrscheinlich für einen zusätzlichen Band zu diesem Buch.

Die Zeit wird zeigen, ob meine Vermutungen stimmen. Wenn Nella mein Manuskript erst einmal gelesen hat, werde ich es wohl wissen, doch das wird, wie es aussieht, noch eine Weile dauern. In den letzten Tagen hat sie jedenfalls ihre kostbare Zeit mehr dafür genutzt, Liljenholm gründlichst zu durchstöbern, als in ihrem Arbeitszimmer »gerade mit etwas beschäftigt« zu sein.

»Wenn irgendwo noch mehr Tagebücher oder Briefe oder Bilder sind, werde ich sie finden«, hat sie die Male gesagt, die ich versucht habe, sie von ihrer *Expedition*, wie sie ihr Vorhaben nennt, abzubringen. Vor allem der Teil der Expedition, der in die äußeren Bereiche wie Park, Keller, erste Etage und Turmzimmer führt, weckt meine Besorgnis, und vor einiger Zeit habe ich, nach gründlicher Überlegung, die Konsequenzen gezogen. Ich saß sowieso wie auf heißen Kohlen in meinem Arbeitszimmer und bekam nicht eine Zeile geschrieben, was genau genommen ja weder in meinem noch in Nellas oder Ihrem Interesse ist. Deshalb ging ich mit zielgerichteten Schritten zum östlichen Turmzimmer, und als ich in der Tür stand, glaubte – und hoffte – ich zunächst nicht richtig zu sehen. Ganz hinten im Zimmer saß eine Frau auf einer wellenförmigen Chaiselongue, das Haar verdeckte ihr Gesicht wie auf Abwege geratener Tang. In den Händen hielt sie etwas Dunkles, fast Schwarzes. Mit einer schnellen Bewegung warf sie das Haar zurück.

»Du hast mich erschreckt!«

Es war Nella, wie ich jetzt sah, und das Zimmer sah genau so aus, wie ich es in Erinnerung hatte. Dunkle Schränke an der einen Wand, gebundene Bücher an der anderen, vergitterte, sehr hohe Fenster, die es dem Licht gnädigst gestatteten, in das Zimmer einzudringen. Ein kleiner Kegel fiel auf Nellas Füße.

»Willst du nicht herunterkommen?« Meine Stimme klang, als hätte sie zu lange draußen im Regen gestanden. »So wird die Wahrheit über Liljenholm nie fertig geschrieben. Nie! Ich kann mich absolut nicht konzentrieren, solange du hier oben herumrennst.«

Das Dunkle in Nellas Händen war ein Haarbüschel, stellte ich fest.

»Das sind die Haare, die mir damals ausgerissen wurden, als ich hier oben überfallen worden bin«, sagte sie tonlos. »Ich bin mir ganz sicher. Siehst du nicht, dass das wichtig ist?«

»Wichtiger als unser Buch?«

Sie warf mir etwas Weißes, Morsches zu.

»Das Haar hing an dieser Schnur an einem der Dachbalken.«

»Du hast meine Frage nicht beantwortet.«

Sie sah mich lange an. Es war nicht das erste Mal, dass ich nicht die geringste Ahnung hatte, was sie dachte.

»So wie ich das sehe, sind dein Buch und meine Expeditionen gleich wichtig«, sagte sie. »Aber ich werde mich daransetzen und dein Manuskript lesen. Bist du jetzt beruhigt? Ich habe einfach nur ein paar Tage gebraucht, um mir ein Herz zu fassen. Ich glaube, die bräuchtest du auch, wenn du an meiner Stelle wärst.«

Sie hob die Hand, wie sie das immer tut, wenn sie sich Gehör verschaffen will.

»Es gibt nur einen Menschen, der mehr über einen weiß als man selbst, und das ist derjenige, der einen am besten kennt.«

»Willst du damit sagen, dass ich …?«

Doch sie schüttelte nur den Kopf und wandte sich wieder der Chaiselongue zu, um sie zu untersuchen, wie es den Anschein hatte. Sie stand auf und kippte sie vornüber, setzte sich auf den Boden und schob die Hände zwischen die Federn. Hätte sie vor fünf Jahren die gleiche Entschlossenheit bewiesen, hätte unbestreitbar alles anders ausgesehen. Doch Liljenholm vor fünf Jahren … Ja, wer weiß schon, wie ich die Sache angegangen wäre, wenn ich die Tochter des Hauses gewesen wäre und meine sterbende Mutter nach mir geschickt hätte?

Nella macht gewisse Entdeckungen

Antonia sprach so leise, dass Nella sich zu ihr vorbeugen musste. Sie schluckte mehrmals, um die Scheibe Brot im Magen zu behalten, die sie gerade in sich hineingestopft hatte.

»Kannst du bitte etwas deutlicher sprechen, Mutter?«

»Ich möchte dich um etwas bitten.«

Antonia hatte Schwierigkeiten, die Lippen zu öffnen. Sie waren voller als ihr restlicher Körper. Die Lippen einer Lebenden im Gesicht einer Toten, und jetzt spitzten sie sich.

»Versprichst du zu tun, was ich sage?«

Das Unwetter schien jetzt, wo es dunkel geworden war, sehr viel unheimlicher, und irgendetwas ging über ihren Köpfen zu Bruch. Porzellan, wie es klang.

»Versprichst du es?«, beharrte Antonia. Nella zog langsam die Gardinen vor, strich den Stoff glatt und bürstete unsichtbare Fusseln von den von der Sonne verblichenen, braungrünen Stores. Antonia musste es irgendwie geschafft haben, die Hände auf die Decke zu legen. Jetzt versuchte sie, sie zu falten.

»Du musst den Stapel verbrennen, der dort drüben liegt. Auf dem Boden neben dem Regal. Ich habe es nicht mehr geschafft, ihn zu entsorgen.«

Antonia fielen die Augen zu.

»Das ist mein letzter Wunsch«, murmelte sie. Nella griff nach dem ersten Zeitungsausschnitt in dem Stapel, er war aus einer Wochenzeitung, wie es aussah. Antonia hustete, bis sie fast erstickte.

»Ich will … *unter keinen Umständen* …«

Sie hustete weiter. Nella hob den Stapel auf und brachte ihn zu dem Ohrensessel und der Decke. Als sie die Leselampe eingeschaltet hatte, bekam Antonia endlich wieder Luft.

»Ich will unter keinen Umständen, dass du auch nur ein Wort davon liest«, sagte sie. Doch Nella hatte bereits begonnen.

Zunächst arbeitete sie sich durch zwanzig Teile eines Fortsetzungsromans von 1898, der, der ordentlichen Quellenangabe in der rechten Ecke zufolge, in der Literaturzeitschrift *Revue* erschienen war. *Die Heimgesuchten* hieß er, und die Handlung spielte zwar auf einem Gut, das mit etwas gutem Willen an Liljenholm erinnerte. Doch die Sprache war schwer wie ein Landschaftsgemälde, und die Hauptperson, Elisabeth Rose, machte einen neurotischen und langweiligen Eindruck. Außerdem war Nella ihr Verhalten total unerklärlich. Elisabeth Rose tat im Großen und Ganzen nichts anderes, als mit unsicherer Nadel Kissenbezüge zu besticken, während die Gespenster die Dinge, die ihr etwas bedeuteten, von einem Ende des Guts ans andere räumten. Wenn sie es bemerkte, legte sie sich auf ihre Chaiselongue und weigerte sich tagelang aufzustehen. Im Laufe der Geschichte verheiratete ihr böser Vater sie mit einem noch böseren Gutsbesitzer, den sie schließlich zugunsten seines ritterlichen Sohns verließ. Nella blätterte sich durch die Seiten.

Der Fortsetzungsroman war von einer Frau geschrieben und der Name der Frau Antonia Lily. Die Namen standen nebeneinander, als wäre es das Natürlichste auf der Welt. Antonia. Lily. Und nach mehreren Teilen ging aus den Leserbriefen hervor, dass Antonia Lily einen treuen Leserkreis hatte, der darauf brannte zu erfahren, wer sich hinter dem Pseudonym verbarg. Nella rechnete nach. 1898 konnten Antonia und Lily nicht älter als vierzehn Jahre gewesen sein und den Fortsetzungsroman wohl kaum selbst geschrieben haben. Oder doch?

Antonia murmelte irgendetwas von ihrem Bett aus, sodass Nella die Zeitungsausschnitte in den Schoß fielen, und während sie sie wieder einsammelte, wuchs ihre Verwunderung. Antonia hatte mit Sicherheit nichts davon erzählt, dass Lily und sie in ihrer späten Kindheit Geschichten geschrieben hatten. Ganz im Gegenteil, sie hatte diverse Male festgestellt, dass Lily weder Talent für das Schreiben noch Interesse daran gehabt hätte, und einmal hatte sie sogar mehr als das gesagt: »Auf die Länge der Zeit war die Eifersucht wohl zu schwer zu ertragen.« Das war einige Jahre vor Nellas Bekanntschaft mit dem Selbstmordfenster gewesen. Antonias Gesicht war oberflächlich betrachtet ausdruckslos geblieben. Nella sah sie deutlich vor sich, jünger als jetzt, doch mit denselben alten Augen.

»Lily war immer diejenige, die am Rand stand und zusah, während Simon und ich … ja, du weißt doch, wie viel wir einander bedeutet haben«, hatte sie gesagt.

»Als wir dich bekamen, wurde es noch schlimmer mit Lilys Eifersucht, und dann waren da noch meine Bücher. Sie verkauften sich über alle Maßen gut. Ich war hier und da und überall, wie das so ist, wenn die Zeitungen über einen schreiben. Doch mit den Jahren wurde Lily immer verbitterter und launischer. Sie ging vor unseren Augen zugrunde. Ich weiß nicht, ob du dir vorstellen kannst, wie es ist, das mit anzusehen. Ich habe natürlich versucht, sie vor sich zu retten, das haben wir alle, aber Lily … die Lily, die ich geliebt habe, gab es bereits nicht mehr. Manchmal denke ich, dass ich einen hohen Preis für meinen Erfolg bezahlt habe. Höher, als mir bewusst war.«

Normalerweise war Antonia kein Mensch, der sich mehrere Sekunden hintereinander ansehen ließ. Normalerweise hätte sie die Unterhaltung mit Nella auch längst beendet, doch nicht an diesem Tag. Das Gesicht hatte sie zum Park hin gewandt. Es war Frühjahr, das Fenster stand offen.

»Lily fing an, verwirrt auf Liljenholm herumzulaufen, besonders oben in den Turmzimmern. Ich wusste nie, wann sie plötzlich in ihren zerrissenen Sachen auftauchen und mich der schlimmsten Dinge bezichtigen würde. Also blieb ich die meiste Zeit in diesem Zimmer. Simon war immer öfter in Kopenhagen. Er musste sich schließlich um seinen Verlag kümmern.«

»Er war überhaupt nicht hier?«

Nella hatte ebenso schockiert geklungen, wie sie es gewesen war. Antonia hatte eine Zigarette aus dem Etui auf dem Schreibtisch gezogen. Einem Geschenk von Simon. Ihrer beider Namen waren auf der Vorderseite eingraviert.

»Doch, doch, er war hier. Natürlich war er hier. Wo war ich? Ja, jetzt weiß ich es …«

Sie hatte die Zigarette an der Flamme der nächstbesten Kerze angezündet.

»Mit den Jahren wurde Lilys Verhalten ausgesprochen bedrohlich. Sie behauptete plötzlich, dass die Gespenster ihr befohlen hätten, uns umzubringen. Dich und mich sowie Simon und möglicherweise auch Lauritsen. *Die Gespenster verlangen, dass ihr eure rechtmäßige Strafe bekommt*, hat sie zu mir gesagt. *Alles, was es wert ist zu haben, hast* du *bekommen, Antonia, und das war nie so gedacht.* Ich *hätte du sein sollen*!«

»Dann glaubst du …«

Antonia hatte immer gierig ausgesehen, wenn sie rauchte.

»Was glaube ich?«, hatte sie gefragt, als wüsste sie es nicht.

»Dann glaubst du, dass Lily Vater umgebracht hat, bevor sie selbst in den Tod gesprungen ist?«

Antonia hatte aus einem Mundwinkel Rauch ins Zimmer geblasen.

»Ich hoffe es nicht«, hatte sie mit seltsam tonloser Stimme gesagt, »doch Gott weiß, wie oft ich darüber nachgedacht habe.«

Nella hatte das Funkeln in Antonias Augen wiedererkannt. Dieses gefährliche Funkeln, das gewöhnlich in einer Explosion endete.

»Allmählich habe ich mich wie eine Gefangene in meinem eigenen Haus gefühlt, verstehst du?«

Sie hatte erneut inhaliert. Hatte eine wirbelnde Rauchwolke dem Frühjahr dort draußen entgegengeblasen.

»Ich konnte das Zimmer hier kaum verlassen, ohne dass Lily mich mit ihren wahnsinnigen Anklagen überfallen hat, und wenn du die Wahrheit hören willst, wenn du wissen willst, wie es wirklich war, dann habe ich mir tatsächlich gewünscht, dass sie einfach verschwinden würde.«

Antonia hatte kräftig mit den Fingern geschnipst und geblinzelt, sodass ihre Wimpern abwechselnd ihre Wangen und die dünnen, schwarzen Striche, ihre Augenbrauen berührten. Sie hatte weitergeredet, leiser jetzt:

»Es mag gut sein, dass das hart klingt, Nella, aber Lily hat mich tatsächlich soweit getrieben, dass ich sie mit größtem Vergnügen aus dem Fenster gestoßen hätte, wenn sie nicht selbst gesprungen wäre.«

Nella konnte sich noch immer erinnern, wie ihr Herz an dieser Stelle für einen kurzen Schlag ausgesetzt hatte.

»Aber das hast du nicht, oder?«

»Was habe ich nicht?«

Antonias Wimpern hatten etwas stärker gezittert als sonst, doch das konnte auch am Wind liegen.

»Du hast sie nicht aus dem Fenster gestoßen, oder?«

Antonia hatte eine ausladende Handbewegung gemacht, wie sie das immer tat, wenn sie wollte, dass Nella verschwand.

»Ich habe doch gerade gesagt, dass sie selbst gesprungen ist«, hatte sie geantwortet, und Nella hatte getan, worum sie gebeten worden war, und die Tür anständig hinter sich geschlossen.

Damals tat Nella immer, worum Antonia sie bat, doch die Zeiten hatten sich zweifellos geändert. Während Antonia in dem schmalen Bett schlief, lasen Nellas Augen wie von selbst weiter. Alles deutete darauf hin, dass diese Antonia Lily bis zum Jahr 1904 einen Fortsetzungsroman pro Jahr geschrieben hatte. *Das letzte Geheimnis, Die Spiegelverkehrten, Die lebenden Toten.* Nella musste bereits einige Zeit gelesen haben, denn ihre Augen waren trocken wie Papier, doch sie war zu gefesselt, um dem Bedeutung zu schenken. Die jungen Fräulein und bösen Väter, die alten Ehemänner und jungen Geliebten, die Geisterhäuser und die Sticknadeln verschwammen vor ihren Augen. Plötzlich stutzte sie.

Es war der Titel. 1904 hieß der Fortsetzungsroman *Lady Nellas geschlossene Augen,* und in der rechten Ecke neben dem Titel war die Fotografie einer Frau mit wallenden Locken abgebildet, die ihr wohlgeformtes Lächeln halb verbargen. Zwischen ihren Vorderzähnen ahnte man einen kecken Zwischenraum. *Wir können so viel verraten, dass Antonia Lily eine junge, schöne Adlige von erst neunzehn Jahren ist,* stand unter dem Bild der Frau. *Sie bittet uns, Sie zu grüßen und für die überwältigende Aufmerksamkeit zu danken,* und anstelle eines Punktes sah man eine geschwungene Unterschrift, die in einem Tintenklecks endete. Es war Antonia Lilys Name. Es gab noch weitere Fotos von ihr. Auf einigen waren ihre Locken nach hinten gekämmt oder gescheitelt, auf anderen wurde ihr Busen von Krägen und Pelzwerk bedeckt, und auf einem Bild lachte sie und blinzelte mit einem Auge.

Nella hatte sich bereits in die Lektüre vertieft, doch ein vergilbtes Blatt Papier ragte aus dem Stapel heraus. Die ordentliche Handschrift fiel ihr ins Auge. Sehr schräg und spitz, fast, als wären die Worte mit einer Nadel gestickt. Sie füllten mehrere hundert Seiten, wie sich zeigte. Nellas Hände blätterten darin. Es bestand kein Zweifel, dass sie ein Originalmanuskript in der Hand hielt, voll mit Streichungen und blauen Anmerkungen am Rand, die nicht zu entziffern waren. Derjenige, der die blaue Tinte vorgezogen hatte, hatte in einer Schrift, die bestenfalls an ausgerollte Garnknäuel erinnerte, über die ordentlichen, gestickten Sätze hinweggeschrieben. Nella hielt die Seiten gegeneinander. Die ordentlich gestickten Sätze veränderten sich und wurden in den Bögen runder und in den Is länger, nur eine halbe Seite lang, dann wurden sie wieder spitz, und so ging es weiter. An verschiedenen Stellen, wo Abschnitte hinzugefügt worden waren, änderte sich die Papierqualität, und an einer Stelle übernahm der blaue Stift das Wort und behielt es über acht Seiten. Nellas Augen stolperten über ein Wort. Einen Namen, der immer wieder auftauchte, ihr eigener Name. Nella, Nella, Nella.

Bevor sie sich selbst daran hindern konnte, war sie zum Regal geeilt und griff wie von selbst nach *Lady Nellas geschlossene Augen*. Die Erstausgabe in einem roten Ledereinband mit Golddruck. Sie wusste genau, wo sie stand. Einen Augenblick zögerte sie, den Finger auf dem mit Gold bedruckten Rücken. Zögerte erneut mit dem schweren Buch im Schoß.

Hortensias Tagebuch

Ich bedauere die alles andere als passende Unterbrechung, doch vor Kurzem kam Nella hier hereingestürmt. Zunächst habe ich versucht anzudeuten, dass ich mitten in ihrer Detektivgeschichte saß. Da würde sie mir wohl freundlicherweise die nötige Arbeitsruhe gewähren? Nur die nächsten Tage? Doch sie schüttelte den Kopf.

»Die Geschichte von Antonia Lily muss einfach einen Moment warten«, sagte sie, und nachdem ich mir das, was sie mir gegeben hat, genauer durchgelesen habe, bin ich geneigt, ihr recht zu geben. Haben Sie Nachsicht mit mir, lieber Leser. Ich hatte mich darauf gefreut, Ihnen zu verraten, was Nella beim Aufschlagen von *Lady Nellas geschlossene Augen* herausgefunden hat, doch Nellas neue Entdeckung beschäftigt mich einfach zu sehr, als dass ich sie unbeachtet lassen kann.

Habe ich geschrieben, dass es sich um das Tagebuch von Horaces Schwester Hortensia aus dem Jahr, in dem sie starb, handelt? Das habe ich nicht, wie ich sehe, doch so war es. Vom 2. Januar bis zum 15. April 1850, ordentlich eingeschlagen in weißes Papier, auf dem in silberner Schrift *Tagebuch* steht, sodass sich über den Inhalt niemand im Unklaren sein kann. Oder doch, aber darauf komme ich noch zurück. Denn zuerst muss ich sagen, dass ich beinahe einen Herzschlag bekommen habe, als ich hörte, wo Nella es gefunden hat.

Die letzten Tage saß sie in ihrem Arbeitszimmer und hat

die vielen vorausgegangenen Seiten gelesen, die ich bereits geschrieben habe, und die wenigen Male, die ich sie sah, schien sie mit dem meisten davon zufrieden. Gestern meinte sie jedenfalls noch, dass sie *gerade unverschämt genug klinge*. Dabei liegt es mir fern, mich zu loben. Heute Morgen hat sie jedoch meinen Verdacht bestätigt, dass sie daran arbeitet, Fräulein Lauritsens Tagebücher für eine Veröffentlichung zu kürzen. *»Damit Laurits' Teil der Geschichte auch erzählt wird«*, wie sie sagt. Von einem Ergänzungsband zu diesem Buch ist jedoch nicht die Rede, soweit ich das verstanden habe, sondern von einem selbstständigen zweiten Buch. Somit ist das hoffentlich klar.

Doch langer Rede kurzer Sinn: Völlig naiv habe ich zu wissen geglaubt, wo Nella sich aufhielt. Nämlich im Arbeitszimmer vor meinem Manuskript. Und desto mehr beunruhigt es mich zugeben zu müssen, dass sie ohne mein Wissen den größten Teil des Vormittags im östlichen Turmzimmer verbracht hat. Sie ist offenbar noch immer dabei, das Haus zu durchstöbern, und oben auf dem bereits erwähnten Dachbalken hat sie das Tagebuch gefunden. Genau über dem kleinen Haken, an dem Nellas ausgerissene Haare gehangen haben, und wie sie richtig schlussfolgert, lässt einen das unleugbar vermuten, dass das Buch für sie bestimmt war.

Die Tagebucheintragungen sind sehr kurz. Fast wie Gedichte, behauptet Nella. Meine Kenntnisse über die Dichtkunst beschränken sich auf Gedichtsammlungen. Nella hat alle Tagebucheintragungen laut vorgelesen. Wir wunderten uns, weil das Schreckliche, das dort stand (oder vielleicht eher nicht stand), in der Zeit lange vor den Ereignissen liegt, von denen wir aus Fräulein Lauritsens Tagebüchern wussten. Soweit Nella das nachvollziehen konnte, wurde Fräulein Lauritsen von Horace und Clara erst rund dreißig Jahre, nachdem

Hortensia an ihrem vierzehnten Geburtstag, dem 15. April übrigens, in den Tod gesprungen war, eingestellt. Nella rieb sich die Schläfen.

»Was glaubst du, war so schrecklich, dass sie nicht darüber schreiben konnte?«

Ich wollte gerade antworten, als mir etwas dämmerte.

»Soweit ich mich erinnere, hat Fräulein Lauritsen in Verbindung mit Hortensia irgendwann etwas von einem Verdacht geschrieben. Ich habe dem nur keine besondere Bedeutung beigemessen, weil mir alles andere sehr viel schlimmer erschien. Ziemlich ungerechtfertigt, befürchte ich.«

»Und was ist mit dieser toten Elisabeth, von der Hortensia schreibt? Hat Laurits auch etwas über sie geschrieben?«

»Nein, ich denke nicht.«

Hier sollte ich vielleicht erwähnen, dass Fräulein Lauritsen von mehreren Personen mit Namen Elisabeth schreibt, denn sowohl Antonia als auch Lily hießen mit zweitem Namen Elisabeth. Nicht besonders originell, muss man sagen. Doch wie dem auch sei, muss diese Elisabeth dreißig Jahre früher gelebt haben, und wenn sie auf Liljenholm gewohnt hätte, hätte Laurits sie wohl erwähnt. Zu diesem Schluss kamen zumindest Nella und ich. In Sekundenschnelle war sie an der Tür.

»Kannst du dich in etwa erinnern, an welcher Stelle Laurits ihren Verdacht geäußert hat?«

Sie holte das kleine Notizbuch heraus, das sie immer bei sich trug.

»Ich glaube, als Liljenholms Finanzen ernsthaft den Bach hinuntergingen. Unmittelbar vor Horaces und Claras Tod.«

Nella nickte und machte sich eine Notiz.

»Ich finde das sofort heraus. Bist du so lieb und wartest?«, bat sie, und während ich warte, kann ich auch gut ein paar Seiten aus dem Tagebuch der armen Hortensia abschreiben.

Dann können Sie sich selbst ein Bild machen, ob Nella und ich uns über eine Nichtigkeit aufgeregt haben oder nicht.

2.1.1850
Es ist etwas passiert, über das ich nicht reden kann. Ich weiß genau, dass es meine eigene Schuld ist, aber ich weiß nicht, was ich getan habe, dass ich es verdiene, so hart bestraft zu werden. Wenn nur Elisabeth hier gewesen wäre, hätten wir über etwas anderes reden können, aber sie ist ja tot. Hört die Sehnsucht denn nie auf?

20.2.1850
Heute Nacht ist das Schreckliche wieder passiert. Ich weiß nie, wann es passiert. Das ist fast am schlimmsten daran. Wenn ich nur die Tür abschließen könnte, aber es hilft nicht. Im Moment fällt mir tatsächlich nur eins ein, das helfen würde, doch das wäre eine Sünde. Eine noch größere Sünde?

2.3.1850
Ich fürchte, daran zu ersticken. Jetzt gibt es Drohungen. Mein Mund ist verschlossen, und trotzdem sind die Drohungen da. Ich habe keine Ahnung, was ich tun soll, und ich höre wieder Dinge. Oben im Turmzimmer ist alles wieder da.

10.3.1850
Das Schlimmste ist, dass Gott mich jetzt wohl aufgegeben hat. Als Mutter gefragt hat, warum ich das Kreuz nicht mehr trage, habe ich gelogen und gesagt, dass ich es verloren habe, und sie hat gesagt, dass ich mir zur Konfirmation ein neues wünschen kann. ZUR KONFIRMATION?

28. 3. 1850
Heute Vormittag hat Mutter gefragt, ob es mir gut geht, und ich habe Nein gesagt. Aber sie hat nicht weitergefragt. ALLE wenden sich von mir ab. Vielleicht sehen sie es mir schon an?

13. 4. 1850
Es gibt keine Worte, die beschreiben können, was ich fühle. Meine Nägel sind bis auf das Nagelbett heruntergekaut.

15. 4. 1850
Ich glaube an ein Leben nach dem Tod für uns beide.

»Ich habe die Stelle gefunden! Hier, lies!«

Nella hat eben eins von Fräulein Lauritsens Tagebüchern neben mich gelegt und mit ihrem Finger auf die richtige Stelle gezeigt. In aller Bescheidenheit, mein Gedächtnis muss wirklich erstklassig sein, dass ich mich an sie erinnert habe, denn es geht um höchstens zehn Zeilen, und die haben wir jetzt eine geraume Weile angestarrt. Oder ich habe sie angestarrt, um bei der Wahrheit zu bleiben. Nellas Stirn ruhte auf der Tischplatte, und das tut sie noch immer, und hin und wieder murmelt sie in das abgenutzte Mahagoni, dass Fräulein Lauritsen zweifellos recht gehabt hat mit ihrem Verdacht. Das ist auch meine Vermutung. Ich befürchte ernsthaft, dass das der Hintergrund für diesen Selbstmord ist. So gern ich das würde, kann ich das unmöglich jetzt schon vertiefen, lieber Leser. Der Grund ist bestimmt nicht der, Ihnen diese Information vorenthalten zu wollen, doch Fräulein Lauritsens Verdacht ist einfach zu furchtbar, als dass er über meine Lippen kommt. Ich werde darauf zurückkommen, wenn ich mich ausreichend gesammelt habe.

Als alles im Kamin verbrannte

Nella sagt, dass ich hier sitze und tief vor mich hin seufze. Aber glauben Sie mir, lieber Leser, das würden Sie auch, wenn sie Nellas Detektivgeschichte aufschreiben sollten. Denn so hervorragend Nella als Detektivin auch war, so sehr versagte sie, als es darauf ankam. Doch jetzt greife ich den Begebenheiten vor, lassen Sie mich also zu dem Moment zurückkehren, als Nella langsam *Lady Nellas geschlossene Augen* aufschlug.

Meinem Simon, der Liebe meines Lebens stand auf der ersten Seite. Das Papier knisterte, als Nella die Seiten umblätterte. Sie hatte große Angst, Antonia, die im Bett neben ihr lag, zu wecken. Sie musste ein weiteres Mal genau hinsehen, doch es bestand kein Zweifel. Von der nächsten Seite starrte sie die junge Antonia an, ihre langen Wimpern wirkten gewaltig, und Licht und Schatten teilten ihr Gesicht in zwei Hälften. Die sichtbare Hälfte war unter der kräftigen Schminke noch immer rund in den Zügen, und das Haar gewellt wie bei den Models aus den Illustrierten, nur wesentlich kürzer. Eine schicke Frisur. Es machte Sinn, dass Antonia eine Mode damit kreiert hatte, als *Lady Nellas geschlossene Augen* herauskam.

Nella hatte bisher nie darüber nachgedacht, doch sie glich in frappierendem Maße der Antonia auf dem Bild. Besonders was Augen und Gesichtsausdruck anging. Wenn sie Lily noch ähnlicher sah, wie Antonia immer wieder behauptet hatte, musste sie ihr reinstes Ebenbild sein. Dafür hatte die Antonia im Bett kaum Ähnlichkeit mit ihrem damaligen Selbst, doch das lag wohl an den ganzen Jahren vor der Schreibmaschine. Nella durchsuchte den Stapel schnell nach weiteren Bildern. Von Lily oder wem auch immer. Doch sie fand nur Lilys Todesanzeige, gedruckt auf schmuddeliges Zeitungspapier. *Unsere geliebte Lily von Liljenholm (1884–1914) hat diese Welt verlassen. In tiefer Trauer, die Familie* war alles, was dort stand. Unter den Text war eine Rose gezeichnet, was unmöglich ernst gemeint sein konnte in Anbetracht von Lilys Selbstmordmethode. Nella fand Todesanzeigen in verschiedenen Variationen. Es war ernst gemeint. Auf alle Todesanzeigen waren Rosen gezeichnet, und auf einer schlängelte sich sogar eine ganze Rosenranke um den Text wie ein morbider Rahmen.

Der Wind musste zugenommen haben. Er peitschte gegen die Nordseite von Liljenholm. Nellas Augen flackerten zwischen Buch, Fortsetzungsroman und Manuskript hin und her. Soweit sie das sehen konnte, war es, von einer einzigen Korrektur abgesehen, der gleiche Text. Sie blätterte zu einem anderen Kapitel weiter, kam zum Schluss. Auch hier kein Unterschied. In allen Versionen brannte Lady Nella mit ihrem jungen Geliebten durch und ließ sich mit ihm auf einem baufälligen Gut nieder. Das Ende war auffallend kitschig: »*Sie lagen unter dem großen Kirschbaum im Park, und Nella wurde nicht müde, ihn anzusehen. Seine vollen Lippen und langen Wimpern, die Schatten auf die Wangen warfen, wenn er blinzelte. ›Wir haben uns, und das ist das Wichtigste‹, flüsterte er. ›Das wird immer das Wichtigste sein, Nella. Für uns beide lebe ich.‹ Ihre Hände suchten wie von selbst nach seinen Haaren. Dessen träge Wellen hatten sie von Anfang an fasziniert. ›Und ich lebe für uns beide, mein Geliebter‹, antwortete sie in dem Moment, als die ersten Vögel zu singen begannen. So saßen sie da, atemlos, unbeweglich für einen Augenblick, der so lang wie das Leben war.*«

Nella erinnerte sich schwach, den Wortwechsel vor langer Zeit einmal gelesen zu haben, doch vor allem erinnerte sie sich an Antonias Worte:

»Ich habe den Schluss als Liebeserklärung an deinen Vater geschrieben«, hatte sie gesagt. »Das war eine magische Zeit, als wir verlobt und frisch verheiratet waren, Nella. Sie dient mir seither als Inspiration für all meine Romane, doch das habe ich dir bestimmt schon einmal erzählt?«

Antonia hatte dabei gelächelt. Der Gedanke an Simon war noch immer das Einzige, das sie dazu bringen konnte. Nella wollte einfach nur, dass sie sagte, dass ihre Geburt genauso magisch gewesen war. Nur ein ganz klein wenig magisch, war sie das nicht, Mutter? Doch Antonias Lächeln war bereits erloschen.

»Warum musst du immer alles zerstören?«, hatte sie gefragt und war aufgestanden. »Was in aller Welt willst du von mir, kannst du mir das sagen?«

So vieles, hätte Nella antworten können, doch sie antwortete das Einzige, von dem sie sicher war, dass Antonia es hören wollte:

»Ich will nichts von dir, Mutter.«

Sie hatte es sogar mehrere Male wiederholt, doch Antonias Schritte hatten sich bereits entfernt, und ihre Stimme hatte sich mit der von Fräulein Lauritsen in der Küche gemischt. Ihre Befehlsstimme. Wenn Antonia wütend war, musste Fräulein Lauritsen einen Großputz machen, und anschließend musste der Gärtner die Bäume beschneiden und die Beete in Ordnung bringen. Selbst wenn es nicht im Mindesten nötig war.

Nella sah von dem Regal zum Bett, in dem Antonia lag und im Schlaf die Stirn runzelte. Es musste mehrere Jahre her sein, dass ihre Wut in einem Großputz geendet hatte, so staubig, wie alles hier drinnen war. Warum sie nach Fräulein Lauritsens Tod keine neue Haushälterin eingestellt hatte, war ein Rätsel, das Nella nicht vorhatte zu lösen.

Während Antonia weiterschlief, saß Nella in ihrem Sessel und dachte über die drei Versionen von *Lady Nellas geschlossene Augen* nach. Ihre Haut juckte, wie immer, wenn etwas nicht aufging. Irgendwann zwischen der Fertigstellung des Manuskripts und dem fertigen Buch war die heitere Antonia Lily zu der düsteren Antonia von Liljenholm geworden, doch der Text war derselbe geblieben. Hatten die Leute sich nicht gewundert? Offenbar nicht. Die ersten zwanzig Auflagen, Luxusausgaben, Taschenbücher und Übersetzungen standen jedenfalls in langen Reihen vom Fenster bis zur Tür. Nella stellte die Erstausgabe in dem Moment auf ihren gewohnten Platz zurück, als sie Antonias Blick bemerkte. Er schien in ihrem Schädel zu Eis gefroren.

»Warum wühlst du in meinen Sachen herum?«

Sich in ganzen Sätzen auszudrücken schien mehr Kraft zu erfordern, als Antonia hatte, doch sie fuhr fort. »Ich hatte dich gebeten, mir einen Gefallen zu tun, Nella.«

Eine Weile lag sie mit geschlossenen Augen da.

»Ich hatte dich um etwas *gebeten,* und jetzt tust du das genaue Gegenteil. Kannst du mir sagen, was ich getan habe, dass du so geworden bist?«

Nellas Augen huschten durch das Arbeitszimmer, und hätten sie weiter aus der Tür hinaushuschen können, hätten sie das sicher getan, weg von den Papieren, die überall ausgebreitet lagen. Doch stattdessen sammelte Nella schnell alles zusammen, setzte sich vor den Kamin und fütterte die Flammen mit den Seiten. Das Einzige, was sie versteckte, war die Todesanzeige, wozu auch immer sie die haben wollte. Ganz zuunterst lagen ein paar private Briefe. Einige auf Dänisch, andere auf Englisch. Die verbrannte sie auch, wo sie schon einmal dabei war, alles noch schwerer für sich zu machen, als es ohnehin schon war. Deshalb weiß ich nur, was Nella mir erzählt hat. Nämlich dass ein paar Briefe aussahen, als wären sie von Simon an Antonia. Von Simon an Antonia! Und die hat sie einfach verbrannt!

»Mutter hat mich gebeten, sie zu verbrennen, und das habe ich getan, kannst du das nicht verstehen?«, sagt Nella gewöhnlich, als wäre die Welt so verdammt einfach gestrickt. Sie regt sich schrecklich auf, wenn ich es mir erlaube, sie darauf hinzuweisen.

»Kannst du nicht wenigstens VERSUCHEN, dich in mich hineinzuversetzen?«

Ich kann sie beinahe hören! Aber es ist einfach unerträglich, daran zu denken, dass die Flammen hier direkt hinter mir einen Schatz nach dem anderen in Asche verwandelt haben, bis nicht einmal mehr eine erbärmliche Briefmarke übrig war. Ich habe mich natürlich selbst vom Keller bis zum Dach durchgewühlt, um sicher zu sein.

Als auch Antonia sich an diesem Abend sicher war, dass Nella ihre Anweisungen befolgt hatte, erahnte Nella einen Schatten in einem ihrer Mundwinkel. Ihre Lippen verloren langsam die Farbe, und Nella zog ihren Sessel näher zum Bett.

»Mutter? Kannst du mich hören?«

Zu Nellas Verteidigung muss ich sagen, dass sie einen klareren Kopf behalten hatte, als es den meisten in ihrer Situation gelungen wäre. So fragte sie Antonia zum Beispiel, ob Lily und sie die Fortsetzungsromane zusammen geschrieben hatten.

»Welche Fortsetzungsromane?«

Antonias Augen blinzelten kurz, dann wurden sie matt wie Rauchglas.

»Zu Anfang war alles anders«, flüsterte sie. »Bevor Lily den Verstand verloren hat, konnte sie ausgezeichnet schreiben. Doch dann haben die Gespenster von ihr Besitz ergriffen. Genau wie von unseren Eltern. Ich glaube, sie hat dagegen angekämpft, aber sie haben sie nicht entkommen lassen, sie …«

Nella tat, was sie konnte, damit Antonia weitererzählte, doch ihre Lider waren bereits zugefallen. Zwischen ihren Atemzügen waren jetzt lange Pausen.

»Wer war die Frau, die als Antonia Lily in den Zeitungen abgebildet war? Mutter? Kannst du mich hören?«

Antonias Arme erinnerten an tiefgefrorenen Spargel. Nella ließ sie los. Antonias Kopf sank zurück auf das Kissen.

»Sie hieß Karen.«

»Karen?«

Antonias Gesichtszüge wurden eins mit dem Kissenbezug, und die Pausen zwischen ihren Atemzügen noch länger. Bald war nur noch ein unregelmäßiges Röcheln zu hören. Nella starrte in den Kamin. Am liebsten hätte sie ihre vielen unbeantworteten Fragen hineingerufen, doch stattdessen ging sie in die Küche, schnitt das halbe Roggenbrot in Scheiben und lehnte sich auf einem der alten Stühle zurück. Sie schloss die Augen. Wenn sie nur nicht zu viel darüber nachdachte, fühlte es sich ganz so an, als säße Fräulein Lauritsen direkt hinter ihr und hielte sie aufrecht.

Ein langer Abschied

Die Uhren waren sich über die Zeit einiger als über den Takt. Zwölfmal schlugen sie überall auf Liljenholm. Irgendwo hoch über ihrem Kopf hörte Nella plötzlich ein Rufen. Die Stimme kam ihr bekannt vor. Sie fuhr aus dem geblümten Ohrensessel hoch.

»Laurits? Bist du das?«

Kurz blieb Nella stehen. Sie lauschte so konzentriert sie konnte. Wäre ich sie gewesen, hätte ich mich wohl wieder hingesetzt, statt mich aus dem Arbeitszimmer zu schleichen. Antonia lag im Sterben, und Liljenholms verdunkelte Räume waren wohl kaum eine Erfahrung, die man nicht missen konnte. Doch Nella sieht Liljenholm offenbar ganz anders als ich, und das tat sie auch damals:

»Wir können uns vielleicht darauf einigen, dass Liljenholm nie ein freundlich gesinnter Ort war, doch nachts kann man sich zumindest in der Dunkelheit verstecken«, hat sie erst vor Kurzem gesagt, als sie mit meinem Frühstückstablett und Simo im Schlepptau hereinkam. Er ist ein gutmütiger Hütehund, den Nella von einem der benachbarten Gutsbesitzer geschenkt bekommen hat, und ich mag ihn inzwischen sehr. Nicht zuletzt, weil er oft unter meinem Schreibtisch liegt und mir die Füße wärmt.

»Wenn man lange genug das Gefühl gehabt hat, beobachtet zu werden, lernt man die Dunkelheit zu schätzen«, fuhr

Nella fort. »Dann wird sie zu einer Kutte, die man überstülpen kann, wenn man etwas näher untersuchen muss.«

»Aha.«

Ich musste mich zwingen, sie nicht anzustarren. Sie hat oben im Turmzimmer Antonias alte Kleider aus der Zeit gefunden, als *Lady Nellas geschlossene Augen* die Liljenholmer wohlhabend gemacht hat. Und einen Teil noch älterer Kleider und Schmuckstücke von damals, als Hortensia und Clara noch lebten. Und du liebe Güte, das lila Kleid mit der Pelzstola, das sie heute trug, musste zweifellos ein Vermögen gekostet haben mit dem ganzen Taft und der Seide und was weiß ich. (Letzteres stimmt nicht ganz. Ich weiß es genau, denn ich bin mit guter Kleidung aufgewachsen, aber das ist eine andere Geschichte.) Tatsache ist, dass die Kleider Nella ausnahmslos so aussehen lassen wie ein Fräulein, das direkt aus dem 18. Jahrhundert in unser Wohnzimmer spaziert ist. Sie zog die Stola enger um sich. Entweder war sie an den Enden fadenscheinig oder sie war ungewöhnlich verstaubt.

»Bist du bis zu dem schrecklichen Erlebnis gekommen …?«, fragte sie, und als ich nickte, ließ sie sich so schwer in den geblümten Ohrensessel fallen, dass es den Anschein erweckte, als würden ihre Beine unter ihr nachgeben.

»Ja, das musste wohl kommen«, sagte sie und nickte öfter, als es nötig gewesen wäre. »Irgendwann musstest du ja zu dem schrecklichen Erlebnis kommen.«

Das stimmte. Das musste ich wohl, und jetzt hoffe ich nur, dass es für Sie mehr Sinn macht als für mich, dass die Dunkelheit sich für Nella in dieser Nacht wie eine beschützende Kutte anfühlte. Irgendwo hoch über ihrem Kopf war erneut ein Rufen zu hören, es klang jetzt eindeutig wie Fräulein Lauritsens Stimme. Antonia murmelte irgendetwas drüben in ihrem Bett, doch es schien nicht gerade die Antwort darauf, was Fräulein Lauritsen hier machte.

Nella hatte total vergessen, was für eine große Kunst es im Grunde genommen ist zu schleichen. Die Füße müssen ganz nachgiebig und biegsam sein, nicht steif mit unbeweglichen Zehen, die gegen die Türschwellen stoßen und die Bodenvasen umwerfen. Eine dickbauchige Vase rollte über die handgeknüpften Teppiche im Esszimmer und stieß mit einem klirrenden, unnötigen Geräusch gegen die Beine des Esstischs. Das Kind Nella hätte über sich als Erwachsene wohl selbst den Kopf geschüttelt, hätte es das gesehen. Jetzt stellte die erwachsene Nella sich versuchsweise auf die Zehenspitzen, kreiste mit den Knöcheln, bis sie nicht mehr knackten, und suchte anschließend mit den Füßen die Bodenbretter vor sich ab. Wenn sie nur niemand hörte, war sie so gut wie nicht da, und wenn sie so gut wie nicht da war, bestand kein Grund, Angst zu haben.

Sie musste sich das Tausende Male gesagt haben, wenn sie von Antonias Arbeitszimmer zu ihrem Schlafzimmer in der ersten Etage geschlichen war, und es wirkte noch immer. Die Treppenstufen waren wie eine Familie. Sie wusste genau, auf welche sie treten konnte und welche lauthals protestieren würden. Und in der Kammer links, wo die Treppe aufhörte und der Gang mit den von ihm abgehenden Zimmern begann, sah sie… Ja, ich gebe zu, dass das unglaublich klingt. Ich habe selbst meine Zweifel gehabt, doch Nella erzählt so lebendig davon, dass ich geneigt bin, ihr zu glauben. Sie sah einen großen, runden Schatten, den sie kannte. Gebeugt über den allzu kleinen Schreibtisch, der im sparsamen Licht der schwermütigen Tischlampe noch kleiner erschien als sonst. Der Schatten wuchs, als Nella vorsichtig die Tür aufstieß, und es war nicht nur ein Schatten. An dem Schreibtisch saß Fräulein Lauritsen in ihrem schönsten grauen Kleid, und ihr Stift eilte über die Linien in einem Heft, das Ähnlichkeit mit einem Notizbuch hatte. Klein und mit einem roten Umschlag. Nella erinnert sich weder, es vorher noch seitdem gesehen zu haben.

»Laurits, bist du das?«

Es konnte unmöglich jemand anderer sein, und trotzdem blätterte die vornübergebeugte Gestalt nur die Seite um und schrieb weiter, noch schneller als zuvor. Nellas Füße traten näher heran. Ihre Hand war durchsichtig. Sie griff nach dem groben Kleiderstoff, der leicht nach Lavendel roch.

»Laurits?«

Später hat Nella vieles versucht, um diese Erscheinung zu vergessen (und ich selbst würde auch gerne vergessen, dass ich dort drinnen eingeschlafen bin!). Nella zufolge war Fräulein Lauritsens Mund das absolut Schlimmste. Ihr großer, missgestalteter Mund. Die Lippen waren bis über das Zahnfleisch zurückgeglitten, und die Zähne fehlten. Doch ihre Augen sahen aus wie immer. Die hellen Wimpern leuchteten.

»Verschwinde von hier, so schnell du kannst, kleine Nella«, flüsterte sie, und ihr Hals und ihre Unterarme waren mit dicken, nässenden Geschwüren und offenen Wunden übersät. Sie leuchteten in jedem erdenklichen Rot- und Blauton. Nella musste an sich halten, um sie nicht anzustarren.

»Wenn du dich beeilst, passiert dir nichts, das verspreche ich dir«, fuhr Fräulein Lauritsen fort, und das große Loch in ihrem Gesicht wurde noch größer.

»Wenn du gehst, zünde alles mit einem Streichholz an, Nella-Mädchen, Liljenholm soll in Flammen aufgehen, das hätte es schon lange tun sollen. Da ist so viel, das ich hätte anders machen sollen, und so viel, für das es jetzt zu spät ist. Es ist nichts mehr zu retten, hörst du, was ich sage?«

Ihr Atem roch so verfault, dass Nella das Gesicht abwenden musste Ihre Wangen waren plötzlich nass. Sie blinzelte. Tatsächlich, es waren ihre eigenen Augen, aus denen die Tränen kamen. Am liebsten hätte sie sich entschuldigt. Ungeachtet, wie Fräulein Lauritsen aussah, wollte sie nicht das Gesicht von ihr abwenden.

»Ich will nicht gehen, Laurits. Ich bin doch gerade erst gekommen, ich …«

Fräulein Lauritsen drehte Nellas Gesicht ihrem eigenen zu. Ihre Hand war eiskalt.

»Du musst tun, was ich sage, Nella-Mädchen. Hörst du? Streichhölzer liegen dort drüben. Es ist hier zu gefährlich für dich. Du weißt, dass ich für dich nur das Beste auf der Welt will.«

Ich will überhaupt nicht daran denken, was alles hätte passieren können, hätte dieses Gespräch noch länger gedauert. Doch es wurde zum Glück von einem beharrlichen Klingeln unterbrochen, das Nella zusammenzucken ließ. Sie rieb sich die Augen. Doch das änderte nichts daran, dass sie sich wieder in Antonias Arbeitszimmer befand, wo sie in dem Ohrensessel halb lag, halb saß. Direkt über ihr hing, wie ein leuchtender Mond, das vom Tode gezeichnete Gesicht von Antonia.

Woher sie die Kraft genommen hatte, sich von ihrem Sterbebett zu erheben, ist ein Rätsel, wenn Sie mich fragen. Zu diesem Zeitpunkt war sie so schwach, dass sie kaum die Kraft hatte zu sterben. Doch ihr Wille war wohl auch von einer anderen Welt. Ihr Blick wanderte von der Tür zu einem Platz hinter Nellas linker Schulter. Nella wollte den Kopf in die gleiche Richtung drehen. Spürte den Zug bereits in den Nackenwirbeln. Doch in diesem Augenblick fiel Antonia wie eine knochige Decke auf sie, zusammengehalten von einem durchsichtigen weißen Nachthemd mit Spitze an den Ärmeln.

»Mutter?!«

Nellas Magen drehte sich beinahe um, als sie Antonias verfaulten Atem roch. Instinktiv schob sie sie zur Seite. Antonia sackte auf dem Boden in sich zusammen, ohne Widerstand zu leisten. Sie lag jetzt ganz still.

»Hilf mir«, flüsterte sie von dort unten. Nellas Blick schweifte durch das Zimmer.

»Nella? Ich kann nicht alleine aufstehen.«

Antonia klang jetzt beharrlicher. Doch Nellas Augen klebten an etwas auf der Fensterbank. Hinter ihrer linken Schulter. Es bestand kein Zweifel, dass es eine Schachtel Streichhölzer war.

Wäre ich unsere Heldin Nella von Liljenholm gewesen, hätte ich Antonia auf dem Boden liegen lassen, wie sie es verdient hatte, und meine volle Aufmerksamkeit auf das Klingeln gerichtet. Es hatte inzwischen zwar aufgehört, doch es bestand kein Zweifel, dass dieses Klingeln Nella gerade davor bewahrt hatte, ihr Elternhaus anzuzünden. Nun gut, ich bin wie bekannt nicht Nella, und eine richtige Heldin kann man mich auch nicht nennen, denke ich. Dazu habe ich mir das Nötigste zum Leben auf solche Weisen verdient, die jeden anständigen Menschen dazu veranlassen würden, sich zu bekreuzigen. Nella riss sich jedenfalls von dem Anblick der Streichholzschachtel auf der Fensterbank los und beugte sich über Antonia. Sie lag wie hingeworfen, den Kopf unter dem einen Arm. Es erwies sich als schwerer, als sie angenommen hatte, ihre Achseln zu finden und sie hochzuheben. Doch als sie erst stand, war sie beunruhigend leicht. Beinahe wie Luft, dachte Nella. Oder wie eine Marionette mit der Größe eines Menschen. In dem Moment, in dem ihr Kopf das Kissen berührte, fielen ihr die Augen zu. Zunächst meinte Nella, falsch gesehen zu haben. Schnell stopfte sie die Decke um Antonia fest und schob ihr ein zusätzliches Kissen unter den Kopf. Doch sie sah nicht falsch. Antonias Lippen formten ein stummes Danke für die Hilfe.

Nach der Begegnung mit Fräulein Lauritsen beschloss Nella wach zu bleiben, bis Antonia in den Himmel aufgefahren war. (Oder wohin ihr Weg nun ging. Ich will das nicht beurteilen.) Und eigentlich hätte das eine Kleinigkeit sein sollen. Liljenholm knarrte an den unmöglichsten Stellen, sichtlich unzufrieden mit den Wetterverhältnissen, doch Nella nickte immer wieder ein, bis sie plötzlich einen langen, klagenden Laut vernahm. Er konnte von überall kommen, doch Nella tippte erneut auf irgendeinen Ort über ihr und richtete sich auf. Mit etwas gutem Willen konnte es sich um ein Tier handeln, das eingesperrt war. Eine Katze vielleicht? Der Laut erklang wieder, und in dem Klagen meinte sie, einen Namen zu hören. Als sie aufstand, bemerkte sie, dass ihre Füße eingeschlafen waren. Jemand rief nach Simon.

Sie kreiste mit den Knöcheln, bis die Gelenke knackten. Das klagende Rufen hielt an. Einen Augenblick meinte sie sogar, dass das Klagen ein wenig wie Fräulein Lauritsens Stimme klang, doch ihr äußerst lebendiger Traum war ihr noch so präsent, dass sie sich nicht sicher war. Die Bibliothek war ein wenig besser beleuchtet als das letzte Mal. Blasse Schimmer an den Decken und einzelne Lichtflecken in den Ecken. Wenn sie nur niemand hörte, war sie so gut wie nicht da, und wenn sie so gut wie nicht da war, bestand kein Grund, Angst zu haben, aber warum in aller Welt …? Im Teezimmer blieb sie stehen. Ihre Knie klapperten im Takt mit einer Tür irgendwo über ihrem Kopf. Das Fenster hatte ihre Aufmerksamkeit erregt. Etwas bewegte sich dort draußen in der Dunkelheit, ganz dicht vor der Scheibe. Jetzt sah sie es wieder. Etwas Hüpfendes, das fast eins mit den Ästen war. Es musste ein Tier sein, doch gleichzeitig kam ihr das merkwürdig vor. Rehe waren zu scheu, um sich Liljenholm zu nähern, und Vögel hüpften wohl nicht auf diese Weise.

»Ist da jemand?«

Sie drückte die Nase gegen die Scheibe. Sie hatte sich nicht geirrt. Eine schwarz gekleidete Gestalt entfernte sich mit schnellen Schritten. Und noch bevor Nella das Bild begreifen konnte, war sie schon verschwunden, und es war nur noch die Wildnis zu sehen.

Hier hätte ich lieber geschrieben, dass die Neugierde Nella weitertrieb. Am liebsten von Liljenholm fort, der Gestalt hinterher. Doch Nella hält daran fest, dass sie einfach die Treppe hinaufgeschlichen ist und es nicht einmal in Erwägung gezogen hat, das Gut zu verlassen.

Das Klagen wurde mit jeder Stufe lauter. Es klang nach mehreren Stimmen, die jammerten, dachte sie, und wenn sie sich nicht sehr irrte, war Fräulein Lauritsens eine davon. Sie jammerte etwas, das wie *ich bitte dich, vergib mir* klang, und erneut war Simons Name zu hören. Der Gang in der ersten Etage ist immer wesentlich länger, als man ihn in Erinnerung hat. Nella lief ihn hinunter. Lief und lief und stieg die ersten Stufen der Treppe zum östlichen Turm hinauf. Sie knarrten laut. Danach war es sehr lange still.

»Simon?«

Die Stimmen erklangen erneut, jetzt heiserer. Vorsichtig hob Nella den Fuß und setzte ihn auf die nächste Stufe. Sie zuckte zusammen. Dort oben ging etwas in die Brüche. Unendlich langsam verlagerte sie das Gewicht von einem Fuß auf den anderen. Ein Windstoß beutelte Liljenholm, und als die Stimmen durch es hindurchdrangen, klangen sie nicht länger wie von dieser Welt. Trotzdem ging Nella weiter, übersprang eine Stufe, die lose zu sein schien, und ihr entfuhr ein kleiner, erschrockener Laut. Denn in dem Moment, in dem die Tür zum Turmzimmer in ihr Blickfeld rückte, sah sie eine gebückte Gestalt auf der obersten Treppenstufe. Fräulein Lauritsen, ganz eindeutig. Sie stand dort oben, den Rücken ihr zugewandt, und in der Hand hielt sie Antonias Schlüsselbund. Mit einer routinierten Bewegung schwang sie die Schlüssel herum, bis sie den richtigen gefunden hatte, den sie ins Schloss steckte und umdrehte.

Doch Nella konnte ihr Gesicht nicht mehr sehen. Ihren Mund, der zweifellos ebenso groß und missgestaltet war wie zuvor in der Nacht. Denn in diesem Moment ging mit einem Knall das Licht aus, und Nella starrte in die alles umgebende Dunkelheit. Noch nie hatte sie sie als so undurchdringlich empfunden. Oder vielleicht doch. Damals im Turmzimmer. Damals mit den Schatten. Doch jetzt kamen die Stimmen von überall. Nella setzte sich auf die Treppe, wenige Stufen von der Tür entfernt. Sie konnte sich plötzlich nicht mehr von der Stelle rühren.

»Meine Beine gaben unter mir nach, und die Treppe … ich habe keine Ahnung, wie lange ich dort gesessen habe oder warum ich so geschrien habe«, fügte sie in der berüchtigten Nacht hinzu, in der sie mir die ganze Geschichte erzählt hat. Und noch ein paar andere Geschichten.

»Vermutlich hast du geschrien, weil du Angst hattest«, schlug ich vor, doch Nella schüttelte nur den Kopf.

»Nein, ich habe wie eine Verrückte geschrien. Du kannst das nicht verstehen, weil du dich nie so hast schreien hören«, sagte sie. Was so nicht ganz stimmt, doch ich ließ sie in dem Glauben.

»Ich habe nicht einmal mehr meine eigene Stimme erkannt«, fuhr sie fort. »Zuletzt war ich so heiser, dass jeder Laut, der aus mir herauskam, wie über Sandpapier gezogen war. Es brannte überall. Ich muss mich gekratzt haben. Ich weiß nicht, wer das sonst getan haben sollte. Meine Haut zeigte lange, angeschwollene Striemen, und ich hielt Haarbüschel in den Händen. Ich glaube auch, dass ich nach Laurits gerufen habe, aber ich glaube nicht, dass sie da war. Das heißt, irgendwann fühlte ich etwas Kaltes meine Wange streifen, es fühlte sich weich an, aber es konnte ebenso gut die Zugluft vom Turm her sein. Am deutlichsten erinnere ich mich daran, wie ich dasaß, die Hände zu Fäusten ballte und wieder öffnete. Ich musste das mehrere Male wiederholen, bevor ich das Geländer richtig zu fassen bekam und mich in eine stehende Position aufrichten konnte.«

Ihrer eigenen Aussage zufolge stand Nella lange so da, bevor sie realisierte, dass Liljenholm still geworden war. Sie hätte mit Leichtigkeit nach oben gehen können, der Schlüssel steckte sogar noch im Schloss, doch ihre Füße machten nicht mit. Stattdessen ging sie einen kleinen Schritt nach unten und noch einen. Schon bald war sie in der ersten Etage, und den Weg ins Erdgeschoss kannte sie nahezu im Schlaf. Antonia rief dort unten nach ihr, hörte sie. Sie stutzte. Ihre Mutter klang genauso herrisch wie in früheren Zeiten.

»Komm endlich, Nella!«

»Ja, Mutter, ich bin auf dem Weg!«

Und während Nella von der Halle in das Vorzimmer stolperte, das in der Dunkelheit noch größer wirkte, vermisste sie Fräulein Lauritsen, die immer gewusst hatte, was zu tun war. Zumindest was den Strom anging. In der Regel kam er wieder, wenn sie in den Keller ging und die Sicherungen auswechselte.

»Wo bleibst du denn?«

Antonias Worte brachen in der Mitte ab. Beinahe wäre Nella über einen der Teppiche gestolpert, als sie durch das Esszimmer und weiter in die Bibliothek hastete. Sie war völlig außer Atem, als sie das Arbeitszimmer betrat.

»Was ist dir denn passiert, Kind?«

Nella kniff die Augen zusammen, doch sie sah nichts bis auf den schwachen Umriss von Antonias Bett.

»Was meinst du?«

Die langen, geschwollenen Striemen wuchsen unter Nellas Händen.

Antonia sagte, dass Nella nur zu gut wisse, was sie meine.

»Du bist wieder den Gespenstern begegnet, nicht? Denen, die Lily und meine seligen Eltern geholt haben. Langsam holen sie auch dich. Nicht wahr, Nella?«

An dieser Stelle ist es mir einfach unmöglich zu begreifen, dass Nella sich an Antonias Bettkante setzte und den Kopf auf ihre Bettdecke legte. Direkt auf ihre Rippen, die sich widerwillig hoben und senkten. Nella sagt, dass ich das nicht verstehen könne, weil ich keine Mutter habe, keine richtige. Aber ich tröste mich mit dem Gedanken, dass Antonia das auch nicht verstanden hat, obwohl ihre Mutter Clara gelebt hat, bis sie vierzehn war.

»Was um Himmels willen machst du da, Nella?«, flüsterte sie mit ihrer merkwürdigen, brechenden Stimme, doch Nella ließ sich nicht stören. Auch nicht durch Antonias endloses Ringen nach Atem.

»Ich bin nur bis zur Speichertreppe gekommen«, sagte sie zu Antonias Rippen, die sich an ihrer Wange wie die Zacken eines Rechens anfühlten.

»Bist du das?«

Die Decke roch so stark nach Antonias Parfüm, dass Nella

ganz schwindelig wurde. Sie spürte etwas in ihrem Haar. Als hätte jemand etwas darin verloren. Es war Antonias Hand.

»Das ist gut, Nella«, murmelte sie. »Du sollst dich von den Turmzimmern fernhalten, das weißt du doch. Sonst werden die Gespenster letztlich auch dich bestrafen.«

Jedes einzelne Wort schien sie jetzt zu ermüden. Nella erhob sich. Die Streichholzschachtel lag noch immer auf der Fensterbank. Vielleicht war es nur der Schein der Flammen, der Antonias Augen leuchten ließ. Einer ihrer Mundwinkel verzog sich leicht nach oben.

»Du siehst furchtbar aus«, stellte Antonia fest, bevor Nella die Unterarme mit den Ärmeln bedecken konnte. Nella beeilte sich, ein paar Kerzen anzuzünden. Hinter ihr hustete Antonia.

»Du und ich, wir sind ein schönes Paar«, fuhr sie fort. Nella hielt mitten in der Bewegung inne, nur für einen Augenblick. Es war der Ton, der sie überraschte. Eine Sanftheit, die ihr vorher nie aufgefallen war. Schnell trocknete sie sich das Gesicht mit dem Taschentuch ab, das die Frau aus dem Zug ihr gegeben hatte, versuchte ihr Haar zu ordnen, das in alle Richtungen abstand.

»Da oben waren Stimmen. Sie haben nach Simon gerufen, Mutter. Warum?«

Nella sprach zu den Büchern im Regal, die Seite an Seite vor ihr standen. Ihre Hand griff nach einem wohlbekannten Buchrücken, schwarz mit Golddruck. *Die Königin der Gespenster* hatte absolut nichts in Antonias Regal zu suchen, und doch hielt Nella eine Erstausgabe in der Hand. Signiert von Madame Rosencrantz mit herzlichem Dank. Und ihr Dank hatte noch weniger hier zu suchen, herzlich oder nicht.

»Die Gespenster werden nicht viel davon haben, nach Simon zu rufen«, hörte sie Antonia sagen. »Ich habe ihn für immer verschwinden lassen. Darüber solltest du froh sein, Nella.«

Das Buch fiel mit einem harten, knisternden Laut auf den Boden.

»Was sagst du da, Mutter? Was sagst du da?«

Doch Antonias Augen waren bereits zugefallen. Sie atmete mühsam. Nella hatte den Eindruck, dass es mehrere Minuten dauerte, bevor sie wieder Luft holte.

»Simon war ein durchtriebener Teufel«, murmelte sie nach mehreren Anläufen. »Ich habe ihn immer gehasst. Er hat mir meine Schwester genommen. Er …«

Nella musste sich an Antonias Bettkante gesetzt haben, ohne dass ihr das bewusst geworden war. Die Welt drehte sich vor ihr in einer Geschwindigkeit, die Antonias Worte völlig verzerrte. Ihr Atem war Nella allzu nah, warme Stöße auf ihrer Wange. Sie wich zurück.

»Du weißt nicht, was du sagst«, rief sie, doch als sie die Worte aussprach, war sie sich nicht mehr so sicher. Irgendetwas Hartes in ihr zerbrach. Vielleicht war es ihr Herz, dachte sie noch, bevor alles rot wurde.

»Die ganzen Jahre hast du mir von meinem großartigen Vater und eurem großartigen Verhältnis vorgeschwärmt! Und das eine Mal, das ich mir erlaubt habe anzudeuten, dass mein Vater ein Verhältnis mit Lily gehabt haben könnte … erinnerst du dich, wie wütend du geworden bist? Warum hast du mir nicht einfach gesagt, wie es wirklich war, Mutter? Für mich hätte das keinen Unterschied gemacht, ich habe sie ja nicht einmal gekannt. Ich kenne nur dich.«

Die Erlebnisse hatten Nellas Stimme stark mitgenommen. Sie klang wie die einer anderen.

»Erinnerst du dich nicht, was du gesagt hast?«, fuhr sie fort. »Als frischverheiratetes Paar war euer Verhältnis wie verzaubert, und ihr seid so unglaublich glücklich gewesen, erinnerst du dich? Vater war *ein unglaublich edler Mensch*, falls du das vergessen haben solltest. Du hast ihn so vermisst, dass du ihm all deine Bücher gewidmet hast und mir nicht ein einziges.«

Langsam öffnete Antonia die Augen. Sie sahen auf eine Weise müde aus, die Nella fremd war. Müde und noch irgendwie anders.

»Das war die Abmachung, Nella«, sagte sie so leise, dass Nella sich vorbeugen musste. Antonias Atem verursachte ihr Übelkeit.

»Kannst du etwas lauter sprechen, Mutter?«

»Das war die Abmachung«, wiederholte Antonia. »Doch zuletzt hat er seinen Teil gebrochen. Er hat sich verplappert. Das muss der Grund sein, warum dieser dumme Mensch nach dir geschickt hat.«

»Wer?«

Die nächsten Worte sprach Antonia mit sichtlichen Schwierigkeiten.

»Wenn er die Abmachung brechen kann, kann ich das auch. Dann erfährst du zumindest die Wahrheit, bevor ich …«

»Aber Vater ist doch im See ertrunken?«

Nella sah sich als kleines Mädchen. Ihre kurzen Beine, die zum Seeufer hinunterliefen. Die Augen, die Ausschau hielten und hofften, den Zipfel von ihm zu erspähen, der die Ungewissheit schwinden lassen würde. Jetzt blinzelte Antonia ihr mit einem Auge zu.

»Das war die Erklärung, von der wir meinten, dass sie zu seinem Verschwinden passen würde«, flüsterte sie. »In Wirklichkeit hat er sich an meiner geliebten Schwester vergangen, und du wärst ihm mit Sicherheit auch nicht entkommen, wären wir ihn nicht losgeworden. Er war mehrere Male kurz davor.«

»Er hat sich an Lily vergangen?«

Antonias Mundwinkel zitterten.

»Dein Vater hat sie hinuntergeschubst, Nella. Wir haben ihn schließlich alle drei gehasst. Er …«

Antonia versuchte sich offensichtlich zu sammeln.

»Er war so auf seinen Nachruhm bedacht, dieser Satan«, sagte sie nach einigen Minuten. *Meinem Simon, der Liebe meines Lebens*! Ha! Er hat mich die ganzen Jahre gezwungen, Komödie zu spielen und ihm alle Romane zu widmen, damit niemand herausfindet, was für ein … verdammtes Schwein er in Wirklichkeit ist.«

Sie betonte *verdammtes Schwein.*

»Er lebt also noch?«

Antonia blickte an ihr vorbei. Sie schien all ihre Bücher mit den Augen zu liebkosen, ihre Mundwinkel verzogen sich leicht nach oben.

»Das hoffe ich wirklich nicht«, sagte sie. Es bestand kein Zweifel. Sie amüsierte sich über irgendetwas, und im selben Moment ging ein verzweifeltes Heulen durch Liljenholm. Nellas Herz hüpfte fast davon.

»Warum rufen die Gespenster da oben dann nach ihm?«

»Weil sie töricht sind.«

»Aber …?«

»Gespenster *sind* töricht, kleine Nella. Du wirst bestimmt einmal ein gutes Gespenst.«

Der heulende Laut kam zurück, schwächer diesmal, sehr viel schwächer. Nellas Mund war so trocken wie die Holzscheite, die sie in den Kamin warf.

»Aber du hast doch gesagt, dass es *meine* Schuld war, dass Simon und Lily verschwunden sind? War das auch gelogen?«

Ungeachtet, wie sehr sie in der Glut stocherte, war nicht ein einziger brennender Funke mehr darin. Sie musste sich beherrschen nicht zu schreien.

»Wie konntest du so etwas sagen, wenn es überhaupt nicht

meine Schuld war? Ich habe es … die ganzen Jahre … geglaubt. Ich habe gedacht, dass ICH etwas ganz Furchtbares getan habe. Es hätte mich beinahe umgebracht! Mutter? Hörst du, was ich sage?«

Sie warf einen Bund brennender Streichhölzer auf die Holzscheite. Starrte in das Feuer, das sich langsam ausbreitete.

»Es gibt mehr als diese eine Geschichte, Nella«, hörte sie Antonia hinter sich flüstern. Ihre Stimme klang sonderbar abwesend. Nella drehte sich um. Antonias Augen waren weit geöffnet.

»Das ist die Geschichte von deinem Vater. Die kennst du jetzt, und dann gibt es die Geschichte von dir und Lily und Lauritsen und deinen Großeltern und deren Eltern und bestimmt noch viele andere. Mehr kann ich nicht sagen.«

»Warum nicht?«

Antonia schien auf irgendetwas zu lauschen, doch Nella war sich nicht sicher.

»Weil es dich umbringen würde, mehr zu wissen, als du bereits weißt«, antwortete sie schließlich und betrachtete die Deckenlampe. Sie schaukelte leicht von einer Seite zur anderen. Antonia versuchte zu husten. Ein leises krampfhaftes Röcheln, bis Nella sie in eine sitzende Stellung aufgerichtet hatte. So saßen sie eine Weile. Länger, als nötig gewesen wäre.

»Wirst du mir ehrlich antworten?«, hörte sie Antonia fragen, und wieder hustete sie. Nella musste ihr fest auf den Rücken klopfen.

»Hätte es dir wirklich etwas bedeutet, wenn ich meine Bücher dir gewidmet hätte, Nella?«

Hätte es in Nellas Macht gestanden, hätten die Tränen sie nicht gerade in diesem Moment daran gehindert, klar zu sehen. Doch sie tropften in Antonias Haar, sie konnte nichts daran ändern, sie liefen an Antonias Hals hinunter und hinterließen große, nasse Flecken auf dem Bettzeug.

»Das … habe ich nicht geahnt«, sagte Antonia, als Nella sie schließlich zurück in die Kissen gelegt und ihre Decke geglättet hatte. »Ich hätte nicht gedacht, dass die Welt der Bücher deine Welt wäre, Nella, ich …« Sie unterbrach sich. »… die Götter mögen wissen, dass ich nicht immer die Mutter war, die du dir gewünscht hast. Doch letzten Endes habe ich alles getan, um dich zu schützen. Ich wünschte, du wüsstest wie viel.«

»Und was ist mit damals, als du gedroht hast, mich zu erwürgen?«

Antonia hätte nicht so amüsiert aussehen sollen, doch das tat sie. Amüsiert und sehr müde.

»Das war eine Ausnahme, meine Liebe«, murmelte sie. Nella konnte nicht mehr ruhig sitzen bleiben, sie wanderte auf und ab. Am liebsten hätte sie um sich geschlagen.

»Eine Ausnahme?«

Ihr Fuß stieß gegen etwas, das sich als Bücherstapel erwies. Er stürzte vor ihren Füßen in sich zusammen. Antonia blinzelte mehrmals.

»Ja, du wolltest einfach nicht einsehen, dass ich …«

Das Knistern des Kamins übertönte einen langen Moment ihre Stimme.

»Dass du was?«

»… dass ich immer dein Bestes gewollt habe. Im Moment trampelst du übrigens im *Spiegelkabinett* herum.«

»Was?«

»Der Bücherstapel, den du umgeworfen hast.«

Nella wollte schon weitertrampeln, doch etwas hielt sie zurück. Der Klappentext, der den Klappentexten aller anderen Bücher glich, die Antonia geschrieben hatte.

Das gleiche junge Fräulein und der böse Vater, der gleiche alte Ehemann und der junge Liebhaber, und etwas ging nicht mehr auf. Denn wenn Antonia die Wahrheit sagte und *Simon, die Liebe meines Lebens,* nie existiert hatte, konnte er Antonia wohl kaum zu dem jungen, virilen Liebhaber inspiriert haben, wie sie immer behauptet hatte. Und wenn er sie nicht zu dem jungen, virilen Liebhaber inspiriert hatte, wer dann? Und gab es Simon vielleicht trotzdem in den Büchern?

»Hat Simon dich dann zu dem bösen Vater und den alten Ehemännern in deinen Büchern inspiriert?«

Antonia schwieg, was nicht weiter überraschend war, obwohl Nella ihre Frage wiederholte. Schließlich öffnete sie ein Auge.

»Du meinst, weil er dreißig Jahre älter war als ich?«

Nella war so verblüfft, dass sie vergaß zu fragen, wer sie denn dann zu dem jungen Geliebten inspiriert haben könnte. Bis jetzt war Simon für sie ein junger, feuriger Ritter gewesen. Ihr Blick fiel auf Madame Rosencrantz' Schmähschrift, die auf dem Boden lag. Am liebsten hätte sie sie in die Flammen geworfen. Oder besser noch zugesehen, wie die Flammen gewisse Passagen auffraßen und den Rest spüren ließen, wie es war, ungeschützt und verletzt zurückzubleiben.

»Dann bist du Madame Rosencrantz? Mutter?«

Antonia atmete aus und lag ganz still.

»Bist du Madame Rosencrantz?«

Nella legte das Buch auf den Schreibtisch. Antonias Mund öffnete und schloss sich mehrmals. Ihr Atem war so schwach, dass Nella einige Minuten brauchte, ihn wahrzunehmen, und um Antonias Augenlider breiteten sich deutliche, blaue Schatten aus.

»Antworte mir!«, versuchte es Nella ein letztes Mal, doch die einzige Antwort, die sie bekam, war das Heulen des Windes draußen. Wenn sie sich nicht sehr irrte, flaute er langsam ab. Plötzlich fühlte sie sich so müde, dass sie buchstäblich über Antonia in sich zusammenfiel. Man muss wohl einmal auf Liljenholm gewesen sein und diese Müdigkeit erlebt haben, die einen hier draußen überfallen kann, um ganz zu verstehen, dass Nella im Laufe von zehn Sekunden einschlafen konnte. Das konnte sie. Und dazu noch so tief, wie sie weder zuvor noch danach jemals wieder geschlafen hat.

Plötzlich fand sie sich zwischen den allzu bekannten Erbstücken und Gardinen wieder. Sie war so klein, dass alles um sie herum sie überragte. An den Füßen trug sie ihre Lackschuhe mit den harten Sohlen. Sie lief durch die Zimmer von Liljenholm, wie sie das jede Nacht getan hatte, so lange sie zurückdenken konnte. Sie wurde immer schneller. Doch in dem Moment, in dem sie ihr Ziel erreicht hatte und erwartete, hochgehoben zu werden, spürte sie ein paar kräftige Hände um ihren Hals und blickte auf.

Ein lang gezogener, klagender Laut ließ sie zusammenzucken. Sie blinzelte mehrmals, doch der Mensch, der sie versucht hatte zu erwürgen, stand ihr noch klar vor Augen. Das Bild war nicht im Mindesten verschwommen. Die Dunkelheit hatte sich nicht darübergelegt. Dieser Mensch lag hier im Arbeitszimmer. Im Traum waren die Wangen runder und das Schlüsselbein in dem weiten, weißen Ausschnitt nur zu erahnen gewesen. Doch die Augen waren dieselben wie die, die sie jetzt ansahen. Sie schlossen sich langsam.

»Jetzt ist es bald Zeit«, flüsterte Antonia mit einer Stimme, die nicht länger wie eine Stimme klang. Zunächst glaubte Nella, dass das bleiche Licht alles anders aussehen ließ. Es schlich sich jetzt durch die Ritzen in der Gardine. Sie stand zu schnell auf, und das Arbeitszimmer drehte sich einige Male, bevor es wieder still stand und Antonias Augen sich öffneten.

»Hilf mir …!«

Es sah nicht so aus, als würde sie noch das Gleiche sehen wie Nella. Die staubigen Möbel. Die umgestürzten Bücher.

»Was soll ich tun? Mutter?«

Antonias Mund verzog sich zu etwas, das zugleich ein Lächeln, aber auch ein Schrei sein konnte, und plötzlich begriff Nella, was sich verändert hatte. Überall war es vollkommen still. Draußen vor den Fenstern. Oben in den Türmen. Nur Antonias Stimme war zu hören, die an Stärke verlor.

»Du musst meine Tochter finden …«

Nella griff nach Antonias Händen und nahm sie in die ihren.

»Ja, aber ich bin doch da. Mutter? Ich bin doch hier!«

Antonias Hände versteiften sich einen Augenblick, dann drückten sie Nellas leicht.

»Nein, nicht du, meine Liebe.«

»Aber ich *bin* deine Tochter. Antonia? Kannst du mich hören?«

Antonias Mundwinkel verzogen sich, nur ein ganz klein wenig. Sie blickte Nella nun direkt an. Es bestand kein Zweifel, dass sie sie sah.

»Ich bin nicht Antonia«, flüsterte sie genau in dem Augenblick, in dem der erste Sonnenstrahl des Tages auf den Schreibtisch fiel. »Ich bin Lily.«

Nachbarschaftsaffären und Notizbücher

Was Nella gedacht hat, als Antonia mit Lilys Namen auf den Lippen starb, kann man nur mutmaßen. In der Nacht, in der sie mir alles in der richtigen Reihenfolge erzählt hat, behauptete sie zumindest, sich daran nicht erinnern zu können.

»Aber hast du dich nicht gefragt, ob das, was Antonia dir über Simon und Lily erzählt hat, wahr sein könnte?«, hakte ich nach. »Gar nicht zu reden von ihrer Tochter, von der sie plötzlich wollte, dass du sie suchst. Du musst dich doch gefragt haben, was Antonia dir eigentlich zu sagen versucht hat? Und dann dieser Traum!«

»Was ist damit?«

»Der war doch so etwas wie ein Durchbruch, wenn du mich fragst. Du wusstest plötzlich, wer damals versucht hat, dich zu erwürgen. Das ist doch bis auf die Sache mit dem Brieföffner sozusagen das Erste, an das du dich aus deiner Kindheit erinnerst. Und wenn ich an deiner Stelle gewesen wäre …«

»Aber das warst du nicht.«

»Nein, aber der Traum muss dich doch zu der Überlegung bewogen haben, wer letztendlich gefährlicher war: Simon oder Antonia. Oder Lily, wie Antonia offenbar lieber genannt werden wollte, als der Herr sie zu sich rief.«

Doch Nella starrte nur mit leerem Blick vor sich hin, ungeachtet, wie viele Worte ich ihr in den Mund zu legen versuchte. Erst als es Zeit war, den Koffer zu packen und nach

Kopenhagen zu reisen, um mit dem Verlag hier herauszuziehen, wurden ihre Augen mit einem Mal ganz groß.

»Ich kann mich erinnern, dass die Farben langsam verschwanden«, sagte sie leise. »Genau wie damals nach Laurits' Tod. Zuerst wurden die Farben seltsam bleich, dann wurden sie grau. Ich saß dort an Mutters Bettkante und sah alles in Grau und Weiß. Auch mich selbst, wie ich ihre Hände über der Bettdecke faltete, sodass sie beinahe wie eine Heilige aussah. Ihre Haut wirkte wie frischgebügelt. Sie sah nicht aus, als ob sie überhaupt je gelebt hätte, und ich dachte: Vielleicht hat sie ja gar nicht gelebt? Vielleicht habe ich mir das nur eingebildet?«

»Und was kam dann?«

Mit einer seltsam toten Stimme antwortete Nella, dass sie sich an mehr nicht erinnern könne. Wäre das heute gewesen, in diesem Moment, in dem ich hier sitze, hätte ich darauf bestanden, dass sie gründlicher nachdenkt. Es kann schon sein, dass Madame Rosencrantz ein ganzes Buch auf ihren hochfliegenden Vermutungen aufgebaut hat, doch das ist nicht mein Stil. Ich will die Wahrheit und nichts als die Wahrheit, auch um Ihretwillen, lieber Leser. Deshalb kann man mit etwas gutem Willen auch durchaus sagen, dass es lediglich die Rücksicht auf Sie war, die mich gerade eben dazu bewogen hat, auf Zehenspitzen, mit Simo auf den Fersen, das Zimmer zu verlassen, durch das Ankleidezimmer, die lange Treppe zur Küche hinunter und die völlig unschuldigen Stufen hinauf in Nellas Arbeitszimmer zu gehen.

Ihre Tür war noch immer verschlossen, und eigentlich ging ich davon aus, dass das nur bedeuten konnte, dass sie völlig damit beschäftigt war, Fräulein Lauritsens Tagebücher abzuschreiben und zu kürzen. Ich wollte sie bestimmt nicht stören, und genau aus diesem Grund gebot ich Simo sich ruhig zu verhalten und spähte durch das Schlüsselloch. Nicht dass Sie glauben, dass ich normalerweise so an meine Informationen komme. Ich spähte also durch das Schlüsselloch. Die Tagebücher lagen wie üblich in hohen Stapeln um Nellas chaotischen Schreibtisch herum. Doch Nella saß nicht über die Tasten ihrer Schreibmaschine gebeugt davor. Stattdessen wanderte sie mit roten Wangen und zerzausten Haaren durch das Zimmer und murmelte irgendetwas vor sich hin, doch das war nicht das Beunruhigendste. Ich hoffe wirklich, dass Sie mir diese Indiskretion verzeihen, lieber Leser. Doch Nella hatte das Kleid ausgezogen, das wie eine überflüssige Haut auf der Klavierbank lag, und trug nichts bis auf ein weißes, durchsichtiges Unterkleid.

Ich will nicht behaupten, noch nie etwas Ähnliches gesehen zu haben, denn mit den Jahren habe ich das eine oder andere gesehen. Außerdem teilen Nella und ich uns noch immer das Himmelbett, worin man hineininterpretieren kann, was immer man mag. Doch dieses Unterkleid unterschied sich wahrhaftig von ihren züchtigen Nachthemden. Ich kann gar nicht richtig beschreiben, welche Gefühle von mir Besitz ergriffen, doch Verblüffung war eines davon. Das Unterkleid war so tief ausgeschnitten, dass Nellas Busen fast aus dem Ausschnitt fiel, und die Schlitze waren so hoch … ja, das muss ich wohl nicht weiter ausführen. Es muss reichen zu sagen, dass meine Wangen nicht weniger rot waren als Nellas, als ich anklopfte. Sie drehte sich ruckartig um, und weder Simo noch ich hatten große Probleme damit, überrascht auszusehen. Ich habe mit den Jahren schon viel gesehen, aber noch nie ein Unterkleid, das so wenig verhüllte.

»Ich bin gerade sehr beschäftigt«, murmelte sie, als sie sich beruhigt hatte. Seltsamerweise griff sie nicht direkt nach dem sittsamen Kleid, sondern nach dem aufgeschlagenen Tagebuch auf dem Schreibtisch. Nach einer Weile gelang es mir, mich auf ihren Finger zu konzentrieren, der auf eine Stelle darin zeigte.

»Du zeigst auf ein Datum?«

Die breite Spitze in Nellas Ausschnitt hätte zumindest weniger löchrig sein können. Vor allem, wenn sie sich vorbeugte wie jetzt.

»Ja, das ist das Datum von Laurits' letztem Eintrag«, sagte sie. Das Unterkleid raschelte leise, als sie sich aufrichtete. Ihre Stimme störte.

»Die letzten drei Tage von Laurits' Leben fehlen, und das wundert mich«, sagte sie. »Sie sind auch nicht herausgerissen worden, und deshalb bin ich zu dem Schluss gekommen, dass ein Tagebuch fehlen muss. Und wenn ich mich nicht sehr irre, ist dieses Tagebuch wichtig.«

Mit Sicherheit war es völlig vergeblich anzudeuten, dass Fräulein Lauritsen in den letzten Stunden ihres Lebens vermutlich anderes und besseres zu tun gehabt hatte, als Tagebuch zu führen. Zu sterben, beispielsweise. Aber ich sagte es ihr trotzdem.

Nella seufzte.

»Ich muss immer wieder an Laurits' kleines, rotes Notizbuch aus meinem Albtraum denken«, sagte sie. »Ich glaube, dass wir danach suchen sollten. Ich bin fest davon überzeugt, dass es wichtig ist. So etwas spürt man doch, oder?«

Ich sah mich gezwungen, sie darauf hinzuweisen, dass ich im Moment nach etwas ganz anderem suchte. Sie musste mir dringend ausführlicher erzählen, was sie gedacht und gefühlt hatte, als Antonia starb, damit ich mich nicht wie eine zweite Madame Rosencrantz in Vermutungen ergehen musste. Zu meiner Überraschung nickte sie.

»Es fällt mir wirklich sehr schwer, darüber zu reden, aber ich verstehe natürlich …«

Sie ließ sich auf dem nächstbesten Stuhl nieder, einem Ohrensessel mit lila Blumen. Und obwohl es mich genau genommen nichts anging, fragte ich trotzdem, warum sie diesen Hauch von einem Nichts trug.

»Ach, das …«

Sie strich ein paar lose Fäden von dem Stoff.

»Versprichst du, nicht zu lachen?«

Unter den dicken, welligen Haaren, die glänzten, als hätte sie sie in Olivenöl getaucht, sah sie mich aufmerksam an.

»Das hat mit meiner Großmutter Clara zu tun«, sagte sie. »Irgendetwas ist mit ihr, und ich finde nicht heraus, was. Mir ist heiß geworden, als mir das mit Laurits' fehlendem Tagebuch klar geworden ist, und da habe ich das Kleid ausgezogen. Das Unterkleid hat Clara gehört. In den letzten Tagen habe ich Claras Unterkleider getragen, um ihr näher zu sein. Ja, amüsier dich ruhig! Du siehst zurzeit übrigens auch etwas merkwürdig aus.«

Nellas Blick wanderte an der braunen Hose mit den Bügelfalten auf und ab, die ich in einem der Schränke gefunden hatte. Wahrscheinlich hatte sie Simon gehört, genau wie das gestreifte Hemd und die dunkle Weste mit der Brusttasche. So gesehen fehlten mir nur noch eine Taschenuhr und ein Paar ordentliche Schuhe. Als Nella die Beine übereinanderschlug, musste ich den Blick abwenden.

»Trug man in den neunziger Jahren des 19. Jahrhunderts so pikante Unterkleider?«

Nella zuckte mit den Schultern.

»Theoretisch gesehen kann dieses Unterkleid genauso gut von 1854 sein«, sagte sie. »Da hat Clara Horace geheiratet. Sie hatte übrigens genauso viele Hüfthalter und Strumpfbänder und Seidenstrümpfe, wie sie Unterkleider hatte. Sie hat sie in einem Stapel Hutschachteln mit ihrem Namen im Turmzimmer versteckt.«

»Und was wundert dich an Clara? Sodass du unbedingt in dieser Aufmachung herumlaufen musst, meine ich?«

Aus Achtung vor meinem Seelenfrieden knöpfte ich das auf der Klavierbank abgelegte Kleid so weit auf, dass Nella es über den Kopf ziehen konnte. Sie roch schwach nach Maiglöckchen.

»Ach, es hat bestimmt nichts zu bedeuten … Bist du so nett und knöpfst mich wieder zu? … Es ist nur so, dass Antonia und Lily eigentlich die Namen ihrer Mutter und ihrer Großmutter als zweiten Vornamen hätten tragen müssen. Das war damals so üblich, deshalb denke ich, dass Clara und Horace wohl kaum beide Töchter Elisabeth genannt hätten, wenn es nicht einen guten Grund dafür gegeben hätte.«

»Vielleicht mochten sie den Namen einfach?«

Die Knöpfe rutschten mir zwischen den Fingern weg, doch Nella fuhr unangefochten fort.

»Ich glaube eher, dass sie nach jemand anderem benannt worden sind.«

Fast konnte ich ihr Unterkleid durch das sittsame Taftkleid erkennen. Leider hatte es eine angeknüpfte Passe, wo ihr Busen hätte sein sollen. Sie schlug die Arme übereinander.

»Hörst du mir überhaupt zu?«

Ich antwortete, so ehrlich ich konnte, dass ich ihre Theorie unglaublich interessant fände.

»Aber du hast meine Theorie ja noch gar nicht gehört«, seufzte sie. »Sie kommt doch erst jetzt. Ich habe nämlich entdeckt, dass Laurits irgendwann an einer Stelle in einem Nebensatz Hortensias tote Freundin Elisabeth erwähnt hat, und bis jetzt ist sie die einzige Elisabeth, auf die ich gestoßen bin. Deshalb denke ich … Also, meine vorläufige Theorie ist die, dass sie nach ihr benannt worden sind.«

»Und wer ist sie?«

Nellas Kleid klang wie frisch aufgeblühte Tulpen, als sie sich erhob. Die Farbe war schöner als der Schnitt. Ein helles Lila oder *Magenta*, wie es in der Fachsprache heißt. (Ich weiß mehr von diesen Dingen, als man meinen sollte.) Sie durchquerte mit kleinen, ruckartigen Schritten den Raum.

»Eine Nachbarin, Elisabeth von Frydenlund, ein paar Kilometer den Weg hinunter«, sagte sie, als wüsste ich nicht, wo Frydenlund liegt. Wir hatten Simo von dort, es dürfte also nicht so schwer sein, sich daran zu erinnern.

»Laurits schreibt, dass Elisabeth ein Jahr vor Hortensia gestorben ist, und ich habe nicht die geringste Ahnung, warum sie das überhaupt erwähnt«, fuhr Nella fort. »Es kommt mir wie ein Gedankensplitter vor und dann doch wieder nicht. Doch wie dem auch sei, habe ich mir ausgerechnet, dass Elisabeth von Frydenlund schon fünfunddreißig Jahre tot gewesen sein muss, als Antonia und Lily geboren wurden.«

»Eine lange Zeit, um sie nicht zu vergessen.«

Nella raffte mit einer schnellen Bewegung ihr Haar zusammen und steckte es mit einer Nadel hoch.

»Ja, nicht?«, sagte sie. »Vor allem in Anbetracht der Tatsache, dass Clara Horace vier Jahre nach Hortensias und fünf Jahre nach Elisabeths Tod geheiratet hat. Da war Horace 18 und Clara 16, und man sollte doch meinen … also, du weißt doch selbst, wie interessiert man in Familien wie meiner an Erben ist, doch Clara hat erst mit sechsundvierzig Zwillinge bekommen. Merkwürdig, dass so viele Jahre vergangen sind, nicht?«

Hätte ich Nella an dieser Stelle gebeten, sich dazu zu äußern, ob sie sechsundvierzig grundsätzlich für zu alt hielt oder wie sie das sonst meinte, hätte sie sofort die Augen verdreht angesichts meines *Altersproblems*, wie sie es mittlerweile nannte. Deshalb kam ich mit einer völlig objektiven Feststellung:

»Ich sehe einfach nicht, warum Horace und Clara ihre Töchter nach der längst verstorbenen Tochter der Nachbarn hätten nennen sollen, und wenn ich ganz ehrlich sein soll, verstehe ich auch nicht, warum das wichtig ist«, sagte ich. Nella blieb stehen.

»Du bist wegen irgendetwas sauer.« Sie sah mich forschend an.

Wie kam sie denn darauf? Sauer? Ich? Das sagte ich ihr auch, und Nella fuhr damit fort, auf- und abzugehen.

»Wenn du dich denn von deiner schlechten Laune verabschieden kannst«, sagte sie, »ich würde nämlich wetten, dass Clara und möglicherweise auch Horace, doch da bin ich mir nicht so sicher, engere Bande mit den Nachbarn verbanden, als man meinen sollte.«

»Und worauf baust du deine Theorie auf?«

Sie blinzelte mir zu.

»Auf dem Unterkleid«, sagte sie. Ihre Stimme klang eifrig. »Komm schon, du hast Horace gesehen! Keine normale Frau würde sich seinetwegen so zurechtmachen, weil sie wüsste, dass es ihn kaltlassen würde. Und wenn man weiß, was man nun über ihn und seine … wie sollen wir es nennen … seine besonderen Vorlieben weiß, besteht doch wohl Grund zu der Annahme, dass Clara sich andere Jagdgründe gesucht hat.«

Ich gehe einmal davon aus, dass meine hochgezogenen Augenbrauen angedeutet haben, wie wenig ich überzeugt war und bin. Gott bewahre. Wenn Nella sich ihrer verstorbenen Großmutter nahe fühlt, indem sie in ihren durchsichtigen Unterkleidern herumrennt, und wenn diese sie zu weitschweifigen Geschichten über Nachbarschaftsaffären und Notizbücher inspirieren, nun gut. Doch als ich da in Nellas Arbeitszimmer saß, wollte ich sehr viel lieber etwas über die Stunden nach

Antonias Tod erfahren. Nella setzte sich, als ich das sagte. Ihr Kleid hatte jetzt Ähnlichkeit mit einer sehr großen, aufgeblühten Tulpe. Sie atmete ein paarmal tief durch. Dann begann sie zu erzählen.

Nellas Theorie

Um bei der Wahrheit zu bleiben, begann Nella nicht sofort zu erzählen. Sie starrte zunächst einmal so lange leer in die Luft, dass ich damit begann, die Schläge der Standuhr zu zählen, um die Wartezeit auszuhalten. Ich war bei 435 angelangt, als sie endlich den Mund aufmachte.

»Da gibt es nicht mehr viel zu erzählen«, begann sie, was nicht gerade vielversprechend klang. Ich sah mich jedenfalls gezwungen, ein kleines »Aber« einzuschieben, und da nickte sie auch.

»Ich komme noch dazu«, sagte sie. »Denn zuerst wurden die Farben seltsam bleich und … das habe ich dir doch erzählt?«

»Ja, ich denke schon.«

Nella sah ein paar kleinen Vögeln zu, die auf den Zweigen des Kirschbaums draußen vor dem Fenster saßen. Sie schüttelte den Kopf.

»Ich hatte noch immer das Gefühl, als wäre etwas Hartes in mir zerbrochen, aber ich wusste nicht länger, was«, sagte sie. »Es fühlte sich an, wie wenn man sich im Spiegel betrachtet, nur dass die, die mich ansah, mir zwar ähnelte, aber tat, was sie wollte. Ich kann gut verstehen, wenn du dich wunderst. Doch so wahr ich hier sitze, ich habe den ganzen Tag bei Mutter gewacht, jede einzelne Minute saß ich an ihrer Bettkante, während die andere auf Liljenholm herumstürmte und Sachen zerschlug und fluchte und sich hysterisch aufführte.«

»Du meinst das Spiegelbild?«

Ich tat mein Bestes, unbeeindruckt zu klingen. Sie nickte.

»In der Halle waren die Schatten besonders lebendig. Sie hüpften aus der Tapete, türmten sich um mich auf, und ich verteidigte mich. Mit bloßen Händen und einem Brotmesser, das ich in der Küche gefunden hatte. Ich riss die Schatten in der Mitte durch, doch sie verschwanden nicht, sondern es wurden immer mehr. Ich konnte mich nur noch heftiger verteidigen, nach allen Seiten und mit allen Mitteln. Meine Fingerspitzen haben noch lange danach geblutet, erinnerst du dich?«

Ich begnügte mich damit zu nicken.

»Mitten in all dem kam mir ein Gedanke«, fuhr sie fort, und an dieser Stelle wäre es mir lieber gewesen, sie hätte die Hände nicht erhoben, als würde sie noch immer die Tapete abreißen. Ihre Augen öffneten sich weiter, als es gut war. Man sah das Weiße um die Pupille.

»Ich habe gedacht: Bestimmt ist es Mutter in all den Jahren so ergangen, und jetzt bin ich an der Reihe. *Wir fühlen uns wie zwei Personen in einer.* Das ist es, was mit uns nicht stimmt.«

Nella musste geweint haben, als ihr diese Erkenntnis gekommen war, denn auch jetzt liefen Tränen ihre Wangen hinunter. Schnell reichte ich ihr mein Taschentuch. Die Bügelfalten ließen es fast wie Papier aussehen, als sie es auseinanderfaltete.

»Plötzlich ergab alles viel mehr Sinn«, sagte sie. »Dass wir Liljenholmer uns zunächst meist wie der eine fühlten und den anderen nur hin und wieder bemerkten. Wie einen brodelnden Vulkan, der im Bauch seinen Anfang nahm und alle Alltagsgefühle überrannte. Doch allmählich trat der andere immer mehr in den Vordergrund. Dieser andere, der alles zerstörte. Wir konnten nichts tun, als ihn gewähren zu lassen, so fühlte es sich an. Und etwas sagte mir, dass Mutter diese totale Verwandlung, die sie durchlebt hatte, gemocht hat. Denk nur einmal daran, wie verächtlich sie als Erwachsene von Lily gesprochen hat! Man hatte doch wirklich nicht den Eindruck, dass sie sich danach gesehnt hat, sie zu sein. Mir kam der Gedanke … an Liljenholms dunkles Schicksal. Mir kam der Gedanke, dass es vielleicht gar nicht um Zwillinge ging, sondern darum, dass die Liljenholmer früher oder später ihre Persönlichkeit veränderten. Dass sie wahnsinnig und in manchen Fällen lebensgefährlich für sich selbst … und andere wurden. Und mir kam der Gedanke, dass Mutter wohl gedacht hat, dass jetzt ich an der Reihe wäre. Damals, als ich Simons Notiz in ihrer Schublade gefunden hatte und sie sagte, dass es mir nicht ähnlich sah, in ihren Dingen zu wühlen. Sie hat wohl befürchtet, dass ich langsam eine andere wurde.«

»Befürchtet?«

»Ja, zwei von ihrer Art hatten auf Liljenholm nicht gleichzeitig Platz.«

Nella sah plötzlich traurig aus.

»Das wäre ein Irrenhaus geworden mit zwei von uns auf Liljenholm«, fuhr sie fort. »Und außerdem zeigt die Geschichte Liljenholms doch, dass nur die wenigsten Liljenholmer das überleben konnten. Antonia hat es geschafft, doch als sie mich vor meiner Flucht nach Kopenhagen in dem Selbstmordzimmer gesehen hat, musste sie wohl mit einer gewissen Enttäuschung einsehen, dass es mein Schicksal war unterzugehen. Meine andere Seite war nicht einmal lebenstüchtig genug, einen Namen zu haben, nicht wahr? Sie war ein hoffnungsloses, halbfertiges Geschöpf.«

Nella hatte das Wort »Flucht« bisher nie in Zusammenhang mit Liljenholm gebraucht. Unglaublich, welch großen Unterschied ein einziges Wort machen konnte. Ihr Blick ruhte auf etwas hinter mir. An der Wand hing ein Bild von Antonia, ein kleines Porträt in einem Silberrahmen. Nella warf den Kopf zurück.

»Ich rede hin und wieder mit ihr. Erzähle ihr, was sie meiner Meinung nach hätte besser machen können und so weiter.«

Das mussten wahrhaftig lange Gespräche sein, dachte ich und hätte es ihr auch gesagt, hätte Nella nicht ihre Geschichte bereits wiederaufgenommen.

»Ich kann mich erinnern, dass Liljenholm sich aufgelöst hat und dass meine Beine sich aufgelöst haben. Wäre mein Leben ein Glas voller Perlen gewesen, wäre plötzlich ein Faden durch alle gezogen worden. Ich verstand plötzlich, warum es nur Bilder von einem Zwilling gab und warum alle, die Liljenholm nach dem Erscheinen von *Lady Nellas geschlossene Augen* besucht haben, nur Antonia und nie Lily begegnet sind und warum ich mich nicht an beide, sondern nur an die eine erinnern konnte. Ja, selbst warum alle Kinder auf Liljenholm derartig von der Außenwelt abgeschirmt waren, dass wir nie auch nur einen einzigen Freund außerhalb unserer Mauern hatten. Nicht einen einzigen Zeugen für das, was mit uns passierte. Ich verstand auch … entschuldige …«

Sie wischte sich die Wangen mit ihrem Handrücken ab, sodass er schwarz von Wimperntusche wurde. »… Mir war plötzlich klar, was Antonias letzte Worte zu bedeuten hatten. Gar nicht erst zu reden von Antonias und Lilys übermäßig engem Verhältnis, das sie, auch als Erwachsene, noch im selben Bett schliefen ließ, wie du selbst bemerkt hast. Und dass *Lily hätte Antonia sein sollen*, wie Mutter zitiert hat. Das war fast schon komisch, nicht? Sogar die seltsame Notiz von Simon ergibt plötzlich mehr Sinn. Ich meine …«

Sie machte eine ausladende Armbewegung.

»Vermutlich hat Simon die süße, fügsame Lily geheiratet, die sich plötzlich in die wütende Antonia verwandelt hat, nicht? Er muss sie verlassen haben, weil er es nicht ausgehalten hat, nehme ich an, und ganz offenbar hat sie ihn seitdem dafür gehasst. So sehr, dass sie beschlossen hat, ihre Tochter glauben zu lassen, er wäre auf tragische Weise ums Leben gekommen.«

Sie schlang die Arme um ihren Körper. Eine einzige Frage musste ich noch stellen.

»Aber hast du dich nicht einmal gefragt, ob er vielleicht irgendwo anders lebt?«, fragte ich. Sie schüttelte den Kopf.

»Simon? Nun ja, er war mir zu dem Zeitpunkt allmählich egal. Er ist schließlich nie Teil meines Lebens gewesen, höchstens als nagende Ungewissheit. Wenn ich mich etwas gefragt habe, dann eher, ob er überhaupt existiert hat, glaube ich. Wenn die Zwillinge eine Illusion waren, konnte doch auch Simon eine Illusion sein, nicht? Eine einzige Notiz, die vielen Widmungen und Mutters ganzes Gerede reichten als stichhaltige Beweise wohl nicht aus. Mein richtiger Vater hätte genauso gut … ja, was weiß ich … der Nachbar drüben von Frydenlund oder wer auch immer sein können. Du siehst blass aus?«

»Tue ich das?«

Ich musste mich einen Augenblick hinsetzen.

»Und was hast du von Lilys Todesanzeige gehalten?«, fragte ich, als ich wieder klar denken konnte. Nella seufzte.

»War das nicht offensichtlich?«

Ich musste die Lippen fest zusammenpressen.

»Ich wusste mit Sicherheit, dass Mutter eine andere geworden war, als ich sechs Jahre alt war«, sagte sie. »So gesehen machte die Schlussfolgerung Sinn, dass sie, bis ich sechs wurde, Lily gewesen war und später zu Antonia wurde. Ich dachte, ja, ich bildete mir so gesehen ein zu verstehen, dass es für sie notwendig gewesen sein musste, Lily zu begraben, um Antonia zu werden. Sie für tot zu erklären, eine Todesanzeige drucken zu lassen, endgültig Abschied zu nehmen. Ich hatte sogar selbst Lust, Nella von Liljenholm bei der erstbesten Gelegenheit für tot zu erklären und mich nur noch Nella Holm zu nennen. Wie ich mich schließlich auch genannt habe, als ich in Kopenhagen von vorne angefangen habe, doch nie so aus ganzem Herzen, dass ich sie auch geworden bin. Und ich habe an mich als kleines Mädchen denken müssen. Was für ein Schock es für mich gewesen sein muss, dass die Mutter, die ich kannte, durch eine ersetzt wurde, die ich weder kannte noch mochte, aber weiterhin Mutter nennen sollte. Nicht so verwunderlich, dass meine Erinnerung an die ersten sechs Jahre verschwunden ist, nicht?«

Die Vögel draußen vor dem Fenster mussten weggeflogen sein. Der Baum sah plötzlich alt und krank aus.

»Und was hältst du von dem tatsächlich vorhandenen Grab?«, fragte ich. Nella trocknete ihren Handrücken an einem Taschentuch ab, sodass es ganz schmutzig wurde.

»Viele enden schließlich in falschen Gräbern. Das weißt du doch auch«, antwortete sie und lachte leicht. Ich verstand nicht, worüber.

»Der Teil von mir, der an Mutters Bettkante saß, erzählte ihr alles, was plötzlich zusammenzupassen schien, und wir … ich würde fast sagen, wir diskutierten darüber«, fuhr sie fort. »›Du hättest mir den roten Faden etwas früher zeigen können‹, sagte ich zu ihr. ›Ich habe wie eine Verrückte danach gesucht. Du solltest wissen, wie viele Jahre ich dafür gebraucht habe!‹ Doch sie schüttelte den Kopf. ›Du hättest trotzdem nicht verstanden, wie das Ganze zusammenhängt, bevor du es nicht selbst erfahren hast‹, sagte sie, und ich protestierte.

Du kennst ja Mutter. Sie konnte wirklich schnauben, wenn ihr danach war. ›Habe ich dir nicht gesagt, dass ich immer versucht habe, dich zu schützen? Habe ich das nicht?‹ ›Aber ich habe dich nicht gebeten, mich zu schützen!‹ Sie schnaubte erneut. ›Das würde jede ordentliche Mutter tun. Je länger du in Unwissenheit über deinen Untergang lebst, desto besser. Ich wollte nur dein Bestes, das habe ich dir doch viele Male zu sagen versucht‹, und …«

»Aber sie war doch tot, Nella?«

»Ja, ja, das weiß ich! Sie war schon ganz kalt, und ihr Gesicht fiel langsam in sich zusammen wie grauer Schlamm. Wahrscheinlich durch die Schminke. Sie bröckelte am Haaransatz, um die Nase und um den Mund. Ich holte eine Waschschüssel und wusch alles ab. War das falsch von mir?«

Wir saßen eine Weile da. Das Grüne in Nellas Augen bewegte sich ein wenig. Ihre Pupillen wirkten größer als sonst.

»Es wunderte mich, wie anders Mutter unter der Schminke aussah«, sagte sie. »Ich kann mich erinnern, gedacht zu haben, dass man sie unmöglich wiedererkennen würde, hätte man nur ein Jugendbild von ihr gesehen. Doch vielleicht würde man die Augen wiedererkennen, wenn man genauer hinsah. Sie gleichen deinen ein wenig, wenn ich darüber nachdenke. Sie hatte auch schwere Lider und …«

»Vielen Dank!«

»Nein, ich meine keine hängenden Lider, ja? Nur ein wenig schwerer als bei den meisten Menschen, und irgendetwas war auch mit ihrem Mund. Ich hätte geglaubt, dass man stirbt, wie man gelebt hat, doch ich habe Antonia erst friedvoll lächeln sehen, als alles vorbei war. Um uns herum wurden die Farben immer blasser. Wie in Wasser aufgelöst sahen sie aus. Ich dachte daran, wie viele Jahre ich mich mit dem einen Zweck hingeschleppt habe, mich am Leben zu halten wie eine zum Tode Verurteilte, die noch nicht begriffen hatte, worauf das alles hinauslief. Wie zwecklos es war, weiterzuatmen. Ich konnte nahezu spüren, wie ich mich veränderte und mir immer fremder wurde, ich konnte dagegen ankämpfen oder es lassen. Schon bald würde ich mich nicht mehr wiedererkennen, ungeachtet dessen, was ich tat. Ich wusste es, und etwas in mir kam zur Ruhe.«

Ich erhob mich aus Nellas Stuhl. Meine Schritte klangen härter, als beabsichtigt. Nella hielt inne und zog eine Augenbraue hoch.

»Stimmt etwas nicht?«

Ich versuchte all das, was sie gesagt hatte, zu verdauen. Wie Sie sehen, lieber Leser, ist mir das inzwischen einigermaßen gelungen, doch ich hatte den Eindruck, dass eine ordentliche Schlussfolgerung fehlte. Oder vielleicht eher eine Teilschlussfolgerung, und damit habe ich hoffentlich nicht zu viel gesagt.

»Lass mich nachdenken …«

Der Nachmittag musste vergangen sein, ohne dass mir das aufgefallen war. Die Uhren auf Liljenholm schlugen jedenfalls fünfmal.

»Eins geht dabei nicht auf«, sagte ich und überhörte Nella, die seufzte, dass bestimmt noch mehr als eins nicht aufging, wenn man näher darüber nachdachte.

»Soweit ich das verstehe, verwandelte sich Lily in Antonia, ohne etwas dagegen tun zu können«, fuhr ich fort. »Aber warum um alles in der Welt glaubst du, dass ihr die Verwandlung auch nur im Geringsten gefallen hat?«

Wenn man mich fragt, war das eine gute Frage. Nicht, dass ich mich loben will, auch wenn es hin und wieder angebracht wäre, dass jemand das täte. Nella zum Beispiel, doch stattdessen bat sie mich, das näher auszuführen.

Als Nella vor Kurzem die letzten Seiten gelesen hat, behauptete sie, dass ich unseren letzten Wortwechsel völlig falsch verstanden habe.

»Ich weiß sehr gut, was du gemeint hast«, sagte sie. »Und da wir gerade dabei sind, mein Busen ist überhaupt nicht beinahe aus Claras altem Unterkleid gefallen. Du übertreibst so sehr, dass ich mich kaum wiedererkenne, auch das Unterkleid. Es ist zum Beispiel überhaupt nicht durchsichtig, und dann das mit der Spitze ... ich zieh das Kleid noch mal hoch. Du musst schon entschuldigen! Aber anscheinend bedarf es ja wirklich nicht viel, dich zu schockieren. Wo soll denn hier Spitze sein?«

Hier muss ich mich natürlich auf meine künstlerische Freiheit berufen. *Die Wirklichkeit zum Besseren hin verändern* könnte man meine Intention auch nennen, doch Nella weiß offenbar nicht, was für sie und die Geschichte gut ist. Sie fegte alles, was ich sagte, vom Tisch, ohne ihm auch nur eine Chance zu geben. Deshalb will ich Ihnen die Details ersparen und nur erwähnen, dass ich mein Bestes tue. Ich sitze hier im Schweiße meines Angesichts und versuche, Nellas Geschichte so wahrheitsgetreu wie möglich wiederzugeben, wenn ich nicht gerade damit beschäftigt bin, die verschiedenen Wahrheiten, die sie mir schon längst hätte erzählen sollen, aus ihr herauszukitzeln.

»Ja, warum sollte Antonia die Verwandlung auch nur im Geringsten gut finden?«, fragte ich jetzt beispielsweise zum zweiten Mal. »Die Verwandlung hat ihr schließlich nichts Gutes gebracht. Sie hat sowohl ihren Mann als auch ihre Tochter verloren, als sie eine andere wurde. Und das aus gutem Grund, soweit ich das sehe. Lily war schließlich erheblich netter als Antonia.«

Nellas hohe Hacken versetzten meinem Selbstbild einen gewaltigen Knacks. Als wir voreinander stehen blieben, war sie mehrere Zentimeter größer als ich.

»Ich habe mir gedacht, dass Mutter es mehr als müde war, nett zu sein«, sagte sie, »und im Übrigen habe ich sie verstanden. Ich hatte auch mehr als genug davon.«

Das späte Tageslicht glitt über Nellas Nasenrücken, sodass man ein paar helle Sommersprossen erahnen konnte. Ich wünschte, ich hätte sie sonnengebräunt gesehen, doch in den letzten fünf Jahren hat sie immer nur über ihrer Verlagsarbeit gesessen. Ich zuckte zusammen, als sie die Hand ausstreckte und eine zweifellos wenig kleidsame Locke aus meiner Stirn strich.

»Da, in diesem letzten Moment hatte ich das aufrichtige Gefühl, dass Mutter mich geschützt hat, so lange sie konnte«, sagte sie. »Zum ersten Mal habe ich mich wirklich von meiner Mutter, Antonia Lily, die nur mein Bestes wollte, geliebt und verstanden gefühlt, und dann war es nur …«

Sie schüttelte traurig den Kopf.

»Und dann war es von Anfang bis Ende nur eine verdammte falsche Fährte.«

Gerettet von der Türklingel

Nellas Blick war auf etwas hinter mir gerichtet.

»Da haben wir nur einen von vielen Beweisen für mein Wunschdenken«, sagte sie, und das stimmte. Denn an der Wand über dem kleinen Porträt von Antonia hing noch eine andere Fotografie. Ich hatte den Silberrahmen sofort wiedererkannt. Auf dem Bild waren zwei junge Frauen zu sehen, die sich an der Hand hielten. Sie waren nicht ein und dieselbe, sahen sich jedoch so ähnlich, dass man sie eher für Zwillinge als für Schwestern halten musste. Es war die entzweigerissene Fotografie aus Fräulein Lauritsens Kammer, die jetzt in der Mitte zusammengeklebt war. Antonia und Lily auf ein und demselben Bild.

»Wo hast du Lily denn gefunden?«

Nella zog einen Mundwinkel hoch.

»Ach, du weißt doch, dass der Mensch, dem ich mich in all den Jahren am meisten verbunden gefühlt habe, Laurits war, und da ist mir plötzlich der Gedanke gekommen, dass wir uns möglicherweise auf die gleiche Weise solcher untragbaren Bilder entledigt haben.«

Nellas Tränen tropften auf das Glas, als sie das Bild vom Nagel nahm und die Rückwand entfernte.

»Hier«, sagte sie, und ich sah, was sie meinte. Die eine Hälfte des Bildes hatte jahrelang zwischen der Rückwand und dem dünnen Schutzpapier gesteckt. Man sah noch einen schwachen Abdruck, als hätte die eine Schwester hier gelegen und geschlafen und sich dann von ihrem weichen, rosa Lager erhoben. Nellas Tränen sahen viel zu groß aus, wie sie da auf das Papier tropften. Ich hätte sie ihr am liebsten mit Simons weichem Hemdsärmel abgeputzt, doch stattdessen hob ich das Taschentuch vom Boden auf und gab es ihr. Sie tupfte sich damit die Augen trocken.

»Jedes Mal, wenn ich an die Geschichte von Antonia Lily denke, die nur mein Bestes wollte, fühle ich mich zerrissen«, sagte sie. »Mein ganzes Wunschdenken, das nichts, absolut nichts mit der Wirklichkeit zu tun hatte. Wie konnte ich nur zulassen, dass es so mit mir durchgegangen ist?«

»Damals hattest du doch keine Ahnung, dass Antonia und Lily zur gleichen Zeit gelebt haben«, wandte ich ein. Nella nahm kaum wahr, dass ich ihr das Bild aus der Hand nahm und die Rückwand wieder befestigte. Sie holte schnell Luft.

»Ich wusste immerhin, dass Mutter ihr ganzes Leben lang Geschichten erfunden hat«, sagte sie. »Ich hatte es doch immer wieder gesehen! Ihre ganzen Bücher, die ein wenig an die Wirklichkeit erinnerten, aber eigentlich doch nur ein kleiner, umgeschriebener Teil davon waren. Und Mutters Spezialität, ist dir das noch nicht aufgefallen? Sie konnte die Geschichten so aufbauen, dass man meinte, man hätte sich alles selbst ausgerechnet. Wer was getan hatte und mit welchem Motiv. Alles passte so gut zusammen, abgesehen von einigen kleinen Details, die einen wurmten und die plötzlich immer größer wurden.«

»Wie als Antonia sagte, dass sie Lily sei?«

Zwei Augenpaare starrten mich an, als ich das Bild zurück an den Nagel hing.

»Schon lange vorher.«

Nellas Stimme war direkt hinter mir.

»Zum Beispiel als Antonia mich bat, Antonia Lilys Fortsetzungsroman zu verbrennen. Wenn ich jetzt darüber nachdenke, bin ich mir sicher, dass sie genau gewusst hat, was sie tat. So wichtig war es nun auch wieder nicht, dass die albernen Fortsetzungsromane vor ihrem Tod im Kamin verbrannten, nicht? Mutter *wollte*, dass ich Antonia Lilys Werke las, weil sie den Samen der Geschichte von Antonia Lily in mir pflanzen wollte, verstehst du? Plötzlich sprossen die Details doch wie Unkraut. Was schon komisch war, das heißt, komisch ist das wohl nicht. Man muss nicht viele von Mutters Geschichten gelesen haben, um zu wissen, dass die Heldinnen am Ende ausnahmslos wie die reinsten Heiligen dastehen. Wir sollen um jeden Preis glauben, dass sie nur für die anderen da sind. Leben und leiden für diejenigen, die sie lieben. Und was habe ich getan? Ich bin ihr direkt in die Falle getappt. Ich dachte ernsthaft, dass Mutter auch so war.«

Nella kniff die Augen zusammen und trat zu dem Bild.

»Ich wünschte, ich wüsste mit Sicherheit, wer auf dem Foto wer von den beiden ist«, sagte sie. »An manchen Tagen glaube ich, dass die Rechte hier Lily sein muss, weil sie von dem Bild abgerissen wurde, und an anderen Tagen bin ich mir sicher, dass sie Antonia ist, weil sie schöner ist, und das war Antonia ja. Antonia zufolge, wohlgemerkt. Das quält mich. Ich weiß nicht, ob du dir das vorstellen kannst, doch hier zu stehen und zu wissen, dass eine von den beiden meine Mutter ist, ohne zu wissen welche, ist nahezu unerträglich.«

Ich konnte ihr sehr gut folgen. Es würde mich in der Tat auch quälen. Nella machte eine ausladende Armbewegung, sodass das Bild beinahe auf dem Boden gelandet wäre.

»Man sollte zumindest wissen, wer die eigene Mutter ist! Das ist einfach unzumutbar!«

Rote Flecken breiteten sich auf ihren Wangen aus.

»Entschuldige, ich weiß natürlich, dass du nicht weißt …«

Ich hatte in diesem Zusammenhang gar nicht an mich gedacht und bestimmt nicht die Absicht, jetzt damit anzufangen.

»Ich bin absolut nicht einig mit dir, dass alles, was du nach Antonias Tod herausgefunden hast, reines Wunschdenken ist«, sagte ich, hoffentlich mit einer angemessenen Bestimmtheit. »Es besteht kein Zweifel daran, dass die Geschichte von Antonia Lily … ja, wie soll man sagen … ziemlich weit von der Wahrheit entfernt war, doch gleichzeitig lässt sich nicht bestreiten, dass sie ihr auch unangenehm nahekam.«

Eigentlich hatte ich Nella sagen wollen, wie beeindruckt ich davon war, was sie unter den denkbar ungünstigsten Umständen herausgefunden hatte. Doch sie schüttelte so heftig den Kopf, dass ich schwieg und mir stattdessen meinen Teil dachte. Zum Beispiel, dass ich selbst nicht auch nur halb so viel herausgefunden hätte, aber ich bin schließlich auch nicht die Tochter von Dänemarks größter Schauerromanautorin. Nichtsdestotrotz verstand ich sehr gut, dass Nella sich an der Geschichte von Lily, die zu Antonia geworden war, festkrallte, statt auch nur den kleinsten Schritt in Richtung der Geschichte zu tun, die tatsächlich auf sie wartete.

Denn ohne zu viel zu sagen, kann ich verraten, dass das verdammte Glas Perlen, das Nellas Leben und so gesehen auch das Liljenholms darstellte, einige Stunden nach dem Tod der großen Autorin umkippen und jede einzelne Perle wieder vom Faden gleiten würde. Ich komme mir unbarmherzig vor, während ich das schreibe. Nicht zuletzt Ihnen gegenüber, lieber Leser, der Sie gerade durch Nellas ellenlange Theorie gezogen wurden. Doch leider ist das die Wahrheit. Nicht so verwunderlich, dass ich mich über lange Perioden von ihr ferngehalten habe.

Nella strampelte sich die Schuhe von den Füßen. Ihre Stirn

an meinem Hals war warm. Es kam mir so vor, als stünden wir lange so da, doch das kann auch *mein* bescheidenes Wunschdenken gewesen sein. Man dehnt die Augenblicke aus, bis sie den Raum einnehmen, von dem man gerne möchte, dass sie ihn haben, nicht wahr? Jedenfalls hat Nella unzählige Male erwähnt, dass sie mir alles erzählt hat, was es zu erzählen gab.

»Bis auf eins«, flüsterte sie in meine Halsgrube, und das entsprach der Wahrheit. Es gab etwas, das sie nicht erwähnt hatte, und mein Magen fühlte sich wie im Tivoli, wenn man die Rutschbahn hinaufklettert und weiß, dass man zehn Sekunden später mit hundert Stundenkilometern nach unten saust.

»Es war Abend geworden …«

Sie hob den Kopf, nur einen Augenblick, und warf mir einen ihrer langen Blicke zu. Einer von denen, bei denen ich mir nie sicher war, was sie zu bedeuten hatten.

»Mein Spiegelbild war im Selbstmordzimmer gelandet«, fuhr sie fort. »Frag mich nicht, wieso oder weshalb das Fenster weit offen stand. Es war viel zu kalt für offene Fenster. Besonders wenn man auf der Fensterbank stand und sich still über das Rosenbeet lehnte, das eher einem dunklen Gebüsch glich.«

»Und dann …?«

»Ja, dazu komme ich noch! Da stand mein Spiegelbild also eine Weile, und ich wette, sie hoffte darauf, noch einmal gerettet zu werden. Von Liljenholm oder Laurits oder wem auch immer, der sich Sorgen um sie machte. Doch stattdessen hielt Liljenholm zusammen mit ihr den Atem an, ungeachtet, wie weit sie sich vorbeugte. Vielleicht dachte sie, dass die eine Zahl genauso gut wie die andere war. Zehn, neun, acht, sieben, sechs, fünf, vier, drei, zwei … Doch als sie bei eins angekommen war, hörte sie ein Klingeln, das sie an der Fensterbank festfrieren ließ. Zuerst dachte sie, dass der Ton nur in ihrem Kopf sei. Dann wurde ihr klar, dass sie ihn schon einmal gehört hatte. Und endlich sah sie ein … ja, wer hätte geglaubt, dass etwas so Simples wie eine Türklingel mir schließlich das Leben retten sollte?«

Nella hob den Kopf. Ihr Blick war meinem sehr nah, und als sie mich küsste, dachte ich an all die Sommer, die auf uns warteten.

August 1936

Lillemor und Mary Pickford

Ich habe mich auf diesen Augenblick gefreut, lieber Leser. Hier beginnt nun nämlich mein Teil an der Geschichte. Ungefähr einen Monat vor Nellas letzter Begegnung mit Antonia. Wenn ich Sie wäre, würde ich allmählich vor Neugier platzen. Wer bin ich, zum Beispiel? Und wie wichtig mag ich für eine Geschichte sein, die nicht einmal meine eigene ist?

Ich könnte Ihnen jetzt das Blaue vom Himmel herunterfantasieren, und ich muss zugeben, dieser Gedanke hat mich gestreift. Es passiert allzu selten, dass ich mich Agnes von Krusenstjerna (mein großes Vorbild) nennen und jemanden dazu bewegen kann, das zu glauben. Doch wie Nella sagt, ist es wohl kaum der Mühe wert, Sie davon zu überzeugen, dass ich die verrückte schwedische Autorin Agnes von Krusenstjerna bin. Zum einen hat sie letztes Jahr Selbstmord begangen und zum anderen war sie vier Jahre älter als ich. Ich bin zwar bekanntlich mit meinem Alter zufrieden, aber trotzdem. Es gehört nun einmal nicht zu meinen Gewohnheiten, mich älter zu machen, als ich bin. Oder tot, was das angeht.

Lassen Sie mich also bei der Wahrheit bleiben, der zufolge mein Name Agnes Kruse ist. Wenn ich Sie wäre, hätte ich einen spektakuläreren Namen erwartet, und wenn Sie denken, dass er zumindest ein wenig an den meines Vorbilds erinnert, dann liegen Sie richtig. Aber nur fast. Mein Name ist lediglich ein Sammelsurium zufälliger Umstände.

Im Kinderheim mit den frohen Gesichtern im Vodroffsvej nannten sie mich Agnes. Die Umgebung inspirierte sie wohl zu nichts Besserem. Und als die Witwe Kruse mich zu sich nahm, bekam ich ihren Nachnamen, da ich keinen anderen hatte. Seit Nella mich gebeten hat, ihren Teil mit der Geschichte von Antonia und dem Brieföffner beginnen zu lassen, habe ich überlegt, ob ich meinen auch mit der ersten Episode beginnen lassen soll, an die ich mich erinnere. Wenn sie tatsächlich wichtig ist, führt wohl kein Weg daran vorbei, habe ich gedacht. Also hier ist sie:

An dem Sommertag im Jahr 1902, an dem mich die Witwe Kruse aus dem Kinderheim holte, war das Licht so hell, dass alle die Hände schützend über die Augen legen mussten. Das tat sie auch. Von meinem Versteck hinter der Gardine sah ich sie um die Ecke des Vodroffsvej biegen, den Platz überqueren und die rechte Treppe wählen. Vor allem ihr Kleid fiel mir auf. Es war weiß und hatte viele Lagen, die wippten, wenn sie ging, und an den Füßen trug sie Schuhe mit hohen Absätzen. Nicht ordinär hoch, doch hoch genug, dass sie auf die Stufen achten musste, die sie hochstieg. Deshalb sah sie mich nicht am Fenster. Doch ich sah genug von ihr, um mit Sicherheit sagen zu können, dass sie sehr viel schöner war als all die Frauen, die wir gesehen hatten, wenn wir Kinderheimmädchen spazieren geschickt wurden.

»Man soll nicht starren, Agnes! Hörst du?«, hatte die Erzieherin mich angefahren, während sie mich am Kleiderärmel weiterzog. Die Erinnerung ist sehr diffus, doch ich meine, dass sie mich genauso angefahren hat, als sie mir am gleichen Morgen das Haar geflochten hatte.

»Du musst der Witwe Kruse die Hand geben und ›Guten Tag, Frau Kruse, und tausend Dank, dass Sie mich zu sich nehmen‹, sagen. Und du darfst sie nicht anstarren, hörst du?«

Ich hatte gedacht, dass die Witwe Kruse sehr alt sein müsste, da sie Witwe war, doch die Witwe Kruse, die ihren schönen, runden Arm hob und an der Tür schellte, hatte eine glatte Haut und schwarze Haare, die in ordentliche Wellen gelegt waren. Ihre Lippen waren rot und voll. Sie sagte Guten Tag zu der Vorsteherin. Und plötzlich hieß die Vorsteherin Fräulein Pontoppidan, und ihre Stimme klang wie die eines singenden Vogels.

»Kommen Sie herein! Kommen Sie herein! Ich hole Ihnen gleich die kleine Agnes!«, sagte sie, und Witwe Kruses hohe Absätze klapperten.

»Ach, ich glaube, dass ich sie schon gefunden habe«, sagte sie. Ihre Hand auf meiner Schulter war sehr warm. Sie roch nach zwei Dingen, die ich kannte: Rosen und Zimt. Vielleicht drehte ich mich deshalb um und schlang die Arme um ihre Beine, oder vielleicht war ich auch einfach nur so erleichtert, dass ich bald auch eine richtige Mutter haben würde wie die Mädchen in den Büchern, die die Fräulein uns abends vorlasen.

»Agnes!«

Die Vorsteherin klang zornig, doch die Witwe Kruse lachte nur, sodass ich es bis in ihre Beine spüren konnte. Sie bückte sich und hob mich hoch. Aus der Nähe glich ihr Gesicht ein wenig den rosa Blumen, die eine Zeit lang auf dem Rasen hinter dem Kinderheim geblüht hatten. Die Vorsteherin sprach weiter.

»Agnes! Nimm die Finger aus Frau Kruses Gesicht!«

»Ach, lassen Sie sie doch«, lachte der rote Mund der Witwe Kruse. »Sind das Agnes' Sachen, die Sie uns in den kleinen Koffer gepackt haben, der bei der Tür steht? Was hältst du davon, wenn wir nach Hause laufen, meine Liebe? Es ist ein gutes Stück Weg, aber dann können wir uns etwas besser kennenlernen. Ich fände es schön, wenn wir das täten.«

Meine Schuhe hatten Spangen, die klirrten, als sie mich vorsichtig absetzte. Ich verneigte mich, so tief ich konnte. Ganz bis auf den Boden.

»Sehr gern, Witwe Kruse!«, sagte ich mit meiner klarsten Stimme. Ihr Kleiderstoff raschelte.

»Du kannst mich Lillemor nennen«, sagte sie, sobald wir das Kinderheim hinter uns gelassen hatten. Ich hüpfte auf und ab, sodass die Damen auf der Straße sich umdrehten.

»Lillemor, heißt du so?«

Lillemors Handtasche war ebenso weiß wie ihr Kleid. Sie war stehengeblieben, um nach irgendetwas darin zu suchen. Eine Kette mit einem Dagmarkreuz. Als sie die Kette um meinen Hals gelegt und zugemacht hatte, löste sie vorsichtig die Brosche, die ich immer trug, von meinem Kleid. Ich weiß nicht genau, woher ich sie hatte. Sie lässt sich öffnen, und darin ist eine Kamee mit einem Bild von einer Königin, schätze ich. Heute trage ich sie immer an meinem Revers. Damals wollte ich protestieren, als ich sah, wie sie sie in ihre Tasche gleiten ließ, doch der Taschenspiegel, den sie mir gab, lenkte mich ab.

»Also, ich heiße Lillemor«, sagte sie. Meine Wangen erröteten in dem silbernen Rahmen des Spiegels. Sie streichelte sie und lächelte nur für mich. »Meine Eltern müssen gedacht haben, dass ich einmal eine gute Mutter werde, meinst du nicht? Wenn sie mich so genannt haben, ›kleine Mutter‹.«

Lillemor war tatsächlich schon einmal Mutter gewesen, das war eins der Dinge, die ich bald herausfand. Sie lachte zum Beispiel nicht immer, obwohl ich tat, was ich konnte, um sie zum Lachen zu bringen. Um bei der Wahrheit zu bleiben, weinte sie ziemlich oft, wenn sie glaubte, ich würde sie nicht hören, denn ihr Mann war auf dem Meer umgekommen und ihre kleine Agathe ein paar Monate, bevor mein Leben in Nyhavn begann, an Scharlach gestorben. Hier, in einem der engen Hinterhäuser wohnte Lillemor. Das Gute war, dass Agathe und ich nur wenige Tage nacheinander geboren worden waren. Das bedeutete nämlich, dass Agathes ganze Sachen und ein Teil ihres Spielzeugs in meinen Besitz übergingen. (Ich war schon damals groß für mein Alter, sodass wir all die kleinen, netten Kleidchen aussortieren mussten.) Schon bald verwechselte Lillemor die Namen.

»Agathe!«, rief sie mich mit so froher Stimme, dass ich es nicht übers Herz brachte, sie daran zu erinnern, dass ich Agnes hieß. Warum sollte ich auch? Ich wäre viel lieber das kleine, blonde Mädchen mit den Korkenzieherlocken und dem Dagmarkreuz gewesen, das in einem Rahmen über meinem Bett hing und lächelte. Das Bett quietschte und war aus Eisen wie die Betten im Kinderheim, doch es war nicht grau, sondern leuchtend weiß, und jeder Bettpfosten endete in einer abenteuerlichen goldenen Halbkugel.

»Das ist kein Gold. Das ist Messing, kleine Agathe«, lächelte Lillemor. Das Beste, wenn sie lächelte, war, dass sie nur für mich lächelte. Das Zweitbeste war, dass auch Agathes Zimmer mein Zimmer wurde. Abgesehen von dem Eisenbett gab es eine lange Reihe Bilderbücher und Porzellanpuppen in einem Regal, Papier und Buntstifte, Bauklötze und einen Spiegel, der ganz bis zum Boden reichte. Platz war nicht viel, doch das Zimmer hatte zwei Türen, die sich schließen ließen. Unter meinen Füßen befand sich das Erdgeschoss, wo ich Lillemor den größten Teil der Nacht leise singen und mit Fräulein Iben reden hörte. Sie waren Wäscherinnen, und als Erstes lernte ich, mich durch das blauweiße Schild vor ihrer Tür zu buchstabieren. *Waschen und Mangeln vom Feinsten*, stand da, und es klang ebenso fein wie es war.

Die Dienstmädchen von ganz Kopenhagen kamen über das Kopfsteinpflaster getrippelt, um für ihre Herrschaft Manschetten und Kragen und Hemdbrüste, Zierkragen und Spitzen zum Waschen zu bringen, und oft machten sowohl sie als auch zufällig auf der Straße vorbeikommende Damen meiner Mutter Komplimente für ihre Kleider. »Was sehen Sie heute gut aus, Wäscherin Kruse«, sagten die Dienstmädchen mit großen Augen, und die feinen Damen musterten meine Mutter von oben bis unten, und dann konnten sie nicht an sich halten. »Entschuldigen Sie, ich will nicht aufdringlich sein«, sagten sie, »aber ich habe Sie jetzt eine ganze Zeit lang angesehen, und Ihr Kleid passt einfach wundervoll zu Ihren Augen. Darf man fragen, wo Sie es gekauft haben?«

Als Lillemor dieses Gespräch so oft geführt hatte, dass sie sicher war, dass an den Worten etwas dran sein musste, erweiterte sie still und leise das Geschäft. Die Kleider nähte sie nämlich selbst an den Vormittagen, an denen ihre Freundin, Frau Jensen, die Wäsche entgegennahm und im Geschäft für Ordnung sorgte. Und schon bald nähte Lillemor ebenso viel, wie sie wusch. Es dauerte nicht lange, bis ich in den umliegenden Straßen ihre Kleider sah. Natürlich sah man die Schilder im Nacken nicht, es sei denn, man kam den Trägerinnen so nahe wie ihre Ehemänner zu Hause. Doch ich wusste, dass mit goldenem Faden Agathe Couture darinnen stand, denn diese Etiketten lagen gewöhnlich über unseren Esstisch verstreut. Unser Wohnzimmer war schon bald voll mit Stoffrollen und halbfertigen Kleidern auf Schneiderbüsten, mit Maßbändern, Nähgarn und einer Menge von Schnittmustern und Autogrammkarten, die mit Nadeln an die Wände gepinnt waren. Die meisten zeigten Mary Pickford in hauchdünnen, romantischen Kleidern und mit Korkenzieherlocken. Ich kann mich noch heute an die Bilder erinnern. Lillemor schlug oft vor, dass ich zusammen mit ihr und Fräulein Iben in die Vier-Uhr-Vorstellung im Kosmorama in der Østergade ging, um mir die Stummfilme anzusehen, doch in der Regel lehnte ich ab. Ich weiß selbst nicht einmal, warum.

Aus all den Jahren in Nyhavn ist mir am deutlichsten der mechanische Laut von Lillemors Nähmaschine in Erinnerung geblieben. Er und die Gerüche in der Wäscherei, die in der Nase kitzelten, sobald man die Tür öffnete. Vor allem nach Soda und Seife, worin die Textilien eingeweicht wurden, von denen die schmutzigsten die Nacht über im Bleichmittel liegen blieben. Anschließend wurden die Textilien gestärkt und gemangelt, bis sie so glatt wie neu waren. Die hohen Kragen hießen Vatermörder, und die doppelten Manschetten waren nur für die Sonntagskleider. Doch ungeachtet, wie viel ich wusste, durfte ich nie helfen.

»Du bist einfach zu ungeschickt, Agnes. Ich weiß nicht, was mit dir los ist!«, seufzte Lillemor. Es vergingen viele Jahre, bis ich zu verbergen lernte, wie traurig mich ihre Worte machten. Sie nannte mich nur Agnes, wenn ich sie zutiefst enttäuscht hatte wie damals, als ich zehn Jahre alt war und sie mich mit einem mit Perlen bestickten Festtagskleid überraschte, das vermutlich einem der Kleider von Mary Pickford glich. Wir wollten zur Silberhochzeit ihrer Schwester auf Südseeland, und Lillemor musste Wochen dafür gebraucht haben, das Kleid zu nähen und zu besticken. Der Schnitt hätte zweifellos Agathes dünne Gestalt betont, doch nicht meine. Ich bekam das Kleid kaum über die Hüften, und ich wage nicht daran zu denken, wie ich darin aussah. Bis heute war dieser Tag das einzige Mal, dass ich Lillemors Familie getroffen habe.

»Wie sollen wir nur eine Dame aus dir machen?«, seufzte sie, und ihr Seufzen wurde mit jedem Jahr, das verging, tiefer. Das Schlimmste war nicht, dass ich zu groß wurde. Fast ebenso groß wie ein Mann und ebenso breitschultrig. Das hätte man zur Not mit flachen Schuhen, den richtigen Ausschnitten und einem feminin gebeugten Nacken kaschieren können, so viel wusste ich aus den Unterhaltungen der Damen in der Wäscherei. Ich wusste auch, dass sie sich oft hinter meinem Rücken über mich unterhielten, denn langsam zweifelte man daran, ob es mir *überhaupt gegeben war, eine richtige Dame zu werden*, wie Lillemor es ausdrückte. Sie meinte das nicht böse, glaube ich. Sie verstand nur nicht, was ich seit Jahren wusste. Nämlich dass ich nie ihr, Agathe oder den eleganten Damen ähneln würde, die sich in unserem Hinterhaus die Klinke in die Hand gaben. Das war zu der Zeit, in der sich Mary Pickford einen Namen mit Kleine-Mädchen-Rollen in Filmen wie *The Poor Little Rich Girl* oder *Rebecca of Sunnybrook Farm* machte und ihre Berühmtheit die Nachfrage bei Agathe Couture so in die Höhe schnellen ließ, dass Lillemor das gesamte Hinterhaus kaufen und eine Nähstube über unserer Wohnung einrichten konnte. Es waren goldene Zeiten für Agathe Couture, aber es waren keine goldenen Zeiten für mich. Und eines Tages, als ich neunzehn und gerade auf dem Weg ins Bett war, hörte ich zu viel. Es waren Lillemor und Herr Svendsen, der vermutlich Hans hieß und sie hin und wieder küsste, doch nie, wenn sie glaubten, dass ich es sah. Sie standen vor unserer Haustür, direkt unter dem Schild *Waschen und Mangeln vom Feinsten*, und sie hätten daran denken müssen, dass mein Fenster offen stand. Sie hatten schon oft dort gestanden, und ich hatte, bevor ich die Gardinen zuzog, auch schon gesehen, dass er sie in den Arm nahm. Aber ich hatte sie noch nie auf diese Weise über mich reden hören.

»Ich mache mir Sorgen um sie«, hörte ich Lillemor sagen. »Was soll nur aus einer wie ihr werden? Am Kopf fehlt es ihr nicht, aber … irgendetwas stimmt absolut nicht mit ihr, das siehst du wohl auch.«

Ich hörte, dass sie weinte, und Herr Svendsen räusperte sich, sichtlich unangenehm berührt.

»Das war wohl nicht anders zu erwarten«, sagte er. »Kinder aus dem Kinderheim sind nun einmal Gesindel, so viel hättest du wissen müssen, und sie … nun ja, wir wissen schließlich beide, woher sie kommt!«

Damals dachte ich, dass er von dem Kinderheim sprach, doch später habe ich mich oft gefragt, ob er mehr gewusst hat als ich. Das tue ich übrigens immer noch. In meiner Welt ist Lillemor die einzige Mutter, die ich je gehabt habe, und als ich hörte, wie sie ihm recht gab, weinte ich. Ich glaube tatsächlich noch immer, dass ein Teil in mir manchmal weint. Derselbe Teil, den in Lillemors Hinterhaus zu viele Augen angestarrt haben und über den zu viel geflüstert worden ist. *Ist das wirklich Frau Kruses Tochter? Nein, sie ist nur ihre Pflegetochter, das sehen Sie doch! Ein Jammer, dass sie nicht Agathe ist! Ja, man sieht ihr schon an, dass sie Gesindel ist.*

Letzteres flüsterten die Leute nicht. Das flüsterte ich selbst. Und wenige Monate später fasste ich einen Entschluss, der nicht anders hätte ausfallen können.

Ein Glücksfall

»Ich ziehe aus«, sagte ich eines Abends, als Lillemor auf dem Weg hinunter in die Wäscherei zu Fräulein Iben war. Sie roch noch immer nach Rosen und Zimt, als sie sich zu mir umdrehte, doch die Jahre hatten das leichte Rosa von ihren Wangen gewaschen, und um ihre Augen entdeckte ich ein Netz feiner Fältchen, die früher nicht da gewesen waren. Sie wandte das Gesicht ab.

»Ja, das ist wohl das Beste, Agnes«, sagte sie, und so hat sie mich seitdem genannt. Agnes und nie wieder Agathe. Nicht ein einziges Mal. Im Profil glich ihr Gesicht dem einer Porzellanpuppe. Nicht so verwunderlich, dass die Männer sie immer umschwärmt haben, dachte ich, doch es bedeutete ihr nichts mehr, wenn ich ihr das sagte.

»Du weißt, dass ich dich lieb habe, Agnes, und das wird auch immer so bleiben«, beteuerte sie zu dem Fenster hin, das uns dunkel widerspiegelte, und ich antwortete, dass ich das wusste. Meine Stimme klang ebenso tot wie ihre, ihre Hand war nicht länger warm, als sie die meine drückte und mir sagte: »Was immer auch passiert, Agnes.«

Ich glaube ihr, dass sie das so meinte. Sie hat es jedenfalls wirklich versucht, und das habe ich auch. Ausschließlich aus diesem Grund machte ich nach einigen Jahren, die ich am liebsten vergessen würde und in denen ich von Lillemors Geld lebte und versuchte, den Roman zu schreiben, den ich offensichtlich nicht in mir trug, schließlich eine Ausbildung zur Sekretärin. Mein Leben war genauso zusammenhangslos wie meine Manuskripte, und schließlich gab ich das Schreiben auf. Vielleicht hoffte ich, ein ganz klein wenig nur, dass die Arbeit als Sekretärin mich zu einem dieser schicken Ziergegenstände machen würde, die man immer öfter in den Büros sah. Oder dass Lillemor mich wieder Agathe nennen und mit einer Mary-Pickford-Garderobe ausstatten würde. Doch nichts dergleichen geschah. Ich konnte feilen und spachteln und von Luft und Wasserbrei leben. Doch ich glich weder einer schicken, kleinen Sekretärin noch verhielt ich mich wie eine. Deshalb war ich auch nie diejenige, die die langen Reinschriften machte, und so musste die Not mich lehren, was sie konnte. Ich war zu stolz, um Lillemor erneut um Geld zu bitten, obwohl sie es mir oft genug anbot und mich immer wieder anflehte, es anzunehmen. Es mochte zwar sein, dass ich Gesindel war, aber ich war kein untalentiertes Gesindel, und schon bald endeten mein Freund Ambrosius und ich in der Wohltätigkeitsbranche. Mit etwas gutem Willen konnte man es jedenfalls so nennen.

Das ist kein Kapitel, auf das ich stolz bin. Deshalb will ich zum gegenwärtigen Zeitpunkt auch nur erwähnen, dass uns an diesem Augustnachmittag im Jahr 1936, wo etwas seinen Anfang nahm, das einem Glückstreffer glich, der mein Leben verändern sollte, der Boden leicht unter den Füßen brannte. Es begann damit, dass ich in der Kirche in meinem Stadtteil vorbeigeschaut hatte, was ich zu dieser Zeit häufiger tat. Doch an diesem Tag sprang ich anschließend in die Straßenbahn, die mich zu dem Hinterhaus in Nyhavn bringen sollte. Meine Gedanken kreisten um Lillemor, die mich für sechs Uhr zum Abendessen eingeladen hatte. Sie machte sich Sorgen um mich, und ich wollte nicht, dass sie erfuhr, dass diese berechtigt waren, obwohl ich wusste, dass sie es erraten würde. Sie sah immer, wenn ich mir allzu große Mühe gab, in der Menge unterzutauchen, was an diesem Nachmittag trotz der Hauptverkehrszeit nicht leicht war. Ich hatte mich nämlich auf einem der guten Sitzplätze am Fenster niedergelassen und war schon bald allzu sichtbar für die Heerscharen älterer Kopenhagener, für die ich eigentlich hätte aufstehen sollen. Zuerst versuchte ich sie zu ignorieren, doch sie hüstelten auffordernd und beugten sich über mich. Deshalb hob ich schließlich eine liegen gebliebene Zeitung vom Boden auf und breitete sie um mich herum aus. Und jetzt komme ich auch zu dem Glücksfall: Eine Annonce sprang mir direkt in die Augen. *Kompetente Sekretärin zur Reinschrift von Memoiren gesucht. Vier Stunden täglich. Gehalt nach Absprache* stand da, gefolgt von *Vodroffsvej* und einer Telefonnummer. Ich las die Annonce mindestens hundertmal, während die Straßenbahn sich der Innenstadt von Kopenhagen näherte.

Wenn ich im Moment eines brauchte, war es eine feste, respektable Arbeit. Und wenn ich gleichzeitig noch so tun konnte, als ginge ich dieser bereits seit einigen Monaten nach, würde ich nachts beträchtlich ruhiger schlafen können. Überhaupt nachts zu schlafen wäre ein äußerst notwendiger Luxus, stellte ich fest, als ich aus der Straßenbahn sprang und mich in einem der Schaufenster sah. Der lange, braune Mantel verdeckte natürlich das Meiste, doch nicht die dunklen Ränder unter meinen Augen und das sich kräuselnde Haar. Ungeachtet, wie häufig ich es kämmte und zurückstrich, sah es hoffnungslos aus.

Als Lillemor mir die Tür öffnete, sah ich sofort, dass sie das Gleiche dachte. Ich kannte sie zu gut. Wenn ihre vollen, roten Lippen sich zu einem Lächeln öffneten wie jetzt, würde niemand außer mir das Dunkle in ihren Augen bemerken.

»Agnes! Komm herein!«

Ihre Wangenküsse waren kühl, oder aber meine Wangen brannten, denn sie strich über die eine, die rechte, und fragte, ob ich Fieber hätte.

»Nein, nein«, wollte ich sagen, »du brauchst dir keine Sorgen zu machen. Ich habe eine Idee, sieh dir einmal diese Annonce an …«

Doch sie hatte bereits ein paar Artikel, die ich *unbedingt lesen musste*, tief in meine Manteltasche gesteckt und sich zum Wohnzimmer hin umgewandt, aus dem mit den Jahren die Stoffballen und Schneiderbüsten verschwunden waren und das stattdessen mit wenigen, aber komfortablen Möbeln eingerichtet war. Lillemor hatte Agathe Couture 1933 verkauft, nachdem sie Mary Pickford in *Secrets* gesehen und begriffen hatte, dass ihre Glanzzeit als Stummfilmstar höchstwahrscheinlich vorbei war. Lillemor leitete jedoch noch immer *Waschen und Mangeln vom Feinsten*. Als sie zum Abendessenstisch hin nickte, stellte ich, wie schon so oft, fest, wie gut sie aussah. Wesentlich jünger als siebzig, wenn man von einer beginnenden Steife in den Gliedern und den dunklen Flecken absah, die das Alter selbst bei den Widerstandsfähigsten hinterlässt.

»Ich hole jetzt den Braten«, sagte sie. Die hochhackigen Schuhe musste sie meinetwegen angezogen haben. Sie trug sie sonst nie im Haus. Ich hörte sie drüben in der Küche hin und her gehen, die Scharniere des Ofens quietschten.

»Soll ich dir helfen?«

»Nein, nein, setz dich einfach, Agnes! Nimm den guten Stuhl, ich komme gleich.«

Ich versuchte, nicht zu dem vergoldeten Rahmen hinzusehen, der einsam über dem Sofa hing und ein blondes Mädchen zeigte, doch wie immer fing er meinen Blick ein. Das

Dagmarkreuz stand ihr besser, als es mir je gestanden hatte. Ja, auch lebendig zu sein stand ihr besser, als es anderen stand. Es spielte keine Rolle, dass ihre eine Wange ein langer Riss zierte, von damals, als das Bild heruntergefallen und das Glas zerbrochen war. Ich war nicht älter als zehn, als es passiert war, und ich kann mich nur noch daran erinnern, dass Lillemors Augen viel zu dunkel waren, als sie das blonde, lockige Gesicht von den Glasscherben auf dem Boden befreite.

»Du hast das nicht absichtlich getan, Agnes, nicht wahr?«, fragte sie von dort unten. Ich weiß nicht mehr, was ich geantwortet habe. Das ist seltsam. Es gibt so unglaublich viele Fragen, an die ich mich erinnere, und so unglaublich viele Antworten, die ich vergessen habe. Lillemors Stimme hinter mir klang entschuldigend.

»Kannst du dich daran erinnern, wie du es gehasst hast, fotografiert zu werden? An all die Male, die ich dich mit zum Fotografen geschleppt habe und die du dich geweigert hast zu lächeln?«

Sie sagte das, damit ich nicht glaubte, sie würde Agathe mir vorziehen, weil sie über ihrem Sofa hing und nicht ich, von der es nirgendwo ein Bild gab. Lillemor hatte einfach keine Bilder von mir als kleines Mädchen (oder als Erwachsene, obwohl sie das nicht sagte), doch dafür hatte sie die Erinnerungen an mich. Unsere Unterhaltungen lebten von ihnen, seit ich ausgezogen war, und eigentlich war ich froh darüber, wenn sie nur ihren Blick aufhellen konnten, so wie jetzt.

»Du warst so ein eigensinniges Kind, Agnes! Die Grimassen, die du auf jedem Bild geschnitten hast! Und erinnerst du dich, wie ich dir das schöne, weiße Kleid für den Fotografen angezogen habe und du dich auf dem Weg dorthin bekleckert hast? Mit Marmelade, nicht? Man konnte es nur noch wegwerfen. Aber jetzt setz dich! Ich hoffe, der Braten ist zart. Er ist von dem guten Metzger und sollte es also sein.«

»Ich bin sicher, dass er gut ist, Lillemor. Ich bin einfach froh, hier zu sein.«

»Ja, ich freue mich auch so, dass du hier bist, meine Liebe. Bedien dich!«

Die Geschichte von dem Fotografen passte zu dem Braten und dem Wein in den Gläsern. Sie ging gut herunter, doch Lillemor war still geworden. Sie sah von mir zu der letzten Kartoffel auf ihrem Teller, stach prüfend mit der Gabel hinein, und ich wusste, was kommen würde.

»Dann … läuft es also gut … mit … wie heißt sie doch gleich … Paula?«

Ihr Hals bekam immer rote Flecken, wenn sie fragte, aber sie fragte trotzdem. Mir war vollkommen klar, dass es ein Ausdruck für das Gleiche wie Agathes Ehrenplatz über dem Sofa war. Lillemor hatte das so gemeint, als sie gesagt hatte, *was immer auch passiert*.

»Wir haben Schluss gemacht. Es ist inzwischen eine Weile her.«

»Es tut mir leid, das zu hören, Agnes. Das tut es wirklich.«

Ich hätte einen Platz an der Wand einem Platz in der langen Reihe von Lillemors Sorgen vorgezogen. Der perlmuttfarbene Nagellack auf ihren Nägeln glitzerte, als sie ihre Hand auf meine legte.

»Agnes?«

In ihren Händen war Kraft, und das liebte ich an ihnen, doch ich wich ihrem Blick aus.

»Ich würde dir so gerne Geld geben, hörst du? Magst du es nicht doch annehmen? Ich weiß, dass es dir nicht gut geht, irgendetwas belastet dich, das sehe ich. Warum lässt du dir nicht helfen? Es gibt nichts, was ich lieber täte.«

Ich richtete mich auf und wollte gerade sagen, dass mich absolut nichts belastete, doch sie unterbrach mich.

»Ich weiß doch, dass du seit Jahren davon träumst, ein Buch zu schreiben. Einen Roman, nicht wahr? Kannst du dich nicht erinnern, wie oft du davon gesprochen hast, als du hier aufgewachsen bist? Agnes, hör zu, ich biete dir die Mittel, es noch einmal zu versuchen. Du musst nur anfangen!«

Sie klang, als würde sie selbst daran glauben. Alles war genau wie immer. Wenn Lillemor mich zum Abendessen einlud, gab es immer einen Grund, warum sie das tat.

»Vielen Dank, ich komme gut zurecht.«

»Aber es gibt doch viele … wie dich … die erfolgreich Bücher schreiben, Agnes. Warum willst du dem nicht noch eine Chance geben? Sekretärin zu sein war doch nie richtig deins.«

Ich fischte die zerknüllte Zeitung aus meiner Tasche, strich sie glatt, bis meine Hände ganz schwarz waren, und reichte ihr die mittleren Seiten. Sie raschelten in ihren Händen, als sie sie ins Licht hielt. Sie kniff die Augen zusammen.

»Was soll ich mir ansehen?«

»Die Annonce. Ich werde mich um die Stelle bewerben, mir eine ordentliche Arbeit suchen. Es dürfte wohl allmählich an der Zeit sein.«

Sie schwieg hinter der Zeitung. Vielleicht war sie nur müde oder aber der Vodroffsvej erinnerte sie zu sehr an das Kinderheim und das Gesindel, das sie mit nach Hause genommen hatte. Jedenfalls war sie leichenblass, als sie die Zeitung fallen ließ. Sie stand abrupt auf und stapelte Teller und Besteck zu einem klirrenden Stapel.

»Ich hole das Dessert«, sagte sie. Doch sie kam nur bis zur Tür.

»Du darfst dich nicht um die Stelle bewerben, Agnes, das darfst du einfach nicht.«

Sie sah aus, als würde sie gleich alles auf den Boden fallen lassen. Ich sprang auf.

»Ja, aber warum denn nicht?«

Ich stand direkt hinter ihr und roch ihr Parfüm, das nach Zimt duftete. Oder war es der Apfelkuchen, den sie gebacken hatte? Der einzige Kuchen, den ich esse.

»Das darfst du einfach nicht«, sagte sie mit zusammengepressten Lippen. Eigentlich hätte sie mich besser kennen müssen. Wenn ich etwas nicht darf, tue ich genau das. Ich war achtunddreißig, und ich brauchte eine respektable Arbeit, ein ordentliches Gehalt und ruhige Nächte. Nicht Lillemors Geld und sinnlose Warnungen. War ich denn nicht eine kompetente Sekretärin? Und konnte ich Memoiren nicht schneller und besser ins Reine schreiben als jede andere? Die Antwort ergab sich von selbst. Noch am selben Abend wählte ich die Nummer aus der Annonce, und wenige Tage später zog ich meine vornehmsten Sachen an und begab mich in den Vodroffsvej. Mein neues Leben!, jubelte ich leise und nickte den Leuten auf der Straße zu, ich wusste es eben nicht besser, als mich zu freuen. Hin und wieder ist der Augenblick wahrlich eine Gnadengabe.

Weiße Kleider

Bevor ich Ihnen all das erzähle, was mich im Vodroffsvej erwartete, muss ich ein ganz anderes, empörendes Erlebnis mit Ihnen teilen. Es hat sich hier in Antonias Arbeitszimmer zugetragen, das längst zu meinem Arbeitszimmer geworden ist. Ich habe mir erlaubt, in den Schubladen Platz für alle Manuskriptseiten und im Regal für eine lange Reihe gebundener Bücher aus dem Turmzimmer zu schaffen, die ich irgendwann einmal lesen möchte. Nella zufolge handelt es sich um *unumgängliche Klassiker,* und das wird dann schon stimmen. Namen wie Horace Walpole und Clara Reeve sagen mir nicht viel. Ann Radcliffe und Wilkie Collins, Charlotte Brontë und Mary Shelley warten auch auf mich. (Was für Namen! Vielleicht sollte ich wirklich ein Pseudonym in Erwägung ziehen?) Karen Blixen und Charles Dickens kenne ich natürlich vom Namen her, ganz so dumm bin ich nun auch wieder nicht. Mitten zwischen Antonias eigenen Büchern habe ich übrigens drei Romane von einer Autorin namens Daphne du Maurier entdeckt. Sie stehen allerdings nicht mehr Seite an Seite mit den *unumgänglichen Klassikern*, denn als ich sie Nella gezeigt habe, hat sie sie mir fast aus der Hand gerissen. Es handelte sich um signierte Erstausgaben. *With affection, Daphne.*

»Verstehst du nicht, was das bedeutet?«

Nella wedelte mit den Büchern in der Luft herum, deren Titel *Der Geist von Plyn, Ich möchte nicht noch einmal jung sein* und *Karriere* lauteten. Ich äußerte hinter vorgehaltener Hand, dass Antonia auf ihre alten Tage wohl eine Freundin gehabt haben musste. Nella sah mich entgeistert an. Man hätte glauben können, jemand hätte rote Wasserfarbe auf ihren Wangen verteilt.

»Du hast doch von *Rebekka* gehört? Dem Millionen-Bestseller?«

Ich sah sie ebenfalls entgeistert an, weil ich glaubte, sie spräche von dem Film *Rebekka* mit Laurence Olivier und Joan Fontaine, von dem wohl jeder gehört hat, nachdem er ein paar Oscars und alles Mögliche andere gewonnen hatte. Ich hätte ihn mir auch ganz bestimmt angesehen, wenn ich das Geld dazu gehabt hätte. Doch offenbar meinte Nella das Buch, das als Vorlage für den Film gedient hatte. Diese Daphne hatte es anscheinend geschrieben und Antonia in den letzten Jahren, was den Verkauf ihrer Bücher anging, weltweit überholt. Ja, so etwas hat es gegeben.

»Der Briefwechsel … irgendwo muss es doch einen Briefwechsel geben!«, rief Nella, während sie aus dem Zimmer rannte, und als sie einige Zeit später wieder an die Tür klopfte, war ich überzeugt, dass sie genau den gefunden hatte. Sie schien so eifrig, dass sie mich nicht daran zweifeln ließ, dass ihr Fund offenbar wichtiger war als alles andere. Auch als dieses Buch.

»Was willst du?«

Um es geradeheraus zu sagen, war es mir vollkommen egal, was sie wollte. Gott bewahre, mir war schon klar, dass ein möglicher Briefwechsel zwischen Antonia von Liljenholm und Daphne du Maurier Gold wert wäre, denn Nella hatte den ganzen gestrigen Abend von nichts anderem geredet. Doch ich steckte mitten in einem der Kapitel, die bald folgen, und war gerade bei der Stelle angelangt, an der ich vorsichtig einen Aktenschrank öffne und eine Dokumentenmappe mit der Aufschrift »Antonia« entdecke. Deshalb bewegten sich weder meine Hände noch meine Augen von der Tastatur weg.

»Agnes! Schau mal!«

Nella trippelte hinter mir auf und ab.

»Hat das nicht einen Augenblick Zeit?«

Es war auf eine Weise still geworden, die einer Art Antwort glich. Ich drehte mich um, starrte sie an, bis Tränen in meine Augen traten. Das lag nicht so sehr daran, dass Nella eine neue Kreation aus dem Turmzimmer trug, denn das tat sie eigentlich jedes Mal, wenn ich sie sah. Ich hatte auch schon höher geschlossene wie auch buchstäblich gesprochen kleinere Kleider an ihr gesehen als das, das sie heute trug, einschließlich derer über ihrem Arm, die sie jetzt auf meinem Schreibtisch ablegte. Bald lagen mindestens zehn Kleider darauf. Und alle waren weiß. Weiße Kleider mit Volants und Faltenwürfen, romantische, mit Perlen bestickte und hauchdünne mit einem feinen, kleinen Markenzeichen im Nacken. Mary Pickford hätte jedes einzelne geliebt.

»Was in aller Welt machen Lillemors Kleider hier?«

»Ja, das frage ich mich auch.« Nella reichte mir einen Stapel Manuskriptseiten. Die Kapitel, die Sie gerade gelesen haben. Sie fing meinen Blick ein. Ihre Augen waren gerötet.

»Ich habe die Kapitel gestern Abend gelesen«, sagte sie. »Sie haben mich wirklich berührt, Agnes, das muss ich sagen. Ich hatte doch keine Ahnung von all dem und der toten Agathe und *Agathe Couture.*«

Die letzten Worte betonte sie besonders, und meine Hände waren schneller als mein Kopf. Sie rafften resolut die Kleider zusammen und legten sie über die Rückenlehne meines Ohrensessels.

»Wo hast du die her?«

»Die Kleider? Aus dem Kleiderschrank im Turmzimmer. Ich habe sie schon vor vielen Wochen gefunden.«

Ich trat unwillkürlich einen Schritt zurück, als sie die Hand nach mir ausstreckte.

»Schon vor vielen Wochen?«

Sie sah an sich herunter und nickte.

»Ja, bis gestern habe ich doch geglaubt, dass deiner Lillemor nur das bekannte Geschäft *Waschen und Mangeln vom Feinsten* gehört, das du mir einmal in Nyhavn gezeigt hast, als wir ohnehin in der Gegend waren. Es hat mich natürlich gewundert, dass sie dir so viel Geld anbieten konnte und dass du es ausgeschlagen hast. Ich hatte wirklich keine Ahnung, dass all die weißen Kleider da oben ihr Werk waren. Woher hätte ich das auch wissen sollen?«

Sie hatte recht. Schließlich ist sie meiner lieben Lillemor nicht ein einziges Mal begegnet, obwohl beide sich das sehr gewünscht hätten. Ich habe längst entschieden, dass Nella dort nichts zu suchen hat, doch als wir hier standen und Nella sich umdrehte, sodass der Rock ihres Kleides schwang, war ich mir nicht mehr so sicher. Nella sah wirklich ungeheuer anmutig aus in Lillemors Kleid, und sie trug ihre langen Locken auf die gleiche Weise wie Mary Pickford in *Rebecca of Sunnybrook Farm*.

»So sehr ähnele ich Mary Pickford in *Rebecca of Sunnybrook Farm* nun auch wieder nicht«, sagte sie, als hätte sie meine Gedanken erraten. Eigentlich wollte ich ihr gestehen, dass sie weitaus besser aussah, doch aus meinem Mund kam nur die offensichtlichste Frage.

»Kann das ein Zufall sein, dass die Kleider da oben hingen?«

Nella zuckte mit den Schultern.

»Du kennst Agathe Couture, nicht ich«, antwortete sie. »Ich

hatte noch nie von der Marke gehört, bevor du sie erwähnt hast, deshalb habe ich keine Ahnung, wo man diese Kleider damals … das Kleid muss von 1920 sein oder so … kaufen konnte.«

Ich rechnete an den Fingern nach.

»*Rebecca of Sunnybrook Farm* ist 1917 gedreht worden.«

Nella drehte sich erneut.

»Wer in aller Welt hätte gedacht, dass du so viel über Stummfilme weißt?«

Ich wollte ihr sagen, dass sie jetzt ernst bleiben müsse. Dass das eine ernste Sache war, denn theoretisch gesehen konnte alles durchaus ein Zufall sein. Das bewiesen schließlich die Mäuse unter den Bodenbrettern und meine Anstellung im Vodroffsvej. Doch Agathe Couture auf Südseeland war vielleicht ein Zufall zuviel.

»Mir kommt es am wahrscheinlichsten vor, dass es ein Zufall ist und Lillemors Kleider nun einmal einfach in Kopenhagen und Umgebung verkauft wurden.«

Nella hatte aufgehört sich zu drehen. Ihre Arme hingen schlapp an den Seiten herunter.

»Ja, das denke ich auch«, sagte sie und zog langsam die Brauen in die Höhe.

»Vielleicht sollten wir deiner Lillemor irgendwann einen kleinen Besuch abstatten? Was meinst du?«

Ich öffnete den Mund und schloss ihn wieder. Lillemor und Liljenholm war in sich selbst schon ein unmöglicher Gedanke, doch Lillemor und Nella war noch schlimmer. Die beiden. In einem Zimmer.

»Nur um sicherzugehen«, hörte ich Nella sagen. »Und natürlich erst, wenn du damit fertig bist, das zu schreiben, was du schreiben willst. Wir wollen doch nicht, dass Lillemor Informationen hat, von denen wir nichts wissen, oder? Ich glaube nicht, dass das auf lange Sicht der Geschichte dienlich ist.« Sie sah mich forschend an. »Du kannst ja mal darüber nachdenken, ja?«

Ich nickte, doch ich hatte bereits darüber nachgedacht. Ungeachtet, ob Lillemors Kleider auf dem Speicher von Liljenholm ein Zufall waren oder nicht, sah ich keinen Grund, dass Lillemor und Nella sich trafen. Schon gar nicht, als Nella mit ihrem nächsten Vorschlag kam. Oder dem übernächsten. Auf den nächsten komme ich gleich zu sprechen.

»Ich sollte wohl eins von Lillemors Kleidern anziehen, wenn wir uns treffen, meinst du nicht?«, lächelte sie. Selbst ihr Make-up erinnerte an das von Mary Pickford, stellte ich fest. Vor allem die schwarz umrandeten Augen. Sie wurden ganz schmal, wenn sie lachte.

»Nun guck nicht so schockiert! Deine Lillemor wird sich doch nur geschmeichelt fühlen, wenn sie mich in einem ihrer Kleider sieht! Das ist doch das Beste, wenn jemand die eigenen Kreationen schätzt. Genau wie damals, als ich in meiner Kindheit kleine Lieder komponiert und auf dem Klavier gespielt habe, die dann anschließend *jemand* über meinem Kopf leise gesummt hat.«

»Das hast du mir nie erzählt!«

Sie sah mich lange an. Ihr Make-up ließ das Weiße in ihren Augen deutlicher hervortreten. Deshalb hatte ich auch sofort gesehen, dass sie geweint hatte.

»Nein«, sagte sie, »das habe ich nicht, und das bringt mich auf etwas anderes. Etwas, das mit deinen letzten Kapiteln zu tun hat. Warte kurz.«

Sie war aus dem Arbeitszimmer, bevor ich sie weiter ausfragen konnte. Als sie zurückkam, brachte sie einen unordentlichen Stapel Papiere mit.

»Bitte.«

Der Stapel füllte die Hälfte meines Schreibtisches aus, und aus alter Gewohnheit begann ich sofort, ihn zu sortieren. Es wäre ein Albtraum für mich, wenn er mit *meinem* Manuskript durcheinandergeraten würde. Nella stand direkt hinter mir.

»Ich glaube nicht, dass du dir die Mühe machen musst, die Stapel auseinanderzuhalten«, sagte sie. Ihre Hände ruhten auf meinen Schultern. »Als ich gestern in dem Manuskript gelesen habe, kam mir der Gedanke, dass Laurits' Anteil an der Geschichte natürlich irgendwie in dein Manuskript integriert werden muss. Ich weiß nur noch nicht genau, was mir da vorschwebt.«

»Ein selbstständiger zweiter Band vielleicht?«

Sie griff fester zu.

»Ich habe darüber nachgedacht«, sagte sie, »es wird keinen selbstständigen zweiten Band geben. Wenn du meine Zusammenfassung von Laurits' Tagebüchern verwenden willst, kannst du das gerne tun. Es wird auch sehr viel leichter für dich sein, wenn du mir oder Laurits das Wort überlässt, wenn du so weit gekommen bist.«

Als ich mich zu ihr umdrehte, legte sich eine Wolke über ihr Gesicht.

»Ich hatte doch keine Ahnung, wie deine Kindheit war«, sagte sie, »und wenn ich ehrlich sein soll, ahnte ich genauso wenig, dass es für mich einen Unterschied gemacht hätte, wenn ich es gewusst hätte.« Sie nickte zu dem Stapel hin.

»Ich habe dir noch ein paar Seiten dazugelegt, die ich heute Nacht geschrieben habe, nachdem ich deine Geschichte gelesen hatte. Es ist nur ein Entwurf und bei Weitem nicht so gut wie das, was du über deine Jahre in Nyhavn geschrieben hast. Aber es ist meine Geschichte. Du kannst damit machen, was du willst.«

»Deine Geschichte?«

»Ja, meine Geschichte über meine Kindheit auf Liljenholm.«

Sie lächelte matt.

»Lies einfach, was ich geschrieben habe, wenn du Zeit dazu hast«, sagte sie.

Ihre Buchstaben hatten einen unordentlichen Schwung, der die Seiten wie ihren Schreibtisch aussehen ließ. *Meine Zwillingsschwester Bella saß in dieser Zeit oft an meiner Bettkante …* Nellas Stimme unterbrach mich störend:

»Hast du deinen Lesern erzählt, worauf Laurits Verdacht bezüglich Hortensia beruhte?«

Wir spielten alle möglichen Spiele: Verstecken, Fangen, meine Lieblingspuppenspiele …

Sie zeigte auf etwas, das mich nicht weniger hätte interessieren können.

»Du kannst Laurits einfach wortgetreu zitieren. Hörst du, was ich sage? Du kannst die Leser doch nicht ewig hinhalten!«

Bella war der schönste Name, den ich mir vorstellen konnte …

Nellas Finger zeigte beharrlich auf die Stelle in Fräulein Lauritsens Tagebuch, in der es um die Gedanken geht, die sie sich zu Hortensias Selbstmord gemacht hatte.

»Zitiere das«, forderte sie mich auf. Normalerweise bin ich kein Mensch, den man so einfach herumkommandieren kann, das dürfte wohl inzwischen klar geworden sein. Doch da dieses Zitat Nella so viel zu bedeuten scheint, will ich eine Ausnahme machen.

Fräulein Lauritsen schrieb Folgendes:

Ich habe mir nach meiner letzten Entdeckung so meine Gedanken zu Hortensia gemacht. Obwohl ich sie nicht kennenlernen durfte, ist sie mir oft nahe gewesen. Sie hat vor mir in dieser Kammer gewohnt. Aber ich glaube nicht, dass sie mir allein aus diesem Grund nicht aus dem Kopf geht. Eine Zeit lang habe ich geglaubt, dass es einen guten Grund dafür geben muss, dass sie sich so jung das Leben genommen hat, und jetzt glaube ich mit Sicherheit zu wissen, dass dieser Grund Herr Horace war. Er hat sie geschwängert. Ihr eigener Bruder! Der Gedanke hätte mir schon früher kommen müssen, aber ich habe ihn nicht zu denken gewagt. Nicht meine Herrschaft! Nicht Herr Horace! Ich glaube auch, dass Frau Clara in ihrem tiefsten Inneren Bescheid weiß, doch sie ist zu entrückt, als dass ich das Thema ansprechen könnte. Antonia und Lily wissen nichts, und ich will sie um alles in der Welt schonen. Die beiden sind mein Ein und Alles. So wahr ich ihre Laurits bin, darf ihnen nichts Böses geschehen.

Ich musste ziemlich lange dagesessen und auf Fräulein Lauritsens Zitat gestarrt haben. Die Dunkelheit hatte sich jedenfalls um mich verdichtet, als Nella mit meinem Abendessen zurückkam. Hähnchen mit Kartoffelpüree. Drüben auf Frydenlund verkaufen sie Hähnchen und Kartoffeln zu einem ziemlich angemessenen Preis, deshalb bestehen unsere Abendessen oft aus diesen beiden Zutaten.

»Du hast meine Geschichte noch nicht gelesen, nicht?«, fragte sie. Meine Augen wanderten sofort zu den handgeschriebenen Seiten, die ich schon lange hätte lesen sollen. Aber so geht es einem wohl angesichts einer Enthüllung wie der von Fräulein Lauritsen. Ein Bruder, der die eigene Schwester vergewaltigt! Und dann auch noch in diesem Haus! Vieles habe ich in meinem Leben gehört und gesehen, aber so etwas noch nicht. Nella schüttelte den Kopf.

»Ich auch nicht«, sagte sie. »Es ist furchtbar, daran zu denken. Und nur damit du es weißt, das, woran ich im Moment denke, ist nicht weniger furchtbar.«

Sie ließ sich in meinen Lehnstuhl fallen. Selbst Lillemors Kleid sah unglücklich aus.

»Wie du weißt, habe ich wie eine Wahnsinnige nach der Korrespondenz zwischen meiner Mutter und Daphne du Maurier gesucht«, sagte sie. »Doch je mehr ich darüber nachdenke, desto sicherer bin ich mir, dass das Bündel englischer Briefe, das ich vor Antonias Tod in den Kamin geworfen habe, Daphne du Mauriers Teil der Korrespondenz war. Ich habe es geschafft, ein Vermögen zu verbrennen.«

»So etwas passiert.«

Meine Augen wanderten wie von selbst zu Nellas Geschichte, doch es war zu dunkel, um sie von dort, wo ich saß, lesen zu können.

Ohne Schminke sah Nella aus, als wäre sie die ganze Nacht wach gewesen, und das war sie vermutlich auch. Soweit ich sehen konnte, lagen dort mehrere Seiten und warteten auf mich. Doch als ich danach greifen wollte, legte sie ihre Hand auf meine.

»Glaubst du, dass es sich lohnt, an Daphne du Maurier zu schreiben und sie um Antonias Teil der Korrespondenz zu bitten?«, fragte sie. Meine ehrliche Antwort lautete Nein, und das hätte ich ihr auch so sagen sollen, doch in diesem Moment wollte ich in erster Linie in Ruhe lesen.

»Versuch es.«

»Ja, nicht?«

Sie ließ mich mit ihren eng beschriebenen Seiten allein.

Es ist merkwürdig. Ich hatte mir vorgestellt, dass das Aufschreiben von Nellas Geschichte mich ihr sehr nahebringen würde. Doch in Wirklichkeit war es genau umgekehrt. Ich habe mich ihr erst wirklich nahe gefühlt, nachdem sie beschlossen hat, mir die Geschichte zu erzählen, nach der zu fragen ich nicht einmal die Fantasie gehabt hatte.

Wiedersehen mit einer Fremden

Am liebsten würde ich Nellas Geschichte sofort wiedergeben. Ich habe sie auch schon genau so abgeschrieben, wie Nella sie aufgeschrieben hat, und in den letzten Tagen konnte ich an nichts anderes denken als an Nella, die mit Bella genau hier, wo wir wohnen, Fangen gespielt hat. Doch so gerne ich das auch möchte, muss ich warten, Nellas Geschichte mit Ihnen, lieber Leser, zu teilen, denn auf ihre eigene Weise greift sie dem vor, was ich in den Wochen, die ich als Sekretärin im Vodroffsvej arbeitete, herausgefunden habe. Und ehrlich gesagt brenne ich schon eine ganze Zeit lang darauf, Ihnen diese Geschichte zu erzählen.

Man muss sich einmal vorstellen, dass das schon sechs Jahre her ist! Ohne dass ich es bemerkt habe, ist vor meinen Fenstern Sommer geworden. Als Nella neulich mit meinem Frühstückstablett hereinkam mit dem nicht trinkbaren Gebräu, das richtigen Kaffee niemals wird ersetzen können, hat sie die Fenster weit aufgemacht. *Damit ich die Vögel hören kann*, hat sie gesagt. Ich glaube eigentlich, dass die Vögel die meisten ihrer Lieder für dieses Jahr bereits gesungen haben. Das Grün im Park ist bereits ebenso dunkel wie das der Baumkronen in der Frederiksberg-Allee an jenem Augustmorgen 1936, an dem ich zu Fuß von der Pension Godthåb zum Vodroffsvej ging.

Obwohl der Gang weniger als eine halbe Stunde dauerte,

lagen Welten zwischen der bescheidenen Pension am einen Ende von Frederiksberg und dem herrschaftlichen Gebäude am anderen. Es türmte sich vor mir auf, die Haustür hatte seltsame Ähnlichkeit mit einer Himmelspforte. Oder aber der Anblick vermischte sich nur mit meinen Eindrücken aus der Zeit, als wir gottesfürchtigen Kinderheimmädchen zum Spazierengehen geschickt wurden. Ich konnte das kleine Mädchen, das ich einmal gewesen war, nahezu vor mir sehen. Vor genau dieser Haustür. Vielleicht hat es den Kopf in den Nacken gelegt, um sich besser vorstellen zu können, wie es sein musste, dort oben hinter den großen Fenstern mit den Balkonen zusammen mit einer richtigen Mutter und einem richtigen Vater zu wohnen. Ich musste mehrmals blinzeln, damit das Bild wieder verschwand. Während meiner Kindheit hat Lillemor mir verboten, hierher, in diese Straße zu gehen. Ich höre ihre Worte noch immer in meinem Kopf. *Du darfst dich nicht um diese Stelle bewerben, Agnes, das darfst du einfach nicht.* Sie hat immer versucht, mich vor den ersten Jahren meines Lebens zu beschützen, meine liebe Lillemor. Das dachte ich auch, als ich die Haustür aufstieß.

Innen war das Gebäude so vornehm, wie ich noch nie etwas Ähnliches gesehen hatte (jedenfalls nicht bei Tageslicht, doch das ist eine andere Geschichte). Gleichzeitig wirkte die Beleuchtung auf seltsame Weise Unheil verkündend. Das lag an den Lampen. Sie waren auf allen Podesten aus dunklem Rauchglas, sodass der Eindruck entstand, Regenwolken hingen darüber. Der dunkelblaue Teppich, der die Treppe hochlief, verschluckte gegen meinen Willen meine Schritte. Dem kleinen Mädchen, das ich einmal gewesen war, hätte das gar nicht gefallen. Es hasste es ohnehin, wenn man ihm gebot zu schweigen. Meine Augen wanderten über die Namensschilder *Søndergaard, Rosencrantz, Jensen …* bis ich die dritte Etage erreichte und sofort die richtige Tür sah. Über dem Briefschlitz stand auf einer schwarzen Platte in weißer Schrägschrift *Hansen,* und ich versuchte, mit der Klingel eine heitere, kleine Melodie anzustimmen. Als ich das disharmonische Ergebnis hörte, hielt ich erschrocken inne. Wie mit Zauberhand ging die Tür auf, und ich sah der weißhaarigen Dame, die mich musterte, sofort an, dass mein steifer Aufzug ihr nicht gefiel. Ihre perlmuttbraunen Augenlider verdeckten zunächst die Wimpern, doch dann glitten sie zu den Brauen hin hoch. Oder zu den Resten davon. Denn dort, wo sie einmal gewesen sein mussten, waren nur noch zwei mit schwarzer Farbe gezogene Striche. Ich streckte meine Hand aus, sie wirkte größer als sonst.

»Agnes Kruse, ich freue mich, Sie kennenzulernen. Ich bin Ihre neue Sekretärin.«

Zuerst starrte die Frau auf die Hand in der Luft, dann auf meine Schuhe. Dabei waren Herrenschuhe so ungewöhnlich nun auch wieder nicht. Jedenfalls standen diverse Paare in einer ordentlichen Reihe hinter ihr. Sie räusperte sich.

»*Sie* sind Frau Kruse?«

»Fräulein Kruse.«

Ich reagierte etwas zu schnell. Die Bluse klebte bereits an meiner Haut. Meine Hand fühlte sich sehr schwer an.

»Oh, verstehe«, sagte sie, doch sie sah nicht so aus. Ihr Gesicht war fast ebenso farblos wie ihr Haar, und sie schien etwas sagen zu wollen, das eines längeren Anlaufs bedurfte. Ihre beiden Vorderzähne standen auffallend weit auseinander.

»Ich weiß nicht, ob Sie diejenige sind, mit der ich neulich am Telefon gesprochen habe … über die Memoiren?«, beeilte ich mich zu fragen, während ich mit einem Fuß wippte, nur ein ganz klein wenig, wie Paula es geliebt hatte. »Das lässt Sie so charmant aussehen!«, hatte sie gelacht, als wir uns das erste

Mal begegnet waren, doch die Dame vor mir bürstete nur eine unsichtbare Staubfluse von ihrem knielangen Rock.

»Ja, Sie haben mit mir gesprochen.«

Ihre Hand war ein Bund Eiszapfen, als sie meine schließlich drückte. Verblüffend fest in Anbetracht, wie schmächtig die Frau war. Mager nahezu. Selbst unter der lose sitzenden, zugeknöpften Bluse ahnte man ihr vorstehendes Schlüsselbein.

»Sie können mich Frau Hansen nennen«, sagte sie, was ich bereits wusste. Am Telefon hatte sie ganz eindeutig entgegenkommender geklungen, vor allem als ich erwähnte, dass ich sofort mit der Arbeit beginnen könnte. Doch das war immer die gleiche Geschichte. Ich bekam reichlich Arbeitsangebote, bis die Leute mich dann sahen. Doch schließlich trat Frau Hansen einen Schritt zurück, sodass ich an ihr vorbeigehen konnte. Ich stand ganz still und traute meinen eigenen Augen nicht.

»Sie können Ihren Mantel an den Haken links hängen.«

»Vielen Dank.«

»Und gegen ein Glas Sherry haben Sie doch bestimmt nichts einzuwenden?«

Ich würde meinen, dass es auf diese Frage mehr als eine Antwort gab, doch Frau Hansen war bereits auf dem Weg in die Küche. Sie nickte dabei in Richtung Wohnzimmer, das zur Rechten lag, und bat mich, auf den dunklen Velourmöbeln Platz zu nehmen. Alltagsmöbel nahm ich an. Sie blickten auf einen kleinen Balkon mit ein paar weiß gestrichenen Stühlen und einer Reihe dunkelroter Rhododendronpflanzen in Töpfen. Mein Herz setzte einige Schläge aus. Von hier aus konnte man auf das Kinderheim heruntersehen, und der Pflaumenbaum war noch immer da. Er musste jetzt drei Stockwerke hoch sein, wenn nicht höher. Unten liefen Kinder herum. Kinderheimkinder. Gesindelkinder. *Du darfst dich nicht um diese Stelle bewerben, Agnes, das darfst du einfach nicht.*

»Fräulein Kruse?«

Frau Hansen schien schon eine Zeit lang dort gestanden zu haben. Direkt hinter mir, mit zwei Gläsern Sherry in den Händen, und jetzt reichte sie mir eines davon. Sie sah mir direkt in die Augen.

»Kennen Sie die Gegend?«

Sie drehte sich um und reichte mir einen Teller mit einem gelben Stück Kuchen. Der bloße Anblick ließ meine Zunge im Mund anschwellen.

»Ja, ich habe hier gewohnt, als ich klein war.«

Ich stellte den Teller etwas zu fest auf den Wohnzimmertisch. Sofort schossen Frau Hansens Augenbrauen in die Höhe.

»Interessant. Wo haben Sie denn gewohnt?«

Der Sherry war fast schwarz. Er brannte auf der Zunge. Wir setzten uns jede auf die Kante unseres Stuhls, während ich sagte, dass ich mich an die Hausnummer nicht erinnern könnte. Es war so lange her, nicht wahr, aber es war schon eine nette Gegend, ich hatte gerne hier gewohnt.

»Wirklich?«

Sie sah zu dem Kinderheim hin, und ich beeilte mich zu fragen, ob es ihre Memoiren waren, die ich ins Reine schreiben sollte. Lag bereits ein Entwurf vor, den ich bearbeiten konnte? Frau Hansen wurde sehr still. Sie sah zur Tür und räusperte sich.

»Es ist … etwas komplizierter, Fräulein Kruse«, sagte sie. »Ich hoffe, Sie können damit leben. Es verhält sich nämlich so, dass …«

Irgendwo in der Wohnung fiel etwas um und zerbrach, jemand fluchte laut. Ein Mann mit einer tiefen Stimme, der es gewohnt war, seinen Willen zu bekommen.

»Karen! KAREN!«

Die Stimme zitterte. Frau Hansen war bereits auf den Beinen. Sie hatte jetzt rote Flecken auf den Wangen, doch ihr Blick war fest wie zuvor.

»Entschuldigen Sie mich bitte, Fräulein Kruse«, sagte sie über die Schulter. Sie war wahrscheinlich in Lillemors Alter, doch ihre Bewegungen waren weitaus schneller. Wie die eines Tiers, dachte ich. Frau Hansen war offensichtlich eine Dame, die es gewohnt war, auf der Hut zu sein.

»Was machst du denn, mein Lieber?«, hörte ich sie fragen, sobald sie die Tür zur Diele hinter sich geschlossen hatte. Ich stutzte. Ihre Stimme hatte eine ganz neue Wärme, eine Süße, um genau zu sein. Ich konnte sie ganz und gar nicht mit der Frau Hansen in Verbindung bringen, die mir gerade noch mit übereinandergeschlagenen Beinen gegenübergesessen und Ansätze gemacht hatte, mich auszufragen.

»Karen?«

»Ja, ich bin hier. Hast du dir etwas getan? Zeig mir einmal deine Hand.«

Der Mann murmelte etwas, das sie zum Lachen brachte.

»Warte, ich hole ein Pflaster.«

Ein paar Türen öffneten und schlossen sich. Meine Füße hatten Schwierigkeiten stillzustehen. Ich wollte mich schon zur Tür schleichen, um besser sehen zu können, was dort draußen vor sich ging, doch stattdessen drehte ich mich um und nahm das Wohnzimmer in Augenschein. Irgendetwas fehlte. Oder vielleicht ist *fehlte* nicht das richtige Wort. In diesem Wohnzimmer waren mehr Bücher, als ich mir überhaupt vorstellen konnte. Sie bedeckten die längste Wand bis zur Decke und reichten bis zur Tür. Auf dem Boden lagen Teppiche, die so kostbar zu sein schienen, dass man sie kaum zu betreten wagte. Ich sah von den Ziertischchen mit den königlichen

Porzellanfiguren zu den Wänden, die ein paar abstrakte Gemälde schmückten. Es war offensichtlich: In einem Heim wie diesem hätte es viele Porträtaufnahmen geben müssen. Von mindestens drei Kindern und sieben Enkelkindern, fotografiert als Schulkinder, Konfirmanden, Soldaten, Braut und Bräutigam, vielleicht mit ihren Sprösslingen, vielleicht bereits unter diversen Ehrentoren. Wenn sich die Gelegenheit bot, vertiefte ich mich immer in diese Art Familienbilder, doch hier gab es nicht ein einziges. Nicht einmal von Frau Hansen und ihrem Mann, der sich anscheinend gerade verletzt hatte.

»Was ist mit mir passiert?«, hörte ich ihn draußen fragen, und jetzt wunderte ich mich. Selbst ich hatte mir ausgerechnet, dass er sich geschnitten haben musste, und genau das sagte Frau Hansen ihm jetzt auch.

»Aber ich blute doch, Karen!«

»Ja, ja, aber jetzt bekommst du ein Pflaster. Gleich ist alles in Ordnung.«

Schnell griff ich mit Daumen und Zeigefinger nach dem Kuchenstück, lief auf den kleinen Balkon hinaus, beugte mich vor und ließ es hinunterfallen. Wenn die Kinder dort unten Glück hatten, landete der Kuchen als Ganzes. Dann eilte ich zurück zu meinem Stuhl, auf dem ich die ganze Zeit hätte sitzen sollen. Ein Vogel landete direkt vor dem Fenster auf einer Meisenkugel. Mir kam der Gedanke, dass sicher oft jemand hier saß und die Vögel beobachtete, denn der Stuhl stand genau im richtigen Winkel, und über der Rückenlehne hing eine dicke Decke. In einem geflochtenen Korb auf dem Boden, genau zwischen dem Sofa und einem anderen Stuhl, lag auch ein Strickzeug. Ich konnte sie nahezu vor mir sehen: das ältere, kinderlose Ehepaar, das vollkommen damit zufrieden schien, in seinen vielen Büchern zu lesen.

»Entschuldigen Sie die Störung.«

Frau Hansen schloss ruhig die Tür hinter sich. Ich musste einfach den Blick bewundern, mit dem sie mich bedachte. Sie sah aus, als wäre nichts passiert, doch ihre Hände verrieten sie. Sie zitterten ein ganz klein wenig, als sie Sherry in unsere Gläser nachschenkte.

»Ich weiß nicht, ob ich Ihnen schon erzählt habe, dass Ihre Aufgabe hier … ein wenig speziell ist«, sagte sie. Ich fühlte mich plötzlich unsagbar müde. Das Letzte, was ich jetzt gebrauchen konnte, waren noch mehr *spezielle Aufgaben,* als ich ohnehin schon hatte. »Was heißt speziell?«

»Nun ja, speziell in mehrerer Beziehung, glaube ich.«

Der gestreifte Hosenstoff kratzte, als ich die Hände um das eine Knie faltete. Frau Hansen blickte lange auf den Sofatisch.

»Möchten Sie nicht noch ein Stück Kuchen, Fräulein Kruse? Sie haben Ihres ja bereits aufgegessen.«

»Nein. Nein, danke. Es ist gut so.«

»Sagen Sie ruhig Bescheid.«

Sie goss sich Sherry nach, und ich wartete, dass sie ausgetrunken hatte, bis ich das Wort ergriff.

»Ich sehe mich gezwungen, Ihnen zu sagen, Frau Hansen, dass ich ein rechtschaffener Mensch bin. Nur um das klarzustellen.«

Der Blick, mit dem sie mich jetzt bedachte, war ängstlich. Wahrscheinlich kannte ich das Gefühl sehr viel besser, als sie es je kennenlernen würde.

»Ja, aber natürlich sind Sie das.«

Sie hustete mit der Hand vor dem Mund. Ihre Nägel waren genauso gepflegt wie Lillemors, nur kürzer. Für diese Frau war es sichtbar wichtig, schnell zupacken zu können.

»Nicht dass wir uns missverstehen«, sagte sie. »Sie können ganz beruhigt sein, an der Aufgabe ist nichts Anrüchiges. So habe ich das absolut nicht gemeint.«

»Das freut mich.«

Doch ich war nicht im Geringsten erfreut. Ganz im Gegenteil hatte ich das traurige Gefühl, das alles schon einmal erlebt zu haben. Mein Gott, wie oft hatte ich mich schon sagen hören, dass absolute Diskretion eine Selbstverständlichkeit sei und dass es Ehrensache für mich war, niemanden zu verurteilen.

»Ich kann Ihnen eine fehlerfreie Abschrift bieten, nicht mehr und nicht weniger«, hörte ich mich sagen. »Sie können ganz beruhigt sein. Es gibt keine Geschichte, die ich nicht schon gehört habe, das versichere ich Ihnen. Ihre Erinnerungen sind in absolut sicheren Händen.«

Ich wollte noch mehr zu dem hervorragenden Service sagen, den ich anzubieten hatte, wurde jedoch von dem Aufgehen einer Tür und einem Mann, der eintrat, unterbrochen.

»Karen?«

Seine weißen Haare standen in alle Richtungen ab, und ich nahm an, dass er in den letzten Monaten viel Zeit auf dem Balkon verbracht hatte. Seine Haut zeigte jedenfalls eine gleichmäßige goldbraune Farbe, die gut zu seinem gestreiften Hemd passte. Seine Haltung war aufrecht. Er hatte etwas an sich, das ihn sowohl jünger als auch älter erscheinen ließ, als ich angenommen hatte. Die roten Flecken auf Frau Hansens Wangen waren zurückgekehrt. Sie minderten ihre Ähnlichkeit mit einer Leiche beträchtlich.

»Komm und begrüß Fräulein Kruse«, sagte sie und wollte ihn näher heranwinken, doch er war bereits bei meinem Stuhl. Sein Gang hatte eine seltsame Autorität.

»Ja, aber ist das nicht Fräulein Lily?«

Seine tiefe Stimme verströmte die Art von Autorität, die mich augenblicklich aufstehen ließ. Frau Hansen räusperte sich mehrmals.

»Nein, sie heißt Agnes, mein Lieber. Das war doch Ihr Name, nicht wahr? Agnes Kruse?«

Ich nickte. Das Auffallendste an seiner Erscheinung waren seine Augen. Sie waren grün und musterten mich vom Scheitel bis zur Sohle, wie andere eine Landkarte studieren. Zu meiner Verwunderung weckte sein Blick jedoch eher meine Neugierde als mein Unbehagen. Er nickte.

»Agnes?«

Ich nickte zurück und empfand eine beträchtliche Erleichterung, als er die Hand, die ich ihm entgegenstreckte, ergriff und lange schüttelte.

»Es waren nur Ihre Augen«, sagte er. »Aber Sie sind nicht Lily, nicht in dem Aufzug, ich musste nur daran denken …«

Zweifellos hatte er seine weißen Zähne einem Gebiss zu verdanken, was sein Lächeln aber nicht weniger charmant erscheinen ließ. Seine Augen wurden so schmal, dass das Grün fast in den Wimpern verschwand.

»Aber was haben Sie mit Ihren Haaren gemacht, Fräulein Agnes? Sie sehen aus wie … wie heißt das doch gleich?«

Seine Augen wanderten aus dem Fenster, als hielten die Vögel draußen auf der Meisenkugel die Antwort für ihn bereit. Meine Hände fuhren instinktiv durch mein Haar. Vor Kurzem war es zu etwas gebändigt worden, das Ähnlichkeit mit einem moderaten Wellengang hatte.

»Einem Heuhaufen?«, schlug ich vor. Frau Hansen stand direkt hinter ihm. Etwas an der Art, wie sie nach seiner Schulter griff, rührte mich zutiefst. An ihrer allzu dünnen Hand, die ihn leicht streichelte.

»So etwas fragt man doch nicht, mein Lieber«, sagte sie leise. Seine Brauen trafen sich in der Mitte. Sie wirkten wie eine weiße Hecke über den Augen, eine traurige Hecke. Ganz plötzlich sah er unwahrscheinlich unglücklich aus.

»Nein … nein, entschuldigen Sie.«

»Sie müssen sich überhaupt nicht entschuldigen. Das müssen Sie wirklich nicht«, beeilte ich mich zu sagen, und ich hatte, nur für einen Augenblick, das Gefühl, dass Frau Hansen mich dankbar ansah. Vorsichtig strich sie ihm das Haar glatt.

»Ja, das also ist mein Mann, Herr Hansen«, sagte sie an einen Punkt über meinem Kopf gerichtet (möglicherweise an meinen Heiligenschein, so rechtschaffen, wie ich mich vor wenigen Augenblicken präsentiert hatte). Zu meiner Verwunderung griff er nach meinen beiden Händen und drückte sie fest. Ich spürte das riesige Pflaster auf seinem Handrücken, er offenbar auch.

»Was ist mit meiner Hand passiert?«

»Sie haben sich geschnitten, Herr Hansen.«

Seine grünen Augen strahlten.

»Das stimmt, ja. Das habe ich«, sagte er. »Neulich, nicht wahr? Als ich … den verdammten …«

Er stockte und sah mich forschend an. Lange, wie es mir schien.

»Wollen Sie mich nicht Simon nennen wie früher?«

Er ließ meine Hände los, und Frau Hansen räusperte sich hinter seinem Rücken.

»Erinnerst du dich gar nicht, warum Fräulein Agnes hier ist, mein Lieber?«

Mir gefiel die Art, wie er die Hand nach hinten ausstreckte und ihr die Wange streichelte. Als wäre er es gewohnt, ihr auf diese Weise zu antworten. Jetzt blinzelte er mir zu.

»Agnes! Wir haben doch auch einmal jemanden gekannt, der so hieß, nicht?«

Frau Hansen mischte sich ein.

»Sie sind nicht hier, um *meine* Erinnerungen aufzuschreiben, Fräulein Kruse. Sie sind hier, um die Erinnerungen meines Mannes aufzuschreiben, und bis jetzt liegt kein Entwurf vor, fürchte ich. Die Idee ist die, dass Sie aufschreiben, was mein Mann Ihnen erzählt. Ist es nicht so, mein Lieber? Du hast mehrere Monate davon geredet, dass du eine Sekretärin brauchst, da du gerne etwas erzählen willst. Erinnerst du dich?«

Herrn Hansens Augen wirkten jetzt dunkler. Er sah sich verwirrt im Wohnzimmer um, bevor er nickte, doch ich war mir bei Weitem nicht sicher, dass er zu dem Gleichen nickte wie sie.

»Und wo kommt die *Reinschrift der Memoiren* ins Spiel?«, sah ich mich genötigt zu fragen. Frau Hansen senkte den Blick.

»Ach, wissen Sie, man kann das wohl nennen, wie man will«, sagte sie. »Erinnerungen, Memoiren. Ich glaube nicht, dass Sie der Sache so viel Gewicht beimessen sollten.«

Herr Hansen räusperte sich einladend.

»Ich würde es wirklich zu schätzen wissen, wenn Sie meine Sekretärin würden … Agnes«, sagte er. Natürlich war es von Anfang an hoffnungslos, ein Diktat von einem verkalkten Mann aufzunehmen, der seine Erinnerungen zu Papier bringen wollte. Doch nichtsdestotrotz willigte ich ein, sogar ohne längere Bedenkzeit. Zum Teil, weil er mir instinktiv sympathisch erschien und ich neugierig war, was er mir erzählen wollte. Natürlich spielte auch mit hinein, dass Frau Hansen mir am Telefon ein Honorar angeboten hatte, das weit über dem lag, mit dem ich mich sonst zufriedengeben musste. Doch vor allem sagte ich ja, weil ich von einem neuen Anfang träumte. Einem neuen, redlichen Leben, in dem ich nicht mehr auf der Flucht war, jedenfalls nach einer Weile nicht mehr, wenn alles sich etwas beruhigt hatte. Man erwartete nichts anderes von mir, als dass ich mir täglich vier Stunden lang Notizen machen würde, während Herr Hansen erzählte, die Notizen hinterlegte, wenn nichts anderes vereinbart war, und am nächsten Tag wiederkam. Das klang nicht nur harmlos. Das klang kinderleicht.

Auf dem Weg aus der Wohnung nahm Frau Hansen mich zur Seite. Ihr Atem roch stark nach Pfefferminz.

»Bevor Sie gehen, gibt es noch ein paar Dinge, die Sie wissen sollten«, sagte sie. Ich protestierte nicht. Vielleicht hatte ich bereits damals das Gefühl, dass von Herrn Hansen nur wenige Informationen kommen würden. Jedenfalls erfuhr ich nun, dass er 82 Jahre alt war und, bis das Alter sich auf sein Gehirn niederschlug, einen eigenen Verlag geleitet hatte, Hansen & Sohn. Jetzt kümmerte sich Frau Hansen darum, soweit sie es vermochte, wie sie es formulierte, und natürlich kam sie zu nicht viel, da sie sich auch noch um ihn kümmern musste. Aber das sagte sie nicht. Ihr Gesicht hatte längst wieder seinen starren Ausdruck angenommen.

»In seinen klaren Momenten bittet mich mein Mann immer, eine Sekretärin einzustellen, wenn sie verstehen, was ich meine«, sagte sie. »Und vielleicht fragen Sie sich, warum ich nicht einfach selbst die Notizen für meinen Mann mache, da ihm wohl niemand näher steht als ich. Sehen Sie, ich habe ein Leben lang als Verlagssekretärin gearbeitet. Deshalb schulde ich es Ihnen zu sagen, dass ich es ihm viele Male angeboten habe, doch er weigert sich etwas zu sagen, wenn ich dabei bin. Ungeachtet, was ich tue. Deshalb sind Sie hier, Fräulein Kruse.«

»Aber ich bin doch auch nur eine Sekretärin, Frau Hansen! Sie erwarten doch wohl nicht, dass ich Ihren Mann zum Reden bringe?«

Mitten in meiner Frage öffnete sie die Tür.

»Sie sollen nur aufschreiben, was mein Mann Ihnen erzählt,

das ist alles«, sagte sie, und ein leichtes Zucken ging über ihr Gesicht. »Wenn das Gehirn nicht gebraucht wird, stellt es seinen Dienst doch ganz ein, nicht wahr?«

Sie trat zur Seite, sodass ich an ihr vorbeikam. Ich versuchte, in ihrem Gesicht zu lesen. Ob sie selbst daran glaubte, dass vier Stunden Erinnerungsübungen täglich Herrn Hansen sein Gedächtnis zurückbringen konnten?

»Wer ist diese Lily, mit der Ihr Mann mich verwechselt?«, fragte ich stattdessen. Frau Hansens Augenbrauen schienen fast für sie zu antworten. Die eine glitt langsam nach oben.

»Sie war die Zwillingsschwester von Antonia, der ersten Frau meines Mannes, wurde aber ein paar Minuten später geboren.«

Sie betonte das *war*, und ich musste sehr verwundert ausgesehen haben, da sie fortfuhr.

»In diesen Kreisen erbt die Erstgeborene den Titel und die Schlüssel zu Speisekammer, Truhen und Türen. Falls es Ihnen ein Trost ist«, fuhr sie fort, »Sie sind nicht die Erste, die er mit diesem Namen anspricht. Und im Übrigen, Fräulein Kruse …«

Sie nickte zur Klingel hin.

»Würden Sie es wohl bitte unterlassen, kleine Melodien zu klingeln, wenn Sie morgen kommen? Wir werden das zu schätzen wissen und die Nachbarn auch, da bin ich mir sicher.«

»Natürlich.«

»Danke. Und könnten Sie wohl bitte auch Ihre Schuhe an der Tür ausziehen?«

Sie nickte mir zum Abschied kühl zu.

In meinem Kopf schwirrten die Gedanken, als ich auf dem Heimweg war, die Richtung änderte und Kurs auf die Kirche nahm. Was mochten das wohl für Geheimnisse sein, die

Herr Hansen seiner Frau nicht anvertrauen wollte? Und was mochten das für Geheimnisse sein, die sie mir nicht verraten wollte? *Ich* würde mir jedenfalls meinen Teil denken, wenn mein Mann andere Frauen Lily nennen würde, selbst wenn diese Lily schon lange tot und mein Mann ziemlich senil wäre. Aber ich war nun einmal genau genommen nicht Frau Hansen. Es fiel mir erstaunlich schwer, aus dieser Frau schlau zu werden, und ich hatte so ein Gefühl, das mich nicht mehr losließ. Ich legte den Kopf in den Nacken und sah in die Baumkronen. Wenn ich mich nicht sehr irrte, waren Frau Hansen und ich gleichermaßen neugierig zu erfahren, was Herr Hansen ihr in all den Jahren verschwiegen hatte. Ich blinzelte. Ein Sonnenstrahl bahnte sich den Weg durch die Blätter und weiter in meine weit geöffneten Augen.

Ein Verdacht erhärtet sich

Ich sollte recht behalten. Frau Hansen war ganz entschieden neugierig. Doch ich hatte große Probleme damit vorherzusehen, wie diese Neugierde sich äußern würde. Die ersten Wochen war ihre Taktik offensichtlich. Herr Hansen und ich saßen einander gewöhnlich in den komfortablen Samtsesseln seines in Mahagoni eingerichteten Eckzimmers gegenüber, die zu wesentlich tiefschürfenderen Gesprächen einluden, als er sie zu führen im Stande war (*Bis wohin bin ich gekommen …? Wer sind Sie, haben Sie gesagt?*). Frau Hansen kam regelmäßig mit Kaffee und Tee und Sherry und Appetithäppchen und Schokolade und Gott sei Dank nur selten mit dem gelben Kuchen, der offenbar selbstgebacken war. Sie musste sich auf ihren hohen Absätzen anschleichen, denn ich hörte nie, dass sie kam, bis sie die Tür aufmachte und die Erfrischungen auf den dreibeinigen Tisch zwischen uns stellte.

»Hier habt ihr etwas für den süßen Zahn«, pflegte sie zu sagen. »Oder braucht ihr vielleicht etwas zu trinken?«

Doch als die Tage vergingen, sah sie wohl ein, dass Herrn Hansens Geheimnisse nicht so einfach aus ihm heraussprudelten, um es einmal milde auszudrücken. Allmählich sahen wir immer weniger von ihr. Das bedeutete jedoch nicht, dass sie verschwand, ganz im Gegenteil. Es bedeutete vielmehr, dass sie noch präsenter wurde. Lagen meine Notizen nicht ein ganz klein wenig anders, als ich sie am Vortag hinterlassen hatte?

War es nicht auffallend still vor Herrn Hansens Tür? Manchmal hatte ich Lust, aufzustehen und die Tür aufzureißen, alle Türen in seiner Schrankwand zu öffnen und mich zu versichern, dass Frau Hansen sich nicht, das Ohr an der Tür, darin zusammengerollt hatte. Doch andererseits würde sie davon nicht im Mindesten klüger werden, dachte ich, und das tröstete mich. Falls Herr Hansen ein Geheimnis hatte, war es in schwarzen Löchern versunken und ließ sich nur versuchsweise zusammenflicken durch halbe Geschichten und Fragen, die ich beantworten oder nicht beantworten konnte. Herr Hansen hatte unser Gespräch ohnehin wieder vergessen, sobald es beendet war.

Doch an eines konnte er sich erinnern, oder aber Frau Hansen erinnerte ihn jeden Morgen kurz vor neun daran. Jedenfalls war sehr schnell er derjenige, der mir die Tür öffnete. Und es mag vielleicht etwas seltsam klingen, doch wenn ich bei der Treppe im Vodroffsvej angekommen war, ließ der Gedanke an Herrn Hansen, der dort oben an der Tür auf mich wartete, meine Füße schneller laufen. Der Gedanke an Herrn Hansens warme Hände, zu wissen, dass sie einen Moment später nach meinen greifen würden, ließ mich innerlich jubeln. Über mein neues Leben. Meinen neuen Anfang.

»Willkommen. Was haben wir uns lange nicht gesehen, Lily!«

»Agnes Kruse, Herr Hansen, nicht Lily.«

»Ja, ja, das stimmt, das stimmt. Kommen Sie herein, Fräulein Agnes. Die Schuhe können Sie dort auf den Boden stellen.«

»Ich weiß.«

»Ja, denn wir wollen doch keinen Ärger mit meiner Frau bekommen, nicht wahr? Lassen Sie mich Sie ansehen! Sie sehen wirklich müde aus! Und sagen Sie mir doch, was Sie mit Ihrem Haar gemacht haben? Es sieht ja aus wie …«

Hin und wieder hatte ich das Gefühl, dass er sich in Wirklichkeit gut an meinen Namen und mein Haar und den Heuhaufen, dem es glich, erinnerte und nur das Ritual mochte. Und mir ging es nicht anders. Eine ganz besondere Ruhe überkam mich, wenn wir genau die gleiche Unterhaltung wie am Vortag führten. Doch eines Morgens war alles anders, denn Herr Hansen hielt etwas in der Hand, als ich oben an der mittleren Tür angekommen war. Ein Paar braune Pantoffeln. Abgestoßen an den Zehen und mit deutlichen Abdrücken von ein paar Fersen im Lammfutter.

»Sie sollen doch nicht hier sitzen und an den Füßen frieren, Fräulein Agnes«, sagte er und reichte sie mir mit einer einladenden Geste. »Ich denke, wir haben die gleiche Größe, meinen Sie nicht?«

Ich kann mich nicht erinnern, was ich geantwortet habe, aber ich erinnere mich genau, dass die Pantoffeln perfekt passten und ich nicht wusste, wie ich auf eine solche Freundlichkeit reagieren sollte. Schon gar nicht von einem Mann, der mit etwas gutem Willen mein Vater hätte sein können. Letzteres schob ich entschieden von mir. Doch ich kam nicht umhin, die kleinen Dinge an ihm wahrzunehmen, die mich an mich selbst erinnerten. Ich konnte es auch nicht verhindern, an sie zu denken, auch lange danach noch. Wir beide bevorzugten unseren Kaffee sehr stark, mit Milch und ohne Zucker, wir waren beide ordentlich, und meine Lieblingsfarbe war das tiefe Blau, in dem das abstrakte Bild über seinem stattlichen Schreibtisch gehalten war. Er hatte bestimmt oft davor gesessen und es angesehen, als er hier drinnen gearbeitet hatte, denn manchmal drehte er den Kopf in diese Richtung, und in seinem Blick sah ich so etwas wie ein Erkennen. Ein Wiedererkennen. Ich lernte schnell, danach zu suchen, und an dem Morgen, an dem er mir seine alten Pantoffeln reichte, sah ich es sofort in seinen Augen. Ich hätte nie geglaubt, dass es sich so schön anfühlen konnte, von jemandem wiedererkannt zu werden.

Dieser Tag war einer von Herrn Hansens klaren Tagen. Der erste, den ich erlebte. Frau Hansen erschien in der Küchentür. Ihre ganze Erscheinung wirkte frischgebügelt, und ihre Stimme war kühler als sonst.

»Kaffee oder Tee?«

»Kaffee, danke.«

In Anbetracht der Tatsache, dass ich jeden Morgen »Kaffee, danke« antwortete, wunderte es mich schon, dass sie immer noch fragte. Aber vielleicht hielt auch sie an Ritualen fest. Oder die Not hatte sie gelehrt, daran festzuhalten. Ich konnte sie draußen in der Küche klappern hören. Es klang, als würde sie die teuren Porzellantassen am liebsten zerschlagen, doch stattdessen knallte sie sie auf Herrn Hansens Tisch und verschwand, ohne ein Wort zu sagen. Ich griff nach meinen Notizen, und es bestand kein Zweifel. Sie lagen nicht da, wo ich sie abgelegt hatte. Sie waren sogar in umgekehrter Reihenfolge, und während ich sie ordnete und mich darüber aufregte, wie unbrauchbar sie waren (*Etwas ist mit…. Und so weiter und so weiter. Was habe ich gerade gesagt?*), saß Herr Hansen da und sah mich an. Er hatte den Kopf schief gelegt.

»Woher genau kommen Sie, Fräulein Agnes?«, fragte er. Es kam mir nicht in den Sinn zu lügen, was mir fremd war.

»Meine erste Erinnerung ist das Kinderheim, das Sie von Ihrem Balkon aus sehen. Das Kinderheim im Vodroffsvej. Mit vier wurde ich dann von einer Witwe aus Nyhavn adoptiert.«

Herr Hansen nickte eine Weile vor sich hin.

»Interessant«, sagte er. »Sehr interessant. Und haben Sie einen Verlobten?«

Er klang aufrichtig interessiert, als wollte er das wirklich gerne wissen. In diesem Augenblick wunderte mich alles an ihm. Als fiele etwas in seinen Augen an seinen Platz, dachte ich.

»Ich hatte eine Lebensgefährtin. Paula, hieß sie.«

Wir saßen eine Weile einfach so da, und als ich mich zwang, Herrn Hansen wieder anzusehen, nickte er noch immer. Er sah zufrieden aus.

»Paula, das ist ein guter Name«, sagte er. Plötzlich verstand ich Frau Hansens Wut. Wenn ich sie wäre, würde es mich auch rasend machen, Herrn Hansen an einem klaren Tag wie heute mir überlassen zu müssen.

»Leider habe ich nie jemanden namens Paula kennengelernt«, fuhr er fort, »aber früher kannte ich eine Frau, die Antonia hieß. Sie war meine erste Frau. Antonia von Liljenholm. Eine großartige Frau mit einem schwierigen Gemüt. Vielleicht kennen Sie sie?«

»Ja … doch, natürlich.«

Das war eine Wahrheit mit leichten Abwandlungen. Zu diesem Zeitpunkt beschränkte sich meine Bekanntschaft mit Antonia von Liljenholm auf die seltsam gestellt wirkenden Bilder in den Zeitschriften und ein einziges Interview, das ich vor vielen Jahren gelesen hatte.

»Was halten Sie von ihren Büchern?«, fragte er. Vor meinem inneren Auge öffnete sich eine Wüste. Doch es gelang mir zu murmeln, dass sie bestimmt ausgezeichnet seien. Er nickte zu der ansehnlichen Büchersammlung hin, die in den Einbauregalen aus Mahagoni ruhte. Ich hätte sie mir längst näher ansehen sollen.

»Mein Verlag gibt all ihre Bücher heraus. Hansen & Sohn, sehen Sie. Vielleicht kennen Sie den Verlag auch?«

Ich erhob mich, und tatsächlich trugen mehrere Reihen dicker, dunkler Buchrücken ihren Namen in goldenen Lettern. Antonia, Antonia, Antonia.

»Hat Lily keine Bücher geschrieben?«, fragte ich, nur um etwas anderes zu fragen. Hinter mir war es eine Weile still.

»Doch, sie hat geschrieben«, sagte Herr Hansen, »aber nicht unter ihrem eigenen Namen.«

Vorsichtig zog ich eins der Bücher heraus. Es war ziemlich schwer, was zweifellos zum Teil an dem roten Ledereinband lag. Auf der Vorderseite stand in geschwungenen, vergoldeten Buchstaben allein der Titel. *Lady Nellas geschlossene Augen.*

»Sie müssen gut an all den Büchern verdient haben, Herr Hansen?«

Die Worte entschlüpften meinem Mund, und Herr Hansen war wieder still geworden. Mit Sicherheit war er kein Mann, der über Geld sprach, und ein wenig verbittert dachte ich, dass das wohl so war, wenn man immer reichlich davon gehabt hatte.

»Ich habe Antonia geliebt«, sagte er hinter mir. »Alles, was sie ausgemacht hat, ihre Bücher, alles. Ich habe mir gelobt, alles für sie zu tun … alles, verstehen Sie? … und ich habe mein Versprechen gehalten. Da ist so viel, das ich Ihnen gerne von ihr erzählen würde, Fräulein. Ich habe so viel auf dem Gewissen, ohne es gewollt zu haben, und ich fürchte …«

Seine Stimme zitterte. Schnell ging ich zu meinem Stuhl. Setzte mich auf der Stuhlkante so weit nach vorn, dass ich nach seinen Händen greifen konnte, obwohl ich eigentlich nach Stift und Papier hätte greifen müssen.

»Was fürchten Sie, Herr Hansen?«

Doch ein weiteres Mal war seine Gedankenkette gerissen, die Scherben waren verschwunden, und er war sich nicht sicher, ob sie jemals da gewesen waren. Ich versuchte, seinen Blick einzufangen.

»Herr Hansen?«

Voller Scham blickte er auf seine Hände hinunter. Als

wüsste er noch, wie viel er gerade hatte zu Bruch gehen lassen.

»Ich weiß nicht, was ich …«, murmelte er. Schweiß begann meinen Rücken hinunterzulaufen. Schnell sah ich mich im Arbeitszimmer um. Von dem schweren Schreibtisch mit dem Briefbeschwerer und dem Tintenfass aus Marmor zu den Bogenfenstern, bis zu dem stahlgrauen Aktenschrank und dem Regal mit den gesammelten Werken von Antonia von Liljenholm. Das alles glich am ehesten einem Museum um ein Leben, das langsam zur Neige ging. Und dieser Gedanke brachte mich auf eine Idee.

»Was halten Sie davon, wenn ich Ihnen laut vorlese?«, fragte ich. »Aus Antonia von Liljenholms Büchern? Vielleicht erinnern Sie sich so besser an alles?«

Einen Augenblick machten mich seine gerunzelten Augenbrauen traurig.

»Antonia von Liljenholm?«

»Ja, ihre frühere Frau mit dem hitzigen Temperament. Ich nehme mir jetzt ein Buch, und dann werden wir sehen. *Lady Nellas geschlossene Augen*. Das haben Sie herausgegeben, erinnern Sie sich?«

»Nella?«

»Ja, *Lady Nellas geschlossene Augen*. Ich denke, ich fange von vorne an, ja?«

Sein grüner Blick war sehr dunkel geworden, bedeckt nahezu, doch zumindest nickte er. Das nahm ich als gutes Zeichen. Als ich das Buch aufschlug, bot sich mir der gleiche Anblick, der sich bald meiner Nella auf Liljenholm bieten sollte: *Meinem Simon, der Liebe meines Lebens* stand auf der ersten Seite, gefolgt von einem großen Porträt von Antonia von Liljenholm, deren eine Gesichtshälfte im Schatten lag. Ich versuchte, es Herrn Hansen zu zeigen, mehrmals sogar, doch er starrte es nur an und fragte mich, wer ich sei. Deshalb begann ich stattdessen laut vorzulesen.

Anfangs war ich alles andere als beeindruckt, das gebe ich gerne zu. Ich war zwar, wie gesagt, keine große Literaturkennerin, doch auf mich wirkte das, was ich las, als hätte Antonia von Liljenholm eine dicke Gardine aus Landschaftsbeschreibungen und Wasserbeschreibungen und Kleiderbeschreibungen und Gespensterbeschreibungen über ihre Geschichte gezogen. Lange Zeit stieß ich auf nichts anderes als Wasser, das lief und tropfte und überschwemmte. Gar nicht erst zu reden von den Gespenstern. Was sie überhaupt in der Geschichte zu suchen hatten, war mir nicht klar, doch nach und nach … Ja, ich weiß gar nicht, wie ich das erklären soll. Plötzlich hatte ich das Gefühl, etwas wiederzuerkennen, und mit jeder Seite, die ich umblätterte, lasen meine Augen schneller.

Was mich gefangen nahm, war nicht die Geschichte von dem jungen Fräulein, das mit dem alten Gutsbesitzer verheiratet wurde, nur um dann mit seinem ritterlichen Sohn durchzubrennen. Es waren auch nicht die Schauerelemente mit den klappernden Türen und dem Heulen, das vom Speicher kam, die mich bestimmte Passagen noch einmal lesen und anstarren ließen, als wollte die Wahrheit durch die Worte dringen. Was mich an *Lady Nellas geschlossene Augen* fesselte, waren Antonia von Liljenholms ellenlange Beschreibungen des ritterlichen Geliebten. Ein Verdacht begann leise in mir zu keimen. Ein Verdacht nahm gewissermaßen Form an.

»Müssen Sie nicht nach Hause, Fräulein Kruse?«

Es knackte in meinem Nacken, als ich den Kopf ruckartig drehte und Frau Hansen in der Tür stehen sah. Sie hatte die Arme überkreuzt.

»Sie haben seit zwei Stunden frei, falls Sie das vergessen haben sollten.«

»Habe ich das?«

Ihre Finger trommelten auf ihren Arm, und ihre rote Bluse sah nicht länger frischgebügelt aus. Ganz im Gegenteil. Man hätte fast glauben können, dass sie darin geschlafen hatte.

»Sonst lassen Sie sich doch auch nicht gerade Zeit damit, aus der Tür zu kommen«, sagte sie. Ich versuchte ihr zu erklären, dass ich beschäftigt gewesen sei. Aber sie sah mich nur lange an.

»Womit beschäftigt, wenn ich fragen darf?«

Ich blickte mich verwirrt im Arbeitszimmer um. Herr Hansen machte den Eindruck, als würde er schon seit einiger Zeit schlafen. Er schnarchte leise, während seine Lider zuckten. Frau Hansen winkte mich in die Diele hinaus. Ich zweifelte nicht daran, dass sie mir augenblicklich kündigen würde. Ich sah Herrn Hansen ein letztes Mal an und wollte mich gerade erheben, als er plötzlich die Augen aufschlug. Genau in diesem Moment spürte ich ein weiteres Band zwischen uns. Aus alter Gewohnheit war auch ich ein Mensch, der aufwachte, wenn jemand sich die Freiheit nahm, ihn zu beobachten.

»Lily? Sie sind noch hier?«

»Ja, ich …«

»Agnes Kruse ist auf dem Weg nach Hause, mein Lieber.«

Frau Hansen klang hart wie ein Steinbruch, und zu meiner Überraschung streckte Herr Hansen die Hand nach mir aus.

»Sie haben mir gerade vorgelesen, nicht wahr?«

Er hielt mich an meinem Hemdsärmel fest, und ich hätte ihn umarmen können. Doch natürlich tat ich das nicht. Nicht vor Frau Hansen.

»Aus *Lady Nellas geschlossene Augen*?«, fuhr er fort und nickte zu den Regalen hin. »Nehmen Sie ein paar von Antonias Büchern mit nach Hause, wenn Sie mögen, Fräulein

Agnes. Was Sie gelesen haben, scheint Sie stark beeindruckt zu haben.«

Ich war bei dem Regal, bevor Frau Hansen etwas anderes einwenden konnte als »Wir müssen noch ein paar Worte miteinander reden, bevor Sie gehen, Fräulein Kruse«. Und als die Tür hinter ihr zuknallte, zog ich schnell die drei nächstbesten Bände aus Herrn Hansens Regal. *Die verlassenen Fräulein*, *Der Jungfrauenkäfig* und *Das Gabelbein* hießen sie, alle waren *Meinem Simon, der Liebe meines Lebens* gewidmet, und alle zierte das gleiche Bild von Antonia, die er einmal geliebt hatte. Oder immer noch liebte, wenn seine Worte wörtlich zu nehmen waren. Aber warum war er dann nicht mehr mit ihr verheiratet? Sein Verlag gab schließlich noch immer ihre Bücher heraus, hatte er gesagt. Und was hatte er auf dem Gewissen? Wovor hatte er Angst?

Ich hätte ihn in diesem Augenblick einfach fragen können, und die Götter mögen bezeugen, wie oft ich mir gewünscht habe, ich hätte es getan. Ich zweifelte nicht daran, dass sein Geheimnis hier begraben liegen musste, doch ich fragte stattdessen nach etwas ganz anderem. Mein Verdacht. Ich wollte wissen, ob er begründet war oder nicht.

»Herr Hansen?«

»Nennen Sie mich Simon, Fräulein Agnes. Es ist wohl an der Zeit, dass wir uns duzen.«

Wärme breitete sich in mir aus. Ohne Zweifel würde er seine Worte gleich wieder vergessen haben, doch in diesem Moment mochte er mich.

»Simon? Da ist etwas, das ich dich gerne fragen würde.«

Er war aufgestanden, und als ich mich zu ihm umdrehte, streckte er die Hand aus und strich mir über die Haare. Oder tätschelte sie vielmehr. Zweifellos standen sie in alle Richtungen ab wie bei einem verwilderten Pudel.

»Du musst ungefähr im gleichen Alter wie Nella sein«, sagte er. Einen Augenblick glaubte ich, dass seine Gedanken ihm wieder entschwunden waren. Doch dann neigte er den Kopf zur Seite. »Meine Tochter Nella, verstehst du«, sagte er. »Du musst wissen, wie sehr ich sie all die Jahre vermisst habe. Ich weiß gar nicht, wie ich das ausgehalten habe.«

Dann haben Antonia und Simon eine Tochter, dachte ich, und Simon durfte sie nicht sehen. Dass er sie vermisste, war offensichtlich. Seine Augen waren ebenso grün wie die Blätter draußen.

»Erzähl mir, Simon, ob deine frühere Frau eine … ungewöhnlich enge, ans Erotische grenzende Beziehung zu einer Frau hatte«, sagte ich schnell, und die Tür ging auf. Es war wieder Frau Hansen.

»Es ist höchste Zeit, dass Sie für heute zusammenpacken, Fräulein Kruse«, sagte sie beherrschter, als sie aussah. Wieder spürte ich Simons Hand.

»Lily.«

Er hielt meinen Arm fest, und es kam mir wie die reinste Wiederholung vor. Ich, die ich sagte, dass ich Agnes Kruse hieß, Simon, der Lilys Namen wiederholte. Doch etwas war anders. Seine Augen waren anders. Er beantwortete meine Frage, wurde mir klar, und Frau Hansen trommelte demonstrativ gegen den Türrahmen.

»Kommen Sie, Fräulein Kruse?«

»Ich bin unterwegs.«

Simon stand ganz still und starrte den Aktenschrank an. Ich kam nicht umhin, mich zu fragen, was sich darin verbarg. Er blinzelte mehrmals, erst zum Aktenschrank und dann zu mir hin, und ich verließ sein Büro mit den Büchern unter dem Arm und einer wachsenden Verwunderung. In der Diele schlug mir Frau Hansens Atem entgegen. Pfefferminz und noch etwas anderes. Etwas Stärkeres.

»Sie sind nicht angestellt, um Fragen zu stellen, Fräulein Kruse. Sie sind angestellt, um Notizen zu machen. NOTIZEN ZU MACHEN!«

Sie kniff die Augen zusammen, sodass sich ein feines Netz von Fältchen von ihren Augen aus über die Wangen ausbreitete. Sie kam ganz nahe an mein Gesicht heran. Ihr Atem trieb mir die Tränen in die Augen.

»Ich kann das nicht oft genug betonen«, sagte sie leise. »Wenn Sie Ihre Arbeit auch nur einen einzigen Tag weiter behalten wollen, sollten Sie sich ernsthaft zusammennehmen. Verstehen Sie mich, Fräulein Kruse? Sie haben mir *eine fehlerfreie Abschrift, nicht mehr und nicht weniger* versprochen, erinnern Sie sich? Ja? Ich bin nicht der Ansicht, dass ich in den letzten Tagen viel von dieser Abschrift zu sehen bekommen habe.«

Ich hielt Antonia von Liljenholms Bücher ebenso fest, wie ich an dem Verdacht festhielt, der mir gerade bestätigt worden war. Den ganzen Weg bis zur Kirche und den ganzen Weg bis zur Pension im Godthåbsvej musste ich daran denken. Und auch den ganzen Abend übrigens. Es genügte mir, die Bücher zu überfliegen, die ich mir von Simon ausgeliehen hatte. Sie erzählten sowieso alle die gleiche Geschichte wie in *Lady Nellas geschlossene Augen*, obwohl der junge Geliebte immer andere Gestalten annahm. In dem einen Buch war er der Sohn, im anderen der Knecht, im dritten der Enkel und in den nächsten fünfzig war er zweifellos alles Mögliche auf Gottes grüner Erde. Doch dass er ein Mann sein sollte, nur weil Antonia von Liljenholm »er« schrieb, kam mir mehr als unwahrscheinlich vor. Je mehr ich las, desto mehr erkannte ich mein

Leben. All die Male, die ich »er« gesagt hatte, weil ich unmöglich »sie« hatte sagen können. Aber auch all die Male, die ich geträumt hatte, meine Lüge ein bisschen damit versüßen zu können, dass ich die Wahrheit ein ganz klein wenig hindurchscheinen ließ.

Mir kam ein Gedanke. Wäre ich Autorin, hätte ich den Liebhaber genauso beschrieben wie Antonia von Liljenholm: *die sanften Wellen seines Haars, seine vollen Lippen und die langen Wimpern, die Schatten auf die Wangen warfen, wenn er blinzelte.* Dass es tatsächlich möglich war, die Wirklichkeit so umzuschreiben, dass alle sie aushielten, machte mir Lust, mich noch einmal als Autorin zu versuchen. Was man mit Worten alles sagen und nicht sagen konnte. Wäre ich Antonia, dachte ich weiter, würde ich hoffen, dass die richtigen Menschen entdeckten, was in Wirklichkeit dort stand, und vielleicht hatten sie das ja auch? Oder hatte nur ich etwas zu viel wiedererkannt, als ich es las?

Normalerweise hätte diese Art von Fragen die Einsamkeit in mir geweckt und hätte mich bei lebendigem Leib verschlungen. Das tat sie gewissermaßen jeden Abend, bis ich mich umzog und in die Stadt ging. Doch an diesem Abend war ich nicht allein. Antonia war bei mir. Sie erzählte mir ihre Geschichte genauso oft, wie ich es schaffte, sie zu lesen. Ich lernte etwas Wichtiges über Bücher: Die richtigen Bücher sind wie Menschen, nur besser. Sie zogen sich nicht in sich selbst zurück und wandten sich ab, bevor sie einen überhaupt kennengelernt hatten. Ich musste Antonia von Liljenholm auf die gleiche Weise behandeln, auch wenn sie sich für ihre eigene Schwester interessiert hatte, so unnatürlich das auch sein mochte.

»Du hattest also ein Verhältnis mit deiner Schwester, Antonia?«, flüsterte ich versuchsweise den Büchern auf meinem Nachttisch zu. »Warum hat es aufgehört, kannst du mir das verraten? Hat Simon sich zwischen euch gedrängt? Oder Nella? Und wirst du mir ehrlich antworten, Antonia?«

Meine Stimme war kaum hörbar. Paula, die neben mir wohnte, sollte nicht denken, dass ich mit mir selbst sprach (ja, *die* Paula, eine von uns hätte längst eine andere Pension finden müssen, doch wir fanden beide, dass die andere ausziehen sollte). Ich legte mich in mein knarrendes Bett zurück, zog Lillemors gehäkelte Decke um mich und starrte die einsame Birne an der Decke an, die mein Zimmer noch nackter erscheinen ließ, als es ohnehin schon war. Gelbliche Wände und ein blauer Kleiderschrank aus Gott weiß welchem Jahrhundert, ein Tisch mit zwei einsamen Leuchtern und zwei Stühlen, die nicht zusammenpassten. Nicht einmal mit gutem Willen.

»Hat Simons Angst etwas mit dir zu tun, Antonia?«, flüsterte ich und kannte bereits die Antwort. Deshalb verbrachte ich unter anderem die nächsten Stunden damit zu überlegen, wie ich mehr herausfinden konnte.

Der Aktenschrank

Wenn Sie in diesem Moment einen von Antonia von Liljenholms Romanen in den Händen halten würden, hätte die junge Heldin zweifellos eine Vorahnung der Katastrophe gehabt, die nahte. Und sie hätte ihre Vorsichtsmaßnahmen getroffen. Das taten die jungen Heldinnen in Antonias Universum immer. Doch ich habe nun einmal keinerlei Ähnlichkeit mit einer jungen Heldin, selbst wenn man mich von Weitem sieht. Deshalb lassen Sie mich bei der Wahrheit bleiben, und die ist die, dass ich nicht die geringste Ahnung hatte, was mich erwartete, als ich mich am nächsten Morgen von der Pension Godthåb auf den Weg zum Vodroffsvej machte. Alles sah vielversprechend aus, nicht zuletzt mein kleiner Plan. Außerdem konnte ich noch immer mit dem Mantel über dem Arm und den Augen hoch in den Baumkronen spazieren gehen.

Letzte Nacht hatte ich nur eine Stunde geschlafen, doch der Schlafmangel fühlte sich mehr so an, als wäre eine schwere Gardine zwischen mir und der Welt zur Seite geglitten. Der dunkelblaue Läufer, der bis in die dritte Etage hinaufführte, kam mir noch blauer vor als sonst. Nahezu leuchtend blau. Ich konnte es kaum erwarten, Simon in der Tür stehen zu sehen und mich willkommen zu heißen, doch der Geruch eines Damenparfüms kam mir dazwischen. Ein Rosenduft. Mit jeder Stufe, die ich hinaufstieg, wurde er intensiver, und schließlich stand Frau Hansen mit überkreuzten Armen und wippenden Füßen vor mir.

»Wir müssen miteinander reden. Sofort«, sagte sie, noch bevor sie die Tür hinter mir geschlossen hatte. Ihre Hemdbluse hatte gestärkte Manschetten, die mich an *Waschen und Mangeln vom Feinsten* erinnerten. Nur einen Moment, bis es mir gelang, den Gedanken beiseitezuschieben.

»Fräulein Kruse, wo sind Sie mit Ihren Gedanken?«

Ich beeilte mich, meinen Mantel an den linken Haken zu hängen und meine Schuhe gegen Simons Pantoffeln zu tauschen, doch Simon war nirgendwo zu sehen. Wahrscheinlich war er in seinem Arbeitszimmer, dessen Tür ganz leise ein paar Zentimeter weit aufgegangen war.

»Gestern Nachmittag hatten wir Besuch von der Polizei, Fräulein Kruse. Ihretwegen«, sagte Frau Hansen. Sie hüstelte auffordernd, bis ich den Blick hob.

»Wirklich?«

»Ja, die beiden Beamten haben mir einige Fragen gestellt, die ich natürlich beantwortet habe. Schließlich repräsentieren sie die Ordnungsmacht«, fuhr sie fort und signalisierte mir mit dem Kopf, dass wir die Unterhaltung im Wohnzimmer weiterführen sollten. Dieses eine Mal war ich dankbar für das Glas Sherry, das sie mir reichte.

»Sie sagen nichts, Fräulein Kruse?«

»Was soll ich denn sagen?«

Das war die falsche Antwort, wie ich an ihren Augenbrauen sah. Sie schossen nach oben wie wütende Möwen.

»Nun, ich weiß nicht mehr, was ich glauben soll«, sagte sie. »Über Sie, meine ich. Die Polizei wollte wissen, wie lange Sie schon für uns arbeiten und wie viele Stunden, und stellte noch eine Menge Fragen über Ihre Vergangenheit, die ich nicht beantworten konnte, was mir natürlich Sorgen bereitet.«

Die Veloursmöbel stachen ihre Borsten in meine Handflächen.

»Was haben Sie denn geantwortet?«

»Ich habe mir Folgendes gedacht«, sagte sie und schlug die Beine übereinander. »Dieses Fräulein Kruse scheint zumindest Talent zu haben, meinen Mann zum Reden zu bringen, deshalb sollte ich vielleicht ihre Haut retten, nur dieses eine Mal. Verstehen Sie, worauf ich hinauswill? Sie sind mir eigentlich völlig gleichgültig, Fräulein Kruse, daraus will ich kein Geheimnis machen, doch mein Mann und sein Wohlbefinden sind mir alles andere als gleichgültig. Deshalb habe ich der Ordnungsmacht geantwortet, dass Sie schon eine Zeit lang von morgens bis abends hier arbeiten und dass Sie, soweit ich weiß, bis spät in die Nacht dort, wo immer Sie wohnen, die Notizen ins Reine schreiben. Aber Sie verstehen bestimmt, Fräulein Kruse ...«

Ein Diamantring glitzerte in der Sonne, als sie mit den Fingern schnipste.

»Ich kann mich auch ganz schnell anders entscheiden und der Ordnungsmacht erzählen, dass Sie erst seit erbärmlichen vierzehn Tagen hier arbeiten und dass ich nicht den geringsten Grund habe, Ihnen weiter zu vertrauen. Man stellt Sie ein, um Notizen zu machen, und stattdessen fragen Sie uns aus. Hoffentlich sehen Sie das Problem.«

Sie erhob sich als Signal, dass ich es ihr gleichtun sollte. Ihr prunkvoller Ring wäre mir bestimmt mehr ins Auge gefallen, wenn sie ihn an einem der anderen Tage getragen hätte. Würde er mir gehören, könnte ich mehrere Monate ohne Sorge um die Miete leben, konnte ich noch denken, bevor Frau Hansen mich unterbrach.

»Vor diesem Hintergrund habe ich beschlossen, Ihre Arbeit von nun an zu überwachen«, sagte sie. Ein klarer Gedanke meldete seine Ankunft mit einem pochenden Schmerz in meiner rechten Schläfe: Frau Hansens Polizeigeschichte war von hinten bis vorne erlogen. Ich erkannte so etwas auf viele Kilometer Abstand. Und ohne zu viel zu verraten, kannten die Polizei und ich uns gut genug, um zu wissen, wo wir einander treffen und wo wir einander aus dem Weg gehen sollten. Und meine Vergangenheit? Ha! Dazu mussten sie Frau Hansen wohl kaum befragen. Ich hatte große Lust, ihr das zu sagen. »Hören Sie zu, kleine Frau Karen Hansen, was glauben Sie wohl, wie es mir gelungen ist, in all den Jahren meine Haut zu retten? Bestimmt nicht, indem ich Lügengeschichten wie Ihrer geglaubt habe, das sage ich Ihnen. Und warum erzählen Sie mir das überhaupt? Sie haben doch jedes Recht, meine Arbeit zu überwachen, wenn Sie das wollen.« Doch ich blieb ruhig, und in meinem nicht ganz so ruhigen Kopf versuchte ich, meinen Plan den veränderten Umständen anzupassen. Darin verfügte ich auch über eine gewisse Erfahrung.

Als wir Simons Arbeitszimmer betraten, fiel mir Frau Hansens ängstlicher Blick auf. Vielleicht war er auch eher gehetzt. Ich ertappte mich dabei, dass ich auf die unterste Schublade des Aktenschranks starrte. Gestern hatte sie ganz sicher nicht leicht offen gestanden, sodass die vergilbten Papiere darin deutlich zu erkennen waren, sondern war genauso verschlossen gewesen wie die übrigen Schubladen.

Frau Hansen glich ganz dem Wächter, der sie auch war, als sie sich zwischen Schrank und Tür niederließ. Dass sie mit ihren eigenen kleinen Nachforschungen begonnen hatte (recht ähnlich denen, an die ich selbst gedacht hatte) und mich von den Papieren fernhalten wollte, war offensichtlich.

»Stimmt irgendetwas nicht, Fräulein Kruse?«

Wenn man die Sachen seines Mannes auf diese Weise durchsuchte, sollte man besser lügen können, als Frau Hansen es gerade demonstriert hatte. Ich war ihr darin in aller Bescheidenheit weit überlegen.

»Nein, was sollte denn nicht stimmen?«

Die hohe Mahagonivertäfelung ließ das Zimmer wesentlich dunkler erscheinen als den Rest der Wohnung. Dunkler und stickiger. Nicht verwunderlich, dass Simon auf seinem Stuhl am Fenster eingeschlafen war, den Kopf zur Seite geneigt und das Haar in wilder Unordnung. Jetzt schlug er die Augen auf.

»Lily?«

Frau Hansen scharrte mit den Füßen.

»Nein, mein Lieber, sie heißt Agnes Kruse. Das weißt du doch, oder?«

»Ja, ja, das stimmt, das stimmt schon.«

Er hätte sagen sollen, dass ich müde aussah und dass mein Haar Ähnlichkeit mit einem Heuhaufen hatte, doch er sah ohne zu blinzeln Frau Hansen an. Die Nadel in ihren Händen stickte bereits Blumen auf etwas, das mit der Zeit zu einem Kissenbezug werden sollte. Sie nickte ihm freundlich zu.

»Kümmere dich nicht um mich. Ich sitze hier nur ganz still.«

Doch Simon kümmerte sich um Frau Hansens Anwesenheit, und mir ging es nicht anders. Die nächste Woche verbrachte ich in einem Dämmerschlaf aus Simons halben Sätzen und langweiligen Geschichten aus der Zeit, als er noch ein Junge war. Zu diesem Zeitpunkt kam es mir nicht wie eine Katastrophe vor. Eher wie eine Zeitvergeudung, die Frau Hansen dazu veranlassen würde, uns bald wieder in Frieden zu lassen. Aber es *war* eine Katastrophe, und an einem ganz unschuldigen Donnerstag wurde mir langsam ihr voller Umfang bewusst.

Es war zwölf geworden, und Simon machte seit mehreren Stunden einen rastlosen Eindruck. Vor allem seine Beine. Immer wieder wippten sie, streckten sich und machten Ansätze aufzustehen. Auch Frau Hansen war das nicht entgangen.

Sie war in den letzten Tagen blasser geworden, sogar ihre Lippen waren ganz weiß. Vielleicht hatte das mit der nächsten Schublade des Aktenschranks zu tun, die jetzt einen Spalt breit offen stand. Ich wünschte, ich würde es wissen, doch Frau Hansen ließ mich nicht einen Moment aus den Augen. Jetzt stickte sie weiße Blumen auf eine ohnehin schon furchtbare bordeauxfarbene Bettdecke. Wie ein überdimensionales Umstandskleid bedeckte sie Frau Hansen und den halben Boden. Doch sie befand sich wohl auch in anderen Umständen, sie wartete. Das taten wir so gesehen beide. Ihre Nadel blieb in der Luft stehen.

»Ist etwas nicht in Ordnung, mein Lieber? Du bist so unruhig?«

Wenn ich etwas nicht verstand, waren das Frauen, die freiwillig stickten, und wenn ich Simon genauer ansah, ging es ihm ebenso. Oder aber ihn frustrierte etwas anderes. Seine Beine wippten jetzt in einem schnellen, hitzigen Rhythmus, seine buschigen Brauen stießen frontal zusammen.

»Magst du mir nicht vorlesen, Lily?«, fragte er laut. Aus den Augenwinkeln sah ich Frau Hansens Nadel unheildrohend auf und ab tauchen.

»Meinst du nicht, dass du lieber weitererzählen solltest, mein Lieber?«, fragte sie die halbe Blume, an der sie gerade stickte. Simons Fingerknöchel waren ganz weiß von seinem festen Griff um die Armlehne.

»Nein«, sagte er mehrmals, und in diesem Augenblick begriff ich, dass er mich wiedererkannte. Zum ersten Mal seit einer Woche waren seine Augen klar. Zunächst war ich mehr als unentschlossen. Ich wusste, dass er wusste, wie ich hieß, und doch nannte er mich Lily. Ich wusste auch, dass er sehr wohl im Stande war, in ganzen Sätzen zu reden, und doch stammelte er sich durch eine endlose Reihe von *kannst du nicht… ich meine…*, bis ich Notizblock und Stift zur Seite legte und aufstand.

»Natürlich kann ich dir vorlesen«, sagte ich und holte das erstbeste Buch von Antonia von Liljenholm aus dem Regal. *Puppentheater* hieß es. Es musste ihr Aktuellstes sein. 1935 stand auf der ersten Seite, und als ich darin blätterte, starrten mich unter ein paar imponierenden, halb niedergeschlagenen Wimpern Antonias Augen an. Sie hatte sich in all den Jahren so sehr verändert, dass nur noch der Blick derselbe war. Hinter meinem Rücken fragte Frau Hansen, ob ich ernsthaft glaubte, dafür bezahlt zu werden, Romane zu lesen. Simon rettete mich davor, mich entschuldigen zu müssen. Das wäre auch wahrhaft krank gewesen.

»Lies mir vor, Lily!«, befahl er, diesmal noch lauter, und ein ganz kleines Zucken seines Auges ließ mein Herz vor Freude springen. Er ist nervös, dachte ich. Nervös, aber auch zu irgendetwas entschlossen. Ich gab mir Mühe beim Vorlesen. An meiner Artikulation war nichts auszusetzen, auch wenn ich auf der sozialen Rangleiter zweifellos so weit unten stand, dass Frau Hansen mich kaum wahrnahm. Doch Antonia von Liljenholms Geschichte wurde für mich nicht lebendig, dazu war ich zu sehr mit einer einzigen Frage beschäftigt. *Du hast doch wohl nicht den gleichen Plan wie ich, Simon Hansen? Ich sitze doch wohl nicht deshalb hier, um dich und deine Frau in den Schlaf zu lesen?*

Denn genau das tat ich nach ein paar Kapiteln, die hauptsächlich in Wassermetaphern ertranken. Schon bald nickte Frau Hansen über ihrer geblümten Decke ein, während Herr

Hansen den Kopf gegen die Nackenstütze lehnte. Ich erhob mich so lautlos, wie keiner der beiden es für möglich gehalten hätte. Wenn sie gewusst hätten, wie oft mir gerade diese Fertigkeit nützlich gewesen war. Der Aktenschrank hätte mich sicher verraten, wäre ich dem nicht zuvorgekommen. Es mochte zwar sein, dass ich in meiner Jugend für Lillemor und ihre Feinwäscherei zu *tollpatschig* gewesen *war.* Doch das hatte ich inzwischen mit meinem *legendären Griff*, wie Ambrosius ihn nannte, mehr als wettgemacht. Ich wünschte, er wäre in diesem Augenblick mit seinen Morphiumtropfen hier gewesen. Ein oder zwei Tropfen in Frau Hansens Sherry hätten mir alles erheblich erleichtert. Ich erstarrte. Das Schlagen der Uhr im Wohnzimmer nebenan klang metallisch durch die ganze Wohnung, und Frau Hansen rührte sich leicht. Ihre Lider zuckten, doch Gott sei Dank war sie an das Geräusch gewöhnt. Sie schlief sofort weiter. Meine Hände durchsuchten die Akten, wie ein Virtuose Klavier spielt. Ich schreibe das nicht, um mich hervorzutun. Die Wahrheit ist einfach die, dass ich genau wusste, wie Hände und Augen suchen müssen, zueinander verschoben, doch im gleichen Takt, sodass die Fingerspitzen die einzelnen Dokumente kaum berührten.

Ich fand Jahresabrechnungen, Rechnungen für dies und das, ein paar Briefwechsel, die mir nicht wichtig erschienen, eine Menge Verträge, und ganz unten steckte die Mappe, die zu finden ich gehofft hatte. *Antonia* stand in schiefen Blockbuchstaben darauf. Als ich sie hochhob, sah ich etwas, das mich die Mappe und damit auch meine große Chance fast hätte zu Boden fallen lassen. Simons Augen. Sie waren ganz und gar nicht geschlossen, sondern folgten mir konzentriert. Mein Mund öffnete und schloss sich wieder. Was ich gesagt hätte, wenn ich es denn gekonnt hätte, weiß ich nicht, auf jeden Fall war es nicht nötig. Mein Plan war ganz eindeutig auch seiner.

»Beeil dich«, mimte sein Mund, und ich folgte seinem Blick, mit dem er die nächste Schublade nahezu von alleine hätte öffnen können. Aus Erfahrung begann ich ganz unten und zog tatsächlich direkt eine verblichene Mappe heraus, auf der *Lily* stand. Seine Augen waren jetzt auf die Tür gerichtet. Ich hob die Hand, mein festes Zeichen für *Warte*, doch Simon kannte es nicht. Er sah nur beharrlich von mir zur Tür, und ich brannte darauf, ihm zu erzählen, wie wichtig es war, hinter sich aufzuräumen, sodass man selbst nicht einmal mehr sah, dass man dort gewesen war. Doch ich musste mich damit begnügen, es ihm zu zeigen. Die Schubladen ließen sich ohne einen Laut schließen, die Mappen waren stumm wie ein Grab, und in der Tür drehte ich mich ein letztes Mal um. Simons Blick war so traurig, wie ich mich in diesem Moment fühlte. Wenn Frau Hansen meinen Diebstahl entdeckte, würde zweifelsfrei die Hölle losbrechen. Ich hatte das deutliche Gefühl, dass Simon und ich uns nicht wiedersehen würden, wenn es nach ihr ginge, und ich tat etwas, das ich sonst nie tue. Völlig lautlos drückte ich einen Kuss auf meine Hand und winkte einen Gruß in seine Richtung.

Das Geheimnis

Noch nie habe ich den Weg zwischen dem Vodroffsvej und der Pension Godthåb schneller zurückgelegt als an diesem Freitagnachmittag. Die Mappen eng an den Körper gedrückt und mit wehendem Mantel, als wäre ich der feurige Liebhaber in einem von Antonia von Liljenholms Romanen. Wo der Danasvej in den H.C. Ørsteds Vej mündet, fiel mein Blick auf eine Frau, die mich schon längst gesehen hatte. Sie stand auf der anderen Straßenseite, vielleicht wartete sie auf jemanden. Unter normalen Umständen wäre ich schräg über die Kreuzung gegangen und hätte ihr zugeblinzelt. Ihr langer Blick und ihr schwarzes Kleid waren nicht misszuverstehen, und außerdem waren frischgebackene Witwen nicht zu verachten, obwohl Paula mit der Zeit zu einer Ausnahme geworden war. Ich verabscheute zutiefst die klammernde Abhängigkeit, die sie sich angewöhnt hatte, bevor ich die Verbindung löste.

Doch heute verlangsamte ich mein Tempo nicht, als ich schräg über die Straße Richtung Thorvaldsensvej lief. Der Schweiß rann mir den Rücken hinunter, und die Kleider klebten an meinem Körper. Natürlich bin ich mir darüber im Klaren, dass eine echte Dame so etwas nicht schreiben würde. *Man schwitzt nicht, Agnes! Es ist einem warm!* Ich kann Nella genau diese Worte sagen hören, aber hin und wieder beschreibt *mir ist warm* nicht im Mindesten den Grad an Hitze, den man tatsächlich empfindet.

Als ich meine schäbige Pensionstür hinter mir geschlossen und den Riegel vorgeschoben hatte, riss ich mir als Erstes die Kleider vom Leib. Bis auf die langen Unterhosen, die ich trage, weil sie sich sehr viel besser anfühlen als die furchtbare, mit Spitze besetzte Damenunterwäsche (furchtbar an mir, nicht an richtigen Damen, versteht sich). Anschließend zog ich meinen hellroten Frotteemorgenmantel an, eins von Lillemors weniger geglückten Geschenken, machte das Fenster auf, stellte fest, dass es noch genauso staubig wie am Vortag war, und setzte mich mit den gestohlenen Mappen auf dem Schoß auf mein Bett. Oder vielleicht war *gestohlen* das falsche Wort. Ihr Besitzer hatte mich schließlich selbst dazu aufgefordert, sie mitzunehmen, und dafür musste es einen guten Grund geben. Einen, der mit Antonia und dem Geheimnis und Simons Angst zu tun hatte, dachte ich, als ich vorsichtig die erste Mappe aufschlug.

Während ich las, verstand ich plötzlich sehr viel besser, dass Frau Hansen allmählich sowohl die Gesichtsfarbe als auch jede Lust abhandengekommen war, dass ich Simon dazu brachte, irgendetwas von Bedeutung zu erzählen. Wäre ich die Frau eines Mannes mit einem solchen Geheimnis, würde ich wahrlich auch unter Einsatz meines Lebens über ihn und den Aktenschrank wachen. Doch glücklicherweise war ich nun einmal keine Ehefrau. Ein Gedanke nahm in meinem Kopf allmählich Form an: Es kann einfach nicht wahr sein, was dort steht! So ist Simon nicht! Irgendwo *muss* es einen anderen Grund geben!

Es begann übrigens äußerst unschuldig mit Lilys Todesanzeige, die ordentlich ausgeschnitten war und zuoberst auf dem Stapel lag. *Unsere geliebte Lily von Liljenholm (1884–1914) hat diese Welt verlassen. In tiefer Trauer, die Familie* stand dort unter der berüchtigten Rose, die selbstverständlich nicht eine einzige Glocke in meinem Kopf klingeln ließ. Darunter fand ich die Bescheinigung über das Nutzungsrecht der Grabstätte von Lily von Liljenholm, aus der hervorging, dass das Nutzungsrecht bis 1929 bei Simon Hansen lag. Dem nächsten Dokument zufolge, das an das erste geheftet war, hatte er 1928 das Friedhofsamt um eine Verlängerung des Nutzungsrechts um zwanzig Jahre gebeten. Ich wunderte mich. Das letzte Dokument war von 1935, und darin teilte ein neuer Leiter des Friedhofsamts mit, dass man aufgrund der mangelnden Pflege beschlossen hatte, die Grabstätte einzuebnen. *Die Grabstätte wird gekiest*, stand da, *doch das Nutzungsrecht erlischt nicht, es sei denn, Sie verzichten ausdrücklich auf das Recht auf die Grabstätte.* Ich starrte eine Weile vor mich hin. Eigentlich müsste Antonia doch das Nutzungsrecht haben, dachte ich. Sie war trotz allem Lilys Schwester, während Simon nur ihr Schwager war, noch dazu ihr früherer Schwager. Und so wie Antonia über Lily schrieb, wenn ich denn die Liebesszenen in ihren Romanen richtig gedeutet hatte, dürfte doch gerade ihr am meisten daran gelegen sein, Lilys Grab zu pflegen. Warum also hatte sie damit aufgehört?

Ich blätterte weiter und stieß auf diverse Zeitungsartikel. In den ersten fünf äußerte Antonia sich zu Lilys Tod: »*Ich bin geschockt. Ich hätte nie geglaubt, dass meine geliebte Schwester aus dem Fenster springen und ihrem Leben ein Ende bereiten könnte!*« Das wunderte mich eigentlich auch. Wäre ich so geliebt worden, wie Lily von Antonia geliebt worden sein musste, wäre ich jedenfalls nie auf die Idee gekommen, mich umzubringen. Herrgott noch mal, Antonia hatte schließlich zweiunddreißig Romane mit ihrer geliebten Schwester in der Rolle des Liebhabers geschrieben. Meine Verwunderung wuchs. In den nächsten Artikeln äußerte sich Antonia, soweit ich mir das ausrechnen konnte, zu Simon, obwohl sie ihn konsequent als *meinen geliebten Mann* bezeichnete und nicht beim Namen nannte. Konnte man den Artikeln trauen, war er in dem Jahr, in dem Lily starb, spurlos verschwunden. *»Jetzt, wo Sie fragen, weiß ich tatsächlich nicht, wie ich weiterleben soll. Mit jeder Stunde schwindet meine Hoffnung, ihn wiederzusehen«*, sagte sie mit einem Sinn für Melodramatik, von dem ich nicht wusste, ob ich sie dafür bewundern oder bedauern sollte.

Hinter den Ausschnitten steckte ein teurer Umschlag. Einer von denen mit Wasserzeichen und mit rotem Papier gefüttert, das raschelte, wenn man den Inhalt herauszog und auseinanderfaltete. Es bestand kein Zweifel. Der Brief war von Antonia von Liljenholm. Abgestempelt am 1. Februar 1915, da musste Antonia wohl ungefähr schon ein Jahr ohne ihren geliebten Simon gelebt haben. Auf der Rückseite stand eine Adresse, die vermutlich die ihre war. Antonia von Liljenholm lebte wohl kaum an einem anderen Ort als irgendwo auf Südseeland auf Gut Liljenholm, das ich noch nicht einmal vom Namen her kannte. Ich griff nach Papier und Stift. Schrieb mir für alle Fälle die Adresse auf und las den Brief mit immer größer werdenden Augen. Die spitze Schrift passte besser zu seinem Inhalt als alle Informationen, die ich bisher gesammelt hatte. Ja, Sie können genauso gut mitlesen:

Lieber Simon,
ich habe neulich die Heiratsanzeige in der Zeitung gesehen, und es freut mich, dass du und die kleine Karen das Glück gefunden habt. Schick ihr meine besten Wünsche. Was den Bescheid angeht, den du mir durch A. K. geschickt hast, muss ich gestehen, dass er mich verwundert. Du hast zugestimmt, Liljenholm zu verlassen, dichtzuhalten und niemals zu versuchen, Kontakt zu Nella aufzunehmen. Du weißt, was passiert, wenn du dich nicht

an deinen Teil der Absprache hältst, nicht zuletzt in Verbindung mit deinem Verlag – doch das muss ich dir wohl nicht schreiben. Ich habe versprochen, mich Nella gegenüber ausschließlich positiv über dich zu äußern, und an dieses Versprechen halte ich mich natürlich. Sie nimmt die Veränderung gut auf und fragt nur selten nach dir oder »Lily«. Anfangs hatten Lauritsen und ich ein wenig Probleme, dass sie die Abwesenheit Letzterer akzeptierte, doch auf lange Sicht zweifle ich nicht, dass ihre Beseitigung für uns alle das Beste ist. Ich schicke dir das Manuskript für Das neunte Zimmer, *sodass du es zum 1. Juli hast, wie besprochen.*
Die freundlichsten Grüße an dich und Karen
Antonia

Ich starrte auf den Brief, bis die blaue Tinte vor meinen Augen zu einer Aquarellmalerei verschwamm. Hielt das Blatt gegen das Licht, wurde aber nur aus dem Wasserzeichen klüger, das einem Wappen glich und bestimmt auch eins war. Beseitigung? Vielleicht war ich einfach nur zu lange einem schlechten Einfluss ausgesetzt gewesen, doch in meinem Kopf klang das nach kaltblütigem Mord. Ich las den Brief noch einmal, diesmal langsamer. Es klang unleugbar so, als hätten Antonia und Simon Lily umgebracht. Simon? Ich konnte das mit meinem besten Willen nicht glauben. Außerdem wunderte mich der Ton des Briefs. Antonia klang einfach nicht wie eine Frau, die Simon einmal genug geliebt hatte, um ihn in ihren Widmungen *die Liebe meines Lebens* zu nennen. Und warum drohte sie ihm damit, den Verlag zu wechseln, wenn er sich seiner eigenen Tochter näherte? Denn darauf lief die Drohung doch wohl hinaus, die weiter zu vertiefen sie sich nicht berufen gefühlt hatte. Ich legte den Brief zur Seite und hätte beinahe ein kleines Detail übersehen, das mich die Augen nun aber weit aufreißen ließ. Warum in aller Welt, dachte ich, setzte Antonia Lilys Namen in Anführungszeichen?

In der zweiten Mappe fand ich die Antwort, ohne es zu begreifen. Jedenfalls nicht vor der kommenden Nacht, in der ich im Dunkeln das Ganze drehte und wendete, bis ich mit einem Schrei auf den Lippen hochfuhr. Doch jetzt greife ich den Ereignissen vor, denn in der nächsten Stunde war ich zunächst vollauf mit Lesen beschäftigt. Die Mappe enthielt nämlich vierundzwanzig graue Umschläge mit Simons Adresse auf der einen und dem Namen *Lauritsen* gefolgt von Liljenholms Adresse auf der anderen Seite. Da diese Lauritsen sich um Nella kümmerte, nahm ich an, dass sie eine Art Haushälterin oder Lehrerin sein musste, und das bestätigten die Briefe auch. Die Schrift schnitt sich durch das grobe Papier, als würde der Absender mit Nadeln schreiben. Die Briefe waren alle gleich lang. Eine Seite mit einem großen Rand.

Es musste sich um eine bezahlte Leistung handeln, dachte ich, und das nicht nur, weil Lauritsen ein paarmal *den Betrag, Sie wissen schon* anmahnte und in den Briefen immer wieder die gleichen zwei Daten auftauchten. Der 1. Januar und der 1. August, in der Zeit von 1914 bis 1926, als Nella achtzehn Jahre alt geworden sein musste. Nein, was mich davon überzeugte, waren die kühlen, ans Widerwillige grenzenden Berichte, die jeden einzelnen Brief füllten. Nellas Kindheit in Stichworten, so hätte man den Inhalt auch bezeichnen können. Ich dürfte streng genommen die Letzte sein, die sich über leicht verdientes Geld ärgerte, doch ich hatte das Gefühl, Simon zu kennen. Er hatte für Lauritsens leblose Informationen zweifellos tief in die Tasche greifen müssen, und das Einzige, was er dafür bekommen hatte, waren in einigen Fällen die reinsten Rohentwürfe. Briefe voller durchgestrichener Worte und zusammenhangloser Sätze, als hätte Lauritsen sie so schnell wie möglich fertigschreiben wollen. *»Nella geht es gut«*, führte sie typischerweise aus, gefolgt von *»sie ist wie gewohnt gut in Dänisch, Rechnen und Musik.« »Im Frühjahr hatte sie eine schlimme Lungenentzündung, die sieben Wochen gedauert hat.« »Sie hat noch immer Angst vor den ›Gespenstern‹ im Turmzimmer und all ihren Geräuschen, die mit den Jahren nicht weniger geworden sind. Doch sie hat angefangen, Klavier zu spielen. Das scheint ihr zu helfen.« »Wir tun, was wir können, um Nella von dem Turm fernzuhalten. Hoffentlich hört sie bald auf zu schlafwandeln.« »Sie liest alles, was ihr in die Hände fällt, nur nicht ~~Lilys~~ Antonias Bücher. Antonia korrespondiert mit ein paar ausländischen Bekannten, bekommt aber sonst keinen Besuch. Sie versteht sich nicht gut mit Nella und hat es nie getan.«* Und *»Nella hat keine Probleme damit zu glauben, dass Lily aus dem Fenster gesprungen ist und dass Sie ertrunken sind. So ist es am besten für sie. Das wissen Sie selbst genau.«*

Natürlich wunderte ich mich über die letzten Sätze. In allen Interviews sagte Antonia das genaue Gegenteil. Lily war also doch nicht in den Tod gesprungen, und die kleine Nella durfte nicht wissen, wie in Wirklichkeit alles zusammenhing. Weder was Lilys Schicksal (wie auch immer dieses aussehen mochte) noch was Simons anging. Ich spürte den Drang, auf und ab zu gehen. Der Lack meiner Dielen war zwischen Bett und Tisch ohnehin abgenutzt, ich folgte meiner eigenen Spur. Vielleicht lag es einfach daran, dass ich selbst eine Waise war und wusste, wie es war, auf der Straße zu stehen und in Fenster mit Familien dahinter zu gucken. Doch ich kam nicht umhin zu denken, dass Simon Antonia hätte die Stirn bieten und darauf bestehen müssen, seine Tochter zu sehen, wenn er sie denn vermisste. Doch er hatte sich anders entschieden. Zum einen oder anderen Zeitpunkt hatte er sein neues, komfortables Leben mit seiner kleinen Karen seiner kleinen Tochter auf Liljenholm vorgezogen. Simon hatte sich für den gewinnbringenden Verlag und gegen Nella entschieden, so musste alles zusammenhängen. Ich fragte mich, ob er Karen erzählt hatte, dass er eine Tochter hatte, oder ob sie das erst durch das Schnüffeln in seinen Dokumenten herausgefunden hatte. Es dürfte ohnehin zu einem Erbschaftsprozess kommen, wenn Simon einmal starb. Eine Tochter, mit der Karen alles teilen sollte, ohne das wirklich zu wollen. Doch das beschäftigte mich zu diesem Zeitpunkt weniger. Ich war wohl zu sehr daran gewöhnt, dass das Geld immer auf der Durchreise war.

Nein, was mich weiter beschäftigte, während langsam die Nacht hereinbrach, war der Gedanke an meine eigene Mutter. Meine leibliche Mutter. Soweit ich zurückdenken konnte, hatte ich im Kopf lange Gespräche mit ihr geführt, nur um genau zu wissen, was ich ihr sagen wollte, falls ich sie einmal zufällig auf der Straße treffen sollte. *Wie konntest du mich im Kinderheim im Vodroffsvej lassen? Warum bist du nicht gekommen und hast mich wieder abgeholt? Du ahnst nicht, wie sehr ich dich vermisst habe!,* wollte ich sagen, und jedes einzelne Wort war wahr. Ich bin mir von Anfang an falsch vorgekommen. Vollkommen falsch, und ich habe gedacht, dass wenn überhaupt jemand mich dazu bringen konnte, mich richtig zu fühlen, das die Frau sein musste, die mich geboren hatte. Eines Tages würde ich irgendeine Straße entlanglaufen, habe ich gedacht, und sie würde mir entgegenkommen, wir würden uns augenblicklich wiedererkennen. Es geschähe ganz instinktiv. Ich würde mich niemals mehr alleine fühlen. Jetzt, wo ich das schreibe, klingt es mehr als unwahrscheinlich. Sowohl dass ich eine Frau, der ich nie begegnet bin, wiedererkennen als auch dass das Falsche an mir dadurch verschwinden würde. Doch während meiner Kindheit habe ich es trotzdem gehofft.

Aber Nella! Sie hatte sich nicht einmal eine Geschichte ausdenken können, was sie ihrem Vater sagen würde, wenn sie ihm ganz zufällig auf der Straße begegnen sollte. Diese Freude hatten Simon und Antonia ihr genommen. Ich wusste nicht, was schlimmer war: zu wissen, dass der eigene Vater oder die eigene Mutter einen fallen gelassen hat, oder es nicht zu wissen. Als ich mich schließlich entschloss schlafen zu gehen, fragte ich Simon, wie er sich so hatte verhalten können. Nicht weil ich eine Antwort erwartete natürlich. Ich hatte es mir nur so angewöhnt, meine richtige Mutter das Gleiche zu fragen. Doch diesmal fühlte es sich völlig anders an. Denn Simon war ich begegnet. Seinen leuchtenden, grünen Augen. Er war nicht irgendein Unbekannter, der den Schwanz zwischen die Beine geklemmt und seine Tochter in einem Kinderheim abgegeben hatte, um nie mehr zurückzukommen. Er war der Mann, der mir seine persönlichen Papiere anvertraut hatte, und ich wusste noch immer nicht, was ich darin finden sollte. Etwas, das er fürchtete, aber was?

Mitten in der Nacht wusste ich es. Nicht, was er fürchtete, sondern was ich übersehen hatte. Ein Versehen, das ich zwar registriert, über das ich aber nicht weiter nachgedacht hatte, obwohl alle Erfahrung mir hätte sagen müssen, dass gerade diese Art Versehen die gefährlichsten sind. Es ging um die Male, die Lauritsen Lilys Namen durchgestrichen und mit Antonias Namen überschrieben hatte.

Das Licht meiner Lampe blendete mich in den Augen, als ich sie einschaltete, um schnell in Lauritsens Briefen nachzuzählen. Zehnmal hatte sie Lily durchgestrichen, und wenn man die As mitzählte, die eindeutig ihr Leben als Ls begonnen hatten, kam ich auf siebzehn Namensfehler in dreiundzwanzig Briefen. Im vierundzwanzigsten Brief, der auf den 1. August 1926 datiert war, waren darüber hinaus alleine zehn

Fehler, doch ich beschloss, sie nicht mitzuzählen, da Lauritsen offensichtlich auf dem Sterbebett gelegen hatte. *Ich habe den Winter meines Lebens erreicht,* schrieb sie, *aber ich habe so lange ausgeharrt, um Nella einen guten Start zu ermöglichen. Ihr Verhältnis zu ~~Lily~~ Antonia hat sich in den letzten Jahren verschlechtert, und ich glaube, dass sie Liljenholm verlassen wird, sobald es mich nicht mehr gibt. Das wird bald sein, und das ist bestimmt auch das Beste.*

Bekanntlich ist es nicht Sache des Menschen, in solchen Dingen zu urteilen, doch immerhin wusste ich so viel, dass nicht alle Namensfehler Zufälle sein konnten. Ich dachte noch weiter darüber nach, als ich das Licht wieder löschte. Ich weiß nicht, wie es dazu kam, doch plötzlich stolperten meine Gedanken übereinander. Oder warten Sie, eigentlich weiß ich sehr wohl, wie es dazu kam, und vielleicht kennen Sie das ja. Man glaubt nicht, dass es den geringsten Unterschied macht, ob man die Seite wechselt oder nicht. Doch in dem Moment, in dem man sich neben jemanden stellt und alle anderen von dort aus betrachtet, sieht die Welt völlig anders aus.

Genau das passierte, als ich mich in dieser Nacht an Simons Seite stellte. Denn es konnte zwar sehr gut sein, dass Antonia ihm das Zusammensein mit Nella verweigert, dass er das Geld seiner Tochter vorgezogen und dass selbst besagte Lauritsen nur Abneigung für ihn übrig gehabt hatte. Doch ich hatte mich noch nie in einem Menschen geirrt, den ich mochte. Nicht, wie ich Simon mochte. Es war doch ganz offensichtlich, dass die Geschichte von Lilys Selbstmord eine andere Geschichte verheimlichen sollte, aber wenn Simon involviert war, konnte es unmöglich ein Mord sein. Die Gedanken liefen mir davon. In Antonias Brief war schließlich auch nicht von einem »Mord« die Rede, dort stand »die Abwesenheit der Letzteren«. Ich musste an Lauritsens Worte denken. »*Sie hat noch immer Angst vor den ›Gespenstern‹ im Turmzimmer und all ihren Geräuschen.«* Es bestand absolut kein Grund, Gespenster in Anführungszeichen zu setzen, es sei denn, man wollte andeuten, dass es wohl kaum Gespenster waren, die sich dort aufhielten. Abwesenheit konnte so viel bedeuten … Verschwinden, Flucht, Eingesperrtsein im Turmzimmer. *Wir tun, was wir können, um Nella von dem Turm fernzuhalten. Nella hat keine Probleme damit zu glauben, dass Lily aus dem Fenster gesprungen ist.*

An dieser Stelle fuhr ich mit einem Schrei im Bett hoch. Ich starrte ins Dunkel, und was ich sah, war kein schöner Anblick. Ein Gut mit Namen Liljenholm, zwei Schwestern, Antonia und Lily, die von Anfang an ungleich gewesen waren, da Antonia den Titel und die Schlüssel und, den Jugendbildern nach zu schließen, auch das gute Aussehen geerbt hatte. Und trotzdem wandten sich die Schwestern einander zu und wurden Liebende. Wahrscheinlich bis Antonia ihren Herausgeber, Simon, heiratete, vielleicht auch noch länger, weil er von dem Verhältnis wusste und weil es weiterhin eine zentrale Rolle in Antonia von Liljenholms Büchern spielte. Doch mit der Zeit wurde das Verhältnis der Schwestern zueinander immer ungleicher, da Antonia sehr viel mehr Glück hatte und vielleicht auch sehr viel tüchtiger war als Lily. Außer dem Titel und den Schlüsseln bekam sie eine glückliche Ehe und eine gut erzogene Tochter und dazu noch eine einträgliche Karriere als Autorin. Lily dagegen bekam nichts, und so ging es weiter. »Doch, sie hat geschrieben, aber nicht unter ihrem eigenen Namen«, wie Simon gesagt hatte.

Dann war Lily diejenige im Hintergrund, die unter Antonia von Liljenholms Namen Romane schrieb und still und leise immer wütender wurde, stellte ich mir vor. Ich wäre das zumindest geworden, wäre ich sie gewesen, und dann passierte etwas. Was, wusste ich nicht, doch das Resultat sah ich plötzlich leuchtend klar vor mir: *Die Beseitigung bedeutete ein Einsperren im Turmzimmer, und eingesperrt wurde nicht die Schattenschwester Lily, sondern die glückliche Antonia, die jetzt keine Spur mehr glücklich war.* Dort oben konnte sie toben, so viel sie wollte, doch auf Liljenholm herrschte jetzt Lily, die sich von nun an für ihre Schwester ausgab. Auf Liljenholm war Lily endlich die erfolgreiche Autorin und Mutter, wie sie sich das immer erträumt hatte. Nicht so verwunderlich, dass man die Antonia von Liljenholm auf den Jugendbildern in dem Porträt, das ihren letzten Roman zierte, nicht wiedererkannte.

Den Ausschlag für mich gab Antonias Kälte in ihrem Brief an Simon. Weniger als ein Jahr nach ihrer Scheidung klang sie kein bisschen wie eine Frau, die ihn einmal geliebt hatte, und das hatte sie ja auch nicht. Denn sie war nicht seine frühere Frau, sondern sie war Lily, die Rivalin seiner Frau. Genau wie Lauritsen das weiter schrieb, ohne es zu beabsichtigen, mit ihren durchgestrichenen Lilys. Wahrscheinlich hatte Lily nichts als Verachtung für einen Mann übrig, der ihr die Schwester genommen und das Leben besagter Schwester noch glücklicher gemacht hatte, als es ohnehin schon war. Wahrscheinlich hasste sie ihn sogar und musste ihn deshalb lebenslang bestrafen. Mit Nella. Lily konnte ihm befehlen, sich von seiner Tochter fernzuhalten, da sie wusste, wie viel ihm Geld bedeutete, und so kam es zu der Absprache. Lily und Lauritsen hielten den Betrieb am Laufen, erklärten Lily für tot durch Selbstmord und Simon für im See ertrunken, kümmerten sich um die nun alles andere als glückliche Antonia im Turmzimmer und taten, was in ihrer Macht stand, damit Nella nichts entdeckte. Doch nur unter der Bedingung, dass Simon für immer aus ihrem und Nellas Leben verschwand. Und es machte Sinn, dass er das Nutzungsrecht für die Grabstätte mitgenommen hatte. Schließlich war er mit der Frau verheiratet, die von nun an für tot erklärt wurde. Lily, die nicht mehr wert war, als eines stillen Todes zu sterben. *Du hast zugestimmt, Liljenholm zu verlassen, dichtzuhalten, und niemals zu versuchen, Kontakt zu Nella aufzunehmen*, wie Lily ihm als Antonia geschrieben hatte, und dieser Teil der Abmachung hatte Simon jeden Tag gequält. Ich sah ihn vor mir: »Du musst wissen, wie sehr ich sie all die Jahre vermisst habe«, hatte er zu mir gesagt. »Ich weiß gar nicht, wie ich das ausgehalten habe.«

Ich war mir relativ sicher, dass Nella es auch nicht wusste. Es musste ein Albtraum gewesen sein, auf einem Gut aufzuwachsen, auf dem die eigene Mutter im Turmzimmer jammerte. Auch wenn einem gesagt wurde, dass das nur die Gespenster waren. Wie das Ganze rein praktisch vor sich gegangen war, blieb mir ein Rätsel. Sie konnten die kleine Nella wohl kaum davon überzeugt haben, dass die neue Antonia immer ihre Mutter gewesen war? Das konnte ich mir damals zumindest nicht vorstellen. Plötzlich hatte ich das Gefühl, wirklich Glück gehabt zu haben, und das kam bei Weitem nicht gerade häufig vor. Doch ich zog es eindeutig vor, bei einer Mutter aufgewachsen zu sein, die mich mit ihrer verstorbenen Tochter verwechselte, als in diesem Irrenhaus, das Liljenholm gewesen sein musste und vielleicht noch immer war. Es fiel mir natürlich schwer, mich auf Simons Seite zu stellen, der seine Tochter auf diese Weise verlassen hatte. Doch wenn ich schon der Meinung war, mich nie in einem Menschen, den ich mochte, getäuscht zu haben, musste ich davon ausgehen, dass es für Simon noch gewichtigere Gründe gegeben hatte als den schnöden Mammon, sich auf diese Abmachung einzulassen. Aber welche?

Oh nein!

Ich musste laut gesprochen haben, denn Paula klopfte gegen die Wand und fragte, ob ich nicht still sein könne. Sie müsse morgen früh aufstehen. Still sein! Sie konnte Gift darauf nehmen, dass ich still sein konnte. Aber nicht jetzt, wo ich mir Fragen stellte und Antworten bekam, die meine Zähne in der Sommernacht klappern ließen. Lilys Motiv war klar: die glückliche Schwester und Simon aus dem Weg zu räumen, sodass sie Antonias Leben übernehmen konnte. Lauritsen tat vermutlich nur, was man ihr sagte. Doch Simon hatte sowohl Antonia als auch Nella geliebt und sich trotzdem auf einen Plan eingelassen, der ihm beide nahm und Antonias Leben zu einer Hölle machte. GEWICHTIGE GRÜNDE! Er musste sie gehabt haben, und wieder sah ich ihn vor mir. »Ich habe Antonia geliebt. Alles, was sie ausgemacht hat, ihre Bücher, alles«, hatte er gesagt. Und plötzlich fiel es mir wie Schuppen von den Augen.

Höchstwahrscheinlich würde man sich aus einem einzigen Grund darauf einlassen, einen geliebten Menschen in ein Turmzimmer einzusperren: *Wenn dieser geliebte Mensch eine Gefahr für sich und andere darstellte und wenn man wollte, dass niemand davon erfuhr.* Ich hatte keine Ahnung, warum Antonia von Liljenholm wahnsinnig geworden sein sollte. Soweit ich das sah, hatte sie alles und noch etwas mehr. Aber wenn es trotzdem passiert, wenn irgendetwas schiefgelaufen war und sie den Verstand verloren hatte, war es dem weiteren Verkauf ihrer Bücher eindeutig zum Vorteil, wenn niemand von ihrem Zustand erfuhr und alles wie bisher weiterlief. Dass Lily die Bücher schrieb und sich für Antonia ausgab. Vielleicht war es die ganzen Jahre so gelaufen. Zweiundzwanzig Jahre, in denen Lily im Wohnzimmer und Antonia im Turmzimmer gesessen hatte. Etwas in mir erstarrte. Angesichts der Gegebenheiten, nehme ich an. Denn all das klang wie eine Geschichte aus einem Schundroman. Doch es war keine Geschichte, die man einfach zuklappen und zurück ins Regal stellen konnte. Es war die reine, unverfälschte Wirklichkeit, und im Augenblick spielte sie sich wahrscheinlich nur eine Zugreise von hier entfernt ab.

Wovor hast du Angst, Simon?, flüsterte ich den Mappen zu, die auf meinem Nachttisch lagen und erheblich unschuldiger aussahen, als sie waren. Doch in dieser Nacht fand ich nicht mehr heraus. Nicht weil ich sofort wieder einschlief, sondern weil ich noch diverse andere Dinge zu schreiben hatte. Ich musste nur immer wieder daran denken, dass es irgendwo noch weitere Details geben musste, da Simon so viel daran lag, die Geschichte jetzt ans Licht zu bringen. Sie war ihm schließlich seit Jahren bekannt. Als der Wecker wenige Stunden später schellte, stellte ich fest, dass ich zum Gott weiß wievielten Mal über meiner Arbeit eingeschlafen war, mit dem Unterarm als Kopfkissen und mit einem unkleidsamen Tintenfleck auf der Wange.

Ein paar Worte zu Wallis

Bevor ich erzähle, was mich erwartete, als ich am nächsten Morgen über den blauen Läufer hinauf in die dritte Etage stieg, muss ich erwähnen, dass es mir in den letzten Tagen unmöglich gewesen ist, auch nur eine Zeile zu schreiben. So viel zu Liljenholms laut besungener Schreibruhe! Vor meinem Fenster hantiert Nella mit diversen Gartengeräten, deren Namen ich nicht einmal kenne. Es ist offensichtlich, dass sie sich in die Neugestaltung des Parks gestürzt hat, um sich abzureagieren. Im Moment hackt sie Brennholz und kommandiert ein paar Lohnarbeiter von Frydenlund herum, die den Rasen bändigen und das Rosenbeet neu bepflanzen sollen. Davor hat sie eigenhändig den großen Kirschbaum auf Höhe meines Fensters beschnitten, während Simo oben auf dem weißen Stein gelegen und geschlafen hat.

»Hat die Welt denn nichts Besseres zu tun?«, hat sie die wenigen Male gefaucht, in denen ich versucht habe, mich ihr zu nähern. »Dänemark ist besetzt, verdammt! Die deutschen Truppen stehen vor Stalingrad! Und was machen die Leute? Sie durchforsten Antonia von Liljenholms Korrespondenz aus dem Jahr 1932!«

Sie hat recht, es ist unerfreulich, doch in gewisser Weise auch verständlich in einer Zeit wie der unseren.

Obwohl Antonia von Liljenholms Leserschar beträchtlich zu schrumpfen begann, als auch sie das tat, ist sie nichtsdestotrotz in Europa und Amerika seit Jahrzehnten gelesen worden. Man kann sogar sagen als eine Autorin, die sich für die Freiheit einsetzte, da sie immer wieder über Frauen geschrieben hat, die mit einengenden Konventionen brechen und ihre wirkliche Bestimmung als Künstlerin leben. Meistens sind sie nur Nebenfiguren, aber trotzdem. Es gibt sie. Jetzt hat eine britische Zeitung einen ihrer Briefwechsel in die Finger bekommen und ein paar aufsehenerregende Zitate durchsickern lassen, die ihren Weg bis zur *Berlingske Tidende* gefunden haben. Wäre es der Briefwechsel mit Daphne du Maurier gewesen, hätte das dem Buchverkauf möglicherweise gedient. Doch wie Sie bestimmt bereits wissen, ist das keineswegs der Fall.

Offenbar war eine gewisse Wallis Simpson, spätere Duchess of Windsor, ein großer Fan von Antonia von Liljenholm. Seit ihrer Ehe mit Englands inzwischen abgedanktem König Eduard VIII. ist sie eigentlich eher als Glücksritterin denn als Bücherwurm bekannt. Im Moment hält sich das Paar aufgrund diverser Gerüchte bezüglich der Spionage für das Dritte Reich auf den Bahamas auf. Doch damals, 1932, wohnte Wallis alleine in London, hatte vermutlich eine Affäre mit dem jetzigen Außenminister des Dritten Reichs und schrieb lange Briefe an Antonia, die Antonia leider auch beantwortet hat.

Nun ja, ich brauche wohl kaum ins Detail zu gehen, deshalb will ich mich damit begnügen zu erwähnen, dass weder Nella noch ich oder der Verlag uns so unbeirrbar zur Außenpolitik äußern würden, wie Antonia das angeblich vor zehn Jahren in ihren Briefen an Wallis getan hat. Wie zum Beispiel mit ihrem Zitat, dass man den Nazis freie Hand lassen sollte, die Kommunisten auszurotten. Wir vertreten nicht die Meinung, dass man Kunst und Politik auf diese Weise vermischen sollte, und dazu hat Nella auch einen ausführlichen Kommentar in ihrer Eigenschaft als Antonias Verlegerin geschrieben.

»Doch was hilft das schon?«, hat sie vor Kurzem gesagt, als ich im Park vorbeischaute und sie eine Axt in der Hand hielt und die Äste eines verdorrten Baums abhackte. Ich hatte keine Ahnung, was ich ihr antworten sollte. Denn wie die Zeitungen ebenfalls in Form von Fotos dokumentiert haben, sehen sich Antonia und Wallis auffallend ähnlich; die gleiche abgemagerte Figur, die gleiche Frisur, das gleiche Make-up und sogar die gleiche Mimik.

»Die Leser können doch gar nicht richtig erkennen, ob das Antonia oder Wallis ist, die sich da breit lächelnd mit der Hand in der des Führers hat abbilden lassen«, fuhr Nella fort. Ich versuchte etwas Tröstendes zu sagen, wie dass der abgedankte König direkt daneben steht und ebenso sein breitestes Lächeln zeigt. Außerdem wurde das Bild 1937 aufgenommen, als Antonia bereits ein Jahr tot war. Die Leute konnten sich demnach selbst ausrechnen, dass das nicht Antonia sein konnte. Doch Nella warf mir nur ein Bündel Äste zu.

»Du weißt genau, was ich meine!«

Sie hat vollkommen recht. Das weiß ich. Es stärkt Antonia von Liljenholms Ruf nicht gerade, dass sie jetzt mit einer zweimal geschiedenen, unpopulären Frau in Verbindung gebracht wird, die längst auf unbestimmte Zeit auf die Bahamas abgeschoben worden ist. Wir können nur hoffen, dass es dem Verkauf dieses Buchs nicht schadet. Nellas Sorge lässt sich nur schwer als übertrieben abtun. Sie sagt es nicht direkt, doch ich weiß, dass sie das Buch unbedingt so schnell wie möglich herausbringen will.

»Bist du inzwischen bei meiner Geschichte angelangt?«

Sie reichte mir noch einen Stoß Äste, sodass ich sie durch ein Rindengitter sah.

»Nein, ich muss noch aufdecken, wovor Simon Angst gehabt hat und was er mir aufgrund des Versprechens, das er gegeben hatte, nicht erzählen konnte.«

»Dann hast du auch noch nicht erzählt, womit du dir die Nächte um die Ohren geschlagen hast?«

»Stimmt.«

Es tat ihr gut, an der frischen Luft zu sein. Ihre Wangen waren leicht gerötet, und ihr Haar glänzte wie das einer Puppe.

»Dann müssen die Leser sich doch allmählich wundern«, sagte sie. Ich antwortete wahrheitsgemäß, dass ich hoffte, dass sie reichlich damit zu tun hätten, meiner Aufklärungsarbeit zu folgen.

Nella half mir, die Äste zu dem sehr viel größeren Stapel zu bringen, der an der Hauswand lehnte. Um Feuer zu machen, wenn alles zu Brennholz gehackt war, nahm ich an.

»Mutter hätte dich sehr viel mehr geliebt, als sie mich jemals geliebt hat«, sagte sie, während sie die Äste stapelte. Ich wusste nicht, was ich darauf antworten sollte.

»Das ist doch offensichtlich, komm schon!«, fuhr sie fort. »Wenn sie eins geschätzt hat, dann war das Scharfsinn. *Deine* Art von Scharfsinn. Sie sprach ihre versteckten Befehle aus, und du wärst im Stande gewesen, sie zu verstehen.«

Nella weiß das nicht (bis jetzt, jedenfalls), aber ich habe tatsächlich schon etwas Ähnliches gedacht. Was hätte ich erreichen können, wenn sie meine Mutter gewesen wäre! Für die Richtige wäre Antonia von Liljenholm ein fantastisches Vorbild gewesen, da bin ich mir sicher. Sie hätte mich alles von Grund auf lehren können, sodass ich nicht hier sitzen und mich vortasten müsste. Nella war etwas eingefallen, das sah ich ihr an.

»Ich war gestern drüben auf Frydenlund … wegen einer zweiten Sache«, sagte sie. Ich wollte sie fragen, was denn die erste Sache gewesen sei, doch sie kam mir zuvor.

»Ich habe mich mit denen da drüben angefreundet.«

»Ja, das ist nicht zu übersehen.«

Sie war etwas zu gut darin geworden, meine säuerlichen Kommentare zu überhören.

»Ich habe etwas herausgefunden, das vielleicht mit in das Manuskript gehört«, sagte sie und hob die Hand, bevor ich etwas erwidern konnte. »Hör zu«, sagte sie, »es geht um Clara.«

Mir entging ihr Eifer nicht.

»Stell dir vor, ich hatte vollkommen recht, Agnes! Herr Hans, der, wie du weißt, Frydenlund nach Herrn Williams Tod gekauft hat, hat tatsächlich erzählt, dass meine Großmutter Clara und Herr William über mehrere Jahre eine Affäre hatten. Habe ich es nicht gesagt! Clara hätte nie für Horace diese pikante Unterwäsche angezogen!«

Nella sah mich an, als wäre mein Gesicht eine Landkarte von einem verschwundenen Kontinent.

»Die verstorbene Schwester von Herrn William hieß Elisabeth, Agnes. Dämmert dir langsam der Zusammenhang?«

Natürlich sah ich einen Zusammenhang. Antonia und Lily hießen vermutlich Elisabeth mit Zweitnamen, weil Herr William und nicht Horace ihr richtiger Vater war. Es kann schon sein, dass es an mir liegt, aber ich kann mich einfach nicht über eine sechzig Jahre zurückliegende Nachbarschaftsaffäre ereifern. Erst recht nicht jetzt, wo mich meine Geschichte von Simon völlig beschäftigt und ich versuche, all die kleinen, aber nichtsdestotrotz entscheidenden Details in der richtigen Reihenfolge aufzuschreiben.

»Ja, aber es war doch ein Glück für Antonia und Lily, dass nicht Horace ihr richtiger Vater war«, sagte ich deshalb und versuchte, mich zurückzuziehen. »Ein Mann, der seine eigene Schwester vergewaltigt hat; dessen Gene mag doch wohl keiner weitergeben.«

Simo hatte sich ebenfalls erhoben, sein ganzer behaarter Körper wedelte. Als wir zurück nach Liljenholm gingen, spürte ich Nellas Blick. Ihr Ruf bohrte sich in meinen Rücken.

»Zufälligerweise heißt das auch, dass *ich* nicht mit diesem furchtbaren Mann verwandt bin, Agnes! Glaubst du nicht, dass mich das unheimlich erleichtert?«

Ich hätte mich umdrehen und ohne Vorbehalt bei ihr entschuldigen müssen, doch das tat ich nicht. Ich ging zu meinem Schreibtisch, an dem ich seitdem sitze und zu Nella hinausstarre. Sie hackt jetzt Brennholz, ihre Bewegungen zeigen noch immer deutlich ihre Wut. Inzwischen gibt es so vieles, für das ich mich bei ihr entschuldigen müsste. All diese Monate, in denen ich mehr und mehr in meiner Geschichte abgetaucht bin. Allmählich fühle ich mich völlig in ihr gefangen, aber ich habe wohl keine andere Wahl, als damit fortzufahren und sie zu beenden. Auf lange Sicht kommt meine Arbeit sowohl Nella als auch mir zugute. Das hoffe ich jedenfalls noch immer.

Eine Handvoll Orkane

Lassen Sie mich also meinen Bericht dort fortsetzen, wo ich ihn vor ein paar Tagen unterbrochen habe. Ich wusste so in etwa, was mich erwartete, als ich am nächsten Morgen den Vodroffsvej hinunter und hinauf in die dritte Etage eilte. Sie dürfen das nicht missverstehen, denn ich würde natürlich nie behaupten, dass ich so ähnlich aussah wie Marlene Dietrich in meinem Lieblingsfilm *Marokko*. Ich trug schließlich weder einen Zylinder noch hatte ich die perfekten Korkenzieherlocken (oder Marlene Dietrichs Gesicht oder Statur, doch halten wir uns damit nicht auf). Es muss reichen, wenn ich sage, dass die Leute sich auf der Straße umdrehten und dass ihre Blicke mir Mut machten. Wenn Sie jemals um neun Uhr morgens in einem Smoking durch Kopenhagen gegangen sind und das genossen haben, wissen Sie, was ich meine, lieber Leser. Der Stoff wurde zu einer eng anliegenden Rüstung, die mich umgab, und das weiße Hemd mit den Vatermördern und der Fliege ließ mich noch aufrechter gehen als sonst. Den ganzen Weg bis hoch in die dritte Etage fühlte ich mich unbezwingbar, und es spielte keine Rolle, dass der Stoff mir in den Hals schnitt, als ich Frau Hansen in der Tür zunickte. Doch sie nickte nicht zurück.

»Ich habe festgestellt, dass gestern Unterlagen aus dem Aktenschrank meines Mannes verschwunden sind«, sagte sie. »Wichtige Unterlagen. Ich fürchte, Sie sind die einzige Verdächtige.«

»Ich?«

»Wo sind die Unterlagen?«

Sie streckte die Hand aus, als würde sie ernsthaft meinen, ich hätte sie unter meiner Smokingjacke versteckt.

»Wenn Sie sie mir nicht sofort aushändigen, sind Sie gefeuert, Fräulein Kruse«, sagte sie. »Das sind Sie so gesehen ohnehin. Kommen Sie niemals wieder hierher … in Ihrem geschmacklosen Aufzug.«

Wäre ihre Stimme ein Boot gewesen, hätte ich gesagt, dass es gefährlich schwankte, und ich war auf jede einzelne Sekunde der Minute, die folgen würde, vorbereitet. Auf Frau Hansen, die einsah, dass ich keine Unterlagen bei mir hatte, die ich ihr geben konnte. Und auf meinen soliden Schuh, der sich zwischen Tür und Rahmen schob, sodass ein Spalt zwischen uns offen blieb, selbst als Frau Hansen mir mit aller Kraft den Eintritt zu verwehren suchte.

»Sie können sich darauf verlassen, dass ich sofort bei der Ordnungsmacht Anzeige gegen Sie erstatte«, sagte sie und stülpte die Lippe nach außen. »Man kann jemanden wie Sie schließlich nicht frei herumlaufen lassen, Fräulein Kruse! Einen Abschaum wie Sie!«

Ich hätte ihr so gerne so viel gesagt: *Hören Sie zu, Frau Hansen. Ich verstehe sehr gut, dass Sie Ihren Mann schützen wollen. Sie glauben, dass er an einem Mord beteiligt war, weil Antonia von Lilys Beseitigung schreibt, aber jetzt hören Sie einmal zu, was ich glaube …* Doch ich sagte nur:

»Können Sie überhaupt Stenografie lesen?«

Sie stieß die Tür nicht weiter gegen meinen Fuß. Ihre Augen blinzelten ein paarmal durch den Spalt, sodass man die geschminkten Lider sah.

»Was faseln Sie da, Fräulein Kruse?«

Eigentlich gefiel mir die Art, wie Frau Hansen beharrlich

um Ehre und Nachruhm ihres Mannes kämpfte, und in gewisser Weise entbehrte es nicht einer gewissen Komik, meinen Aufzug geschmacklos zu nennen. In Anbetracht der furchtbaren hellroten Bluse zum Beispiel, die sie heute trug.

»Sie werden von den Notizen der letzten Tage nichts haben, wenn Sie sie mich nicht ins Reine schreiben lasen«, fuhr ich fort. Das stimmte so gesehen auch. Ich stenografiere nur, wenn ich mich langweile, und ich bin wirklich nicht gut darin, sodass man selbst dann, wenn man Stenografie beherrscht, kaum mehr als die Hälfte lesen kann.

»Ich brauche dazu einen Tag«, fuhr ich fort. »Und wären Sie mit meiner Arbeit zufriedener, wenn ich Ihnen anbieten würde, die Notizen gratis ins Reine zu schreiben, Frau Hansen?«

Ich legte den Kopf schief, und wie ich es mir gedacht hatte, öffnete sich die Tür ein paar Millimeter. Sie zögerte kurz, als müsste sie noch einmal darüber nachdenken, und ließ sie dann ganz aufgleiten. Frau Hansens Gesicht war zu einer höhnischen Grimasse erstarrt.

»Bitte beeilen Sie sich mit der Reinschrift«, sagte sie. Ihre Stimme zitterte so sehr, dass sie fast die Tonlage wechselte. »Ich bitte Sie auch, Ihre langen Finger bei sich zu behalten. Die Schreibmaschine steht übrigens in meinem Zimmer. Ich nehme einmal an, dass das kein Problem ist?«

Sie nickte zu einem kleinen Zimmer links von der Küche hin, und vor meinem inneren Auge sah ich einen Eiszapfen zu Boden fallen.

»Das ist überhaupt kein Problem, Frau Hansen.«

»Ich will Sie unter keinen Umständen in der Nähe meines Mannes haben«, sagte sie. Ich zog schnell meine Schuhe aus und schlüpfte in Simons Pantoffeln.

»Haben Sie das verstanden?«, fuhr sie fort. Die Tür zu seinem Arbeitszimmer sah verschlossener aus denn je.

»Natürlich, Frau Hansen.«

»Und wenn Sie fertig sind, rufen Sie nach mir. Dann komme ich und begleite Sie hinaus.«

Ich hätte allem zugestimmt, wenn Sie mich nur hereinließ, sodass ich die letzten Details herausfinden konnte. Ja, das dachte ich damals, Herr im Himmel! Details! Wenn ich gewusst hätte, was mich erwartete! Frau Hansens Arbeitszimmer hätte eigentlich Warnung genug sein müssen, denn es war ein Albtraum. Die Möbel waren schon längst unter Papierstapeln begraben, sodass man nichts als ein paar Schubladen sah, die sich nicht mehr schließen ließen, und ein paar verirrte Tischbeine. Aus teurem, dunklem Holz, soweit ich das sah. Ich musste ernsthaft befürchten, dass der Verlag hier drinnen gestrandet war, und in diesem Fall sähe es wahrlich schlecht aus für Antonias nächsten Roman. Frau Hansen räumte die Stapel hin und her.

»Einen Augenblick«, murmelte sie. Ich hätte leicht verhindern können, dass die ersten hundert Blätter auf dem Boden landeten, doch sie hätte meine Geste wohl kaum als so hilfsbereit aufgenommen, wie sie gemeint gewesen wäre. Deshalb stieg ich nur quer über den Strom aus Papieren. Eine Schreibmaschine wurde sichtbar. Eine glänzende, schwarze Underwood. Ihre weißen Tasten neigten sich wie ein Skihügel, und ich konnte es nicht lassen, mit den Fingerspitzen darüberzustreichen, sodass sie leise klickten. Frau Hansen blickte auf.

»Unterstehen Sie sich, in meinen Sachen zu wühlen, Fräulein Kruse.«

»Das liegt mir fern.«

Sie nahm einen Stapel Blätter von einer Erhöhung, die sich als Stuhl erwies.

»Ja, denn sonst muss ich ein paar Worte mit der Ordnungsmacht wechseln«, sagte sie und warf mir einen langen Blick zu, den ich mit einer Angst zu erwidern versuchte, die ich nicht empfand. »Ich hole jetzt Ihre Notizen, und dann schreiben Sie sie so schnell wie möglich ins Reine, haben Sie mich verstanden?«

Sie ließ die Tür angelehnt.

Die nächsten Stunden waren eine eklatante Demonstration der Ironie des Schicksals. Jahre hatte ich von einer Underwood geträumt, und jetzt war es so, dass ich sie überallhin wünschte nur nicht hierher, wo ich war. Die Tasten schlugen nämlich laut an und verrieten mich jedes Mal, wenn ich aufhörte zu schreiben. Um mich umzusehen, nur ein wenig natürlich. Es war wohl nicht verboten, sich mit seinem neuen Arbeitsplatz vertraut zu machen. Doch im nächsten Augenblick stand Frau Hansen mit hochgezogenen Brauen oder wie man die aufgemalten Striche, die von ihnen noch übrig waren, nennen sollte, in der Tür.

»Ich musste nur den Rücken einmal strecken«, versuchte ich es. Doch sie musterte mich nur höhnisch von oben bis unten. Ich hatte die Smokingjacke ausgezogen und sie über die Lehne von etwas gehängt, das einmal ein Lehnstuhl gewesen sein musste, doch mein Hemd war noch immer steif wie Papier.

»Ich möchte Sie bitten, auf Ihrem Stuhl sitzen zu bleiben und dort den Rücken zu strecken«, sagte sie etwas zu spitz für meinen Geschmack. So wäre es zweifellos weitergegangen, wäre Simon mir nicht zu Hilfe gekommen. Eine Tür ging auf und fiel mit einem knarrenden Laut wieder zu, seine Schritte näherten sich.

»Karen?«

Frau Hansen verschwand ebenso schnell, wie sie gekommen war. Die Süße ihrer Stimme erinnerte mich an den ekelhaften selbstgebackenen Kuchen.

»Nein, mein Lieber, das ist Fräulein Kruse, die dort drinnen sitzt und schreibt. Du darfst sie nicht stören. Komm! Gehen wir ins Wohnzimmer und trinken unseren Vormittagskaffee!«

»Ich will keinen Kaffee!«

»Doch, natürlich willst du Kaffee, Simon, hör schon auf! Erinnerst du dich nicht, wie gerne du um diese Zeit des Tages immer eine Tasse trinkst?«

Mein Blick eilte von Stapel zu Stapel. Es war der Hansen & Sohn Verlag, der hier auf bessere Zeiten wartete. Manuskripte, Verträge, aufgerissene Briefe. Weiß Gott, ob Simon der Sohn bei Hansen & Sohn war oder ob er gehofft hatte, mit seiner *kleinen Karen* einen Erben zu bekommen.

»Schreiben Sie, Fräulein Kruse?« rief sie durch ein paar Wände hindurch. Ich hob schnell einen Stapel Papiere hoch und entdeckte ein paar Briefe der Buchdruckerei A. Rasmussen.

»Natürlich schreibe ich!«

Ich ließ die Finger in einem zufälligen Tanz über die Tasten gleiten, der hoffentlich so klang, als säße ich an der Reinschrift, während ich die Briefe las. Die Buchdruckerei A. Rasmussen mahnte zum vierten Mal Antonia von Liljenholms neues Manuskript *Eine Handvoll Orkane* an, das angeblich am 1. Juli zum Druck hätte geliefert werden sollen. Offenbar war es bisher noch nie passiert, dass ihre Manuskripte verspätet kamen, und ich hatte eine einleuchtende Idee, warum das jetzt der Fall war. Das Manuskript musste zweifellos in meiner unmittelbaren Nähe liegen. Ich suchte abwechselnd mit der einen und dann mit der anderen Hand, während sich langsam eine Angst in mir ausbreitete. Sie ließ mich aufstehen und weitersuchen, als Frau Hansen draußen in der Diele mit Simon beschäftigt war. Er nannte mit erregter Stimme meinen Namen, mehrmals sogar. Ganz hinten in einer der Schubladen, die sich nicht schließen ließen, lag ein herzförmiges Schmuckkästchen.

»Du sollst es versprechen!«, wiederholte er, gefolgt von einem langen Murmeln, während ich ein paar von Frau Hansens Diamantringen in meine rechte Hosentasche gleiten ließ. Das ist nichts, worauf ich heute stolz bin, das versichere ich Ihnen, aber damals war es reine Routine. Mein neues, besseres Leben war ohnehin gescheitert, und mir blieb nur mein mir allzu bekanntes. Frau Hansen würde wohl kaum bei der Polizei Anzeige gegen mich erstatten aus Angst, was ich ihnen über ihren geliebten Mann erzählen könnte, und außerdem hätte ich noch sehr viel mehr Diamantringe mitgehen lassen können, als ich es tat, überlegte ich. Eigentlich müsste sie mir dankbar sein. Die Stimmen draußen wurden lauter.

»Das kannst du einfach nicht ernst meinen, Simon! Du weißt nicht, was du sagst!«

»Du sollst es versprechen! Sonst …«

Irgendetwas zerbrach mit einem trockenen, knirschenden Laut. Meine Hände durchsuchten so schnell die Papierstapel, dass selbst Ambrosius beeindruckt gewesen wäre. Die eine Hand blätterte die Seiten um, während die andere auf ihrem Platz lag. Und als das Gemurmel erneut erklang, war ich mir so gut wie sicher: *Eine Handvoll Orkane* war nicht hier. Zum ersten Mal hatte Antonia von Liljenholm ein Manuskript nicht rechtzeitig abgeliefert, und das konnte natürlich nur bedeuten, dass sie die Zügel gelockert und beschlossen hatte, ihren Ruhestand zu genießen. Es musste nichts anderes bedeuten, aber …

»Simon!«

Jetzt spielte sich die Meinungsverschiedenheit direkt vor meiner Tür ab. Ich spannte schnell eine neue Seite ein und ließ die Buchstaben ihren Weg in der richtigen Reihenfolge auf das Papier finden. Das fehlende Manuskript musste nichts zu bedeuten haben, doch meine Zähne klapperten bereits, wie ich sie noch nie hatte klappern hören. Meine Finger wurden langsamer. Da war ein großes Gut mit Namen Liljenholm, und da waren zwei Schwestern, die von Anfang an ungleich gewesen waren. Die eine hatte in der Regel Glück, doch die letzten zweiundzwanzig Jahre war sie im Turmzimmer eingesperrt gewesen. Die andere hatte in einer fernen Vergangenheit Pech gehabt, und jetzt hatte sie es wieder. Ein Manuskript, das sie nicht fertigstellen, eine Grabstätte, um die sie sich nicht kümmern konnte, keinen Besuch in den letzten zwanzig Jahren und das Essen und Trinken, das sie nicht länger zu ihrer Schwester ins Turmzimmer hochtragen konnte … *Wenn Lily ernsthaft erkrankt war, todkrank war, wenn sie deshalb* Eine Handvoll Orkane *nicht abgeliefert hatte, war Antonia im Turmzimmer in Lebensgefahr, und es gab niemanden, der ihr helfen konnte. Denn niemand wusste, dass sie noch lebte.* Niemand bis auf Lauritsen, die tot, und Simon, der dement war, und ihre Schwester, die sie zweifellos lieber tot sah, als dass das Geheimnis gelüftet wurde. War das der Ausgang, den Simon in seinen wenigen klaren Stunden fürchtete?

Eine Tür knallte. Simons Tür, soweit ich das hören konnte. Selbst die Luft schien den Atem anzuhalten. Ich sah mich gezwungen aufzustehen und das Fenster zu öffnen, nicht zuletzt um mir eine schwarze Kiste, die auf der Fensterbank stand, genauer anzusehen. Doch im nächsten Moment riss Frau Hansen die Tür zum Arbeitszimmer auf. Sie hatte die Arme bereits verschränkt, die Finger trommelten auf den hellroten Blusenstoff.

»Sie schreiben nicht?«

»Nein, ich öffne das Fenster. Das ist doch wohl erlaubt?«

Der Wind fuhr ganz unschuldig in mein bei Weitem nicht

so unschuldiges Haar. Frau Hansen ließ ihren Blick durch das Zimmer schweifen. Zuerst zu der weißgeblümten Wand um das Fenster hin, dann zum Schreibtisch. Sie schien nicht zu bemerken, dass die Briefe der Buchdruckerei A. Rasmussen oben auf dem Papierstapel lagen. Jemand hämmerte mit der geballten Faust auf etwas ein, das ganz nach einer Tür klang.

»Karen! Lass mich raus! Karen?«

Frau Hansens Profil war spitzer als sonst, und ihre Haut spannte über den Wangen. Ich hatte sie noch nie so blass gesehen wie in diesem Augenblick.

»Es wäre … unglaublich gut, wenn Sie sich mit der Reinschrift beeilen würden, Fräulein Kruse«, sagte sie. Meine Finger waren bereits wieder bei der Arbeit.

»Ich tue, was ich kann. Seien Sie ganz unbesorgt.«

Sie wollte gerade noch etwas sagen, doch stattdessen zog sich ihr Mund zusammen. Ich fühlte einen Stich im Herzen wegen Simon, der jetzt genauso eingesperrt war wie Antonia. Zweifellos zu seinem eigenen Besten, wenn man Frau Hansen fragen würde. Nur damit er sich nicht verplapperte und mich noch weiter auf die Spur des Mordes brachte, der nur in ihrem Kopf existierte. Die Gedanken flogen ebenso schnell durch meinen Kopf wie Simons Worte auf das Papier. Vielleicht tat es ihm ganz gut, einmal zu sehen, wie es war, eingesperrt zu sein, obwohl es zu spät war. Er schlug dort drinnen gegen die Tür und verstand nicht, warum sie nicht aufging, und jetzt rief er erneut, länger diesmal.

»Lily? Liiiily?«

Er klang wie eine Katze, die man am Schwanz zog, dachte ich. Es konnte durchaus sein, dass ich nicht die Erste war, die er mit Lily anredete, doch ich würde die Letzte sein, die sich davon geschmeichelt fühlte, jetzt, wo ich wusste, wer Lily in Wirklichkeit war. Meine Finger bewegten sich schneller. Es gab keinen Weg darum herum: Ich musste herausfinden, ob die richtige Lily, die sich für Antonia ausgab, tot war oder lebte. Ich hatte eine Seite zu Ende geschrieben. Eine neue rollte über die Walze. Ich musste es schnell herausfinden, denn es würde mich wundern, wenn es jemand anderen gab, der das tun konnte, als mich. Bis auf Nella vielleicht, doch nach Lauritsens Briefen zu urteilen, dürfte sie Liljenholm in den letzten zehn Jahren nicht gerade mit Besuchen verwöhnt haben. Nicht, dass mich das wunderte. Lebensechte Laute aus dem Turm und eine Frau, die behauptete, ihre Mutter zu sein, würden wohl die meisten abschrecken. Nella musste inzwischen erwachsen sein. In meinem Alter, hatte Simon gesagt, aber wohl eher ein paar Jahre jünger.

Ich ließ meine Hand einen weiteren zufälligen Tanz auf den Tasten hinlegen, während die andere nach der schwarzen Kiste griff. Ich will mich wirklich nicht loben, doch mein legendärer Griff leistete noch einmal ganze Arbeit, selbst mit nur einer Hand und dem Herz im Hals. Genau wie erwartet enthielt die Kiste eine Rolodex mit Adressen und Telefonnummern des Verlags Hansen & Sohn. Nella musste unter »L« stehen für Liljenholm, doch ich fand nur Antonias Adresse, die ich bereits von den Briefumschlägen her kannte. Ohne Telefonnummer, leider. Ich schlug vorsichtig die Karten zurück und begann von vorne. Vielleicht hatte Simon Nellas Adresse nicht, dachte ich, oder sie war unter einem Decknamen notiert, damit Frau Hansen sie nicht entdeckte. Ich war bereits bei »E« und hatte nicht einmal einen Schatten von Nella gesehen. Sie konnte auch den Namen gewechselt oder geheiratet haben, doch unter »F« und »G« fand ich sie auch nicht.

Es wäre auch nicht völlig abwegig, wenn sie sich umgebracht hätte, dachte ich noch, bevor ich eine Karte umdrehte und unter »H« eine Reihe von Adressen von einer gewissen

»Nella Holm« erblickte. Es bestand kein Zweifel. Das war die richtige Nella. Simon hatte ihren Werdegang in Kopenhagen von 1926 bis heute minutiös verfolgt, und im Grunde genommen glich der unverkennbar meinem eigenen. Wie ich sah, hatten wir in denselben schlechten Stadtteilen zu denselben schlechten Zeiten gewohnt. Doch letzten Endes hatte Nella mehr Glück gehabt als ich. Die letzten vier Jahre hatte sie in Vesterbro gewohnt. In der Hedebygade, ganz oben unter dem Dach. Mit Sicherheit war das eine erbärmliche Adresse, ich hatte nämlich in einem Zimmer in dem Haus gegenüber gewohnt. Doch im Gegensatz zu mir hatte Nella offenbar die Mittel für eine der kleinen Dachwohnungen. Oder sie war einfach mit einem Mann verheiratet, der gut verdiente. Jedenfalls merkte ich mir schnell die Adresse und wollte die Kiste gerade zumachen, als mir ein Blick in den Weg kam. Frau Hansens Blick. Sie stand genauso da wie das letzte Mal. Die Arme vor den ordentlichen Blusenknöpfen verschränkt, zwei rote Flecken hatten sich auf ihren Wangen ausgebreitet.

»Wonach schnüffeln Sie?«

Bevor sie hinter mich treten konnte, hatte ich alle Karten zurückgeklappt, sodass sie sich den Rest selber denken musste. Ihre Stimme war meinem rechten Ohr allzu nahe.

»Verschwinden Sie, Fräulein Kruse.«

»Und was ist mit der Reinschrift?«

»Verschwinden Sie, habe ich gesagt.«

Ihr Atem war nahezu betäubend, und Simon rief irgendetwas aus seinem Zimmer, das wie *Du hast es versprochen! Karen? Du hast es versprochen!* klang. Meine Beine zitterten, als ich den Stuhl zurückschob, und so passte eins zum anderen, denn ich war bis auf den Grund meiner Seele erschüttert. Es war noch nie vorgekommen, dass mein Gehör mich in keiner Weise davor gewarnt hatte, von den Falschen entdeckt zu werden. Doch meine Hand war einigermaßen ruhig. Ich griff nach der Smokingjacke und sobald ich sie zugeknöpft hatte, kehrte die Sicherheit in meinen Körper zurück. Ich nickte Frau Hansen freundlich zu.

»Ja, dann sage ich Auf Wiedersehen.« Ich streckte ihr die Hand entgegen, doch sie sah mich nur kühl an, bis ich sie wieder sinken ließ. Die Farbe ihrer Augen war verblasst. Wahrscheinlich waren sie einmal blau gewesen.

»Sie haben versprochen, nicht in meinen Sachen zu wühlen«, sagte sie. Ihre Stimme schnitt mir in die Ohren. »Sie haben gesagt, dass Ihnen das fernliegt, und trotzdem habe ich Sie wieder dabei erwischt. Was um alles in der Welt wollen Sie von uns, Fräulein Kruse? WAS WOLLEN SIE VON UNS?«

Und ich sagte ihr die Wahrheit:

»Ich will nichts von Ihnen, Frau Hansen. Sie können ganz beruhigt sein, das hat absolut nichts mit Ihnen zu tun.«

Doch sie sah alles andere als beruhigt aus, ihr Mund verzog sich.

»Mein Mann hat mich gebeten, Ihnen ein Buch zu geben«, sagte sie. »Darüber haben wir eben diskutiert, denn ich war der Meinung, dass Sie so, wie Sie sich aufgeführt haben, nicht einmal eine Schmähschrift verdient hätten. Doch da er darauf besteht, sollen Sie es haben. Dann können Sie ja mit Ihrem Gewissen ausmachen, ob Sie meinen, es verdient zu haben, wenn Sie denn eins haben.«

Frau Hansen reichte mir ein dickes Buch in einem vergilbten Umschlag. Die Titelseite schmückte ein einfacher schwarzer Rahmen. Natürlich hatte ich erwartet, Antonia von Liljenholms Namen darauf zu sehen. Doch ich irrte mich. Da stand zwar in Großbuchstaben *Quell der Einsamkeit*, und der Titel hätte durchaus auch eines der Bücher von Antonia von Liljenholm schmücken können. Doch darunter war zu lesen, dass der Roman von Radclyffe Hall war, wer auch immer das sein sollte, gefolgt von einer kleinen Tintenblume. Ganz unten stand: *Hansen & Sohn, 1929*. Kurz gesagt, ich hatte keine Ahnung, was für ein Buch ich da bekommen hatte, und ehrlich gesagt gab es andere Dinge, die mich momentan mehr beschäftigten.

»Grüßen Sie Simon und richten Sie ihm meinen Dank aus«, sagte ich zu der Tür, die Frau Hansen bereits zugeschlagen hatte. Auf dem Weg die Treppe hinunter blätterte ich in dem dicken Buch. Es konnten schließlich Nachrichten von Simon darin stecken, gut versteckt zwischen den Seiten, dachte ich, doch dem war nicht so. Oder sie sollten sich erst offenbaren, als ich das Buch einige Wochen später las und einem Menschen begegnete, der Ähnlichkeit mit mir selbst hatte. Stephen hieß sie, und auch wenn ich wohl kaum mehr zu schreiben brauche, werde ich es dennoch tun. *»Diese Nacht waren sie nicht getrennt«,* stand dort über ihre Beziehung zu einer anderen Frau, und zum Schluss rief sie Gottvater höchstpersönlich an. *»Lass die ganze Welt wissen, dass Du uns anerkennst. Gib uns das Recht zu unserer Existenz.«*

Dass diese Engländerin es gewagt hatte, so etwas zu schreiben, und darüber hinaus noch in ihrem Heimatland dafür verklagt worden war, ahnte ich nicht, als ich mit Kurs auf die Kirche in meinem Stadtteil aus der Straßenbahn sprang und später mehrere Kilometer zu Fuß lief, das Buch unter dem Arm. Ich wusste nur, dass es außer mir kaum jemanden gab, der herausfinden konnte, ob Lily tot war oder noch lebte. Und ich war mir ziemlich sicher, dass ich schnell sein musste. Die Wolken zogen sich zusammen und ließen einen Regenguss über Kopenhagen niedergehen. Ich versteckte das Buch unter meiner Smokingjacke und rannte.

Luftschlösser und Zukunftspläne

Ich tat zwei Dinge, sobald ich wieder in der Pension war. Zum einen hing ich meinen Smoking zum Trocknen auf und zog mir einen neutraleren Anzug und meinen besten weißen Schlips an. Zum anderen verfasste ich eine Nachricht an Antonia von Liljenholm (oder sollte ich besser Lily von Liljenholm schreiben?) und gab sie dem Telegrafenamt durch.

Neues Manuskript? STOPP Mache mir Sorgen um Sie STOPP Lassen Sie von sich hören STOPP H&S, Frl. Kruse, Sekretärin, Godthåbsvej 5 GO6318

Ich gebe zu, dass es unaufrichtig war, mich als Sekretärin von Hansen & Sohn auszugeben, doch andererseits hätte der Verlag durchaus eine Sekretärin wie mich gebrauchen können. Meine durchgreifende, aber liebevolle Hand hätte bald Ordnung in die Stapel gebracht, sodass die Buchdruckerei A. Rasmussen keine Mahnungen hätte verschicken müssen und keine Autoren und ihre Nächsten einfach verschwinden könnten, ohne dass jemandem das auffiel. Auf diese Weise konnte ich meine kleine Notlüge ohne weiteres rechtfertigen. Dafür ging es über meinen Verstand, dass es so lange dauern konnte, ein paar einfache Worte zu schreiben, doch das sollte noch früh genug zu meinem Alltag werden.

Manchmal mühe ich mich stundenlang mit denselben fünf Sätzen ab und fühle mich innerlich so leer wie ein Wollpullover. Nella hat mich aufgegeben, glaube ich. Sie schleicht sich nur zu den Mahlzeiten herein und stellt mir ein Tablett mit Essen auf den Schreibtisch, das ich die letzten Monate kaum angerührt habe. Die arme Nella. Sie hat alle möglichen Kartoffelgerichte und Pasteten und Gerichte mit Kohlrabi gemacht, den man im Augenblick offenbar billig auf Frydenlund kaufen kann, doch meine alte Remington mit ihren weißen Tasten war das Einzige, das ich wirklich geschätzt habe. Und ich habe noch mehr zu erzählen. Gewisse Details, die zu enthüllen es meiner Meinung nach an der Zeit ist, auch wenn ich mich in Wahrheit dagegen sträube.

Zum jetzigen Zeitpunkt haben Sie bestimmt schon erraten, dass *ich* Nella damals im September 1936 telegrafiert und das Telegramm mit »ein Freund« unterschrieben habe. Der Grund war der, wie Sie vielleicht auch schon erraten haben, dass ich in der folgenden Woche absolut nichts von Liljenholm gehört hatte. Daraus schloss ich, dass Antonia im Turmzimmer in Lebensgefahr sein könnte, und lassen Sie mich Ihnen schon so viel verraten, dass meine Einschätzung völlig richtig war. Die arme Antonia war wirklich in Lebensgefahr, und ich hätte die Polizei aufsuchen und sie in meine kleine Theorie einweihen können, nein, ich hätte sie vielleicht sogar einweihen müssen. Doch ich war mir auch ziemlich sicher, dass mir das nichts anderes als einen längeren Aufenthalt im Kittchen eingebracht hätte. Natürlich nicht aufgrund dieser Geschichte, sondern aufgrund einer langen Reihe anderer. Doch obwohl ich eher jemand war, den man einlochte, statt dass man ihm zuhörte, hätte ich zumindest Nella aufsuchen und ihr erzählen können, wie die Dinge lagen (oder vielleicht eher nicht lagen). Im Nachhinein wünsche ich mir auch zutiefst, das getan zu haben. Doch zu besagtem Zeitpunkt litt ich unter der Zwangsvorstellung, dass es allen wie mir gehen müsste, was derartige persönliche Informationen anging. Denn *ich* hätte es unter allen Umständen vorgezogen, die Wahrheit selbst herauszufinden, statt sie von einem Menschen serviert zu bekommen, dessen Namen ich nicht kannte und über den ich nichts wusste. Deshalb behandelte ich Nella, wie ich selbst gern behandelt worden wäre, und das kann man als christliche Handlung oder als Idiotie auf einer höheren Ebene bezeichnen. Wenn ich Nella zurück nach Liljenholm locken konnte, würde sie schnell verstehen, wie alles zusammenhing, dachte ich, und falls nicht, würde ich in der Nähe sein. Letzteres war nicht meine Idee, sondern die von Ambrosius, und jetzt komme ich zu den Details, die ich bislang für mich behalten habe.

Denn ich habe Ihnen weder von Ambrosius noch von unserem kleinen Nebengeschäft, von dem netten Lokal Silhouette, in dem wir uns gewöhnlich trafen, oder von dem Plan erzählt, den wir uns an dem Abend ausgedacht hatten, an dem Frau Hansen mich feuerte.

»Und wann willst du das tun?«, hat Nella mich erst vor Kurzem gefragt, als sie mit all den Seiten über Simon hereinkam, die sie inzwischen dreimal gelesen hatte. Sie sagt, dass sie ihren Vater mit jedem Mal besser kennenlernt. Doch jetzt klopfte sie mir nur leicht auf die Schulter.

»Die Leser werden glauben, dass du ein gutes christliches Mädchen bist«, sagte sie. »So oft wie du in die Kirche gehst. Das ist schon beeindruckend, muss ich sagen. Mehrmals die Woche. Wer hätte das gedacht?«

Ich wollte protestieren, doch ihre Hand klopfte jetzt fester, als wäre ich ein Hütehund und kein Mensch.

»Ernsthaft, Agnes, du kannst dich doch nicht weiter um die Nächte herumschreiben«, sagte sie. »Hörst du? Die Leser müssen sich doch auch über deine Müdigkeit jeden Morgen wundern.«

Sie beugte sich über mich, sodass ihr Gesicht verkehrt herum vor meinen Augen schwebte.

»Ich bin mir sicher, dass die Leser dir auf lange Sicht verzeihen werden.«

Sie berührte meinen wundesten Punkt: Und das sind Sie, lieber Leser. Ich möchte nicht, dass Sie von mir oder Ambrosius schlecht denken, und ich möchte ganz bestimmt nicht, dass Sie über die Silhouette oder die Menschen, die dort verkehrten, schlecht denken. Es gibt schon genug, die einen schlechten Eindruck von uns haben aufgrund des berüchtigten Stroms von Artikeln, die in den letzten Jahren in der *Illustrierten Kriminalzeitschrift* erschienen sind. Ja, Sie haben sie wahrscheinlich sogar schon selbst gelesen, so oft, wie sie erwähnt worden sind. Deshalb muss ich wohl kaum ins Detail gehen über *die Clique degenerierter Männer, die Frauen verabscheuen,* und *die typischen homosexuellen Frauen und andere unnatürlichen Individuen*, die die Verfasser der Artikel in den sogenannten *obskuren Wirtshäusern* im Larsbjørnsstræde-Viertel getroffen zu haben behaupten. Im Zentral-Klub, im Labyrinth, in der Silhouette und in noch ein paar anderen. Lillemor hat die Artikel immer ausgeschnitten und in meine Taschen gesteckt, wenn ich sie besucht habe. Sie hat das sicher nicht böse gemeint, sondern sich nur Sorgen um mich gemacht. Dazu hatte sie auch allen Grund, doch das lag nicht an der Silhouette. Ganz im Gegenteil, die Silhouette war mein einziges richtiges Zuhause. In dem Sommer, in dem ich für Simon und Frau Hansen gearbeitet habe, bin ich mehrmals die Woche dorthin gegangen, um mit Ambrosius auf die Widrigkeiten des Lebens anzustoßen. Nun ja, und um die noch größeren Widrigkeiten der Nacht zu planen. Ich sah keinen anderen Ausweg. Ambrosius und ich standen kurz davor, im Armenhaus zu landen, da niemand uns wirklich lange anstellen wollte. Und mittlerweile hatten wir den Dreh heraus.

An dem Tag, an dem Frau Hansen mich gefeuert hatte, war ich um Punkt siebzehn Uhr mit Ambrosius in der Silhouette verabredet. Der Regen hüpfte auf dem Kopfsteinpflaster und strömte durch die Rinnsteine wie ein wütender Fluss. Ich spannte in der Haustür meinen größten (und einzigen) Regenschirm auf, atmete tief durch und nahm Kurs auf die Innenstadt. Im Gegensatz zu allen anderen mag ich Regenwetter, wenn ich denn einen Schirm bei mir habe. All die Gedanken, die sich einem aufdrängen, wenn das Wetter trocken ist, verziehen sich. In diesen Situationen bin ich glücklich. Sehr viel glücklicher als all die Armen, die mit tropfnassen Kleidern, die Sachen unter den Mänteln versteckt, durch die Gegend laufen. An diesem Nachmittag war ich darüber hinaus noch aus einem anderen Grund glücklich, denn Frau Hansens Diamantringe klimperten beim Gehen süß in meiner linken Tasche. Sie warteten sozusagen nur darauf, verpfändet zu werden, sodass Ambrosius sich nicht mehr halb zu Tode sorgen musste. Er war zum wer weiß wievielten Male auf die Straße gesetzt worden, in den letzten Wochen hatten wir kaum über etwas anderes gesprochen. Mit Ausnahme meiner privaten Nachforschungen bei Simon und Frau Hansen. Deshalb eilte ich zum Pfandhaus. An den Seen mit den Enten vorbei, die im Regen herumpaddelten, durch das Larsbjørnsstræde-Viertel und den Gammel Strand hinunter, bis ich zur Nybrogade kam, zu dem hellen Palais mit dem Schild »Königliches Pfandhaus« über dem Eingang.

Die Nybrogade hinauf und hinunter wimmelte es immer

von Leuten, die auf dem Weg zum Pfandleiher am liebsten nicht gesehen werden wollten, und heute waren es noch mehr als sonst. Vielleicht hofften sie, dass das Wetter die anderen abschrecken würde, oder die Geschäftigkeit lag einfach daran, dass der Monat dem Ende zuging. Jedenfalls erinnerten mich all diese Menschen an mich selbst in meinen schwärzesten Stunden. Die Art, wie sie in die andere Richtung oder steif zu Boden blickten, als wäre ein Erdbeben im Anmarsch. Es waren diese Momente des Wiedererkennens, die meinen Weg hin und wieder hierherführten, auch wenn ich nichts zu verpfänden hatte. Doch heute hatte ich die Ringe, und im Gegensatz zu den meisten anderen stellten die Schätzer mir keine neugierigen Fragen. Der Schätzer heute, ein rothaariger Mann mit nach oben zeigenden Mundwinkeln, begutachtete die Ringe nur kurz, nickte anerkennend, sodass eine Locke in seine sommersprossige Stirn fiel, und gab ein Gebot ab, das ich mit Kusshand annahm.

»Wollen Sie die ganzen 85 Prozent leihen?«

»Ja, bitte.«

Ich würde die Ringe nie in den vorgeschriebenen drei Monaten auslösen können, sodass sie dort landen würden, wo alles, was ich mit der Zeit verpfändet hatte, landete: auf der Auktion. Wenn Frau Hansen ein wenig nachdachte, würde sie ihre Kronjuwelen dort wiederfinden. Der Schätzer nickte zu meiner alten Brosche hin.

»Eine schöne Arbeit.«

Er beugte sich leicht vor.

»Wollen Sie die auch verpfänden?«

Instinktiv führte ich die Hand zu meinem Revers und schüttelte gleichzeitig den Kopf. Er nickte mir zum Abschied zu.

»Ja, dann wünsche ich Ihnen einen schönen Abend … gnädige Frau«, sagte er. Jemand anderer hätte den Moment, den er zögerte, vielleicht nicht als Zeichen des Respekts aufgefasst, doch ich war so zufrieden, dass ich ihn nicht mit »Fräulein« korrigierte. Ich nickte nur zurück und stopfte die Geldscheine in meine Taschen. Es war ein merkwürdiges Gefühl, obwohl ich es von früher kannte. Ausgestopft mit Papier, das keinen Wert hatte, bevor es nicht weitergegeben oder gegen etwas anderes eingetauscht wurde.

Ambrosius hatte Tränen in den Augen, als ich ihm kurz darauf die Hälfte gab. Damals hatte er auf zu viele Pferde gesetzt, die alle nicht gewannen, wenn ich das einmal so sagen darf. Ich will nicht weiter ins Detail gehen, da er noch immer in derselben Branche tätig ist. Ich möchte nur erwähnen, dass es mir furchtbar schwerfällt, über ihn zu schreiben. Einen Freund zu vermissen kann sich anfühlen wie einen Teil von sich selbst zu verlieren, den man gewöhnlich mit dem anderen teilt. In Ambrosius' und meinem Fall den Teil, den wir anderen nur selten zeigen. Deshalb sind wir füreinander etwas Besonderes, und das ist so, seit ich mich Mitte der zwanziger Jahre zum Tanztee ins Hotel d'Angleterre getraut habe. Hier ist mir zum ersten Mal bewusst geworden, dass es noch andere Damen wie mich gab und dass wir sogar einen Namen hatten. Man nannte uns die *Damen mit den Stehkragen*, und vielleicht nennt man uns heute noch immer so. Ich nehme Tratsch nur dann zur Kenntnis, wenn ich darin bestätigt werden will, dass ich mir ebenso gut eine Kugel in den Kopf jagen könnte. Doch damals, Mitte der zwanziger Jahre, stand ich also in der Tür des Teesalons des Hotel d'Angleterre und starrte all die anderen an. Ambrosius stand neben mir. Nun ja, zu diesem Zeitpunkt wusste ich noch nicht, dass er so hieß. Mir fiel nur auf, dass er eine Zigarette in einer Zigarettenspitze rauchte, die so lang war, dass der Rauch eigentlich darin verloren gehen musste, sein Anzug war gelb und aus einem glänzenden Stoff. Als er sah, dass mir der Schweiß herunterlief, drehte er sich um und sprach mich an.

»Darf ich Ihnen ein Glas Wasser anbieten?«, war das Erste, was er sagte, und das Erste, was ich antwortete, war »Ja, danke«. Er hatte schwarz geschminkte Augen und rot lackierte Nägel, und alleine aus diesem Grund hätten Nella und er eigentlich ganz ausgezeichnet miteinander auskommen müssen. Aber sie mag ihn nicht. Vor allem nicht seinen starrenden Blick. Ich habe längst gelernt, ihn als zärtlich zu verstehen, doch ich habe die Hoffnung aufgegeben, dass Nella das irgendwann auch einmal tun wird.

»Meine liebe Freundin! Sind die ganzen Scheine wirklich für mich?«

»Das weißt du doch, Marguerite.«

Wenn wir in der Silhouette waren, nannte ich Ambrosius immer Marguerite, denn hier wurden alle Männer zu Frauen, und Marguerite war eindeutig einer der schöneren Namen. Auch wenn ich die Schauspielerin Marguerite Viby und ihren provinziellen Charme eigentlich nicht sonderlich mochte. Um uns herum an den schön eingedeckten Tischen des Restaurants saßen ein kleiner, kompakter Schuhmachermeister, der den Namen Komtesse Tilde führte, ein Fabrikant, der sich Staatsrätin Tulle nannte, ein Porzellanmaler der Königlichen Porzellanmanufaktur, der immer nur Flora hieß, ein bekannter Schauspieler mit Namen Fiemor und natürlich Store Bolette, die sich gerade erhob, um etwas an der Bar zu holen. Sie bewegte sich im Takt der Melodie, die der Pianist spielte und die nach Jerome Kerns *A Fine Romance* klang und es möglicherweise auch war. Ambrosius folgte ihrer fülligen Gestalt mit den Augen, bis sie dort, wo das Lokal in der Mitte einen Knick hatte, verschwand.

»Erzähl mir, warum du so besorgt aussiehst, Agnes«, sagte sie und steckte das Geld so schnell in ihr Hemd, dass ich nicht sicher war, richtig gesehen zu haben. Nicht ohne Grund wurde Marguerite des Öfteren gefragt, ob sie Zauberkünstlerin sei.

»Du bist gefeuert worden, sagst du?«

Sie schien in die Luft zu sprechen, in der Store Bolette gerade verschwunden war, doch ich wusste, dass sie alles hörte und im Kopf sortierte. Marguerite war genau die Richtige, wenn man nicht auf Glück, sondern auf Verstand aus war.

»Du musst mir helfen«, sagte ich.

Sie nickte, wie sie das in solchen Situationen gewöhnlich tat. »Es geht um Liljenholm, nehme ich an?«

Sie betrachtete etwas hinter meinem Rücken, das sich als die dürre Autorin herausstellte, die oft mit ihrer französischen Freundin Violette in die Silhouette kam. Im Spiegel rechts sah ich, dass Violette den gleichen schnurgeraden Pagenschnitt trug wie die Stummfilmschauspielerin Louise Brooks. Jetzt zog die Schönheit mit einer gewollt langsamen Bewegung ihren Mantel aus und reichte ihn der Garderobiere Elsa.

»Fräulein von Dürre ist mit ihrer Pandora hier.«

»Ja, ich sehe es.«

Violettes Haar glich einem Fächer, der sich öffnete, als sie den Kopf zu mir hindrehte und lächelte. Zu meinem großen Verdruss waren wir nie weiter als bis zu dieser einleitenden Übung gekommen. Ich musste auf die Tischdecke hinuntersehen, um mich zu sammeln, und anschließend erzählte ich Marguerite alles, was ich mir am vergangenen Abend gedacht, und alles, was ich mir heute Vormittag ausgerechnet hatte.

Das Schlimmste daran, solche Theorien laut zu äußern, ist, dass man dabei selbst anfängt zu zweifeln. Mir erging es jedenfalls so. Alles, was einem um zwei Uhr nachts völlig plausibel erscheint, sieht um fünf Uhr nachmittags bei einer Karaffe

Wasser plötzlich ganz unwahrscheinlich aus, und je mehr ich redete, desto mehr kam ich ins Stocken und beendete meine Theorie schließlich mit der Vermutung, dass von einem kaltblütigen Mord an Lily nicht die Rede sein konnte, selbst wenn Antonia von ihrer Beseitigung schrieb… weil… Simon nicht so war, oder? Und dann war da all das mit Lily und den Gespenstern in Anführungszeichen und mit Lauritsen, die Lily durchgestrichen und mit Antonia überschrieben hatte.

»Aber sie sahen einander doch auch ähnlich? Waren sie nicht Zwillinge?«

»Eh, ja, doch Antonia klang nicht die Spur liebevoll in ihrem Brief an Simon. Sie war natürlich auch gerade von ihm geschieden worden und… nun ja, langer Rede kurzer Sinn: Lilys Beseitigung kann genauso gut bedeuten, dass sie eingesperrt wurde. Du scheinst Zweifel zu haben? Aber hör zu: Lauritsen hat von dem Turmzimmer und den lärmenden Gespenstern gefaselt, und ich habe mir gedacht, dass es auch Lily sein könnte, die dort oben jammert und stöhnt. Dann habe ich das Ganze zusammengesetzt, und alles ergab noch sehr viel mehr Sinn, wenn in Wirklichkeit Antonia dort oben in dem Turmzimmer eingesperrt war und Lily ihre Identität als Erfolgsautorin angenommen hatte. Wenn Antonia wirklich verrückt geworden war, habe ich gedacht, war es wohl in aller Interesse, dass niemand das herausfand.«

»Das klingt ein wenig nach einem Roman, den ich einmal gelesen habe.«

»Nach einem Roman?«

»Ja, *Jane Eyre* glaube ich, hieß er. Hast du denn irgendeinen Beweis dafür, dass diese Antonia verrückt geworden ist?«

»Nein… nein, das habe ich nicht, aber ich begreife nicht, warum Simon sich sonst darauf hätte einlassen sollen, sie aus dem Weg zu räumen. Für ihn stand auch finanziell viel auf dem Spiel; Antonia von Liljenholms Gesamtwerk, das er herausgibt und … ja, ich weiß, dass meine Theorie auf wackligen Beinen steht! Aber ich glaube, dass Antonia in Lebensgefahr ist, Marguerite. Im Turmzimmer, verstehst du? Es mag wohl sein, dass mir das gleichgültig sein kann, aber das ist es einfach nicht, wenn vielleicht ein Menschenleben auf dem Spiel steht. Ich fürchte, dass Lily ernsthaft krank ist, vielleicht sogar todkrank, da sie das Manuskript ihres neuen Romans nicht rechtzeitig abgeliefert hat, was noch nie vorgekommen ist und …«

»Aber dafür kann es doch viele Gründe geben?«

Ich versuchte, einen passenden Einwand zu finden, fand jedoch keinen. Meine liebe Freundin Marguerite hatte recht. Es konnte unglaublich viele Gründe dafür geben, warum Antonia von Liljenholm ihr Manuskript nicht rechtzeitig abgeliefert hatte, und es konnte auch genauso viele Gründe dafür geben, warum Antonia von Lilys Beseitigung und Lauritsen von den Gespenstern im Turmzimmer faselte. Keiner davon gab letztlich Aufschluss darüber, wer Antonia und wer Lily war. Vielleicht stimmte die Todesanzeige ja: Lily war vor vielen Jahren gestorben, und Antonia erfreute sich bester Gesundheit. Vielleicht hatten Simon und Lily Antonia betrogen, bevor Lily sich umgebracht hatte, und vielleicht hatte der Betrug Antonia so erzürnt, dass sie Simon nie mehr in Nellas Nähe hatte sehen wollen. Der Regen draußen klang nach einem Wolkenbruch. Vor meinem inneren Auge sah ich ein schwebendes Luftschloss, das über Kopenhagen zerplatzte.

»Agnes, wo bist du mit deinen Gedanken?«

Ich sah zu Marguerite hoch. Sie war blasser als das zusammengeknüllte Tischtuch in ihren Händen.

»Ich glaube dir«, sagte sie. Zunächst verstand ich nicht ein Wort. Ich glaubte mir immerhin selbst kaum mehr. Mein Blick ruhte in ihrem. Es war bei Weitem nicht das erste Mal, dass sie mir den Glauben an mich zurückgab.

»Tust du das wirklich?«

Ihre hohen Schläfen glänzten vor Schweiß.

»Es klingt natürlich nicht so … ja, wie soll ich sagen … *wahrscheinlich*, dass jemand auf die Idee kommt, seine Schwester in einem Turmzimmer einzusperren und sich zweiundzwanzig Jahre für sie auszugeben. Aber andererseits …«

Sie blinzelte mir mit beiden Augen zu.

»Was in *Jane Eyre* passieren kann, kann auch in Wirklichkeit passieren, und außerdem erinnere ich mich noch sehr gut an damals, als du vorhergesehen hast, dass der Leopard uns verraten würde. Was habe ich gezweifelt, ob du recht hattest.«

Marguerite spielte auf unsere früher einmal so vorbildliche Zusammenarbeit mit einem Zwischenhändler an, der in der wirklichen Welt Leopold Pedersen hieß. Marguerite und mir war es gerade noch gelungen, unsere Tarngeschichten in Ordnung zu bringen, bevor er uns anzeigte.

»Wenn du ein Mann wärst, hättest du längst erfolgreich Karriere als Privatdetektiv gemacht, Agnes«, sagte sie und schüttelte den Kopf. »Du hättest auch diverse Bücher mit dir in der Hauptrolle schreiben können, ohne dass jemand auch nur die Stirn gerunzelt hätte.«

Ich hoffe nicht, dass Sie meine Wiedergabe von Marguerites Worten als die reinste Selbstverliebtheit auffassen, denn so sind sie nicht gemeint. Obwohl sie völlig recht hatte. Über die gute Moral will ich mich nicht zum Wächter ernennen, doch was Lügen angeht, kenne ich mich aus. Marguerite räusperte sich trocken, wie sie das gerne tat, wenn wir geschäftlich und nicht zum Vergnügen redeten.

»Ich werde dir helfen«, sagte sie. Und das Allerbeste an unserer Freundschaft war, dass wir beide wussten, was das zu bedeuten hatte.

»Wann soll ich das Telegramm ausliefern?«, fuhr sie fort. Ich ließ die Schultern hängen und seufzte.

»In einer Woche, wenn ich bis dahin nichts von Lily gehört habe. Und Marguerite …?«

Jetzt lachte sie mich aus.

»Ich weiß, was du fragen willst«, sagte sie, »und die Antwort ist Ja. Natürlich glaube ich dir, Agnes. Du hast mir nie Grund zu etwas anderem gegeben.«

Ich kann genauso gut verraten, dass Ambrosius kein Postbote war, aber man muss ihm lassen, dass er wie einer aussah, wenn er sich seine offizielle Postbotenuniform anzog. Zweifellos muss man auch mir lassen, dass ich von Zeit zu Zeit wie ein heiliges Fräulein klinge, doch die Wahrheit ist die, dass es Jahrzehnte her ist, seit ich meinen verwässerten Kinderglauben verloren habe. Ich habe es mir lediglich in Verbindung mit Ambrosius' und meinen kleinen Geschäften angewöhnt, den Herrgott und den Kirchgang und diverse Bibelsprüche in jeden zweiten Satz einzuflechten, damit ich meine Tarngeschichte um Himmels willen nicht vergesse. Seitdem ist mir diese Ausdrucksweise zur Gewohnheit geworden, und außerdem hat sie es mir unverhältnismäßig leichter gemacht, alle davon zu überzeugen, dass ich wirklich mehrmals in der Woche in die Kirche ging und für meine kranke Tante betete. Doch die Wirklichkeit sah ganz anders aus.

Jedes Mal, wenn ich *in die Kirche* ging, ging ich in Wirklichkeit zu einem roten Gebäude im Jagtvej, das mit seinen meterhohen Bogenfenstern in den Himmel ragte. Kirchlich kann man es wohl kaum nennen. Es hatte eher eine auffällige Ähnlichkeit mit einem Gefängnis, und hin und wieder fühlte es sich auch so an, obwohl es für die gewöhnlichen Sterblichen bloß das Landesarchiv war. Dass es als »die Kirche« endete, war jedoch nicht ganz aus der Luft gegriffen, denn mein Arbeitsgebiet waren die Kirchenbücher. Niemand kann sich einen Begriff davon machen, wie viele ich in dem schlecht beleuchteten Lesesaal durchgeackert habe. Gar nicht davon zu reden, wie nervtötend es war, eine penible Schrift nach der anderen zu entziffern, oder wie traurig, in derselben alten Eintragungsreihenfolge herumzusuchen wie am Vortag. *Geborene Jungen, geborene Mädchen, konfirmierte Jungen, konfirmierte Mädchen, Trauungen (Geburten und Todesfälle), tote Männer, tote Frauen.*

Lassen Sie mich gerade noch erwähnen, dass ich nicht in meiner eigenen Familiengeschichte geforscht habe. Es passierte zwar, dass ich mir die Freiheit nahm, einen kleinen Blick über die Spalten gleiten zu lassen. Doch in der Welt der Kirchenbücher ist man ein Nichts ohne seinen Geburtsort und seinen Geburtsnamen, sodass ich mich täglich in einer Welt aufhielt, in der ich nicht existierte. Man kann es wohl nur als einen offensichtlichen Beweis für die Ironie des Schicksals bezeichnen, dass ich, die ich absolut nichts über meine leibliche Familie wusste, damit endete, mich eingehendst mit den Familienverhältnissen anderer Leute zu beschäftigen. Doch so war die Arbeitsteilung nun einmal. Ambrosius hielt nach möglichen Objekten Ausschau, wie wir sie nannten. Das hieß nach Familien in Kopenhagens besseren Gegenden, die über Generationen hinweg reichlich Wertgegenstände angesammelt hatten. Je älter die Objekte waren und je weniger Bedienstete für sie arbeiteten, desto geeigneter waren sie. Die Chance war dann nämlich größer, dass ein Telegramm bezüglich einer plötzlich ausgebrochenen Krankheit des Sohns oder der Tochter oder eines nahen Verwandten alle Bewohner fluchtartig und ohne vorher zu telefonieren die Wohnung verlassen ließ und, nun ja, dieselbige unseren langen, aber vorsichtigen Fingern überlassen blieb, wenn denn die ganze Wahrheit auf den Tisch soll.

Meine Aufgabe bestand darin, die nahen Verwandten ausfindig zu machen und Telegramme auf naturgetreuen Formularen zu verfassen. Ambrosius' Aufgabe bestand darin, die Formulare in voller Amtstracht auszuliefern und mich hinzuzurufen, sobald die bekümmerten Seelen das Haus verlassen hatten. Vielleicht ist es ein wenig zu weit hergeholt, in diesem Zusammenhang von der Wohltätigkeitsbranche zu sprechen, doch damals war ich nun einmal der Ansicht, dass unsere Arbeit damit verwandt war. Mit ein wenig gutem Willen, nicht wahr? Wir erleichterten die Leute schließlich um ihren hässlichen Schmuck und ihr ebenso hässliches Silber und was wir sonst noch in Taschen und Beutel stecken konnten, und wir taten es mit Respekt. Im Gegensatz zu gemeinen Dieben übrigens. Es war absolut nicht unser Stil, Wohnungen so auf den Kopf zu stellen, dass die Leute ein Chaos empfing, wenn sie nach Hause kamen. Und außerdem: Wenn die Leute bei ihren *ernsthaft erkrankten* Familienmitgliedern eintrafen und feststellten, dass diese wie die Eichhörnchen herumsprangen, war die Erleichterung zweifellos äußerst wohltuend. Etwas ganz anderes wäre es gewesen, hätten wir in den Telegrammen geschrieben, dass jemand gestorben sei, denn hier verlief unsere Grenze. Wir wünschten ganz bestimmt niemandem den Tod. Außerdem hofften wir, dass die Leute verstanden, dass es sich um eine Notsituation handelte.

Doch nicht alle verstanden das gleichermaßen. Als ich für Simon und Frau Hansen arbeitete, hatte eine Familie mit dem unheilschwangeren Namen Krogh-Jensen uns beispielsweise gerade bei der Ordnungsmacht angezeigt. Meiner unmaßgeblichen Meinung nach hätte die Familie eigentlich erleichtert sein müssen, dass ihre älteste Tochter, Signe-Marie, bei bester Gesundheit war, doch stattdessen mussten sie unbedingt darauf herumreiten, dass wir ihren geerbten Schmuck gestohlen hatten. Nun gut, die Ordnungsmacht hatte begonnen, gewisse Parallelen zwischen den Diebstählen und uns zu ziehen. Möglicherweise, weil durchaus bekannt war, dass Ambrosius auf eine glorreiche Vergangenheit als tüchtiger Trickdieb in der Ankunfts- und Abfahrtshalle des Hauptbahnhofs zurückblicken konnte, während ich mich bereits für eine Reihe von Dokumentenfälschungen verantwortlich gezeichnet hatte.

Doch halten wir uns damit nicht auf, sondern stellen wir einfach nur fest, dass Ambrosius und ich überzeugende Tarngeschichten brauchten, und zwar am besten solche, die auch einen guten Teil der Vergangenheit miteinbezogen. Meine Tarngeschichte mit Simon und Frau Hansen war sozusagen nur eine Kurzgeschichte geworden und die von Ambrosius war noch kürzer. Es gelang ihm nämlich erst gar nicht, sich überhaupt eine ehrliche, redliche und alltägliche Arbeit zu beschaffen, weshalb sein Geldbeutel noch leerer war als sonst. Nicht zuletzt auch, weil zu derselben Zeit seine Spielleidenschaft mit dem damit einhergehenden Pech mit ihm durchging.

»Und was machen wir, wenn diese Nella auf Liljenholm herumläuft, ohne zu begreifen, dass ihre richtige Mutter in Lebensgefahr schwebt?«, fragte ich Marguerite an dem Abend in der Silhouette, an dem wir unseren Schlachtplan entwarfen. Er schloss ausnahmsweise übrigens nicht mit ein, dass wir Nella auch nur um ein Zehnørestück erleichtern würden, wenn sie endlich das Haus in der Hedebygade verließ. Das sagt wohl auch das eine oder andere über unsere Grenzen aus. Während Marguerite nachdachte, lächelte mich ihre Stirn mit den nach oben zeigenden Falten an.

»Du fährst mit ihr mit«, sagte sie, und ich glaube kaum, dass ich zurückgelächelt habe.

»Ich fahre mit ihr mit?«

Sie nickte. Ihre Stirn lächelte mich weiter an.

»Ohne dass sie das weiß?«

»Ja, natürlich«, nickte Marguerite. »Sie wird das erst herausfinden, wenn du in Liljenholm vorbeischaust und dich nach ihrem und ihrer Mutter Wohlbefinden erkundigst … und wie soll ich sagen … so ganz nebenbei nach den Gespenstern im Turmzimmer fragst, nicht?«

Mein Albtraum beginnt

Im Grunde genommen war der Plan von Ambrosius und mir ganz ausgezeichnet, wenn ich das einmal so sagen darf. Wir waren nur weit davon entfernt, alle Eventualitäten einkalkuliert zu haben. So machte es zum Beispiel einen größeren Unterschied als erwartet, dass es nicht um einen unserer üblichen *Besuche* ging, wie wir sie zu nennen pflegten. Natürlich übernahm ich das Aufsetzen des Telegramms und Ambrosius dessen Auslieferung, doch meine wohltätige Assistenz vor Ort war streng genommen überflüssig. Ich begleitete ihn in die Hedebygade, das ist klar. Ich wollte schließlich ein Gesicht mit Nella verbinden können, wenn wir uns bald begegnen sollten. Doch der Regen an diesem Tag war wie ein undurchdringlicher Vorhang, und von dort, wo ich an das Gebäude gegenüber gelehnt, halbverdeckt von einem Erker stand, sah ich nur einen undeutlichen Umriss von ihr. Hätte ich zusammen mit Ambrosius bis zum nächsten Morgen ausgeharrt, an dem die Sonne sich zumindest für ein paar Stunden zeigte, hätte ich ihr Gesicht zweifelsfrei zu sehen bekommen, denn sie lief eine ganze Stunde in der Nachbarschaft herum, um die wenig gewürdigte Schachtel Schokolade für Antonia zu kaufen. Da meine Assistenz jedoch nicht erforderlich war, ging ich gegen Mitternacht nach Hause in die Pension, um zu schlafen.

Es wurde ein teuer erkaufter Schönheitsschlaf! Er ließ mich zum Beispiel nicht einmal ahnen, dass Nella mir im

Zug nach Südseeland gegenübersaß. Ich reichte ihr mein Taschentuch nur, weil sie weinte. Und währenddessen dachte ich, dass sie zweifellos eins dieser törichten Mädchen war, das sich in Schwierigkeiten gebracht hatte und jetzt auf dem Weg zu seinen entfernten Verwandten war, bevor man etwas sehen konnte. Sie sah wie eine von ihnen aus. Sehr helle Haut, ordentlich geschrubbt. Ich hatte die Erfahrung gemacht, dass die Jungfräulichen meist die Schlimmsten waren, und sie errötete zudem noch, als ich sie schmachtend ansah. Ich hatte eine Vorliebe für Frauen, die gerade ehrbar und liederlich genug waren, dass sie mir in die Augen zu sehen wagten, so wie sie es tat. Zwar gehörte das Kind, das sie zweifellos erwartete, nicht zu meinen Zukunftsplänen, doch andererseits hatte ich keine Zukunftspläne, die sich nicht zum Besseren hin ändern ließen. Als ich ihr zublinzelte, blinzelte sie zurück. Warum nicht?, dachte ich und verlangte das Taschentuch mit der in den Rand gestickten Telefonnummer der Pension nicht zurück. Lillemors Werk. Ich glaube nicht, dass Lillemor je durchschaut hat, warum ich mir ihre selbstbestickten Taschentücher zu Weihnachten und zum Geburtstag wünschte.

Ich brauchte ewig, um zu begreifen, dass die Frau, der ich mein Taschentuch gegeben hatte, die Nella war, wegen der ich nach Südseeland gekommen war. Wäre ich direkt nach Liljenholm gefahren, hätte ich es schneller herausgefunden, doch ich hielt mich für vorausschauend genug. Deshalb fuhr ich zunächst bei Lillemors Schwester Anna vorbei, die ungefähr fünfzehn Kilometer von Liljenholm entfernt Witwe Annas Pension betrieb. So hatte ich eine Übernachtungsmöglichkeit, wenn meine Assistenz mehrere Tage hintereinander erforderlich sein sollte, dachte ich, doch ich hatte Annas nie stillstehendes Mundwerk nicht einkalkuliert. Nahm man noch ihren gut gedeckten Mittagstisch hinzu, den vorzubereiten sie den ganzen Vormittag gebraucht haben musste, war es mir völlig unmöglich, vor dem Abend aufzubrechen.

Meine Fähigkeiten hinter einem Steuer waren nicht gerade die besten, doch das wusste Tante Anna nicht. Denn dann hätte sie mir sicher nicht ihren frisch gewaschenen, hellgrauen Ford 30 anvertraut. Schon gar nicht während eines Sturms wie diesem. Das Fahrzeug setzte sich mit einem Husten in Bewegung, und so ging es auch weiter, obwohl es mir gelang, die größten Hindernisse unversehrt zu umgehen. Für die, die es mir nicht gelang, sie zu umgehen, würde jedoch die Hälfte meines Honorars von Frau Hansen für Autoreparaturen draufgehen. Innerlich kochte ich. Verdammte Landstraßen, von denen eine aussah wie die andere! Verdammte Bäume, die mir im Weg standen! Die Trauerweide vor meiner Stoßstange starrte mich böse an.

»Wo bin ich? WO BIN ICH, ICH IDIOT?«

Die Trauerweide hatte Ähnlichkeit mit einem nassen Hund, der geschoren und frisiert werden musste, ich setzte zurück und drehte und wendete das Fahrzeug nach bestem Vermögen. Dass meine Augen schon bessere Tage gesehen hatten, machte es nicht besser, vor allem in der Dämmerung, doch hinter einem Hügel erkannte ich schließlich ein paar mit Grünspan überzogene spitze Türme. Der eine etwas höher als der andere, beide in dicken Nebel gehüllt. Die Türme verschwanden und tauchten wieder auf, als ich allmählich näher kam und in eine lange Lindenallee einbog. Ich stutzte. Ich war wohl davon ausgegangen, Liljenholm sei ein majestätisches Schloss und kein großer, verfallener Kasten von einem Gut. Außerdem hatte ich es als selbstverständlich angesehen, eingelassen zu werden, doch als ich mein Ziel erreicht hatte und die Klingel drückte, tat sich absolut nichts.

Stellen Sie sich das einmal vor! Liljenholm war zehnmal so

groß wie alle Häuser, die ich bisher gesehen hatte, selbst anlässlich meiner Arbeit. Das rote Mauerwerk würdigte mich keines Blicks. Die Fenster im Erdgeschoss waren so hoch, dass ich nicht hineinsehen konnte, selbst wenn ich hochsprang. Der bereits damals von Pflanzen überwucherte Eingangsbereich wurde von zwei mit Moos bewachsenen Steinstatuen flankiert. Brüllende Löwen mit aufgerissenen Mäulern, stellte ich fest. Sie passten ausgezeichnet zu der Tür, die jedes Mal, wenn ich versuchte, sie aufzutreten, zu brüllen schien: *Mach, dass du wegkommst.* Der Park musste früher einmal mit riesigen Blumenrabatten und Rasenflächen angelegt worden sein, doch inzwischen war er längst mit dem angrenzenden Wald verwachsen. Mitten in der Wildnis erahnte ich ein paar alte Tulpenbeete und eine Reihe Eibenbäume, die den Resten eines Wegenetzes zu folgen schienen. Doch ich fand keinen zweiten Eingang.

Das Unwetter nahm an Stärke zu, und ich setzte mich ins Auto. Ich wartete. Ein paar Stunden nach Mitternacht klingelte ich noch einmal, und als das Ergebnis sich von dem vorherigen nicht unterschied, drehte ich eine letzte Runde durch den Park. Der Sturm war zwar nicht vollständig abgeflaut, aber schwächer geworden, sonst hätte ich es auch kaum gewagt, mich dem Brennholzstapel zu nähern, der an der nächsten Mauer aufeinandergeschichtet war. Zufälligerweise war es die Außenwand der Teestube, doch das konnte ich nicht erkennen. Zum einen war es stockdunkel dort drinnen, und zum anderen war der Brennholzstapel zu niedrig. Ich musste springen, um überhaupt über den Fensterrahmen blicken zu können, und als der Brennholzstapel umzukippen drohte, sah ich mich gezwungen, mein Vorhaben aufzugeben.

Doch dort drinnen, auf der anderen Seite des Glases, stand Nella (die mich für ein Reh gehalten hat! Ha!). Ich habe mich natürlich gefragt, ob es etwas geändert hätte, wenn wir uns dort schon begegnet wären. Wenn ich noch etwas länger vor dem Gut stehen geblieben oder wenn Nella mir nachgelaufen wäre. Tatsache ist jedoch, dass nichts davon geschah.

Dafür passierte etwas anderes, und eigentlich weiß ich nicht, ob ich es erwähnen soll oder nicht. Meine Nachtsicht lässt trotz allem so zu wünschen übrig, dass sie mir durchaus einen Streich gespielt haben könnte, doch als ich das Auto erreicht hatte und mich ein letztes Mal umdrehte, sah ich *etwas* mitten im Eingangsbereich. Es hatte deutliche Ähnlichkeit mit einer großen, gebeugten Gestalt, und wenn ich mich nicht sehr irrte, machte sie mir ein Zeichen, näher zu kommen. Heute würde ich mich natürlich fragen, was in aller Welt Fräulein Lauritsen dort zu suchen hatte. Doch damals lief ich lediglich auf die Gestalt zu und rief, dass ich nicht hineinkäme, aber hinein MÜSSE und dass es wichtig sei. Doch was sollte ich tun? Anstelle einer Antwort zerfloss die Gestalt vor meinen Augen, und als ich sie erreicht hatte, sah ich ein, dass ich ins Leere sprach. Die Gestalt war wohl eine der hohen Pflanzen gewesen, die ihre Schatten warfen, dachte ich. Ohne zu überprüfen, ob die Haustür noch immer verschlossen war, fuhr ich Riesenidiot zurück in die Pension und kam erst vierzehn Stunden später wieder zurück.

Das Auto war der Grund für meine Verspätung. Es hatte sein Aussehen, wie gesagt, leicht verändert. Ich will Ihnen das Drama ersparen, das sich seinetwegen in Witwe Annas Pension abgespielt hat, sondern nur erwähnen, dass ich den Weg nach Liljenholmm am nächsten Tag zu Fuß zurücklegen musste. Meine Schuhe drückten mich ebenso wie meine Zweifel. Ambrosius hatte an meine Theorie geglaubt, weil er keinen Grund zu etwas anderem gehabt hatte, doch was, wenn er den nun bekam? Würde er mir dann je wieder glauben? Sobald

Liljenholms Türme hinter dem Hügel auftauchten, begann ich zu laufen.

Man sagt ja, dass das Glück einem beim dritten Mal hold ist, doch was mich erwartete, als sich die Haustür öffnete, hatte absolut nichts mit Glück zu tun. Ich hatte die Klingel bereits mehrere Minuten gedrückt, ohne zu versuchen, die Tür zu öffnen, und einen Moment schien auch die Frau mir gegenüber sich zu wundern, dass sie nicht verschlossen war. Sie war kleiner und dünner, als ich sie aus dem Zug in Erinnerung hatte, doch ich zweifelte nicht daran, dass sie es war. Mein Mund öffnete und schloss sich, als hätte ich mich in einen verdammten Goldfisch verwandelt. Ihr Haar war zerzaust und ihre Haut überall dort, wo ihr Kleid zerrissen war, mit Kratzern übersät, als hätte sie ein Gespenst gesehen. Und das hatte sie wohl auch. Ein lebendiges Gespenst, das in Wirklichkeit ihre Mutter war, dachte ich. Sie sah aus, als wüsste sie es. Der verstörte Blick, den sie mir zuwarf, als ich ihr die Hand zum Gruß reichte.

»Mein Name ist Agnes Kruse.«

Sie blinzelte mehrmals, scheinbar ohne zu ahnen, dass sie mich schon einmal gesehen hatte. Die Hand, die sie mir gab, war eiskalt und kraftlos, und sie schnitt eine Grimasse, die mich ihre Hand sofort wieder loslassen ließ.

»Guten Abend.«

Ihre Stimme war heiser. Ich konnte nicht aufhören ihre Hand anzustarren. Der Handrücken war voller Kratzer, und die Fingerspitzen waren offene Wunden. Sie flatterten in die Falten ihres Hemds und verschwanden. Ich musste weder mein Anliegen erklären noch ein Geständnis ablegen, bevor sie auch schon zur Seite trat. Meine Beine segelten unter mir in die Halle von Liljenholm, die mir das allgegenwärtige Gefühl gab, in einer Kapelle zu sein. Vielleicht lag es an der Decke, die sich hoch über uns wölbte und selbst unseren Atem hallen ließ. Doch ansonsten war alles vollkommen still. Viel zu still.

»Entschuldigen Sie, dass ich mich Ihnen so aufdränge.«

Meine Schritte knirschten auf zerbrochenem Glas, das einmal an der Wand gehangen und die lackierte Kommode unter dem Spiegel verschönert haben musste. Nella war mitten in der Halle stehen geblieben. Ihre Arme hingen schlapp an den Seiten herunter.

»Passen Sie auf Ihre Füße auf.«

Man könnte behaupten, dass ihr der Gedanke, mich zu warnen, etwas spät kam, da ich bereits mitten in den Scherben stand. Doch die Geste wärmte mich innerlich. Es war schon banal, dass nicht mehr als ein wenig Freundlichkeit dazu nötig war. Ich kniff schnell die Augen zusammen. In der Ecke führten ein paar Stufen zu einer Tür hinauf, die in ein Wohnzimmer zu führen schien, und rechts erstreckte sich eine herrschaftliche Treppe nach oben. Meine Füße bewegten sich unwillkürlich darauf zu.

»Ihr Taschentuch. Ich habe es noch immer«, hörte ich Nella irgendwo hinter mir sagen, und als ich mich zu ihr umdrehte, hatte ich nicht länger das Gefühl, einer Fremden gegenüberzustehen. Sie griff in ihren Ausschnitt und holte das Taschentuch hervor, fleckig von Blut.

»Danke fürs Leihen.«

Alles, was ich hatte sagen wollen, schien plötzlich nichtig. Meine ganze lange Erklärung auf ein absolutes Minimum verkürzt, reduziert auf eine einzige Frage, sodass wir so schnell wie möglich zur Sache kommen konnten. »Lebt Antonia noch?«

Und Nellas Antwort beunruhigte mich.

»Kommen Sie«, sagte sie. Eigentlich wunderte es mich nicht, dass sie es einer Wildfremden gestattete, ihr durch die Zimmer von Liljenholm zu folgen. Sie hätten eigentlich schon damals Einspruch erheben müssen, diese Zimmer, die Besuch nie sonderlich gemocht hatten. Vielleicht haben sie es auch versucht, doch ich bemerkte nur einzelne Details. Das Licht, das schräg durch das Fenster des Vorzimmers und in einem Kegel auf den Tisch fiel, den seltsamen Sofasessel in der Teestube, die hellblauen Vasenscherben im Esszimmer, die Möbel, die zu groß wirkten, den Geruch weißer Lilien, eine Tür, die offen stand. Die Tür zu dem Arbeitszimmer, das seit knapp einem Jahr meins ist.

Das Erste, das ich hier drinnen sah, war der peinlich ordentliche Schreibtisch am Fenster mit der Schreibmaschine in der Mitte. Nella trat zur Seite. Zu einem Bett, in dem ein ausgemergelter Mensch mit auf der Decke gefalteten Händen lag.

»Mutter ist heute Morgen gestorben«, sagte sie. Das Gesicht der Frau war wie eine müde Maske in sich zusammengefallen. Ich trat näher. Nichts an ihr kam mir bekannt vor, was jedoch daran liegen mochte, dass ich sie nur geschminkt gesehen hatte. Ich versuchte, normal zu atmen. Es gelang mir nicht.

»Und was ist mit Lily?«, fragte ich. Es blieb zu lange still.

»Mit Lily? Wie meinen Sie das?«

Als sie fragte, wusste ich, dass etwas nicht stimmte. Nella hätte nicht so fragen dürfen. Sie fuhr sich mit einer nervösen Geste durch die Haare und murmelte, dass Lily doch seit Jahren tot war, und wer ich überhaupt sei? Was ich hier mache? Ich sah Ambrosius vor mir. *Natürlich glaube ich dir, Agnes. Du hast mir nie Grund zu etwas anderem gegeben*, und die Götter mochten wissen, wie sehr ich es gehasst hätte, die Wahrheit über meine Familie von einem Menschen zu erfahren, den ich überhaupt nicht kannte. Doch es gab keine Notlüge, die groß genug war, das zu verschleiern, was ich wusste, selbst wenn ich sie wie ein verdammtes Gummi streckte.

»Ich war die Sekretärin Ihres Vaters Simon«, sagte ich. »Leider nicht lange, doch lange genug, um zu wissen, dass er befürchtet hat, dass gerade … ja …«

Ich sah augenblicklich ein, dass ein feines Netz aus Lügen sehr viel schonender gewesen wäre als ein schwarzes Loch aus Wahrheit. Nellas Gesicht spaltete sich in der Mitte, als würden zwei Menschen in ihr wohnen, und der andere Mensch klang seltsam schrill. Wie ein kleines Mädchen, das nach seiner Mutter rief.

»Was in aller Welt sagen Sie da?«

»Ich habe Ihnen das Telegramm geschickt, weil ich Antonia retten wollte. Das sage ich.«

Das Starren in Nellas Augen gefiel mir ganz und gar nicht.

»Aber Antonia ist doch tot.«

Ich persönlich hatte nicht die leiseste Ahnung, was Worte bedeuten konnten, bevor ich tief durchatmete und sie korrigierte.

»Ich glaube, dass Lily dort im Bett liegt, Nella. Lily ist tot, und Antonia, Ihre richtige Mutter … ich befürchte, dass sie viele Jahre im Turmzimmer eingesperrt war. Wir müssen sie retten. Sofort.«

»Sie verlassen jetzt auf der Stelle das Haus, haben Sie das verstanden?«

Heute verstehe ich sehr gut, dass Nella sehr viel lieber an ihrer schönen, kleinen Theorie von Lily und Antonia, die in Wirklichkeit ein und dieselbe Person waren, festgehalten hätte. Doch damals verstand ich das eiskalte Nicken nicht, mit dem sie mich bedachte. Es erinnerte mich ein wenig an Frau Hansen.

»Verschwinden Sie.«

Sie verschränkte die Arme und wippte auffordernd mit einem Fuß.

»Aber Antonia ist möglicherweise in Lebensgefahr. Wir können sie doch nicht einfach ihrem Schicksal überlassen!«

»Verschwinden Sie«, wiederholte sie und kam mir mit gebleckten Zähnen und zum Kratzen erhobenen Händen entgegen. Ich schob sie fort, ziemlich hart, befürchte ich, denn sie krachte lautstark in einen Stapel Bücher. Ich stürzte zur Tür hinaus, durch mehrere Zimmer, die breite Treppe hoch. Es wunderte mich aufrichtig, dass Nella mir bereits auf den Fersen war. Mir ging all das im Kopf herum, was schiefgehen konnte. Wenn Antonia nun niemals im Turmzimmer eingesperrt gewesen war. Wenn es nur meine Fantasie war, die mir zweifelsfrei eine Anzeige einbringen würde. Wenn ich zu lange gewartet hatte hierherzukommen. Der verdammte Ford 30. Wenn meine Fahrkünste Antonia hätten retten können. Ich blieb stehen.

Am Ende der Treppe hatte ich die Wahl zwischen der Treppe in den westlichen Turm und dem langen Gang, und ich entschied mich für den Gang. Er war länger als erwartet. Nellas schleppende Schritte hallten irgendwo hinter mir, sodass ich schnell nach links weiterlief, die Treppe zum östlichen Turm hinauf. Am Ende befand sich eine geschlossene Tür mit einem Schlüssel im Schloss. Ich lauschte und hörte nichts bis auf Nellas Schritte, die immer näher kamen. Sie schnappte hart und stoßweise nach Luft. Ich musste den Schlüssel mehrmals herumdrehen, bevor er griff. Hoffentlich war Antonia ebenso widerstandsfähig wie ihre Tochter Nella! Dann würde sie dort drinnen liegen, ganz still zwar, wäre aber noch am Leben. Nella hätte sich von hinten auf mich gestürzt, wäre ich nicht zur Seite getreten. Ich sah sie nach vorne purzeln und auf allen vieren im Turmzimmer landen.

Das Turmzimmer

Die letzten Lichtstrahlen des Tages fielen durch die hohen Gitterfenster. Die Wände schienen auf mich zuzukommen, die Schränke an der einen, die gebundenen Bücher an der anderen Wand. Doch ich konnte auch die Chaiselongue am Ende des Zimmers sehen, und Nella konnte das auch. Sie wimmerte zu meinen Füßen und versuchte aufzustehen. Kroch in einen Lichtstrahl und wieder heraus, umging mit knapper Not einen Haufen Glasscherben. Ich wollte ihr aufhelfen, doch sie schlug meine Hände fort. Ihr Wimmern stieg an, als sie die skelettdünne Frau erreicht hatte, die in einem viel zu großen, schwarzen Kleid halb auf der Chaiselongue saß, halb lag. Und ich weiß nicht, was schlimmer war: diese Frau anzusehen, deren Lippen zu einem wahnsinnigen, festgefrorenen Schrei zurückgestülpt waren, oder Zeugin des Entsetzens ihrer Tochter zu werden, als sie begriff, wer die ganzen Jahre im Turmzimmer eingesperrt gewesen war. Denn es bestand kein Zweifel. Selbst mit den ausgehungerten Wangen und den leblosen Augen glich die Frau Nella so sehr, dass man sie nahezu lebendig vor sich sah.

»Mutter!«

Nella war auf die Chaiselongue gekrochen. Ich hätte ihr sagen können, dass sich der zu einem Schrei geöffnete Mund nicht mehr schließen ließ, selbst wenn sie reichlich Druck ausübte. Die Totenstarre macht vor keinem Halt. Schnell stellte ich fest, dass der Tod innerhalb der letzten vierundzwanzig Stunden eingetreten sein musste. Wäre längere Zeit vergangen, hätte sie nachgelassen, und die Leiche wäre grün und aufgeschwemmt gewesen. Nella fauchte wie ein vom Tode gezeichnetes Tier.

»Unterstehen Sie sich, sie anzufassen!«

Doch ich hatte der Toten längst die Strümpfe heruntergezogen, um mir die Haut darunter anzusehen, die bereits die gleiche Temperatur wie die Umgebung hatte. Ungefähr fünfzehn Grad und kalt von innen heraus.

»Was machen Sie da?«

Ich drehte mit Mühe einen Unterschenkel herum, sodass Nella die blauroten Flecken sehen konnte, die sich auf der Rückseite ausgebreitet hatten.

»Leichenflecken.«

Ich hatte das Wort bisher noch nie in den Mund genommen, und ich verstand, warum. Es schmeckte ebenso schrecklich, wie es klang.

»Das Blut sinkt in die untersten Teile des Körpers«, fühlte ich mich berufen fortzufahren, »und diese hier lassen sich nicht mehr wegdrücken, sehen Sie? Das passiert nach acht bis zehn Stunden. Ich würde übrigens darauf wetten, dass diese Flecken hier älter sind. Sie sind sehr dunkel, und die Leiche ist vollständig abgekühlt, doch die Verwesung hat noch nicht eingesetzt.«

Nella hatte sich aufgerichtet. Sie starrte mit einem Blick in die Luft, den ich nicht deuten konnte.

»Dann sind sie gleichzeitig gestorben, Antonia und Lily«, sagte sie. »Ich habe heute Morgen ein seltsames Heulen von hier oben gehört. Und ein Rufen. Sie hat nach Simon gerufen, aber ich habe ja gedacht … die ganzen Jahre hat man mir gesagt, dass das die Gespenster sind, die hier ächzen und stöhnen. Ich hatte keine Ahnung… Wie hätte ich denn wissen sollen, dass *meine Mutter* hier oben jammerte?«

Ich kam mit mir überein, dass Schweigen an dieser Stelle besser war als die Wahrheit, die schlicht und ergreifend die war, dass ich um nichts in der Welt begreifen konnte, wie Nella ihre Mutter in all den Jahren nicht hatte entdecken können. Wäre das *meine* Muter gewesen, hätte ich ihre Stimme sofort erkannt, dachte ich. So etwas erkennt man einfach.

»Wie hätte ich…?«, fuhr Nella fort. Ihre Stimme stieg mit einem Mal an. »Warum hast *du* nichts gesagt, wenn du das alles gewusst hast?«

Sie hielt die Hand der Toten in ihrer, als spräche sie für beide.

»Ich habe gedacht, dass du das selbst herausfinden musst«, sagte ich, doch es klang falsch. Selbst herausfinden! Als wären meine albernen Ideale wichtiger als Antonias Leben. Ich hatte keine Lust, näher darauf einzugehen und zu murmeln, dass es mir sehr, sehr leidtat, obwohl es das tatsächlich tat. Ich hätte natürlich sofort in der Hedebygade vorbeigehen und Nella in meine vortreffliche Theorie einweihen sollen, statt dem ganzen Theater mit dem Telegramm und Tante Annas verdammtem Ford 30.

Nella schloss der Leiche vorsichtig die Lider, die blau glänzten.

»Warum in aller Welt sollte ich das selbst herausfinden, kannst du mir das sagen?«

Ihr Finger strich über die hohle Wange der Leiche.

»Du sagst nichts?«

Ich sah mich gezwungen wegzusehen.

»Ich erwarte nicht, dass du das verstehst«, sagte ich. »Doch so weit ich zurückdenken kann, habe ich davon geträumt, wie alles sein sollte, falls ich irgendwann einmal meine Mutter finden würde. Alles sollte richtig sein.«

Ich weiß nicht, ob Nella überhaupt verstehen konnte, was ich sagte, denn die Tränen traten mir in die Augen, und das war Gott sei Dank jahrelang nicht mehr passiert. Nicht seit damals mit Lillemor und Herrn Svendsen. Ich versuchte, mich dafür zu entschuldigen, dass Nella mich so sah. Es war streng genommen das Letzte, was ich wollte.

»Dann hatte Mutter also recht«, sagte Nella, als es mir endlich gelungen war, mich einigermaßen unter Kontrolle zu bekommen. Ich zog das blutbefleckte Taschentuch aus der Tasche und wischte mir schnell die Augen. Es roch nach Jod und Angst.

»Womit hatte sie recht?«, fragte ich.

Nella brachte die Leiche vorsichtig in eine liegende Position.

»Sie hatte recht damit, dass sie Lily war«, antwortete sie. »Das waren ihre letzten Worte, bevor sie gestorben ist.«

»Und das hat dir nicht zu denken gegeben?«

Heute weiß ich, dass Nella eine ganze Theorie so konstruiert hatte, dass alles, wenn man von ein paar einfachen Details absah, zusammenpasste, doch damals zuckte sie nur mit den Schultern. Sie faltete die Hände der Leiche über der Brust, so gut sich das machen ließ. Mit meiner Hilfe rückten wir auch den Kiefer zurecht.

»Was du alles über Leichen weißt«, bemerkte sie, und wenn sie mit den Schultern zucken konnte, dann konnte ich das auch. Wir standen nebeneinander und blickten auf Antonia hinunter, die wir beide hätten retten können. Wie sie so dalag, sah sie noch immer nicht im Mindesten friedvoll aus, doch wenigstens schrie sie nicht mehr.

»Kannst du mich bitte hier wegbringen?«, hörte ich Nella

fragen. Für einen kurzen Moment dachte ich, sie spräche zu Antonia.

Ich wurde schon ganz nervös, doch dann fuhr sie fort. »Ich möchte gerne Simon treffen. Kannst du mich zu ihm bringen … Agnes, so heißt du doch, oder? Und mir erzählen, wie du all das herausgefunden hast, während wir Antonia draußen im Park begraben?«

Noch heute weiß ich nicht, ob wir das Richtige getan haben, doch ich habe getan, worum Nella mich gebeten hat. Nachdem ich in gewisser Weise dazu beigetragen hatte, sie der Möglichkeit zu berauben, ihrer richtigen Mutter noch lebend zu begegnen, schuldete ich ihr was auch immer, dachte ich. Außerdem wollte ich Simon schonen, der bereits reichlich gestraft war. Einen Todesfall, an dem er mitschuldig war, wollte ich ihm zusätzlich zu allem anderen nicht auch noch zumuten.

Die ganze Geschichte, wie ich auf dem Weg zum Turmzimmer zwei und zwei zusammengezählt habe, hat Nella jedoch erst jetzt erfahren, denn in dem Augenblick, in dem wir Antonia im Park begruben, wurde auch alles, was wir erlebt hatten, begraben.

Ich erinnere mich an den Augenblick, als wäre es gestern. Nella und ich hatten oben auf der kleinen Anhöhe unter dem alten Kirschbaum ein Loch gegraben. Die Anhöhe war von einem Dickicht aus Bäumen umgeben. Wir trugen Antonia hindurch, in ein sauberes Kleid gehüllt und leicht wie ein Spatz. Der Park duftete an diesem Abend nach Geißblatt, und die Stille kroch hinter den Stämmen zusammen. Wir standen jede auf einer Seite des Grabs und warfen abwechselnd Erde mit einem dumpfen, sandigen Laut auf die Leiche. Nella bat mich, mit niemandem über das, was passiert war, zu reden. Nicht einmal mit ihr.

»Bei näherer Überlegung glaube ich, dass es so am besten ist«, sagte sie, nachdem wir unser Werk mit einem weißen, namenlosen Stein gekrönt hatten, den ich nahe der Anhöhe gefunden hatte. Mit etwas gutem Willen glich er einem Grabstein. Ich verstand ihre fehlende Neugierde nicht. Ich verstehe sie so gesehen bis heute nicht. Nella drehte sich zu mir um, und plötzlich sah sie sehr viel älter aus, oder aber ich sah nur Antonias eingesunkene Augenhöhlen irgendwo hinter der blassen Haut.

»Glaub mir«, sagte sie, »so kann man weiterleben. Ich weiß, wovon ich rede.« Ich öffnete den Mund, doch meine Geschichte saß bereits in meinem Hals fest.

Marguerite bekam sie natürlich in voller Länge zu hören, als Nella und ich zurück in Kopenhagen waren. Obwohl ich mich durch Nellas Bekanntschaft gezwungen gesehen hatte, die Kirche, die Hausbesuche und die Wohltätigkeit aufzugeben, traf ich mich immer noch mehrmals in der Woche mit Marguerite in der Silhouette.

»Irgendwann einmal schreibst du das Ganze auf, warte es ab«, pflegte sie zu sagen. Doch im Stillen, in dem es gar nicht so still war, dachte ich, dass sie mich sicher nur trösten wollte. Die Reste von mir. Denn die Albträume von Liljenholm fraßen mich still und leise von innen her auf. Jede Nacht holten sie sich einen Bissen und spuckten mich in den frühen Morgenstunden wieder aus. Allmählich wusste ich kaum mehr, was noch von mir übrig war. Außer derselben Geschichte in tausend Variationen, die immer damit endete, dass ich für das wirklich Wichtige eine winzig kleine Sekunde zu spät kam.

»Irgendwann hört es auf, Agnes. Ich weiß, dass das so ist«, wiederholte Marguerite, wenn ich stöhnte. Und letzten Endes hatte sie recht. In den letzten Monaten waren meine

Nächte kein Albtraum mehr, doch dafür fehlt mir Marguerite so sehr, dass mich alles hier an sie erinnert. Die Bücher, die sie garantiert lieben würde. Meine alte Remington, die sie bewundern würde. Die Bäume im Garten schlagen in ihren Lieblingsfarben aus, gelb und braun. Wenn sie jetzt hier wäre, würde sie mich mit ihrem lustigen, eckigen Lächeln ansehen.

»Du hast es geschafft, Agnes!«, würde sie sagen. »Du hast die ganze Geschichte aufgeschrieben! Habe ich es nicht gesagt, dass es dir eines Tages gelingen wird?« Und ich würde sie fragen, ob ich etwas vergessen hatte. Der größte Luxus, den es gibt, ist ein Freund, der die eigene Geschichte besser kennt als man selbst, und ich glaube, sie würde nicken. Ein ebenso großer Luxus ist es, sich sicher sein zu können, dass der Freund einen in die richtige Richtung weist.

»Ein paar Details sind noch nicht ganz klar«, würde sie sagen. »Was Antonia angeht zum Beispiel. Ist sie einfach so verrückt geworden? Und es mag sein, dass ich indiskret bin, aber kannst du nicht bitte Antonias und Lilys … ja, wie hast du das genannt? … *ungewöhnlich enge, ans Erotische grenzende Beziehung* näher erläutern? Was ging da vor, und ging es weiter oder hat es aufgehört? Was ist passiert, Agnes? Du kannst doch nicht plötzlich so puritanisch geworden sein!«

»Ich bin ein schamhafter Mensch, Marguerite.«

»Du mit deinen ganzen bestickten Taschentüchern? Das nehme ich dir nicht ab.«

Marguerite hat recht. Ich bin wohl nicht das, was man im traditionellen Sinn unter schamhaft versteht, doch die Geschichte über das Leben auf Liljenholm, die ich bald gezwungen sein werde, Ihnen zu erzählen, ist harte Kost. Selbst für mich, für die das Leben kein Zuckerschlecken war. Der einzige mildernde Umstand, der mir einfällt, ist vielleicht der, dass ich sie Nella erzählen lassen kann. Denn, wie bekannt, hat sie Fräulein Lauritsens Tagebücher für mich zusammengeschrieben und übertragen und ihre eigene Geschichte hinzugefügt, die ich längst ins Reine geschrieben habe. Einen selbstständigen zweiten Band kann man die Seiten wohl nicht nennen, die auf Sie warten. Doch jedenfalls ist es der Teil von Nellas Geschichte, der bis jetzt ein entschwundenes Kapitel ihres Lebens war. Die Zeit vor ihrer Geburt, die ersten Jahre, an die sie gar keine Erinnerung hatte, und all die Jahre, an die sie sich zwar erinnern konnte, jedoch ohne den Drang zu verspüren, jemandem davon zu erzählen. Bis jetzt. Vor Kurzem standen sie und Simo mit meinem Frühstückstablett in der Tür. Pappiger Haferbrei und ein großes Glas Milch von den Kühen auf Frydenlund.

»Erinnerst du dich, was wir heute machen wollen?«, fragte sie, während Simo zufrieden mit dem Schwanz wedelte. Ich konnte kaum übersehen, dass sie ihr langes Haar in Locken gelegt hatte wie Mary Pickford in *Rebecca of Sunnybrook Farm*. Ihre Augen waren schwarz geschminkt.

»Es ist an der Zeit, Agnes.«

Das hatte sie auch gestern Abend gesagt, bevor sie ins Bett gegangen war und mich der Nacht überlassen hatte, die ich allmählich besser zu kennen meinte als Nella. Es ist schon merkwürdig, wie das Leben sich gestaltet oder auch nicht. Ich war so naiv zu glauben, die Arbeit an diesem Buch würde mich Nella näherbringen. Lange Zeit hatte ich auch das Gefühl, dass dem so war. Doch während ich gerungen habe, die Geschichte von Simon und dem Turmzimmer zu Papier zu bringen, ist Nella mir fast entschwunden. Ihre ganze Gartenarbeit! In den letzten Tagen habe ich nicht einmal geahnt, was sie gemacht hat und dass sie es sich offenbar erlaubt hat, in meinem Namen zu handeln. Das ist mir zu meinem Schrecken gestern Abend klar geworden.

»Du hast gerade an Ambrosius gedacht«, sagte sie. »Und Agnes ...?«

Sie wippte von einem Fuß auf den anderen.

»Morgen hast du Gelegenheit, ihn wiederzusehen, wir fahren nämlich nach Kopenhagen, alles ist schon geplant. Ich habe vor ein paar Tagen an Lillemor geschrieben. Wir gehen bei ihr vorbei und sagen Guten Tag und fragen, ob sie eine Ahnung hat, wie ihre ganzen Kleider auf den Speicher von Liljenholm gekommen sind. Es kann schließlich nicht sein, dass sie möglicherweise etwas weiß, das wir nicht wissen, oder?«

»WAS machen wir?!«

»Ja, es ist höchste Zeit, dass ich sie kennenlerne!«, bemerkte Nella auf eine seltsam befehlende Art, die unmittelbar dazu führte, dass ich mich kleiner fühlte, als ich bin. Als sie vor Kurzem das Frühstückstablett auf meinen Schreibtisch gestellt hat, musste ich an Agathe denken. Das lag an dem Kleid. Eins von Lillemors langen Modellen mit Spitzen und einem Band zum Binden unter dem Busen. Ich hatte mir immer vorgestellt, wie meine anmutige Vorgängerin in genau solch einem Kleid durch die Gegend geschwebt sein musste.

»Nun mach einmal einen Punkt, Agnes«, seufzte Nella, während Simo meine Hand mit der Schnauze anstupste. »Agathe ist *vor vierzig Jahren* gestorben. Kannst du das Kapitel nicht endlich begraben?«

In letzter Zeit strahlt Nella auf eine ganz neue Art. Sie ist auch etwas rundlicher geworden. Es besteht jedenfalls kein Zweifel, dass ihr die Gartenarbeit guttut.

»Kommst du, Agnes?«

Ich sehe keinen anderen Ausweg, als mit ihr nach Kopenhagen zu fahren und das Wort eine Zeit lang an Nella zu übergeben. Es bleibt nur zu hoffen, dass Sie stärkere Nerven haben als ich.

Das entschwundene Kapitel

Ich habe mich vor diesem Augenblick zutiefst gefürchtet, und mir ist auch durchaus bewusst, dass ich, Nella, nicht so anfangen sollte. Ich sollte damit anfangen, dass ich mich darauf gefreut habe, diese Worte zu Papier zu bringen. Doch Worte sind mir nie leichtgefallen. Schon gar nicht über Laurits. Aber dennoch werde ich mit ihr anfangen.

Wenn ich an Laurits denke, denke ich an ihre Schritte, an deren Schwere, wie sie sich jeden Morgen und jeden Abend die Treppen in den östlichen Turm hinauf- und hinuntergeschleppt haben. Und ich denke an noch etwas anderes: an ihre Augen. Sie waren grau, doch hinter dem Grau war ein Leuchten, das ich immer mit ihren Händen in Verbindung gebracht habe. Mit der liebevollen Art, mit der sie mir das Haar aus der Stirn gestrichen und gesagt hat, dass ich ihre kleine Nella sei. Wenn Bella und ich Angst vor den Gespenstern im Turm hatten, konnten wir immer in ihr Zimmer kommen und auf ihrem Bett sitzen. Wir mussten nur ganz still sein, um sie nicht beim Schreiben zu stören. Wenn wir dem Kratzen über das Papier und den sich umblätternden Seiten lauschten, würde alles bald wieder gut sein, oder nicht? Dann gab es nichts mehr, wovor wir uns fürchten mussten.

Ich sehe nahezu vor mir, wie sich mein Kopf auf und ab bewegte. Hinter dem Haar, dort drinnen, von wo meine Augen herausblickten, war ich in einer Höhle aus Sicherheit, wenn

Bella und ich auf Laurits' Bett saßen. Ihr Rücken war so breit, dass ich mir sicher war, dass er alles tragen konnte, auch Bella und mich, wenn es nötig sein sollte. Ich wusste schließlich nicht, dass Laurits ohnehin schon die ganze Geschichte Liljenholms mit sich herumtrug. Doch nachdem mir das klar geworden war, ist mir ein Gedanke gekommen. Ich dachte mir, dass in Wirklichkeit vielleicht Liljenholms Geschichte sie von innen her leuchten ließ, sodass sie aus dem Grau heraus strahlte. Ich zweifle nicht daran, dass sie für uns alle liebevolle Gefühle hegte, doch letzten Endes glaube ich, dass sie für die Geheimnisse und von den Geheimnissen jeder einzelnen Nacht gelebt hat. Sonst verstehe ich nicht, wie sie so lange überleben konnte.

** Notiz von Agnes an Nella: vielleicht hat sie dich wirklich geliebt, Nella? Das ist doch nicht so schwer vorstellbar?/ A. K.*

Worte sind treulos. Je nachdem, wer man ist, legt man etwas anderes in sie hinein, und es wäre mir sehr unrecht, wenn jemand in die meinen legen würde, dass ich Laurits vorwerfen würde, für all das Hässliche, was passiert ist, verantwortlich zu sein, die ganzen Jahre, die meine richtige Mutter im Turm eingesperrt war, die Tatsache, dass sie dort oben verhungert und verdurstet ist.

Ich weiß natürlich, dass Laurits mitschuldig war, weil sie nichts verraten hat, aber ich weiß ebenso gut, dass sie mir das Leben gerettet hat. Agnes sieht mich immer so seltsam an, wenn ich das sage.

»Fräulein Lauritsen hat Antonia während deiner ganzen Kindheit im Turmzimmer versorgt, hast du das vergessen?«, fragt sie. »Sie hat dir die Möglichkeit genommen, deine richtige Mutter kennenzulernen, Nella. Ich sage nicht, dass du ihr etwas nachtragen sollst, aber es gibt doch wohl Grenzen, wie heldenhaft sie wirklich war?«

Agnes und ihr Gerede über richtige Mütter! Ich weiß wirklich nicht, was ich davon halten soll. Die einzige richtige Mutter, die ich gehabt habe, war Laurits. Ich hätte nicht auf Liljenholm aufwachsen können, wenn ich gewusst hätte, was sie gewusst hat. Oder wenn es sie nicht gegeben hätte. Ich glaube wirklich, dass Laurits mich geschützt hat, dass ihr bewusst war, dass sie sich zwischen mir und der Wahrheit entscheiden musste. In meinem Kopf verspottet mich Mutter für diesen letzten Satz (ja, so nenne ich Lily noch immer, Agnes begreift nicht, warum). *Zwischen dir und der Wahrheit! Was glaubst du, wer du bist? Eine Autorin vielleicht?*

Es hat mich geschmerzt zu lesen, dass, wie Agnes geschrieben hat, Mutter für die Richtige ein fantastisches Vorbild hätte sein können, aber es stimmt. Ich war die falsche Tochter. Selbst nach ihrem Tod kann ich noch hören, wie sie mich verhöhnt hat, wenn ich auch nur versucht habe, die kleinste Novelle oder den trivialsten kleinen Brief zu schreiben. *Du schreibst, wie du sprichst, Nella! Siehst du denn nicht, dass du nie einen Gedanken zu Ende führst? Was glaubst du, wozu Punkte erfunden worden sind? Zum Spaß?* Mutter muss wirklich Angst davor haben, was ich diesmal schreibe, denn im Moment höre ich mich selbst kaum noch. Doch ich bin fest entschlossen fortzufahren. Soll sie versuchen, was sie will, um mich zum Schweigen zu bringen. Ich werde mich bemühen, es kurz zu halten und in ganzen Sätzen zu schreiben. Ich gebe mir wirklich Mühe, nichts Wichtiges auszulassen.

Seit ich klein war, litt Laurits an Geschwülsten und Furunkeln, doch das teilte sie nur ihren Tagebüchern mit. In ihnen beschrieb sie detailliert, wie die Geschwülste unter ihrer Haut wuchsen und ihren Körper deformierten, sodass sie immer größere Kleider tragen musste. Zeltkleider, nannte sie sie. Sie sah sich gezwungen, die Geschwülste zu benennen, wenn sie auftauchten, sodass sie nicht zu einer namenlosen Gefahr wurden. Und dann waren da noch die Flecken, die sich ihre Arme hinunter ausbreiteten. Sie waren Landkarten von einer Welt nässender Wunden, mit der sie nichts zu tun haben wollte. »Nella ist noch so klein. Ich darf nicht vor ihnen kapitulieren«, schrieb sie und trug Kleider mit immer längeren Ärmeln und machte immer mehr Pausen im Laufe des Tages. Mutter hätte sich eigentlich wundern müssen, doch sie war schon immer mehr mit ihren Büchern als mit allem anderen beschäftigt gewesen. Laurits informierte sie nicht einmal, als sie in den letzten Zügen lag. Im Großen und Ganzen war Laurits' Talent, mit den Lebenden zu sprechen, ebenso bescheiden wie ihr Talent, mit den Toten zu sprechen, obwohl sie ursprünglich dafür eingestellt worden war, die Toten zur Vernunft zu bringen.

1884 holten Horace und Clara sie nach Liljenholm. Ich habe alle Tagebücher durchsucht, um herauszufinden, wo sie herkommt. An manchen Stellen sprach sie von einem größeren Hof in Dannemare weit draußen auf Lolland. Dort wuchs Lauritsen als zweitjüngste Tochter von fünf Kindern auf. Ihre Kindheit kann glücklich gewesen sein oder auch nicht, Laurits erwähnt es nie. Sie berichtet nur von dem besonders feuchtfröhlichen Abend, an dem ihr Vater den Hof beim Glücksspiel verloren hat, sodass ihre Mutter die heiratsfähigen Töchter so schnell wie möglich an wohlhabende Großbauern aus der Umgebung verheiraten musste. Damals war Laurits ein schönes, blondgelocktes Mädchen von vierzehn Jahren. Sie wollte nicht heiraten, um nichts in der Welt, niemals. Deshalb begann sie zu essen. Sie aß, bis sie vierzig Kilo zugenommen hatte und niemand sie haben wollte. Und dann dachte sie scharf nach. Ihre Schulbildung entsprach der, die die meisten in diesen Gegenden hatten. Sie wusste zwar einiges über moderne Haushaltsführung, doch niemand würde ein vierzehnjähriges Zimmer- oder Küchenmädchen einstellen, das für zwei aß und über hundert Kilo wog. Nicht einmal die erbärmlichste Häuslerkate wollte sie. Und Laurits mochte sich auch längst nicht mit allem zufriedengeben, denn sie wollte weit weg von Lolland, und sie wollte um alles in der Welt nicht arm sein. Deshalb fasste sie einen Entschluss. Ab sofort würde sie über besondere Fähigkeiten verfügen. Und bereits nach einigen Jahren sprachen sich diese Fähigkeiten über die Grenzen von Lolland hinaus im ganzen Land herum. Es gab zu der Zeit zwar nicht wenige, die aus den Karten die Zukunft lasen und mit den Toten redeten, doch die Leute waren sich einig, dass Laurits in beidem besser war als alle anderen zusammen. »Es war nicht besonders schwierig, wenn man von seiner Fantasie Gebrauch machte«, schrieb sie in den Tagebüchern. »Man musste sich die Leute nur genau ansehen, tief in die Karten oder in die Luft schauen und eine überzeugende Geschichte erfinden, die zu ihnen passte.«

Anfangs sagte Laurits meistens mit Karten die Zukunft voraus. Kreuz und Karo standen für Finanzlage und Wohlstand, Herz und Pik für Liebe und Wohlbefinden, doch langsam wurden die Toten zu einem weitaus besseren Geschäft. »Ich wurde immer verwegener«, schrieb sie. »Als ich ungefähr fünfundzwanzig war, gehörte es für mich zum Alltag, am ganzen Körper zu zittern, als wäre ich in Trance, und lange Séancen mit Familien zu leiten, die Kontakt zu ihren Verstorbenen aufnehmen wollten.« Wie diese Séancen im Einzelnen aussahen, schreibt Laurits nicht, nur dass sie in der Regel in einem kleinen Fachwerkhaus stattfanden, das sie außerhalb von Køge gemietet hatte. Dafür erwähnt sie mehrmals, dass ihr glücklicher Stern dazu verurteilt war, zu verblassen. Irgendwann würde jemand entdecken, dass sie sich alles erschwindelt hatte, und was sollte dann aus ihr werden?

Darüber hatte sie bereits einige Jahre nachgegrübelt, als eines Tages ein Mann in einem maßgeschneiderten Anzug und mit markanten Zügen vor ihrer Tür stand und ihr eine feste Anstellung als Verwalterin und Kindermädchen auf Liljenholm anbot. Der Mann war mein Großvater, Horace von Liljenholm. Wie alle anderen hatte er über jemanden, den er kannte, von Laurits gehört und wusste deshalb bereits, dass sie »für die Hausarbeit nicht die Beste« war, wie er es ausdrückte. Das entsprach der Wahrheit. Laurits hatte über die vergangenen Jahre beträchtlich an Gewicht zugelegt, doch Horace machte ihr klar, dass das keine Rolle spielte. Es war auch von untergeordneter Bedeutung, dass das einzige Kind, das Laurits jemals gehütet hatte, ihre jüngere Schwester gewesen war. Es war einzig und allein ausschlaggebend, dass Laurits mit den Toten reden konnte. Ihr entging nicht, dass Horace ein Mann war, dessen Autorität in jeder Bewegung zutage trat, doch es fiel ihr schwer, aus ihm schlau zu werden. »Ich habe das Gefühl, dass seine einzelnen Teile nicht zusammenpassen«, schrieb sie, »doch er macht den Eindruck, als hätte er für sich eine innere Logik gefunden, und das ist wohl das Entscheidende.« Vielleicht schwitzte er mehr, als man das von einem distinguierten Herrn erwartet hätte, sein Hemdkragen war, um genau zu sein, triefnass, doch andererseits hatte er sicher seine Gründe dafür, dachte sie. Das hatten die Leute in der Regel immer, wenn sie zu ihr kamen.

»Meine Frau Clara und ich haben dreißig lange Jahre auf einen Erben gewartet, können Sie sich das vorstellen!«, begann er. Tatsächlich fiel Laurits das nicht weiter schwer, denn kinderlose Paare waren seit Jahren ihre besten Kunden.

»Während all der Zeit hat meine Frau über kaum etwas anderes gesprochen als über den Erben, der nicht kommen wollte.«

»Ja, das kann ich mir denken.«

»Ja, und plötzlich, als wir die Hoffnung schon aufgegeben hatten, haben wir Zwillinge bekommen!«

Vor zwei Monaten war Antonia Elisabeth zur Welt gekommen, gefolgt von Lily Elisabeth fünf Minuten später, doch damit hatte sich nicht alles zum Guten gewandt.

»Mit Gespenstern … da kennen Sie sich doch aus, oder?«, fragte er, sichtlich unangenehm berührt. Laurits konnte ihn verstehen. Ein Teil von ihr fühlte sich auch unangenehm berührt, dass jemand ernsthaft an so einen Unsinn glauben konnte. Ihr war in all den Jahren jedenfalls nicht eins begegnet.

»Darauf können Sie sich verlassen«, antwortete sie. Horace senkte die Schultern. Seit Jahrhunderten gab es Gespenster auf Liljenholm, erzählte er jetzt mit gesenkter Stimme, und seit der Geburt der Kinder schrien und tobten sie jede Nacht.

»Mir macht ihr Unwesen nichts aus, aber ich habe ja auch nie etwas anderes gekannt«, bemerkte Horace. »Frau Claras Leben dagegen ist zu einem Albtraum geworden, Fräulein Lauritsen. Zurzeit wagt sie, aus Angst, was den Gespenstern einfallen könnte, weder Liljenholm noch die Zwillinge auch nur für einen Moment aus den Augen zu lassen. Diese Situation ist einfach nicht tragbar. Tag und Nacht sitzt sie an ihrer Wiege und zittert.«

»Sie sorgen sich um ihr Leben?«

Seine Augen wurden ganz groß.

»Ich sorge mich um ihr Leben und um das meiner Töchter, Fräulein Lauritsen. Ich bin bereit, Sie großzügig zu entlohnen, wenn Sie die Gespenster beschwichtigen können.«

Laurits war es inzwischen zur Gewohnheit geworden, scharf nachzudenken. »Da Frau Clara als Einzige von den Gespenstern geplagt wurde, existierten sie zweifellos nur in ihrem Kopf. Genau wie all die anderen Gespenster, mit denen ich über die Jahre hinweg zu tun hatte«, schrieb sie. »Doch das Gehalt war sehr viel besser, als ich es gewohnt war, und das Gut auch. Die Aussicht, dort zu wohnen, für mich war das fast das Gleiche, als würde ich ein herrschaftliches Leben führen. Und außerdem erwartete niemand von mir, dass ich in Trance fiel oder tief in die Karten sah. Damals hatte ich keinen Zweifel, dass das Leben es endlich besser mit mir meinte, und ehrgeizig sagte ich zu.«

Als Laurits sich für die sichere, breite Lindenallee mit Liljenholm an ihrem Ende entschied, wusste sie natürlich nicht, dass William von Frydenlund der Vater der Zwillinge war und nicht Horace. Sie wusste ebenfalls nicht, dass die Leute in der Gegend bereits darüber tuschelten und wilde Spekulationen anstellten, welches der beiden Neugeborenen einmal das dunkle Schicksal von Liljenholm ereilen würde. Die erstgeborene Antonia oder die schwächliche Lily? Wer von ihnen würde sich umbringen, und wann?

Die Gerüchte bezüglich der Vaterschaft erreichten Laurits innerhalb der nächsten Jahre. Sie bestätigten den Verdacht, der bereits einige Zeit in ihr gekeimt hatte, denn ihr war längst aufgefallen, dass William von Frydenlund allzu oft auf Liljenholm vorbeikam, »um nach Frau Clara zu sehen«, die immer auffallend elegant gekleidet war, wenn er sich angekündigt hatte. Außerdem erkannte Laurits, dass die Zwillinge nicht einen der Züge ihres Vaters geerbt hatten. Das änderte sich auch nicht, als sie älter wurden und zu kleinen Mädchen heranwuchsen, die herumstolperten und von allem wissen wollten, wie es hieß. Horace schien jedoch nicht das Mindeste zu bemerken. »Er vergöttert seine Töchter«, schrieb Laurits, »jedenfalls meistens«. Und das war gut so, denn Claras Sorge um die Mädchen zeigte sich in immer öfter auftretenden Angstanfällen. Laurits konnte sie teilweise nachvollziehen, denn zu diesem Zeitpunkt war selbst ihr bereits ziemlich klar, dass auf Liljenholm Türen knallten und Stimmen flüsterten und hier und da Dinge verschwanden. »Ich muss zugeben, dass Liljenholm sein eigenes, unergründliches Leben hat«, schrieb sie. »Doch Frau Claras Entsetzen schießt weit über das Ziel hinaus. Sie sieht Dinge, die einfach nicht da sind, und regt sich unnötig über Gegenstände auf, die verschwinden.«

»Die Gespenster!«, rief sie aus dem Zimmer der Mädchen, und wenn Laurits dann angelaufen kam, zeigte sie mit zitternden Fingern in leere Ecken.

»Da sind sie, Fräulein! Sehen Sie sie nicht?«

Laurits traf von Anfang an eine kluge Entscheidung: Sie sagte Nein. Sie war es zwar gewohnt, vor den Augen anderer in Trance zu fallen, doch sie war nicht nach Liljenholm gekommen, um damit fortzufahren. »Es geht mir physisch schlecht bei dem Gedanken, am ganzen Körper zu zittern und mit verzerrter Stimme zu sprechen«, schrieb sie. »Ich muss eine andere Lösung finden. Bald ist nichts mehr von Frau Clara übrig als ein Bündel zitternder Knochen. Obwohl ich für die Mädchen tue, was ich kann, brauchen sie ihre Mutter.«

Die Turmzimmer brachten Laurits auf eine Idee.

»Die Gespenster treiben sich da oben herum! Das weiß ich! Hören Sie sie nicht schreien?«, fragte Clara seit Monaten. Eines Tages, als sie besonders verschreckt klang, begab Laurits sich die schmale Speichertreppe hoch in den östlichen Turm und sprach Klartext. »Zuerst war mir etwas beklommen zumute, doch alles verlief gut«, schrieb sie, und als sie zurück ins Wohnzimmer kam, hatten Claras Wangen wieder Farbe angenommen. Das Lächeln, das sie Laurits schenkte, war genauso breit und unschuldig wie das von Antonia und Lily.

»Sie haben die Gespenster zum Verstummen gebracht«, sagte sie entzückt. »Jetzt murmeln sie nur noch. Das müssen Sie öfter machen, Fräulein Lauritsen!«

Und so geschah es. Morgens, mittags und abends stattete Laurits den Turmzimmern einen Besuch ab. »Natürlich gibt es nicht ein einziges Gespenst, das zum Verstummen gebracht werden muss, aber darüber kann ich mich schließlich schlecht beklagen«, bemerkte sie. »Ich rede da oben mit mir selbst, und Frau Clara geht es besser. Es ist ein Glück, dass nicht mehr dazu nötig ist.«

Dass es Clara besser ging, bedeutete jedoch nicht, dass es ihr gut ging. Dafür war zu viel in ihr kaputtgegangen. Sie tauschte die Angst vor den Gespenstern gegen eine auffällige Lethargie ein. Schon bald lag sie ständig auf ihrer Chaiselongue in dem runden Zimmer ganz unten im Turm (dort, wo Agnes heute ihr Arbeitszimmer hat). Nicht einmal William von Frydenlund vermochte sie zu empfangen, und wenn Laurits sie ein seltenes Mal bat, zur Erziehung der Mädchen Stellung zu nehmen, zuckte sie nur gleichgültig mit den Schultern.

»Ach, tun Sie nur, was Sie für richtig halten«, sagte sie, die Augen auf eine Blumenstickerei gerichtet, an der sie gerade arbeitete. »Haben wir darüber übrigens nicht schon einmal gesprochen, Fräulein?«

Alles hätte wunderbar sein können, wenn die Mädchen wie die meisten Mädchen gewesen wären, bemerkte Laurits.

Dann hätte sie ihre Erziehung schon nach bestem Wissen in die Hand genommen. Doch bereits als sie noch klein waren, führten sie sich auf, dass jeder beunruhigt gewesen wäre, vor allem in Anbetracht des Wahnsinns, der in der Familie auftrat. Doch seltsamerweise beunruhigte dies weder Clara noch Horace.

»Ich verstehe überhaupt nicht, worauf Sie hinauswollen«, war alles, was Horace die seltenen Male sagte, als Laurits mit ihm über das seltsame Verhalten der Mädchen und über Claras Schläfrigkeit zu reden versuchte. »Soweit ich sehe, ist alles in bester Ordnung, Fräulein.«

Doch wie Laurits das sah, lief etwas total falsch. Sie litt alle erdenklichen Qualen, während dieses Gefühl in ihr wuchs. »Ich liebe die Mädchen schließlich, als wären sie meine eigenen, und ich bin überzeugt, dass das auf Gegenseitigkeit beruht«, schrieb sie. Von außen betrachtet waren Antonia und Lily süß und gut erzogen. Sie knicksten, wie es sich gehörte, und sagten an den richtigen Stellen Danke. Und dass vor allem Lily etwas eifersüchtig war, war nur natürlich. »Als Erstgeborene ist Antonia in jeder Beziehung mit einem goldenen Löffel geboren worden, und darüber sind sich die beiden völlig im Klaren«, schrieb Laurits. »Außerdem ist Lily weder so schön noch so charmant wie ihre Schwester, und sie wird weder den Titel noch das Gut erben. Während Antonia sich auf den Boden wirft und stundenlang schreit, sitzt Lily still in der Ecke und schaukelt und hält sich die Ohren zu. So ist ihr Verhältnis.«

Doch obwohl Lily zerbrechlich zu sein schien, hatte Laurits den Eindruck, dass sie begabter war. Außerdem hatte sie ganz offensichtlich Talent, Geschichten zu schreiben. Wenn sie und Antonia zusammen schrieben, hatte sie eindeutig mehr Ideen und war dabei amüsanter. »Ich glaube, dass sie es mit der richtigen Unterstützung weit bringen kann«, schrieb Laurits, »weshalb also mache ich mir täglich Sorgen um sie und Antonia? Warum spioniere ich den beiden hinterher, als wären sie Gewohnheitsverbrecher?«

Liest man die Tagebücher, wird offensichtlich, dass Laurits sich von dem Leben, das die Mädchen im Verborgenen führten, abgestoßen und angezogen zugleich fühlte. Sie schreibt das nicht direkt, doch ihre Tagebücher sind voller detaillierter Aufzeichnungen, was sie mal durch das eine und mal durch das andere Schlüsselloch gesehen hat. Und das war kein Pappenstiel. Wenn die Mädchen alleine waren, hörten sie nahezu auf, als zwei selbstständige Individuen zu existieren, stellte sie fest. Vielleicht lag das daran, dass sie Zwillinge waren. Laurits hatte keine Erfahrung mit dieser Art Geschwisterverhältnis. »Aber es geht um zwei dreizehnjährige Mädchen, die im selben Bett schlafen«, schrieb sie. »Sie halten sich auch an der Hand. Und es fällt mir schwer, das zu schreiben, aber sie schlafen nackt. Eng umschlungen. Sie küssen sich auf den Mund. Manchmal liegt die eine auf der anderen. Ich habe es mit meinen eigenen Augen gesehen. Ich weiß wirklich nicht, wie ich dieses Problem angehen soll, doch dass es so bald wie möglich angegangen werden muss, ist offensichtlich.«

Laurits kam jedoch nicht dazu, weil ein weitaus größeres Problem auftauchte. Nämlich die Gespenster von Liljenholm. Es war viele Jahre her, dass sie das letzte Mal Anlass zu einem Angstanfall bei Frau Clara gegeben hatten, doch der Sicherheit halber hatte Laurits trotzdem den Turmzimmern weiterhin ihre täglichen Besuche abgestattet. In dieser Zeit hatte sie nicht den Schatten eines Gespensts gesehen. Umso mehr beunruhigte es sie, dass jetzt die Mädchen behaupteten, sie jede Nacht zu sehen.

»Sie kommen, wenn wir eingeschlafen sind«, erzählte Antonia, die die Mitteilsamere der beiden war. Ihre Augen waren vor Schreck geweitet. Es bestand kein Zweifel, dass sie sah, was sie sagte. »Lily und ich können sie ganz deutlich sehen«, beharrte sie. »Wir haben Angst, dass sie uns angreifen, Laurits. Wir wissen nicht, was wir tun sollen, damit sie verschwinden. Und du weißt, wie Lily ist. Ist dir nicht aufgefallen, dass sie fast nichts mehr sagt?«

Nun wusste Laurits ja ziemlich gut, was sich hinter Antonias und Lilys verschlossenen Türen abspielte. Sie war auch nahe daran zu sagen, dass sie von ihrem Platz vor dem Schlüsselloch noch nie auch nur den Schatten eines Gespensts gesehen hatte. Doch sie kam nicht dazu. Denn zur gleichen Zeit begannen die Gespenster auch Frau Clara wieder heimzusuchen.

»Hilfe! Hiiilfe!«, schrie sie zu den unmöglichsten Tageszeiten, und wenn Laurits angerannt kam, zeigte sie auf die gleichen leeren Ecken wie damals, als die Mädchen klein waren. Laurits stellte fest, dass ihre Stimmungsschwankungen noch heftiger waren als früher, und das machte ihr Sorgen. Entweder war Clara in Panik, oder sie war so schläfrig, dass Laurits sich gezwungen sah, ihre Sachen zu durchwühlen. »Ich hatte den Verdacht seit vielen Jahren, und jetzt ist er endgültig bestätigt worden«, schrieb sie eines Abends in Eile, bevor sie sich fertig machte, um sich zum Schlüsselloch des Zimmers der Mädchen zu schleichen. »Ganz hinten im Toilettenschrank im Ankleidezimmer hat Frau Clara genug Morphiumtropfen, um mehrere Menschen damit umbringen zu können. Sie muss sich über Jahre hinweg selbst medikamentös behandelt haben. Doch warum in aller Welt wirken die Tropfen nicht mehr? Was passiert da um mich herum?«

Schließlich atmete Laurits tief durch und ging zu Horace, der sich in dem Zimmer verschanzt hatte, in dem ich jetzt sitze. Damals war es mit schweren Büromöbeln eingerichtet, die »milde gesagt dem Raum nicht zum Besten dienten«, wie Laurits es ausgedrückt hat.

»Was möchten Sie, Fräulein?«, hatte er sie gefragt, ohne den Blick von den Bilanzen zu heben. Doch das hatte sie auch nicht erwartet. Sie hatte schon längst den Verdacht, dass Liljenholms finanzielle Mittel aufgebraucht waren, denn in den letzten Jahren hatte Horace eine Reparatur nach der anderen aufgeschoben, Land verkauft und die geplante Umgestaltung des Parks schleifen lassen. Doch es schien nicht geholfen zu haben, weder den Finanzen noch Horaces Stimmung.

»Um Ihre Frau und Ihre Töchter steht es sehr schlecht«, sagte sie so ruhig sie es vermochte. »Sie sind von den Gespenstern zu Tode erschrocken, mein Herr. Es ist so schlimm, dass Frau Clara seit Monaten kaum mehr ein Auge zugetan hat, und Lily ist besorgniserregend dünn und blass geworden. Ich weiß nicht mehr, was ich tun soll.«

Horace hob seinen bleischweren Blick von den Stapeln, die ihn wie flache Dächer umgaben.

»Wenn ich mich nicht völlig falsch erinnere, Fräulein, habe ich Sie eingestellt, um die Gespenster zu beschwichtigen. Kann es sein, dass ich mich irre?«

Laurits sah etwas in seinen Augen. Es bohrte ein Loch in ihre Angst.

»Wenn Sie den Aufgaben hier nicht gewachsen sind, bin ich davon überzeugt, dass jemand anderer das ist, Fräulein Lauritsen«, fuhr er fort und blätterte lässig im nächstbesten Stapel mit Papieren. »Es wird mich nicht viele Stunden kosten, einen Ersatz für Sie zu finden, das wissen Sie.«

Er hatte recht. Die Leute würden Schlange stehen bei dem guten Gehalt, der Wohnung auf dem Gut und der Möglichkeit, das Haus zu führen und zwei wohlerzogene Mädchen zu unterrichten. Dieser Gedanke erfüllte Laurits mit Grauen. Das Geld war nicht das Problem, denn über die Jahre hatte sie einiges zurückgelegt, und bestimmt hätte sie auch nichts dagegen, Liljenholm als solches zu verlassen. Es war der Gedanke an Antonia und Lily, der sie davon abhielt. »Ich liebe die beiden Mädchen, das tue ich wirklich«, schrieb sie. »Ich habe mich um sie gekümmert, als wären sie meine eigenen Töchter. Doch Liljenholm ist ein Irrenhaus, alles läuft falsch. Neulich kam Antonia zu mir und sagte, dass die Gespenster jetzt Lily und sie überfallen würden. Und sie hätte es nicht einmal sagen müssen, denn mir sind längst die blauen Flecken an ihren Handgelenken aufgefallen. Gestern Morgen war sogar Lilys Mund ganz geschwollen. Ungeachtet, wie sehr ich es versuche, lassen sich die Gespenster diesmal nicht einfach wegreden. Sie *müssen* real sein, auch wenn ich sie nicht sehe. Was soll ich nur tun?«

Laurits versuchte alles Mögliche. Sie stieg immer wieder in beide Turmzimmer und rief den Gespenstern zu, dass sie die Familie in Frieden lassen sollten. Sie ging in den Keller und lief zwischen den verstaubten Weinflaschen herum, während sie alles und jeden verfluchte. Schließlich versuchte sie sich sogar an einer langen, sie schüttelnden Trance, doch die Gespenster schenkten ihr kein Gehör. Sie bekam sie nicht einmal zu sehen. Abend für Abend, Nacht für Nacht saß sie vor dem Schlüsselloch und wachte über Antonia und Lily, die jede ganz steif auf ihrer Seite des Betts lagen. »Das Verhalten der Mädchen hat mir schon früher Sorgen gemacht, doch jetzt beunruhigt es mich noch mehr«, bemerkte sie. »Es ermüdet mich. Ich weiß nicht, wie ich es anstellen soll, Tag und Nacht wach zu bleiben.« Es war Laurits wirklich völlig unmöglich, die ganze Nacht die Augen offen zu halten, und jedes Mal, wenn sie einschlief und ruckartig wieder erwachte, waren die

Gespenster schon da gewesen. Die Mädchen lagen aneinandergedrängt und weinten, Arme und Beine ineinander verschlungen, und die dünnen Frauenkörper waren mit neuen Malen übersät. »Es ist ein Albtraum«, schrieb Laurits. »Ich muss dem Einhalt gebieten, bevor jemand zu Tode kommt.« Doch sie schaffte es nicht rechtzeitig.

Es war im Mai 1898, als Frau Clara in einer ihrer klaren Stunden der Gedanke gekommen war, dass sie der vierzehnjährigen Lily helfen musste, von Liljenholm fortzukommen. Das Mädchen war allmählich ganz durchsichtig, hatte hohle Wangen und erschrockene Augen. Außerdem, fand Clara, war es an der Zeit, dass Antonia ihren Platz als rechtmäßige Erbin des Guts einnahm und Lily ihren als Hausfrau auf Frydenlund.

»Würden Sie Lily bitte ausrichten, dass ich die bestmögliche Partie für sie gefunden habe?«, fragte sie Laurits. Die nickte nur, während alles, was ihr lieb und teuer war, in verschiedene Richtungen davonsegelte.

»Wenn wir länger warten, wird es damit enden, dass es keine ordentlichen Männer mehr gibt«, fügte Clara hinzu und sah Laurits eindringlich an. »Das sehen Sie doch ein, Fräulein?«

»Ich hatte die größte Lust, sie durchzuschütteln und anzuschreien, dass sie uns das nicht antun könne«, vertraute Laurits ihrem Tagebuch an. »Und warum von allen Männern in diesem Land ausgerechnet Herr William? Er ist mindestens vierzig Jahre älter als Lily. Auch ich habe von den Vaterschaftsgerüchten gehört, was alles nur noch schlimmer macht. Und sieht man Lily und ihn nebeneinander, erscheinen sie durchaus wahrscheinlich, ihre etwas zu großen, maskulinen Züge und der grobe Körperbau. Frau Clara kann diese Ehe unmöglich ernsthaft wollen. Doch Lily scheint mit dem Beschluss sehr zufrieden.« Nachher mäßigt Laurits ihre Beobachtung. Lily war eher träge, beinahe apathisch, und nicht einmal Antonia schien noch zu einem einzigen Wutausbruch fähig.

»Da kann man wohl nichts machen«, war alles, was Laurits aus Antonia herausbekam. »So wie es jetzt ist, kann es schließlich nicht weitergehen, das siehst du doch auch ein.«

Vielleicht hing Claras plötzliche Unternehmungslust mit der von Horace zusammen, dachte Laurits. Er hatte nämlich gerade die letzten Mittel zusammengeklaubt und eine umfangreiche Renovierung der beiden Türme in Auftrag gegeben. Ob die Aussicht auf bessere finanzielle Verhältnisse oder auf ein Leben ohne die Gespenster ihn antrieb, konnte Laurits nicht mit Sicherheit sagen. Doch sie wusste zumindest so viel, dass ihm vorschwebte, die Zimmer an alleinstehende adlige Fräulein im passenden Alter zu vermieten. Bald hallte das ansonsten so menschenleere Gut von Hämmern und Klopfen und unbekannten Stimmen wider. Laurits sah keinen anderen Ausweg, als ihre vielen Besuche in den Turmzimmern einzustellen, und zu ihrer Erleichterung schien sich dieser Entschluss weder auf Clara noch auf die Mädchen auszuwirken. Clara verbrachte ihre gesamte Zeit damit, die Hochzeit vorzubereiten und eine staatliche Heiratserlaubnis für die minderjährige Lily zu erwirken. Sie machte, wenn auch keinen stabilen, so doch einen weniger verschreckten Eindruck. Und wenn die Mädchen nicht an einer der Geschichten arbeiteten, die sie gemeinsam schrieben, verbrachten sie ihre gesamte Zeit im Schlafzimmer.

»Obwohl die Handwerker Lärm machen, ist es im Moment nahezu friedlich auf Liljenholm«, schrieb Laurits. »Als ich mir vor Kurzem erlaubt habe, zu den Mädchen hereinzusehen (sie lagen eng umschlungen auf ihrem Bett), dachte ich sogar, dass es vielleicht wirklich allen zum Besten dient, dass Frau Clara beschlossen hat, in Lilys Namen zu handeln. Meine kleine Antonia wird schon zurechtkommen, vor allem, wenn ich auch hier bin. Und Lily wird sich hoffentlich erholen, wenn sie fort von hier ist.«

Doch eines späten Abends veränderte sich plötzlich alles. Die *EPISODE* schrieb Laurits seitdem, wenn sie auf das anspielte, was damals passiert war. (Ich nehme es jedenfalls an. Denn sie erwähnt nie, um was es bei der *EPISODE* im Konkreten ging.) Laurits hatte in Gedanken versunken an ihrem Tisch gesessen und die Ereignisse des Tages aufgeschrieben, als sie aus heiterem Himmel zwei Schreckensschreie hörte. Einen hohen und einen tiefen, gefolgt von springenden Schritten und weiteren Schreien. Mädchenschreien. Sie stand so schnell auf, dass ihr schwindelig wurde, und folgte den Lauten den Gang hinunter. In der Tür zu Horaces und Claras Schlafzimmer standen Antonia und Lily in langen, weißen Nachthemden, die Arme umeinander gelegt, und in dem Doppelbett saßen Horace und Clara. Ihre Gesichter spiegelten eine Mischung aus Überraschung und Furcht wider, und ihre Augen blickten starr auf die leere Ecke nahe des Fensters. Claras Haar fiel in einem glanzlosen Zopf über ihre Schulter, und ihr Körper lehnte gegen Horaces, als würde sie vor etwas Schutz suchen, das bereits geschehen war. »Erst da begriff ich, wie gefährlich die Gespenster sein konnten«, schrieb Laurits. Denn es bestand kein Zweifel, dass die Gespenster im Schlafzimmer gewesen waren und Claras und Horaces Seelen mitgenommen hatten. Sie sahen zwar noch immer lebendig aus, wie sie so dasaßen, doch das waren sie nicht. Sie waren mausetot.

»Wir haben Schreie gehört«, erklärte Antonia. Tränen traten ihr in die Augen. Lily hatte sich weggedreht. Sie hielt sich den Bauch, als müsste sie sich übergeben. Laurits handelte instinktiv, brachte die Mädchen aus dem Zimmer, verschloss die Tür und rief die Polizei, überstand die Verhöre und das Begräbnis wie in einem Nebel, der sich erst viele Wochen später lichtete. Wenigstens bei Laurits. Für die Mädchen sah die Angelegenheit anders aus.

Die offizielle Todesursache lautete Selbstmord durch eine Überdosis Morphium. Die Beamten waren sich ihrer Sache so sicher, dass die Verhöre fast schon vorbei waren, bevor sie überhaupt begonnen hatten.

»Wir sehen oft solche Tragödien, wenn den Leuten klar wird, dass sie vor dem finanziellen Ruin stehen«, sagte der Landpolizist Jensen und sah sich neugierig um. Er hatte sich schon lange gefragt, was hinter den abweisenden Mauern des Guts vor sich ging. »Selbstmord ist eine Sünde, das wissen wir alle«, fuhr er fort, »doch für viele ist Armut noch sehr viel schlimmer. Es ist Ihnen vielleicht nicht klar, Fräulein Lauritsen, doch es hat sich gezeigt, dass Ihre Herrschaft Liljenholm bis über beide Türme beliehen hat. Die Renovierung erfolgte mit Geld, das seit Jahren nicht mehr vorhanden ist.«

Laurits hoffte, dass sie nicht eine Miene verzog. Auch nicht, als Antonia mit dem wilden Blick, mit dem sie seit den Todesfällen herumlief, in der Tür erschien.

»Die Gespenster haben Mutter und Vater getötet«, sagte sie mit einer Stimme, die jeden alarmieren musste, und der Beamte drehte sich um. Antonia atmete sehr schnell.

»SIE waren es!« Sie zeigte zum Turmzimmer hoch. »Das waren die Gespenster da oben. Laurits konnte sie nicht beschwichtigen, weil die Türme renoviert werden sollen, und da sind sie wütend geworden!«

»Wütend geworden?«

Der Landpolizist sah Antonia forschend an.

»Es waren nicht Sie, die über irgendetwas wütend geworden sind und Ihren Eltern einen Denkzettel verpassen wollten, kleines Fräulein?«

Antonia trat ein paar Schritte zurück und schüttelte den Kopf.

»Nein … nein, das war nicht …«

Ihre Stimme war plötzlich ganz kraftlos. Der Landpolizist verfolgte die Sache nicht weiter. Das Mädchen zitterte ja noch immer von dem Schock, das konnte jeder sehen, und ihrer Schwester ging es noch schlechter. Sie lag völlig stumm unter einer Vielzahl von Decken, und um ihre Augen breitete sich das Dunkel aus wie Ringe im Wasser. Laurits zweifelte nicht daran, dass es sich bald noch weiter ausbreiten und sie ganz bedecken würde. »Es ist klar, dass ich mir meinen Teil denke«, schrieb sie, »da ich die Disposition der Familie, den Verstand zu verlieren, nun einmal kenne. Lily wirkt allmählich völlig apathisch, und um Antonia steht es nicht viel besser.«

»Sehen Sie zu, dass Sie etwas Ruhe bekommen, kleines Fräulein«, sagte der Landpolizist Jensen zu Antonia. Doch sie fand keine Ruhe, sondern wanderte von Zimmer zu Zimmer, und wenn Laurits sich nicht sehr irrte, sprach sie vor sich hin.

»Das war eine sehr, sehr schlimme Tat!«, hörte Laurits sie schimpfen. »Aber wir ziehen nirgendwo anders hin, dass ihr es nur wisst. Wir bekommen das alles wieder hin, das verspreche ich, und wir werden euch alle gut behandeln.«

»Ich fühle mich so schuldig«, schrieb Laurits, ihre Schrift floss in großen, schwarzen Klecksen die Seite hinunter. »Ohne all meine Lügen würden Herr Horace und Frau Clara vielleicht noch leben. Ich habe behauptet, die Gespenster beschwichtigen zu können, und jetzt ist es zu spät, Antonia und Lily die Wahrheit zu sagen. Antonia und Lily haben ihr Leben lang an meine Fähigkeiten geglaubt. Ich kann ihr Vertrauen nicht enttäuschen, ich muss meine Besuche in den Turmzimmern sofort wiederaufnehmen und hoffen …« Hier hatte Laurits ein paar Sätze durchgestrichen. Sie fuhr in einer neuen Zeile fort: »Das einzig Richtige wäre, meine Arbeit jemandem zu überlassen, der die erforderlichen Fähigkeiten besitzt, doch auch das geht nicht. Ich kann Liljenholm nicht verlassen. Ich kann die Mädchen jetzt unmöglich verlassen. Deshalb muss ich tun, was ich kann, und das Beste hoffen.«

Und nach mehreren Monaten wendete sich alles zum Guten. Antonia hörte auf, ruhelos durch Liljenholm zu wandern, und Lily stand aus dem Bett auf. Sie begannen miteinander zu flüstern, ja, mehr als das. Ihre dunkelhaarigen Köpfe sahen fast wie einer aus, wie sie da in Claras altem Zimmer unten im Turm am Fenster standen. Antonia streichelte langsam Lilys Wangen, sodass Laurits ein Seufzer entfuhr. Die Zärtlichkeit in Antonias Augen zog sie an, die Küsse, die Antonia auf Lilys Lippen drückte. »Ich kann sie fast spüren«, schrieb Laurits. Lily war zwar noch immer etwas entkräftet. »Doch als Antonia ihr das Kleid über die Hüften zog, sah ich, dass sie ihrer Schwester langsam wieder glich. Sie war auf die gleiche kantige Weise schlank. Antonia zog sie zur Chaiselongue hinüber, und sie legten sich hin. Oh! Ich konnte fast spüren, wie es für Lily sein musste, als Antonias Hand zwischen ihre Beine glitt.«

Später kamen Antonia und Lily in die Küche zu Laurits hinunter, die in einem großen Topf Erbsensuppe rührte. Lilys Gesichtszüge waren zur Ruhe gekommen, ihre Lippen waren röter als sonst, und zum ersten Mal seit Monaten sprach sie Laurits an.

»Ich habe mich entschlossen, meine Verlobung mit Herrn William zu lösen«, sagte sie. »Ich will nicht heiraten, Laurits, das musst du doch verstehen. Ich will weiter hier mit euch zusammen auf Liljenholm bleiben, das heißt, wenn du auch hierbleibst. Ich hoffe wirklich, dass du das tust, und Antonia und ich …«

Sie warf ihrer Schwester, die auf der anderen Seite des Herds stand, einen langen Blick zu.

»Wir haben beschlossen, etwas für Liljenholms Finanzen zu tun, sodass wir alle drei hier wohnen bleiben können«, fuhr sie fort. Ihr Ton war nicht misszuverstehen. Sie meinte, was sie sagte.

»Das habt ihr also?«

»Ja.«

Antonias Hand brachte Laurits' Schulter auf eine Weise zum Brennen, für die sie mehrere Seiten in ihrem Tagebuch brauchte, um sie sich wieder vollständig in Erinnerung zu rufen.

»Als Erstes werden wir alle Möbel aus den Zimmern in der oberen Etage verkaufen, die wir ohnehin nicht brauchen«, sagte Antonia. »Die dürften doch einiges wert sein, meinst du nicht?«

Sie hatte rote Wangen bekommen, die ihr gut standen.

»Dann werden wir eine Mischung aus Liebes- und Spukgeschichten schreiben und sie dem Romanmagazin *Revue* anbieten. Wir haben sogar schon einige fertig, die nur noch überarbeitet werden müssen.«

Laurits tat ihr Bestes, mit dem Kochlöffel ruhig in der Erbsensuppe zu rühren, doch es fiel ihr schwer. Sie hatte die Geschichten der Mädchen längst heimlich gelesen, und ihr war nicht ganz wohl dabei. »Die Mädchen haben ohnehin Schwierigkeiten, den Unterschied von richtig und falsch zu sehen«, schrieb sie. »Es sollte mich wundern, dass es besser davon wird, Geschichten zu schreiben, in denen Wirklichkeit und Fantasie ineinanderfließen. Andererseits habe ich bemerkt, dass beide seit Langem wieder gesund aussehen. Diese Freude schulde ich ihnen nach meinem Unvermögen. Ich habe Angst, dass mein Gewissen einen nicht wiedergutzumachenden Schaden erlitten hat.«

»Wir glauben wirklich, dass wir das schaffen können«, hörte sie Lily sagen. Laurits sah sie vor sich, nackt auf der Chaiselongue mit Antonia auf sich.

»Wenn du nur hierbleibst und die Gespenster beschwichtigst, zweifeln wir nicht, dass alles in Ordnung kommt«, fügte Antonia hinzu. Die Suppe in Laurits' Topf erinnerte jetzt an grüne Wellen.

»In dem Fall«, sagte Laurits und atmete tief durch, »könnt ihr damit rechnen, dass ich zusammen mit euch hierbleibe.«

Die Schwester mit dem goldenen Löffel

Die Jahre, die folgten, wurden in vieler Hinsicht die glücklichsten in Laurits' Leben. Das schrieb sie oft, während sie andauerten, und noch öfter, als sie unwiederbringlich vorbei waren. Agnes hat die wesentlichen Geschehnisse ja bereits erwähnt: Antonia und Lily meinten es ernst damit, Liebes- und Spukgeschichten zu schreiben und als Fortsetzungsromane in dem Romanmagazin *Revue* unter dem Pseudonym Antonia Lily zu veröffentlichen. Im Laufe von sechs Jahren wuchs ihr Leserkreis stetig mit den veröffentlichten Fortsetzungsromanen *Die Heimgesuchten*, *Das letzte Geheimnis*, *Die Spiegelverkehrten* und *Die lebenden Toten*. Das Ganze erreichte seinen Höhepunkt, als 1904 *Lady Nellas geschlossene Augen* als Fortsetzungsroman herauskam, und ein Jahr später als Roman. Das Buch erschien im Verlag meines Vaters Simon, unter Antonia von Liljenholms Namen und mit einer Fotografie von Antonia auf der ersten Seite, statt der schönen Karen, deren Foto die Fortsetzungsromane geschmückt hatte. Und ja, Sie haben bestimmt schon erraten, dass es sich um dieselbe Karen handelt, der Agnes viele Jahre später im Vodroffsvej begegnet ist. Es fällt mir jedoch schwer, sie in Agnes' Beschreibung der bösen Karen Hansen wiederzuerkennen, was natürlich daran liegen mag, dass Karen und ich in Verbindung mit Simons Tod gute Freundinnen geworden sind und seitdem den Verlag gemeinsam leiten. Ich mag sie sehr, doch das ist eine andere

Geschichte als die, die ich gerade erzähle. Die von Antonia und Lily und Laurits. Und bald auch von Simon.

Ich weiß fast nicht, was schlimmer ist: die Geschichte zu kennen oder sie zu erzählen, Agnes würde wohl Letzteres meinen.

»Das ist einfach zu bizarr mit den dreien, Nella!«, sagt sie immer wieder. Dabei ist es ganz offensichtlich, dass sie in Wirklichkeit Laurits' Verhalten bizarr findet, die es genossen hatte, Antonia und Lily zu belauern, und sich fast als Teil ihres intimen Verhältnisses fühlte. Vielleicht würde es mir genauso gehen, hätte ich Laurits nicht gekannt und gewusst, dass sie immer nach bestem Wissen gehandelt hat. Natürlich besteht kein Zweifel daran, dass sie sich mit ihrem Gespenstergerede und ihrer Schlüssellochguckerei gewisse Freiheiten erlaubt hat, und darüber war sie sich auch immer im Klaren. »Mein Gewissen wird immer schwärzer«, schrieb sie jedes Mal, wenn sie Antonia und Lily belauert hatte. »Ich kann natürlich versuchen mir einzureden, dass ich gute Gründe habe, jeden Abend ein wachsames Auge auf die Mädchen zu haben, doch die habe ich nicht. Ich habe nur einen Grund, und zwar den, dass ich es genieße.«

Doch die Schäferstündchen der Zwillinge waren nicht die einzige Freude in Laurits' Leben. Denn Antonia und Lily blühten auf, bis sie fast gleich schön waren, und Lily lernte es endlich, ihren klugen Kopf einzusetzen. »Lily hat ein kleidsames Selbstvertrauen entwickelt«, bemerkte Laurits. »Genau genommen verändert sich gerade das Machtverhältnis zwischen den Mädchen, und ich hoffe, dass Antonia das verkraftet. Sie, die es so gewohnt ist zu bestimmen. Es fällt ihr sichtlich schwer, damit zurechtzukommen. Denn obwohl man es den fertigen Geschichten nicht ansieht, sind sie letztendlich Lilys Werk. Aus ihrem Stift fließt sehr viel mehr als aus Antonias, die Geschichten strömen nur so aus ihr heraus. Das Pseudonym der Mädchen müsste eigentlich Lily Antonia heißen, doch ich habe die Nase voll davon, das Thema noch einmal aufzugreifen. Antonia hätte mich beinahe entlassen, als ich es das letzte Mal vorgeschlagen habe.«

In regelmäßigen Abständen kamen große Mengen an Leserbriefen ins Haus. Laurits sah den Brief zuerst, der sich von den anderen unterschied. Geschrieben auf feinem Firmenpapier mit Wasserzeichen und mit Simon Hansen, Verleger, unterzeichnet.

»Er bietet an, euren nächsten Fortsetzungsroman als Buch zu veröffentlichen!«, rief sie Lily zu, die mit wippendem Fuß und über die Seiten laufendem Stift über den Schreibtisch gebeugt saß.

»Wer?«

»Ein Verleger, Lily! Simon Hansen. Er schreibt, dass er einen eigenen Verlag hat. Hansen & Sohn, kennst du den? Er lädt euch nach Kopenhagen ein, damit ihr das Ganze näher besprechen könnt.«

Lily hob ruckartig den Kopf. Sie kam so wenig an die frische Luft, dass ihre Haut wie das feinste Porzellan wirkte. Im Gegensatz zu Antonias, deren Gesicht mit lustigen Sommersprossen übersät war, weil sie draußen im Park saß und schrieb. Oder was immer sie dort draußen trieb. Die meiste Zeit ließ sie Lily für zwei arbeiten, ohne deshalb auch nur zu erröten.

»Was sagst du, Laurits? Ein Verleger?« Lily hatte sich erhoben, doch getreu der Gewohnheit kam Antonia ihr zuvor. Laurits wusste nicht so genau, wo sie hergekommen war. Doch so war es immer. »So ist Antonia wohl einfach«, grübelte Laurits, während sie beobachtete, wie sie den Brief von Hansen & Sohn las. Ihre Augen hatten zu leuchten begonnen. »Was sie nicht zuerst bekommt, nimmt sie sich selbst. Auch wenn es ihr streng genommen nicht zusteht.«

In den nächsten Wochen spürte Laurits eine lauernde Unruhe in ihrem Körper. »Etwas, das in mir wächst und mir möglicherweise ans Leben will«, schrieb sie. Man hätte annehmen können, dass sie auf die Geschwülste und Furunkel anspielte. Jedenfalls war das die Zeit, in der sie damit begann, den größten von ihnen Namen zu geben. Das erste nannte sie Horace, das zweite Jens und das dritte Clara (ja, die Namen haben mich auch gewundert). Später hat sie sogar ein Geschwulst Simon genannt. Doch wie dem auch sei, ich denke eher, dass ihre Unruhe mit den Veränderungen zu tun hatte, die bald über Liljenholm hereinbrechen sollten. »Die Mädchen reden von nichts anderem als von dem Erscheinen des Buchs«, schrieb sie. »Ich freue mich natürlich für sie, selbstverständlich. Lily hat schließlich monatelang an dem Konzept für den nächsten Fortsetzungsroman *Lady Nellas geschlossene Augen* gearbeitet. Wenn sie nur mit nach Kopenhagen fahren und diesem Simon Hansen einen Besuch abstatten würde, wäre ich sehr viel beruhigter, als ich es jetzt bin.«

Doch Lily wollte nichts davon hören, Liljenholm zu verlassen. Unter keinen Umständen und niemals. Antonia dagegen schien sonderbar guter Dinge bei dem Gedanken zu verreisen und fasste sich sogar ein Herz, die vielen Schränke des Turmzimmers nach passenden Kleidern für die Reise zu durchstöbern.

»Glaubst du, dass die Kleider hier völlig unmodern sind?«, fragte sie Laurits und hielt ein paar Kleider mit Reifröcken hoch. Laurits sah sich gezwungen zu nicken. Wenn sie zum Einkaufen in der Stadt war, kam sie nicht umhin, die vielen Schnürmieder und verzierten Seidenkleider mit angehobenem Dekolleté im Straßenbild zu bemerken. Antonia wollte mit in die Stadt gehen. Ihre Füße trippelten ungeduldig.

»Sollen wir nicht auch ein paar Kleider für dich kaufen, Lily?«, bot Laurits an, doch Lily schüttelte nur von ihrem Schreibtisch aus den Kopf.

»Nein, das Geld können wir uns gut sparen«, sagte sie.

»So ist sie nun einmal«, bemerkte Laurits am selben Abend. »Antonia wirft mit Geld um sich, wenn sie welches in die Finger bekommt, und Lily spart. Ohne sie wären Liljenholms Finanzen eine noch größere Katastrophe, als sie es ohnehin schon sind.«

Ein paar Tage später war Antonia fertig für die Abreise. »Sie stand mit ihrem kleinen Koffer in der Halle und sah erwartungsvoll und verloren zugleich aus in ihrem viel zu überschmückten Kleid«, schrieb Laurits. »Schön wie ein Traum ist sie, aber sie ist auch sehr, sehr jung. ›Bist du ganz sicher, dass du wirklich fahren willst, Antonia? Sollen wir Simon Hansen nicht lieber nach Liljenholm einladen?‹, fragte ich sie.« Doch Antonia runzelte nur die Stirn und sagte, dass sie sich schon um alles kümmern werde, das Buch vorstellen, den Vertrag unterschreiben und die weitere Vorgehensweise diskutieren. Bevor sie ging, küsste sie Lily und versprach, ihr eine große Schachtel Schokolade mitzubringen. Das war der einzige Luxus, den Lily sich schon damals gestattete. Nicht einmal als Antonia längst wieder hätte zurück sein sollen, erlaubte sie es sich, unglücklich zu sein, bevor sie sich nicht alleine glaubte.

»Antonia ist bestimmt nur aufgehalten worden«, war Lilys einziger Kommentar, wenn Laurits ihrer Bekümmerung Ausdruck verlieh. Und dann schrieb Lily weiter an *Lady Nellas geschlossene Augen*, sodass sich die Seiten um sie herum häuften. Und sie behielt recht. Antonia war tatsächlich aufgehalten worden. Sie kam erst drei Monate später zurück. In der Zwischenzeit hatte Laurits mehrmals versucht, mit Simon Hansens Verlag zu telefonieren, wenn sie zum Einkaufen in der Stadt war. Oder vielleicht richtiger, wenn sie in der Stadt war, um zu telefonieren, und vorgab einzukaufen. Doch sie kam nie weiter als bis zu der unfreundlichen Verlagssekretärin Fräulein Kvist.

»Herr Hansen und Fräulein Liljenholm wollen nicht gestört werden«, antwortete sie jedes Mal kurz angebunden, wenn Laurits nach Antonia fragte. »Sie sind beschäftigt, es tut mir leid. Doch ich kann einen Bescheid hinterlegen und Fräulein Liljenholm bitten, sich bei Ihnen zu melden.«

Nach ein paar Wochen meldete Antonia sich tatsächlich, wenn auch nur in Form eines Telegramms:

Genieße die Stadt STOPP Macht euch keine Sorgen STOPP Eure A

»Genieße die Stadt?«, schrieb Laurits mit Riesenbuchstaben über eine ganze Seite ihres Tagebuchs. »Ich glaube eher, dass sie Simon Hansen genießt, das Flittchen!« Wenn Lily nicht gewesen wäre, hätte Laurits der Hauptstadt wahrlich auch einen Besuch abgestattet und das unsittliche Mädchen höchstpersönlich nach Hause geholt, wo sie hingehörte. Das waren die Worte, die sie gebrauchte. Doch Lily schüttelte entschieden den Kopf, wenn Laurits die Idee zur Sprache brachte.

»Du bleibst, wo du bist, Laurits«, sagte sie. »Antonia tut, was sie für richtig hält. Sie hat zweifellos ihre Gründe, die haben wir alle.«

»Aber sie lässt dich im Stich, Lily! Sieh dich doch an! Was, wenn sie gar nicht mehr zurückkommt?«

Lily kniff die Lippen zusammen, was Laurits ein wenig beunruhigte. In den Monaten nach Horaces und Claras Tod war ihr Gesicht so ausdruckslos gewesen, wie Laurits es um nichts in der Welt wieder an ihr sehen wollte.

»Antonia hat mich damals, als die Gespenster Mutter und Vater umgebracht haben, ins Leben zurückgeholt«, sagte sie. »Sie lässt mich jetzt nicht im Stich. Warte es ab.«

Lily sollte recht behalten. An einem späten Nachmittag stand Antonia in der Halle, hinter ihr zehn Koffer und an ihrer Seite ein Mann, der, um es mit Laurits' Worten auszudrücken, »die erste blühende Jugend bereits hinter sich hatte«. Antonias schien dagegen gerade begonnen zu haben. Ihr Haar war zu einer frechen, offenen Frisur gedreht, ihr Körper rundlicher geworden und die Haut noch goldener als sonst.

»Lily!«, rief sie und umarmte ihre Schwester, die plötzlich ganz farblos aussah. »Ich habe dir Schokolade mitgebracht, wie ich es versprochen habe! Das ist Simon, mein zukünftiger Mann. Wir haben beschlossen, uns zu verloben und hier zusammen mit euch zu wohnen. Dazu könntet ihr uns dann jetzt auch eigentlich beglückwünschen.«

Lily wünschte ihnen auf ihre eigene Weise Glück. Sie drückte ihren leicht geöffneten Mund auf Antonias, und Antonia nahm ihren Kuss entgegen, etwas überrascht vielleicht, doch nicht so sehr, dass sie nicht zurückküsste. Anschließend lächelte sie, und selbst ihre Zähne sahen anders aus. Weißer, hatte Laurits den Eindruck. Sie musste tief durchatmen, bevor sie sich im Stande sah, Simon die Hand zu schütteln.

»Es war eine furchtbar peinliche Situation«, schrieb sie am selben Abend. »Antonia hätte uns doch zumindest über ihre Absichten informieren können. Doch das ist wieder einmal typisch für sie, impulsiv bis zum Äußersten. Und darüber hinaus hat sie ihre Liebe für einen äußerst ordinär aussehenden Mann *meines Alters* entdeckt. Fünfzig, wenn nicht älter! Er hat mich die ganze Zeit unverhohlen angestarrt, offenbar findet er mein Aussehen zutiefst abstoßend. Doch er sollte lieber einen Blick auf sich selbst werfen, er ist viel zu alt für ein zwanzigjähriges Mädchen. Vor allem für ein Mädchen wie Antonia, die jünger aussieht, als sie ist. Doch das scheint ihn nicht zu kümmern. Noch nicht. Ich möchte wissen, was sie ihm über Lily und Liljenholm erzählt hat. Ob er auch nur die geringste Ahnung hat, worauf er sich einlässt?«

Es zeigte sich schnell, dass die Antwort Nein lautete. Simon hatte zwar mit halbem Ohr gehört, dass Liljenholm von Gespenstern heimgesucht wurde, die Horace und Clara getötet hatten. Doch in seinem Kopf gab es Gespenster nur in der Literatur, und wahrscheinlich traf das auf intime Verhältnisse wie das von Antonia und Lily genauso zu. Laurits fragte ihn nicht. Sie merkte nur, dass Lily Antonia still und ruhig zurückeroberte. »Das freut mich unsagbar«, schrieb sie. »In den zwei Wochen im Monat, in denen Simon in Kopenhagen ist, um seinen Verlag zu führen, ist fast alles wieder wie früher.« In diesen Perioden schlief Antonia nicht in ihrem Ehebett, sondern eng umschlungen mit Lily, während Laurits vor dem Schlüsselloch Wache hielt. Ihre einzige Angst war, dass Simon herausfand, was vor sich ging. Und so kam es auch. Denn eines Abends kam Simon in Lilys Arbeitszimmer gestürmt und fand auf der Chaiselongue Antonia und Lily bei einem erotischen Spiel. »Ich stand in der Küche und bereitete eine leckere Kaltschale zu«, schrieb Laurits, »und als er zu mir hereinkam, konnte ich mir sofort ausrechnen, was die Uhr geschlagen hatte. Seine Haare standen zu Berge, und er sah völlig verzweifelt aus. ›Haben Sie davon gewusst, Fräulein?‹, fragte er mich, bettelnd fast. Ich muss zugeben, dass ich meine Antwort genoss: ›Ich weiß nicht, wovon Sie reden, Herr Simon‹, sagte ich. ›Meinen Sie nicht, dass Sie nur Gespenster gesehen haben, mein Lieber?‹«

Später sollte Laurits ihre Zurückweisung bitter bereuen. »Herr Simon ist absolut kein schlechter Mann, seine Gegenwart ist nur höchst ungelegen«, schrieb sie. »Er ist belesen und höflich und sichtlich verliebt in Antonia. Außerdem bringt er oft neue Romane mit, die den Mädchen viel Freude zu bereiten scheinen. Doch ich hätte so klug sein müssen vorauszusehen, dass seine Eifersucht zu einem Problem werden könnte, wenn sie nicht im Keim erstickt würde. Jetzt wacht er wie ein alter Hütehund über Antonia und Lily. Es ist nicht auszuhalten.«

Antonia erging es wesentlich besser damit als Lily. Sie schien die Aufmerksamkeit, die ihr plötzlich zuteilwurde, sichtlich zu genießen. Simons Geschenke genoss sie auch. Die teuren Kleider und die hochhackigen Schuhe, die Parfümflakons und die Hüte mit den breiten Krempen. Lily dagegen verkroch sich immer weiter in *Lady Nellas geschlossene Augen*, und dort blieb sie auch. Antonia fügte hin und wieder eine unbedeutende Passage oder ein Adjektiv zum Manuskript hinzu, doch ansonsten war es Lilys Werk. Sie schlug auch vor, das Bild einer schönen Frau zu finden, die die Leser der Fortsetzungsromane für Antonia Lily halten konnten.

»Eine, die weder Antonia noch ich ist, mit der die Leser sich identifizieren können«, sagte sie und reichte Simon die letzten Kapitel, die er nachdenklich entgegennahm.

»Ich glaube, ich kenne eine«, sagte er. »Eine junge, schöne Frau, sie heißt Karen Kvist.«

»Das ist eine gute Idee!«, unterbrach ihn Antonia. »Fräulein Kvist ist Simons Sekretärin im Verlag«, fuhr sie, an Lily gewandt, fort. »Wenn wir sie jetzt noch dazu bringen können zu lächeln ... glaubst du, das werden wir, Simon? Sie könnte ganz gut aussehen, vor allem wenn sie sich meine Sachen leihen und sich die Haare beim Frisör ordentlich machen lassen würde. Glaubst du, du kannst sie dazu überreden?«

Wie Sie bestimmt erraten haben, wurde Karen Kvist später zu Karen Hansen, und obwohl sie nicht die geringste Lust hatte, Antonia Lily zu spielen, konnte Simon sie dazu überreden. Er war ganz damit beschäftigt, alle Abschnitte des Fortsetzungsromans zu überarbeiten, damit das Buch erscheinen konnte, wenn die ersten zwanzig Teile im Romanmagazin *Revue* erschienen waren. So gewann man die meisten Käufer, meinte er, was sich, wie bekannt, auch als richtig erwies.

Doch mit der Zeit hatte Simons Planung noch ganz andere Folgen. Zweifellos weil Antonia ihre Liebe zu Lily, die für zwei arbeitete und immer mehr Ähnlichkeit mit einer Leiche hatte, immer unverhüllter zeigte. »Nicht, dass Simon sich benachteiligt fühlen musste«, bemerkte Laurits. »Er bekommt mindestens ebenso viel Aufmerksamkeit von Antonia, wenn er denn einmal hier ist. Doch ich fürchte, dass er selbst das nicht so sieht.«

Anfangs entwickelte sich auch alles gut. *Lady Nellas geschlossene Augen* erschien mit Karen Kvists Bild als Fortsetzungsroman, und die Auflage der *Revue* stieg von Woche zu Woche um mehrere tausend Exemplare. Die Leserbriefe strömten in Postsäcken herein. »Eigentlich hätte Lily sie öffnen sollen, doch sie war zu sehr mit Schreiben beschäftigt«, bemerkte Laurits. »Deshalb sitzt Antonia mit hochgelegten Beinen in der Bibliothek und liest sie Herrn Simon laut vor, als sei es ihre Arbeit, die über den grünen Klee gelobt wird. Wie Lily das aushält, weiß ich nicht.«

Doch wie Agnes bereits ausgeführt hat, hatten Lilys Probleme gerade erst begonnen. Denn als *Lady Nellas geschlossene Augen* endlich im roten Ledereinband mit Golddruck erschien, war aus Antonia Lily plötzlich nur Antonia geworden. Und die Widmung lautete *Meinem Simon, der Liebe meines*

Lebens anstelle von *Unserer geliebten Laurits* (gemäß Laurits; im Originalmanuskript, das ich verbrannt habe, stand mit Sicherheit keine Widmung), und auf der ersten Seite begrüßte nicht Karen Kvists entschlossener Blick den Leser, sondern Antonia von Liljenholms verführerisches Starren unter einem dichten Wald von Wimpern.

»Ich weiß wirklich nicht, wie das passieren konnte«, behauptete Simon, als Laurits versuchte, ihm eine Antwort abzuverlangen. Seine Augen blickten ebenso unschuldig wie Antonias. Sie saß auf dem Sofa im westlichen Zimmer, das zum Park hin lag, und las das Buch, als wäre es das erste Mal. Und wer weiß, vielleicht war es das auch.

»Jetzt ist es auf jeden Fall zu spät, etwas daran zu ändern«, fuhr er fort. »Die Bücher sind längst im Handel und bestimmt schon verkauft. So etwas passiert, Fräulein Lauritsen. Ich fürchte, so ist das Leben.«

Doch Lauritsen war sich sehr wohl klar darüber, dass das Leben nur so war, weil Simon sich an seiner Rivalin rächen wollte. Und wäre Lily ein anderer Mensch gewesen, hätte sie sich zweifellos zehnfach wieder gerächt. Sie hätte leicht Anzeige erstatten oder die nächsten Bücher unter ihrem eigenen Namen herausbringen oder keine Zeile mehr schreiben können. Doch Lily fasste einen ganz anderen Entschluss.

Zu der Zeit benannte Lauritsen ein großes, schmerzendes Geschwulst nach Simon. Es wuchs auf der rechten Seite unterhalb ihres Rippenbogens und hatte sich rotblau verfärbt, »was mich beunruhigt«, wie Laurits bemerkte. »Simon gleicht nicht den anderen Geschwülsten, und trotzdem ist er wohl Zeichen derselben Krankheit.«

Eines Abends klopfte Lily an Laurits' Zimmertür. »Sie trat ein und setzte sich auf mein Bett«, schrieb Laurits. »Das arme Mädchen! Sie schien ganz durchsichtig, wenn man einmal von den Augen absah, die klar wie Stahl waren. Sie sagte mir, dass es so werden würde, wie Antonia und Herr Simon bestimmt hatten«. Laurits rief bestürzt, dass Lily doch nicht weiter unter Antonias Namen schreiben könne, ob sie denn vollkommen verrückt geworden sei. Doch sie nickte nur.

»Ich verdanke Antonia mein Leben«, sagte sie. »Es ist ein großes Opfer. Doch es wäre weit schrecklicher, gar nicht mehr zu schreiben.«

Laurits schlug ganz vernünftig vor, dass Lily doch zumindest unter ihrem eigenen Namen schreiben könne. Lily von Liljenholm sei doch ein ganz ausgezeichneter Autorenname, fand sie das denn nicht? Doch Lily war bereits aufgestanden.

»Nach *Lady Nellas geschlossene Augen* kennen alle Antonias Namen, und meinen kennt keiner«, sagte sie. »So ist es ja eigentlich immer gewesen.«

Sie sah plötzlich sehr viel älter aus als ihre einundzwanzig Jahre. Ihre Mundwinkel zeigten nach unten.

»Wenn ich mit Antonia konkurriere, verliere ich. Das ist mein Schicksal, das weißt du genauso gut wie ich, Laurits.«

Sie richtete sich in der Tür zu ihrer vollen Größe auf.

»Ich sehe einfach nicht, dass sich etwas anderes anbietet, als das Beste aus der Situation zu machen. Deshalb habe ich nachgedacht. Ich werde vorschlagen, die Einnahmen zu teilen.«

»Die Einnahmen zu teilen?«

Sie nickte.

»Ja, die eine Hälfte bekommen die beiden und die andere du und ich und Liljenholm.«

Endlich zählte Laurits zwei und zwei zusammen: »Sie will Liljenholm vor dem sicheren Ruin retten. Darum geht es«, schrieb sie. »Doch ich befürchte, dass das auf lange Sicht ein sehr hoher Preis für sie sein wird. Meine geliebte Lily. Ich befürchte, dass das nicht funktionieren wird.«

Laurits' Angst war berechtigt. Natürlich stimmten Antonia und Simon Lilys Vorschlag zu, die Einnahmen zu teilen, die in einem Ausmaß hereinströmten, dass nicht einmal Antonias Kleiderkäufe mithalten konnten. Schon gar nicht, als Lily Antonia von Liljenholms nächsten Roman *Die verlassenen Fräulein* und anschließend *Der Elfenbeinturm* und *Das Gabelbein* beendet hatte, die sich sowohl zu Hause als auch im Ausland tausendfach verkauften. »Liljenholm ist jetzt schuldenfrei, doch Lily wird von innen her aufgefressen«, stellte Laurits fest. Das war auch nicht verwunderlich, denn nach *Lady Nellas geschlossene Augen* war Antonia von Liljenholm zu einer Berühmtheit geworden, die sich fotografieren und interviewen und bejubeln und zu allen möglichen Bällen und Abendgesellschaften einladen ließ. Sie trat immer alleine auf. Sie ging sogar so weit, alle zu bitten, Liljenholm zu verlassen, wenn Gäste oder Fotografen zu Besuch kamen. Simon tat das, ohne zu murren. »Ihm scheint es gut damit zu gehen, im Hintergrund zu stehen und die Fäden zu ziehen«, schrieb Laurits. »Doch Lily wendet sich inzwischen ab, wenn sie ihn mit Antonia zusammen sieht. Und wenn sie Liljenholm verlassen soll, ist sie ganz bleich vor Wut.« Ich gehe einmal davon aus, dass Lilys Wut, nicht zuletzt auf Simon, zu dieser Zeit neue Ausmaße erreichte. Laurits schreibt das nicht direkt, und das muss sie auch nicht, denn ich erinnere mich deutlich an Mutters Worte auf dem Sterbebett. Ich glaube, Agnes hat das bereits geschrieben: Mutter bezeichnete ihn als einen manipulativen Satan und ein verdammtes Schwein, das ihr ihre Schwester genommen, ja, das sich sogar an ihr vergangen hatte. So muss Lily ihn und sein Verhältnis zu Antonia erlebt haben, aber sie hat es sich nicht anmerken lassen. »Sie schreibt und schreibt, und in ihren Manuskripten nimmt das Liebesverhältnis zu Antonia, soweit ich das sehe, noch immer einen großen Platz ein«, schrieb Laurits. »Doch in Wirklichkeit ist es längst vorbei, fürchte ich.«

Zunächst schien Antonia über die Tatsache, dass Lily sich von ihr abgewandt hatte, leicht verwundert. Später heiratete sie aus Trotz (jedenfalls nach Laurits' Meinung) Simon. »Sie küssen sich und albern herum, vor allem wenn Lily und ich in der Nähe sind«, bemerkte Laurits. »Obwohl Antonia noch immer unangemessen dominant und zeitweise hysterisch ist, besteht kein Zweifel, dass sie sich dem süßen Leben hingeben, während wir anderen uns abrackern.«

Und wie Sie bestimmt schon erraten haben, hatte das süße Leben Folgen. Ich kam 1908 zur Welt, und zur Überraschung aller war ich kein Zwilling. »Das lässt zumindest hoffen, dass wir uns zusätzlich zu allem anderen nicht auch noch mit dem Gerede über die Zwillingsverrücktheit herumschlagen müssen«, bemerkte Laurits. »Doch wie sie das Mädchen genannt haben! Herr im Himmel! Antonia scheint allem Anschein nach zu meinen, dass es Glück bringt, das arme Kind nach der künstlerisch begabten Nella in *Lady Nellas geschlossene Augen* zu nennen. Soweit ich das sehe, sind Antonia und Simon übrigens die Einzigen, denen das Buch Glück gebracht hat. Ja, oder wie auch immer man das nun bezeichnen soll.«

Es steht außer Zweifel, dass meine Mutter und mein Vater sich auf meine Ankunft gefreut haben. Sie haben Horaces und Claras altes Schlafzimmer für mich hergerichtet und sich darin geübt, Wiegenlieder zu singen. Die ganzen neun Monate lang hat Antonia mit ihrem Bauch geplaudert und mich ihre »kleine Puppe« genannt. Doch ich war keine kleine Puppe, als ich endlich zur Welt kam. Ich war nicht einmal schön mit meinem spärlichen Haarwuchs und meinen großen Ohren. Und was noch schlimmer war, ich schrie wie eine Besessene und weigerte mich aufzuhören. Monat für Monat trieb ich meine Eltern in den Wahnsinn. Vor allem Antonia, die überhaupt nicht verstand, warum ich nur noch lauter schrie, wenn sie hysterisch auf mich einschlug, um mich zum Schweigen zu bringen. So wie Lily, die ihren Platz immer gekannt hatte.

»Halt deinen verdammten Mund!«, hörte Laurits sie mich anschreien. »Verstehst du kein Dänisch, du kleiner Scheißer? Du sollst SOFORT STILL SEIN, habe ich mich klar ausgedrückt?«

Zuletzt tat ich in etwa, um was sie mich bat. Ich hörte auf zu schreien und begann zu reden, ganz leise nur, damit es niemanden störte. Doch nicht alles wendete sich dadurch zum Guten. Will man Laurits Glauben schenken, war es das kleinste Übel, dass ich nichts anderes als »Bella«, »Wo ist Bella?« sagte, während ich mich suchend umsah. Manchmal winkte ich auch oder zeigte in die Luft. Sehr viel schlimmer stand es aber um Antonia. Immer öfter sagte sie, dass sie keine Kraft mehr habe. Laurits kannte den harten Zug um ihren Mund. Sie meinte es ernst mit dem, was sie sagte.

»Wofür hast du keine Kraft mehr, Antonia?«, fragte sie, doch Antonia schüttelte nur den Kopf, als wüsste sie es nicht einmal selbst. Zu dieser Zeit hatte sie wieder damit begonnen, auf Liljenholm herumzuirren wie in den Monaten nach Horaces und Claras Tod. Nur schlimmer noch. In Antonias Kopf waren die Gespenster zurückgekehrt, und immer öfter war ich eins von ihnen.

»Laurits!!«, rief sie aus den seltsamsten Winkeln des Guts, und wenn Laurits dann herbeigeeilt kam, stand Antonia mit zitternden Fingern da und zeigte in staubige Ecken oder in die Luft. Manchmal ging sie sogar zum Angriff über, vor allem auf die Tapete in der Halle, wo ihr die Schatten am wirklichsten erschienen.

»Die Gespenster bringen uns um«, flüsterte sie. Unter dem

weißen Kleid, das sie sich weigerte auszuziehen, damit Laurits es waschen konnte, hatte sie überall rote Striemen. »Aber sie ist immer noch unfassbar schön«, bemerkte Laurits, selbst als Antonias Mund immer größer wurde.

»Das Mädchen! Sie ist an allem schuld! Sie haben mir das falsche Kind geschickt!«

»Wer?«

»Die Gespenster! Anstelle des Kindes, das ich bekommen sollte, haben sie mir ein böses Kind geschickt, merkst du das nicht?«

Laurits sah sich gezwungen Nein zu sagen. »Es ist sehr bedauerlich, doch ich habe allmählich das Gefühl, dass ich mich wiederhole«, schrieb sie. »Sie ist Frau Clara in Neuauflage, und hier hilft kein Morphium mehr. Antonia gerät völlig außer sich und droht mir mit dem Schlimmsten, wenn ich es auch nur vorschlage. Doch am schlimmsten ist, dass sie mich langsam voller Ekel ansieht. Als wäre ich das personifizierte Böse. Ich habe keine Ahnung, wie sie darauf kommt.«

Zu Laurits' Erleichterung gaben ihr selbst Lily und Simon recht, dass die Gespenster zum jetzigen Zeitpunkt vor allem in Antonias verwirrtem Kopf existierten. Laurits sah sie sogar einige Male vertraulich miteinander reden. Sowohl draußen im Park als auch in der Bibliothek. Er sah sie aufmerksam an und nickte, wenn sie sprach. Ein einziges Mal legte er sogar seine Hand auf ihre. Er zog sie erst fort, als Laurits in die Tür trat, um ihnen mitzuteilen, dass das Abendessen fertig sei. »Lilys Verhalten macht mir ebenfalls Sorgen«, hielt Laurits ein paar Stunden später in ihrem Tagebuch fest. »Es bedeutet zwar einen gewissen Fortschritt für den Hausfrieden, dass kein offener Krieg mehr zwischen Simon und ihr herrscht, doch was Lilys Verhältnis zu Nella angeht, ist keine Veränderung zu beobachten. Das kleine Mädchen kann hinfallen und herzerweichend weinen, doch Lily bleibt sitzen und sieht sie kalt an, oder sie steht auf und geht in die Bibliothek. Ich weiß schließlich am besten, dass Lily eigentlich kein gefühlskalter Mensch ist. Ich würde eher annehmen, dass sie zu viele Gefühle hat. Ablehnende Gefühle. Doch sie sollte sie dorthin richten, wo sie hingehören, statt gegen das arme Mädchen. Nella braucht ebenso eine Mutter, wie Lily das in dem Alter getan hat. Das Mädchen kann doch nichts dafür, dass sie Antonia immer ähnlicher sieht, und wenn man einmal von ihrem ewigen ›Wo ist Bella?‹ absieht, ist sie in der Tat genauso charmant, wie Antonia das in ihrem Alter war.«

Laurits zweifelte jedoch nicht daran, dass Lily in sich ging. Hin und wieder sah sie, wie sie mich versuchsweise in die Arme nahm, doch ihre Augen blickten mich weiterhin voller Ekel an, »oder vielleicht ist Ekel auch nicht das richtige Wort«, grübelte Laurits. »Eher eine Mischung aus tiefer Trauer und Verachtung, mit der kein Mensch zurechtkommt. Damit entschuldige ich meine Lily.« Außerdem fühlte sie sich allmählich wie eine Gefangene in ihrem eigenen Haus. Laurits drückt das nicht so aus, doch es muss dieses Empfinden gewesen sein, das Mutter mir vor einigen Jahren beschrieben hat. Damals, als sie mir von *Antonias Eifersucht* erzählt hat, die *zu schwer zu ertragen* war, und sie in Wirklichkeit wohl von ihrer eigenen gesprochen hat.

»Ich konnte dieses Zimmer kaum mehr verlassen, ohne dass sie mich mit ihren wahnsinnigen Anklagen überfallen hat«, sagte sie bekanntlich bei der Gelegenheit. Und das Ergebnis war, dass sie sich immer mehr in ihre Geschichten vergrub. »Mittlerweile sitzt sie von morgens bis abends in ihrem Arbeitszimmer. Sie schläft sogar dort«, schrieb Laurits. »Ich sehe sie nur, wenn ich ihr das Essen bringe.« Manchmal sah ich sie auch, wie ich Laurits' Tagebüchern entnehmen kann, denn es kam vor, dass Lily mich auf ihrem Bett sitzen ließ, wenn ich versprach, still zu sein. »Doch selbst Lily sieht wohl ein, dass Antonia allmählich sowohl für sich selbst als auch für andere eine Gefahr darstellt«, schrieb Laurits. »Sie glaubt tatsächlich, dass Nella das personifizierte Böse ist. Neulich hat sie sogar gesagt, dass die Gespenster ihr befohlen haben, das Mädchen zu töten, wenn sie ›ihr richtiges Kind‹ zurückhaben will. Es liegt mir fern zu dramatisieren, doch meiner Meinung nach ist es inzwischen ein Wunder, dass Nella noch nichts zugestoßen ist.«

Welche Rolle Simon bei dem Ganzen spielte, fragte Laurits sich auch. Er hatte sich mit seinem Schreibtisch und all seinen Büchern in Horaces altem Büro neben der Küche eingerichtet, in dem ich immer sitze und schreibe. Hin und wieder kam er auch heraus. Doch in der Regel verschanzte er sich hinter den verschlossenen Türen mit seinen Manuskripten oder »seinem wenig imponierenden Klavierspiel«, wie Laurits es nannte. Doch mit der Zeit verbrachte er immer weniger Tage auf Liljenholm, zum Schluss war er nur noch ein einziges Wochenende im Monat hier, und wenn er denn einmal da war, machte er einen handlungsunfähigen Eindruck. »Ein Mann, der nie Schicksalsschläge hat einstecken müssen«, schrieb Laurits, »sonst würde er wissen, dass nicht alleine davon wieder alles gut wird, dass man sich weigert, den Tatsachen in die Augen zu blicken.« Sie fantasierte oft davon, ihm eine schallende Ohrfeige zu geben, damit er endlich aufwachte. »Er scheint offenbar zu glauben, dass das größte Problem das Bild Antonias in der Öffentlichkeit ist«, schrieb sie. »Heute Abend hat er sich Sorgen gemacht, ob sie sich wohl interviewen und feiern lassen kann, wenn Lilys neuer Roman *Der Jungfrauenkäfig* nächsten Monat erscheint. Ich habe ihm gesagt: ›Begreifen Sie denn nicht, dass Ihre geliebte Frau eine Gefahr für sich selbst darstellt und dass Ihre kleine Tochter in Lebensgefahr schwebt, Herr Simon? Neulich hat Antonia sie ohne erkennbaren Grund mit einem Bügel verhauen. Zum wer weiß wievielten Mal übrigens. Das Mädchen schlafwandelt zu oft und hat bald Ähnlichkeit mit einem Zuchthauskind mit all den Wunden am ganzen Körper. Sie müssen doch einsehen, dass es wirklich schlimm um Antonia steht!‹ Doch er hat sich nur abgewandt. ›Soweit ich weiß, sind Sie nicht die Herrin des Hauses‹, hat er zu mir gesagt. ›Ich bitte Sie, Ihre Arbeit zu tun und nichts anderes, Fräulein. Wenn Sie das nicht können, muss ich Sie bitten, umgehend Ihre Sachen zu packen.‹«

Laurits hätte ihn liebend gern angefahren, dass sie nie und nimmer Befehle von ihm annahm. »Glauben Sie etwa, ich weiß nicht, dass Ihre kleine Karen längst mehr ist als Ihre Verlagssekretärin? Ja, wer weiß, ob sie das nicht die ganze Zeit gewesen ist. Und da kommen Sie und spielen hier den Herrn im Haus!« Doch stattdessen wiederholte sie, dass Nella in Lebensgefahr sei. Er sah sie nur müde an.

»Ist sie das wirklich?« Laurits wusste bereits, was er sagen würde. »Meinen Sie nicht, dass Sie diejenige sind, die Gespenster sieht, Fräulein?«

Nellas Geschichte

Bis jetzt hat alles, was ich erzählt habe, nicht eine einzige Erinnerung in mir wachgerufen. Doch Laurits' Tagebüchern entnehme ich, dass mehrere Jahre auf diese alles andere als tragbare Weise vergangen sind. Mit der Zeit wurde Antonia von Liljenholms fehlende Präsenz in Zeitschriften, Bildreportagen und bei gesellschaftlichen Anlässen zu einem wirklichen Problem. »Die Leute denken sich ihren Teil, und sie reden auch«, schrieb Laurits. »Sie fragen sich, ob Antonia noch bei Verstand oder vielleicht sogar tot ist, da sie völlig von der Bildfläche verschwunden ist, und das dient nicht gerade dem Verkauf ihrer Bücher, wie aus den negativen Verkaufszahlen des Verlags deutlich hervorgeht.« Zu der Zeit nahm auch Laurits' Gesundheit ernsthaften Schaden. Allmählich hatte sie so viele Geschwülste, dass es keinen Sinn mehr machte, ihnen Namen zu geben. Und dann waren da auch noch die großen, nässenden Wunden, die nicht heilen wollten. »Bis jetzt konnte ich sie glücklicherweise unter langen Ärmeln und hochgeschlossenen Kleidern verbergen, doch es besteht kein Zweifel, dass das Ende naht«, schrieb sie. »Ich hätte schon lange aufgegeben, wäre da nicht Nella. Ich kann nicht sterben und sie alleine lassen. Nicht bevor ich mir sicher bin, dass sie ihren Weg findet.«

Das war mein Glück, denn eines Tages wurde Antonia erneut von den Gespenstern und ihrer Botschaft heimgesucht, mich umzubringen, um ihre richtige Tochter zurückzubekommen. Dieser Tag war zufälligerweise mein sechster Geburtstag, ein strahlender Morgen im Mai. Auf meinem Nachttisch wartete ein Päckchen von Antonia, in dem ein paar Lackschuhe mit harten Sohlen lagen. Vielleicht sehen Sie bereits alles vor sich: Die Möbel, die um mich aufragten. Die Lackschuhe, die an meinen Füßen glänzten. Ich wollte Antonia suchen, mich bei ihr bedanken, und lief durch die Zimmer von Liljenholm.

»Mutter? Mutter, wo bist du?«

Doch in dem Moment, in dem ich ihr die Arme entgegenstreckte und erwartete, hochgehoben zu werden, spürte ich ein paar kräftige Hände um meinen Hals. Wie Sie wissen, verfolgt mich dieser Moment seitdem in meinen Träumen. Die Luft, die ich nicht mehr bekam, obwohl ich danach schnappte. Die seltsam mechanischen Geräusche in meinem Nacken, wie Zahnräder, die außer Takt geraten waren. Ich versuchte mich zu wehren, doch die Hände waren zu stark, sie zitterten vor Anstrengung. Es drückte auf meine Augen und brummte in meinen Ohren, und schwarze Flecken breiteten sich aus, bis ich nichts mehr sah.

Ich kann mich nicht erinnern, dass Lily angelaufen kam. Im Grunde genommen kann ich mich an gar nichts erinnern. Meine Erinnerung setzt erst ungefähr ein halbes Jahr später ein, als ich Zeugin des wahnsinnigen Erlebnisses mit dem Brieföffner wurde. Doch ich entnehme Laurits' Tagebüchern, dass Lily sich auf Antonia geworfen, ihre Hände von meinem Hals gerissen und zur Seite gedrückt hat, bis sie flach auf dem Rücken lag. »Als ich eintraf, saß Lily rittlings auf Antonia. Ich wünschte, ich hätte sie schon früher so gesehen«, schrieb Laurits. »Sie war eine Löwin, die zum Angriff überging, meine Lily. Ihre Zähne waren gebleckt. ›Du rührst dich nicht von der Stelle, du Mörderin‹, fauchte sie Antonia an, die selbst mit ihrem verzerrten Gesicht, das sie mir zudrehte, schön war. ›Laurits ist die Mörderin, nicht ich.‹ Man stelle sich einmal vor, dass sie das gesagt hat! Doch Lily hörte nicht auf sie und bat mich, mich um das Mädchen zu kümmern. ›Sie liegt da drüben. Ich glaube nicht, dass sie noch lebt‹, sagte sie. Ich tat, worum man mich gebeten hatte. Das habe ich immer getan.«

Doch Antonias Mordversuch war mehr, als Laurits akzeptieren konnte. »Ich habe während meiner Zeit auf Liljenholm bei vielem mitgemacht, bei wie vielem weiß nur Gott«, schrieb sie. »Doch ich kann nicht stillschweigend zusehen, wie Antonia ihre unschuldige Tochter zu Tode misshandelt. Im Moment steht das Mädchen unter Schock. Sie liegt in ihrem Bett und starrt in die Luft, ohne auch nur ein einziges Mal ›Wo ist Bella?‹ zu sagen. Lily muss in allerletzter Minute eingeschritten sein. Das Mädchen hat Punktblutungen in den Augen und auf den Wangen, und ihr Hals ist voller dunkelvioletter Flecken. ICH HABE GENUG!« Laurits schritt zur Tat. Sie ging zu Simon und Lily und stellte sie vor die Wahl. Entweder würde sie, Laurits, augenblicklich zur Polizei gehen und den Mordversuch und die Misshandlungen anzeigen, oder sie schafften augenblicklich die verrückte Antonia weg. »Die Götter mögen wissen, dass ich Antonia mehr als jeden anderen Menschen liebe«, schrieb Laurits. »Doch es ist weder zu ihrem noch zu Nellas Bestem, dass Antonia noch länger frei unter uns herumläuft. Simon und Lily haben das auch eingesehen. Endlich! Doch Lilys Vorschlag… ich ertrage es kaum, ihn zu Ende zu denken.«

Doch das tat Lily für sie, und schließlich fasste sie einen Entschluss. »Soweit ich sehe, haben wir zwei Möglichkeiten«, sagte sie. »Wir können Antonia selbst medizinisch versorgen und im Turmzimmer einsperren oder wir können Antonia in eine Anstalt sperren lassen, von wo aus die Gerüchte sicher bald durchsickern werden.«

Letzteres war Laurits' Idee. Sie bot sogar an, als Anstandsdame mitzugehen, wie mir klar wurde, als Agnes und ich die Tagebücher lasen. Deshalb musste ich weinen. Der Gedanke schmerzt mich noch immer, dass der wichtigste Mensch meiner Kindheit bereit war, mich als Sechsjährige alleine auf Liljenholm zurückzulassen. Dann kann ich für sie wohl kaum so wichtig gewesen sein wie sie für mich, nicht wahr? Doch wie dem auch sei, Lily rettete mich ein weiteres Mal, denn sie beschloss, dass Antonia und meine Laurits hier auf Liljenholm bleiben sollten. Ich weiß nicht, ob Lily Antonia zu diesem Zeitpunkt so sehr hasste, dass sie sie mit Freude aus dem Selbstmordfenster gestoßen hätte, oder ob sie das nur vor ein paar Jahren so gesagt hat, damit ich die ganze Geschichte von »Lily«, die tödlich eifersüchtig, und von meinem Vater, der Opfer einer verrückten Frau geworden war, glaubte. Doch es steht jedenfalls außer Zweifel, dass Lilys Gefühle für Antonia stark abgekühlt waren.

»Wenn das Gerücht von Antonias Geisteskrankheit aus der Anstalt heraussickert, bedeutet das, dass Antonia von Liljenholm als *Königin der Gespenster* erledigt ist, und das kann ich nicht zulassen«, sagte sie. »Ich habe vor, noch sehr viel mehr zu schreiben und bei Hansen & Sohn zu veröffentlichen.«

Sie blickte Simon direkt an, der wegsah. Er wusste ebenso gut wie Lily, dass er seinen Verlag und seinen aufwendigen Lebensstil mit Fräulein Karen Kvist vergessen konnte, wenn Lily ihre Bücher in einem anderen Verlag herausbrachte. Die einzigen seiner Bücher, die Gewinne einfuhren, waren die von Antonia von Liljenholm, so war es schon seit vielen Jahren.

»Wenn wir es so machen, wie ich vorgeschlagen habe, bin ich bereit, ein Opfer zu bringen und mich umzubringen«, fuhr

Lily fort. Laurits zuckte zusammen, doch Lily tätschelte ihr beruhigend die Hand.

»Nicht im wortwörtlichen Sinn, sondern in den Augen der Welt, meine Liebe. Erklären wir Lily für tot und Antonia von Liljenholm für wiederauferstanden. Dann werde ich schon dafür sorgen, dass Antonias offizielles Leben wieder in Schwung kommt. Gar nicht erst zu reden vom Verkauf ihrer Bücher.«

Sie sah Simon so lange an, bis er aufblickte und das Gleiche wie Laurits sah. Lily legte ganz unbeschwert ihr Gesicht in Antonias Falten. Sie musste das jahrelang geübt haben, so schnell wie es ging.

»Was sagt ihr?«, fragte sie. »Glaubt ihr nicht, dass ich mich sicher auf dem Parkett bewegen kann?«

»Mir tat Simon fast leid«, schrieb Laurits am selben Abend. »Es ist nicht lustig, vollkommen von einer Frau abhängig zu sein, die auf lange Sicht ihre rechtmäßige Rache will, doch andererseits hat er das wahrlich verdient.« Später hat sie ihre Aussage modifiziert. Und zwar in dem Moment, als Lily verlangte, dass auch er »ein bescheidenes Opfer« entrichten sollte, wie sie es nannte. Jetzt, wo sie eingewilligt habe, im Dienste der guten Sache zu sterben, solle er augenblicklich von Liljenholm verschwinden und niemals den Versuch unternehmen, mit mir Kontakt aufzunehmen. »Das ist völlig unangemessen von Lily, und ich will gar nicht daran denken, wie Nella das erlebt«, schrieb Laurits. »Zuerst verschwindet ihre Mutter ›aus dem Fenster‹, wie Lily sagt, wenn Nella danach fragt. Dann ›ertrinkt‹ ihr Vater ›im See‹, und jetzt verlangt Lily sogar, das Nella sie ›Antonia‹ oder ›Mutter‹ nennt. Wie soll das nur enden?«

Die Antwort auf die letzte Frage kennen wir bereits. Ich hatte den größten Teil der Zeit das Gefühl, in einem sehr großen, dunklen See herumzuschwimmen. Die Jahre flossen ineinander, und ich hatte keine Ahnung, worüber ich schwamm.

»Aber wie konntest du deine richtige Mutter vergessen?«, fragt Agnes oft, als hätte mir meine richtige Mutter auch nur den geringsten Grund gegeben, mich an sie zu erinnern. »Wie konntest du nicht zwei und zwei zusammenzählen?«

Ich weiß nicht, was ich antworten soll, wenn sie mich so fragt. Was soll ich sagen? Dass jede Lüge zweifellos besser war als die Wahrheit? Ich möchte wetten, dass für mich alles so zusammengehangen hat. Lily war trotz allem eine weitaus bessere Mutter als Antonia, die mich hatte umbringen wollen. Und der ertrunkene Simon war ein weitaus, besserer Vater als der, der nie da war. Doch das nehme ich nur an. Mit Sicherheit weiß ich nur, dass ich aufwuchs, ohne zu wissen, warum ich immer Angst hatte. Mit einer Tante, die aus dem Fenster gesprungen, einem Vater, der im See ertrunken war, und einer Mutter, die meinen Vater zu einem Heiligen machte und meine Tante in die schwärzeste Hölle verbannte, in der ich mich so gesehen bereits befand.

> * *Lassen Sie mich kurz unterbrechen und darauf hinweisen, dass Nellas Manuskript an dieser Stelle in die letzten, handgeschriebenen Seiten übergeht. Ich habe das Ganze wortwörtlich abgeschrieben./A. K.*

Das Erste, woran ich mich erinnere, ist bekanntlich die seltsame Geschichte mit dem Brieföffner. Mutter, die sich im Spielzimmer total hysterisch aufführte. Ich, die hinter der Tür vor Fieber und Schreck zitterte. Laurits, die wiederholte, dass »sie« nicht schreien könne, weil »sie« tot sei – wer auch immer »sie« war. Darüber habe ich natürlich auch nachgedacht, doch da absolut nichts in Laurits' Tagebüchern meine frühe

Erinnerung stützt, erlaube ich mir anzunehmen, dass sich das alles hauptsächlich in meinem Kopf abgespielt hat. Wie meine restliche Kindheit übrigens. Denn während Laurits alles gab, um so lange zu leben, bis ich groß genug war, um ohne sie zurechtzukommen, und Mutter alles gab, Antonia von Liljenholm wieder an die Spitze zu schreiben, kam ich still und ruhig zu mir selbst. Es dauerte lange, weil ich jedes Mal, wenn es mir etwas besser ging, eine neue Lungen- oder Halsentzündung oder Scharlach bekam. Die letzte hätte mich beinahe umgebracht. Meine Zwillingsschwester Bella saß in dieser Zeit oft an meiner Bettkante und sagte nicht viel. Manchmal spielte sie Karten auf meiner Bettdecke. Andere Male sang sie Kinderlieder in einer Sprache, die mir zugleich fremd und bekannt vorkam. Doch meistens saß sie nur da und wartete, dass ich wieder gesund wurde, und wenn mir das schließlich gelang, spielten wir jeden Tag. Bella war der schönste Name, den ich mir vorstellen konnte. Wir spielten alle möglichen Spiele: Verstecken, Fangen, meine Lieblingspuppenspiele.

Vielleicht sollte ich schreiben, dass es Bella nicht gab, nicht in Wirklichkeit, doch das käme dem gleich zu schreiben, dass es meine Kindheit nicht gab. Deshalb schreibe ich nur, dass nicht einmal Laurits Bella sehen konnte. »Aber natürlich ist sie da, wenn du das sagst, Nellamädchen«, pflegte sie zu sagen. »Du würdest deine alte Laurits doch nicht anlügen, nicht wahr?« Mehrmals am Tag stieg sie die steile Treppe zum östlichen Turmzimmer hinauf, um die Gespenster zu beschwichtigen – mit einem Schuss Morphium, gut zubereitetem Essen und den dicksten Büchern, wie ich später herausgefunden habe. Doch damals musste ich mich so weit von den Treppen fernhalten, die in die beiden Türme hochführten, dass mir nie aufgefallen ist, was sie mit nach oben genommen hat. Außerdem war Liljenholm kein Ort, an dem man Fragen stellte. Es war ein Ort, an dem man die Antwort mit dem Bügel bekam. Auch nachdem die richtige Antonia im Turmzimmer gelandet war.

Laurits schlug mich nie, doch Mutter tat das. »Wenigstens geht Lily beherrschter mit dem Bügel um als Antonia«, schrieb Laurits. »Doch es ist immer noch besorgniserregend, was da vor sich geht. Ich kann nicht umhin zu denken, dass Lily Nella in Wirklichkeit für ihre eigene mangelnde Fähigkeit, sie zu lieben, bestraft. Das Mädchen tut doch das Richtige. Sie sieht Lily als ihre Mutter an, hört sich, ohne Fragen zu stellen, all ihre Fantasiegeschichten über Herrn Simon an, findet sich damit ab, mit der ›verstorbenen Schwester‹ ihrer Mutter verglichen zu werden, und spielt mit ihrer Bella, ohne jemanden zu stören. Gar nicht zu reden von der grauenhaften Nacht im Turm! Ich bin mir fast sicher, dass Nella wach war, als Antonia sie von hinten angegriffen hat (ich muss übrigens daran denken, Antonias Morphiumdosis zu erhöhen), doch Nella hat es geschafft, so zu tun, als ob nichts gewesen sei. Lily kann sich kein pflegeleichteres Kind wünschen, auch wenn aus dem Mädchen vielleicht keine große Autorin werden wird. Das sagt Lily ihr oft, und vielleicht würde es helfen, wenn sie damit aufhören würde und das Mädchen in Ruhe schreiben ließe. Bestimmt entwickelt niemand ein Talent, wenn dauernd darauf herumgetrampelt wird. Die wenigen Male, die ich mir erlaubt habe darauf hinzuweisen, haben in gewaltigen Szenen geendet. Ich fühle mich so schuldig. Es gibt so vieles, was ich hätte anders machen können. Doch was kann ich jetzt noch tun? Bis darauf, mich am Leben zu halten natürlich.«

Laurits schreibt immer öfter, dass sie sich schuldig fühlt. Eigentlich würde ich doch meinen, dass sie am wenigsten Grund dazu hat. Schuldig! Sie hat mich vor dem sicheren Tod gerettet und Bella und mich behütet und gepflegt, obwohl sie Bella nicht sehen konnte. »Wollen Bella und du einen Keks?«, hat sie gefragt. Oder: »Frieren du und Bella nicht ohne eure Jacken, was meinst du?« Bella fror nie, doch es kam vor, dass ich fror. Bella war insgesamt sehr viel widerstandsfähiger und mutiger als ich.

»Du musst die Gespenster einfach ignorieren«, sagte sie zu mir, wenn ich in meinem Bett lag und Angst hatte, weil ich sie hoch über meinem Kopf hören konnte. Und wenn ich weinte, sagte sie: »Mach dir nichts draus, dass Mutter dich für talentlos hält, Nella! Vielleicht hat sie recht damit, dass du nicht gut genug schreibst, um Autorin zu werden, aber warum solltest du das auch? Sieh sie dir doch an! Sie sitzt die ganze Zeit in ihrem Zimmer und schreibt ihre dummen Bücher. Du solltest dich freuen, dass du nicht so bist.«

Der Vorschlag, auf Simons Klavier zu spielen, kam auch eines Abends von Bella.

»Aber was soll ich denn spielen?«, fragte ich sie. Sie sagte mir, dass das gleichgültig sei. Wenn ich nur alle Geräusche übertönte, sei es gut.

Ich kann mich nicht genau daran erinnern, wann ich zu spielen begann, doch Laurits zufolge war ich achteinhalb. »Nella hat zweifellos Talent«, bemerkte sie mehrere Male. »Sehr viel mehr Talent als ihr unfähiger Vater. Ich habe es ihm gerade geschrieben. Dass das Mädchen Talent hat, und nicht dass er unfähig ist natürlich, aber er wird es wohl ohnehin nicht lesen. Warum sollte er auch? Er hat sich zweifellos mit seiner kleinen Karen Kvist längst eine neue Familie angeschafft, während die Reste seiner alten versuchen, hier zu Hause zurechtzukommen.«

Bella und ich hatten keine Ahnung, wie sehr Laurits zu kämpfen hatte, um die Ruhe auf Liljenholm aufrechtzuerhalten. Wenn wir auf ihrem Bett saßen, wirkte sie so ruhig wie ein Fels in der Brandung. Wir saßen oft dort, denn Liljenholm flößte mir weiterhin Angst ein.

»Du musst einfach etwas mehr spielen«, sagte Bella zu mir. »Vielleicht kannst du die Gespenster auf diese Weise zum Schweigen bringen, habe ich mir gedacht. Wenn du weitermachst, kann es sein, dass es wirkt.«

Ich brauchte mehrere Jahre, wie viele erinnere ich mich nicht, doch eines Abends hörten wir etwas, Bella hörte es zuerst.

»Hör einmal genau hin!«, sagte sie zu mir. »Die Gespenster summen die gleiche Melodie, die du gerade gespielt hast.«

Es war eine Melodie, die ich selbst erfunden hatte, und ganz richtig, Bruchstücke davon kamen jetzt vom Speicher. Ein wenig falsch, aber nicht zu verwechseln.

»Summen Gespenster?«, fragte ich Bella, die den Kopf schräg legte.

»Das kann gut sein«, antwortete sie, »wenn sie wollen, können sie. Gespenster können alles, und ich glaube, sie mögen dich, Nella! Lausch! Jetzt summen sie wieder!«

Ich habe das nie jemandem erzählt, nicht einmal Laurits, doch von da an hatte ich das Gefühl, dass zwischen den Gespenstern und mir eine besondere Verbindung bestand, eine Art Verständnis. Nicht wie zwischen Bella und mir natürlich. Sie war ja fast ich, bis sie langsam verschwand. Warum weiß ich nicht, und wann bin ich mir auch nicht sicher. Sie wurde nur immer undeutlicher und schließlich war sie nicht mehr da. Doch für die Gespenster im Turm spielte ich, wie ich mich fühlte, und sie antworteten mir summend. Manchmal war es ein wütendes Summen, andere Male leise oder tröstend oder einfach nur vollkommen falsch. Manchmal stöhnten die Gespenster auch, und wie Sie wissen, retteten ihre hohen, heiseren Schreie mich schließlich an jenem Tag am Selbstmordfenster. Die Schreie meiner Mutter. Ich bekam jedoch nie heraus, ob es ein Zufall war, dass sie gerade da von sich hören ließ, als ich es am allermeisten brauchte. Doch mir geht es am besten damit, das zu glauben. Dass es ein Zufall war, meine ich. Es ergibt für mich keinen Sinn, dass eine Frau, deretwegen ich all die Jahre Albträume gehabt habe, mich willentlich gerettet haben soll, auch wenn Agnes weiterhin behauptet, dass ich ihr etwas bedeutet habe.

»Du warst schließlich ihre *Tochter*«, sagt sie immer wieder. »Es ist doch klar, dass sie all die Jahre an deinem Leben teilgenommen hat, so gut sie das eben konnte.«

»Wieso klar?«

»Mein Gott, sie hat dich doch vermisst.«

Und Agnes, da ist etwas, das ich dir nicht erzählt habe. Etwas, das auf seine Weise deine Theorie untermauert. Du musst das, was ich dir jetzt erzähle, nicht ins Reine schreiben, wenn es nicht in deine Geschichte passt. Aber es geht um Madame Rosencrantz' *Die Königin der Gespenster*. Du hast nie verstanden, warum ich nicht über das Buch sprechen mag, nicht? Antonia hat es geschrieben. *Meine richtige Mutter*. Bis Karen mir das erzählt hat, war ich völlig davon überzeugt, dass Mutter (ja, so nenne ich Lily noch immer) es geschrieben hatte, denn soweit ich mir das ausrechnen konnte, wusste sonst niemand von Bellas Existenz. Laurits war schließlich schon lange tot und nicht mehr da.

Das Buch erschien fünf Jahre vor Antonias und Lilys Tod. 1931 mit anderen Worten, und darin von Bella zu lesen war das Schlimmste, was ich je erlebt habe. Sehr viel schlimmer als der Versuch, mich umzubringen, oder davor gerettet zu werden, dass ich mich selbst umbringe. Ich hoffe, du kannst das verstehen, Agnes. Du sollst mich schließlich nicht als zu weich für diese Welt abtun, doch Bella war nunmal das Geheimnis, das mich all die Jahre auf Liljenholm am Leben gehalten hat. Sie war MEIN Geheimnis, genau wie Liljenholms Geschichte Laurits' Geheimnis war, und jetzt wurde Bella in diesem Buch auf eine Weise vorgeführt, die ihr zum einen gerecht wurde und zum anderen überhaupt nicht. Gespickt mit Lügen und Spekulationen über alberne Kindermorde.

»Du schreibst über jemanden, der sich nicht verteidigen kann!«, habe ich die Wände in meiner Wohnung in der Hedebygade angeschrien, als ich das Buch zu Ende gelesen hatte. »Warum tust du das, Mutter?«

Es war übrigens viele Jahre her, dass Bella sich mir das letzte Mal gezeigt hatte. Doch an diesem Abend sah ich sie, ganz durchsichtig, als wäre sie aus Wasser.

»Mutter ist verzweifelt«, sagte sie, als wir uns herzlich begrüßt hatten. »Du siehst doch, dass ihre Karriere nicht mehr das ist, was sie einmal war, und die Fotoreportagen helfen dem Verkauf ihrer Bücher auch nicht länger. Schließlich sieht sie schon eine ganze Reihe von Jahren nicht mehr wirklich gut aus, nicht wie die Frauen in den Zeitschriften. Sie ist zu alt. Du hast dich doch auch gefragt, ob sie vielleicht krank ist, weil sie so dünn geworden ist. Was sie am meisten braucht … *das Einzige*, was sie braucht, ist ein Skandal, der ihren Lesern einen neuen Grund gibt weiterzulesen, und den hat sie jetzt bekommen.«

»Aber was haben wir damit zu tun, dass sich ihre Bücher nicht mehr so gut verkaufen?«

Es war überhaupt nicht meine Absicht, Bella anzufahren, und als sie tief durchatmete, verschwand sie fast zwischen meinen Händen.

»Hör zu«, sagte sie. »Bestimmt ist Mutter einfach nichts anderes eingefallen. Aber spielt es denn überhaupt eine Rolle? Wir wissen schließlich, dass es nicht stimmt.«

Diesen Satz hat sie das letzte Mal, dass ich mit Sicherheit sagen kann, sie gesehen zu haben, wiederholt. Es war unten in der Küche, du und ich, wir waren gerade nach Liljenholm zurückgekehrt, Agnes. Erinnerst du dich, dass ich einfach nur dagesessen und etwas in der Luft angestarrt habe? Das war Bella, die dort stand, noch durchsichtiger als sonst.

»Wir wissen schließlich, dass die Geschichte frei erfunden ist, vergiss sie einfach und komm mit mir hoch zum Klavier«, hat sie gesagt. »Dann geht es dir gleich viel besser, das weißt du doch.«

Die Wahrheit sieht aber so aus, dass es mir mit dieser Geschichte noch schlechter geht, seit Karen mir erzählt hat, wer die richtige Madame Rosencrantz ist. Antonia im Turm, meine richtige Mutter – ich kann nicht aufhören, das zu wiederholen. Offenbar hat sie in den Jahren nach Laurits' Tod an dem Manuskript gearbeitet. *Meine Erinnerungen* hatte sie es genannt, und eines Tages, als Lily mit ihrem Essen und dem Morphium zu ihr hochkam, lagen die Seiten da und waren fertig. Oder jedenfalls hat Lily das so aufgefasst. Sie hatte keine Ahnung, ob das Manuskript für sie bestimmt war oder nicht, aber sie hat es mit hinuntergenommen. Karen zufolge zeugte es deutlich von Antonias gebrechlichem mentalen Zustand.

Ich hätte es gerne gelesen, doch Karen hat längst das Original, Lilys revidierte Ausgabe, den Begleitbrief und alles, was sonst noch in Simons Aktenschrank war, verbrannt. Das hat sie als Erstes getan, als sie dich, Agnes, endlich losgeworden war, und in gewisser Weise kann ich sie verstehen. Als Antonia Simon begegnete, war Karen schon mehrere Jahre Simons Geliebte. Das Verhältnis der beiden ging weiter, während Simon sein Liljenholmer Abenteuer auslebte und Karen sich damit abfand zu warten.

Vielleicht wusste sie, dass es nur eine Frage der Zeit war, bis er zu ihr zurückkommen und ihr einen Antrag machen würde, und als das schließlich geschah, als sie ihn endlich bekam, hat sie alles getan, um ihre Ehe zu schützen. Nicht zuletzt, als ihr die Wahrheit über Lily klar geworden ist, möchte ich meinen. Das ist sie offenbar erst, als sie den Begleitbrief gelesen hat, den Lily in ihrem eigenen Namen geschrieben hatte.

»Sie wirkte sonderbar exaltiert«, bemerkte Karen, als sie mir alles erzählte. Das ergibt durchaus Sinn, denn Lily hatte schließlich ein Faible für Geschichten, die ein wenig an die Wirklichkeit erinnerten, aber eigentlich nur ein kleines, umgeschriebenes Stück davon waren. Diese Geschichte war noch übler, als sie es sich in ihrer schwärzesten Fantasie hätte ausmalen können. »Ich habe sie an ein paar Stellen entschärft, die Sprache verbessert und Madame Rosencrantz zur Autorin gemacht«, schrieb sie. »Du musst das Manuskript unbedingt veröffentlichen, Simon! Madame Rosencrantz ist eine fantastische Erfindung! Eine Plaudertasche höchsten Rangs!«

Es gereicht Simon zur Ehre, dass er anderer Meinung war. Das hat er ihr in diversen Briefen über mehrere Monate hinweg zu verstehen gegeben. Doch jetzt, wo Laurits tot war, ließ Lily sich nicht länger zur Vernunft bringen. Vielleicht brauchte sie tatsächlich so verzweifelt Leser, wie Bella angenommen hat. Oder sie wollte Antonia ein für alle Mal spüren lassen, wie es sich anfühlte, wenn die eigene Arbeit unter einem anderen Namen veröffentlicht wurde. Jedenfalls endete es damit, dass Simon einen Tochterverlag gründete, in dem *Die Königin der Gespenster* erschien, damit niemand Madame Rosencrantz' Schmähschrift mit dem Verlag Hansen & Sohn und Antonias Büchern in Verbindung brachte.

Es ist so seltsam, Agnes. Ohne dieses fürchterliche Buch würde ich heute ganz bestimmt keinen Verlag führen. Denn ohne dieses Buch wäre Antonia von Liljenholms Gesamtwerk nie wieder auferstanden. Und jetzt sitze ich hier und hoffe, dass das Gleiche noch einmal passiert. Durch unser Buch, nicht? Was ich jetzt schreibe, sollst du nicht ins Reine schreiben, aber mir stellt sich einfach die Frage, wer mehr gesündigt hat: Antonia und Lily, die mein Geheimnis preisgegeben haben, oder ich, die ich jetzt alles in meiner Macht Stehende tue, um ihre Geheimnisse preiszugeben. Gar nicht erst zu reden von Antonias Leiche im Park, unter dem weißen Stein im Schatten des Kirschbaums. Wir haben sie immerhin wirklich im Schutz der Nacht dort begraben, auf meine Veranlassung hin, während sie lediglich behauptet hat, dass Simon und Bella dort draußen liegen würden. Dennoch glaube ich, dass es ihr gefällt, dort zu liegen. Liljenholm war trotz allem ihr Platz. Sie war die Schwester mit dem goldenen Löffel, jedenfalls bis Lily ihn ihr weggenommen hat.

Nun ja, und ein Letztes, Agnes: Falls du das trotzdem ins Reine schreibst, solltest du erwähnen, dass ich nicht weiß, ob die richtige Antonia ihr Werk jemals gedruckt gelesen hat. Du hast es nicht zufällig im Turm gefunden, als du die Bücher heruntergeholt hast, oder?

* *Agnes an Nella: Nein, ich habe nur diverse unumgängliche Klassiker gefunden, was mich daran erinnert, dass ich gerne die Bücher von Daphne du Maurier lesen würde, die du mir aus den Händen gerissen hast. Sobald wie möglich, wenn das nicht zu viel verlangt ist./A. K.*

Ich habe oben im Turmzimmer alles auf den Kopf gestellt, aber nicht einen einzigen Hinweis auf *Die Königin der Gespenster* gefunden. De facto besitze ich nur das eine Exemplar, das ich aus dem Bücherregal genommen habe, als ich vor sechs Jahren hier war. Und ich weiß absolut nicht, wer es mit *Madame Rosencrantz mit herzlichem Dank* signiert hat. Doch je mehr ich darüber nachdenke, desto passender finde ich die Danksagung. Mit herzlichem Dank an die Mäuse, den Zufall und eine Verwalterin, die sich entschlossen hat, die Wahrheit zu sagen. Alles, was ich hier geschrieben habe, widme ich ihrer Erinnerung. Und meiner lieben Schwester Bella.

Nella von Liljenholm, Liljenholm, 21. August 1942

Einen Monat später

Die Silhouette einer Sünderin

Ich muss zugeben, dass ich keine Ahnung habe, was Agnes geplant hatte, an dieser Stelle zu schreiben. Ich muss auch zugeben, dass ich viel darum geben würde, dass sie und nicht ich (Nella, wie Sie vielleicht hören) vor der alten Remington an Mutters Schreibtisch säße. *Was glaubst du, wer du bist? Eine Autorin vielleicht?*

Es ist genau einen Monat her, dass Agnes und ich Lillemor besucht haben, um zu erfahren, wie all ihre Agathe-Couture-Kleider auf den Speicher von Liljenholm gekommen sind. Die Schubläden sind allmählich bis zum Rand mit Agnes' Manuskriptseiten gefüllt und auch mit einigen wenigen von mir, die Agnes endlich eingefügt hat, wie ich sehe. Sogar in nicht überarbeiteter Form. Allmählich betteln die Stapel darum, gesammelt und zum Druck geschickt zu werden. Der Verlegerin in mir juckt es im wortwörtlichen Sinn in den Fingern, doch Agnes liegt mit einer Unzahl von Decken oben im Selbstmordzimmer und weigert sich aufzustehen. Wenn Sie meinen, dass das nach einer Wiederholung klingt, kann ich nur sagen, dass auch mir dieser Gedanke gekommen ist. Das habe ich Agnes auch gesagt. Doch entweder hört sie nicht zu, oder sie bittet mich alles zu vergessen, was Sie gerade gelesen haben. Doch damit ist wohl niemandem gedient.

»Du bist mit Sicherheit nicht die Einzige, die schockiert ist«, habe ich zu ihrem abweisenden Rücken gesagt. »Hör zu,

Agnes. Du musst einfach wieder auf die Beine kommen, das ist wichtig. Unser Buch soll doch fertig werden. Es ist *dein* Lebenstraum, Autorin zu werden, hast du das vergessen?«

»Zum Teufel mit meinem Lebenstraum. Es wird kein Buch geben. Basta.«

Natürlich wird es ein Buch geben! Du hast das ganze letzte Jahr so hart daran gearbeitet. Und jetzt habe ich die Konsequenzen gezogen, denn ich habe beschlossen, unser Buch, so gut ich kann, fertig zu schreiben, und das wird zweifellos nicht halb so gut sein, wie wenn du das tun würdest, liebe Agnes. Doch im Moment ist es mir sehr viel wichtiger, dass der Rest der Geschichte so ehrlich und redlich wie möglich erzählt wird. Alles, was bei Lillemor passiert ist und was keine von uns hätte voraussehen können. Unmöglich. Andernfalls hätte ich an diesem Morgen nicht so gedrängt loszukommen.

»Agnes! Komm endlich!!«

Ich kann mich deutlich hören, und in diesem Moment hasste Agnes sicherlich alles an mir. Mein langes Kleid von Agathe Couture, die Korkenzieherlocken und das Make-up, das Mary Pickfords nicht halb so ähnelte, wie Agnes gefaselt hat. Sie kniff die Augen zusammen, ihre Locken standen vom Kopf ab.

»Ich komme nicht mit.«

»Du kommst mit. Vergiss nicht, wie schief es gelaufen ist, als Antonia alleine nach Kopenhagen gefahren ist. Ich glaube schon, dass Lily es bereut hat, dass sie nicht mitgekommen ist.«

Das war kein angemessener Vergleich, aber er wirkte. Agnes erhob sich widerwillig von ihrem Schreibtisch, zähmte ihr Haar mit Brillantine und zog einen von Simons zahlreichen dunklen Anzügen an. Ich würde gerne schreiben, dass sie wie Marlene Dietrich in *Marokko* aussah, denn ich weiß, dass sie das freuen würde. Doch sie erinnerte mich vor allem an eine Gewitterwolke, die sich langsam Kopenhagen näherte. Ich versuchte sie abzulenken.

»Horaces und Claras Tod ist schon merkwürdig«, sagte ich zu ihrem lockigen Nacken.

»Ist er das?«

Sie hatte die letzte halbe Stunde reglos aus dem Zugfenster gestarrt und starrte weiter hinaus.

»Ich habe keine Ahnung, was du meinst.«

So ist sie. Wenn sie nicht die Überhand hat, weigert sie sich, überhaupt zu reagieren. Ich seufzte tief, um sie zu reizen.

»Es dürfte inzwischen doch offensichtlich sein, dass nicht die Gespenster Horace und Clara umgebracht haben«, sagte ich. »Oder glaubst du das vielleicht immer noch?«

»Nein. Ich nehme an, dass Horace und Clara das selbst ausgezeichnet hinbekommen haben.«

»Und du findest, das passt zu ihnen?«

Sie antwortete nicht, und ich muss zugeben, dass sie mich langsam ermüdete, so, wie sie die Beleidigte spielte. Sie kann wegen einer Bagatelle tagelang enttäuscht und sauer sein (oh nein, ich sage nicht, dass es eine Bagatelle war, den Besuch bei Lillemor zu arrangieren, ohne dass du etwas davon gewusst hast, Agnes). Je mehr Kilometer wir zurücklegten, desto ärgerlicher wurde ich, und gleichzeitig wunderte ich mich, sowohl über Agnes' Hände, die immer mehr Knoten in denselben losen Faden am Revers ihres Anzugsakkos knoteten, als auch über ihre Füße, die sich unaufhörlich bewegten. Sie war sichtlich nervös. Ich selbst war eher gespannt darauf, die legendäre Lillemor kennenzulernen. Wer wäre das nicht gewesen? Ich begann Agnes' Unwohlsein jedoch etwas zu verstehen, als wir schließlich vor dem Schild *Waschen und Mangeln vom Feinsten* standen und die klaustrophobische Treppe in die erste Etage hinaufstiegen.

Die Atmosphäre war seltsam. Als wäre das ganze Treppenhaus einige Male zu oft gewaschen und gemangelt worden. Lillemor musste uns kommen gehört haben, obwohl wir fast eine Stunde Verspätung hatten. Sie stand in der Tür und wartete. Meine Beine reagierten auf ihren Anblick vor meinem restlichen Ich. Sie blieben mitten auf der Treppe stehen, während Agnes die letzten Stufen nach oben stieg. Glücklicherweise hatte Lillemor nur Augen für sie.

»Oh, ich hatte schon Angst, dass ihr es bis zur Ausgangssperre nicht schaffen würdet, Agnes! Was haben wir uns lange nicht gesehen!«

Sie versuchte, unbeschwert und munter zu klingen. Trippelte hin und her und stellte sich in den hochhackigen Schuhen auf die Zehenspitzen, sodass sie Agnes einen Kuss auf die Wange geben konnte. Doch Agnes wich zurück. Das war so typisch für sie, dass es mich unter allen anderen Umständen amüsiert hätte, nur nicht unter diesen. Denn Lillemor sah völlig anders aus, als ich sie mir vorgestellt hatte, nicht zuletzt war sie einige Zentimeter kleiner als erwartet, kaum größer als ein Meter fünfzig. Ihr schwarzer Pagenschnitt und ihr roter Mund passten besser zu ihrem hellen Kostüm als zu ihrem verwelkten Teint. Sie wirkten unecht, die Farben, und ihre Freude klang nicht anders.

»Mein geliebtes Mädchen!«

Sie griff nach Agnes' Händen, umklammerte sie. »Was bin ich froh, dass du zu Hause bist, und was siehst du gut aus. Was für einen … schönen Anzug du anhast!«

»Der hat dem verstorbenen Vater meiner Freundin gehört!«

Agnes nickte mir zu, und Lillemors Blick wanderte die Treppe hinunter. Ihre Augen wurden ganz groß. Wir starrten einander an. Dann formte Lillemors Mund einen völlig unerwarteten Namen.

»Agathe?«

Ihre Augen blickten einen kurzen Augenblick wie ins Leere, und im nächsten waren sie nass von Tränen.

»Agathe, bist du das wirklich?«

Meine Füße bewegten sich ganz von alleine die Treppe hinauf. Ich konnte sie nicht aufhalten.

»Laurits? Was machst du hier?«

Und ein Teil von mir kannte bereits die Antwort. Lillemor konnte unmöglich Laurits sein, denn Laurits war nachweislich tot, ich hatte ihre Leiche selbst vor vielen, vielen Jahren gesehen, ja, ich hatte sogar neben ihr gelegen. Außerdem war Laurits mindestens hundert Kilo schwerer gewesen als diese Frau. Doch Gesicht und Bewegungen waren die gleichen. Als wäre Lillemor die Frau, die Laurits in ihrem Innern gewesen war. Doch das denke ich jetzt, nicht damals. Da dachte ich nur, dass nichts aufging. Vielleicht dachte Lillemor das auch. Sie wandte sich ab, eine gepflegte Hand vor dem Mund, und einen Augenblick hatte ich Angst, sie würde uns die Tür vor der Nase zuschlagen. Agnes trat einen Schritt vor.

»Das ist Nella von Liljenholm, Mutter.« Sie sagte es so laut, dass es im Treppenhaus hallte. Lillemor drehte sich ruckartig um.

»Von Liljenholm?«

Ihre Stimme klang misstrauisch.

»Ja, dort wohne ich, Mutter. Auf Gut Liljenholm. Ich … es tut mir leid, dass ich dir das nicht geschrieben habe. Du weißt, wie schnell die Zeit vergeht …«

Du wohnst seit anderthalb Jahren dort, und deine Mutter kennt nicht einmal deine Adresse!, hätte ich fast gerufen, doch stattdessen blieb ich nur stumm stehen. Lillemors Gesicht fiel nahezu in sich zusammen, und ich verwünschte mein albernes weißes Kleid. Agathe Couture! Wie hatte ich jemals glauben können, dass es eine gute Idee war, in diesem Aufzug hier aufzukreuzen?

»Ich ziehe mir gerne etwas anderes an, Frau Kruse«, sagte ich, was auch der Wahrheit entsprach. Ich hatte ohnehin nicht vor, den Rest des Besuchs Mary Pickford zu spielen. Doch Lillemor schüttelte nur den Kopf. Ihr Mund hatte sich verzogen, und ihre Augen hörten nicht auf zu blinzeln.

»Nein, kommt doch herein, ihr beiden«, sagte sie mit einer Stimme, die mehr tot als lebendig klang. Ich folgte Agnes, die in der Hose mit den Bügelfalten seltsam steif ging. Der Geruch nach Hähnchen schlug uns entgegen. Lillemor versuchte sich zu beruhigen, wie ich sah. Selbst von hinten sah sie Laurits so ähnlich, dass ich die Augen von ihr abwenden musste. Meine liebe Laurits. Was machte sie nur hier in Lillemors viel zu kleinem Körper zwischen Lillemors viel zu schönen Sachen?

»Setzt euch doch, dann hole ich uns eine Erfrischung«, sagte sie. Auf dem schön gedeckten Esstisch begrüßte uns eine Vase mit Tulpen, selbst die bestickten Kissen auf dem Sofa waren mit Sorgfalt drapiert. Deshalb war mir auch sofort klar, dass das Bild in dem vergoldeten Rahmen über dem Sofa kein Zufall war. Die blonde Agathe mit dem Dagmarkreuz. Sie war gegen ein dunkelhaariges Mädchen ausgewechselt worden, das unter den Locken eine Grimasse schnitt. Ihre Nase war zu groß für das restliche Gesicht, und sie kniff die Augen zusammen. Agnes beugte sich zu mir vor.

»Warum hast du das gesagt?«, flüsterte sie, »… von Laurits? Was hast du damit gemeint?«

Ich hätte ihr gerne geantwortet, doch Lillemor stand bereits mit einer Karaffe Wasser in der Tür. Sie bemühte sich freundlich zu wirken, wie ich sah, doch sie sah nicht freundlich aus. Sie sah ängstlich aus. Mehr als ängstlich. Ich stand auf.

»Ich ziehe mich nur schnell um, Frau Kruse«, sagte ich, doch Lillemor trat keinen Schritt zur Seite, um mich vorbeizulassen.

»Das ist schon in Ordnung, Fräulein Liljenholm«, sagte sie. »Machen Sie sich keine Mühe. Es hat mich nur überrascht, Sie zu sehen, das ist alles. Ich sehe sehr wohl, dass Sie nicht sie sind. Es sind nur das Kleid und die Haare. Mary Pickford, nicht?«

»Ja, und Agathe Couture vom Speicher von Liljenholm.«

Sie nickte, als hätte ich etwas völlig Normales gesagt. Ich musste mich zusammennehmen, um sie nicht anzustarren.

»Sie sind wohl nicht mit einem Fräulein Lauritsen verwandt?«, fragte ich. Ihr Schweigen sprach nahezu für sich selbst.

»Ich war selbst einmal ein Fräulein Lauritsen, Fräulein Liljenholm«, sagte sie schließlich. »Bevor ich geheiratet habe. Lauritsen ist mein Mädchenname.«

»Und … kennen Sie …«

Sie unterbrach mich mit einem Nicken zum Esstisch hin.

»Setzt euch doch endlich, ihr beiden«, sagte sie. »Ich habe mich so gefreut, Sie kennenzulernen, Fräulein Liljenholm, obwohl Sie mir meine Agnes für so eine lange Zeit entführt haben. Einfach unerhört, nicht?«

»Nennen Sie mich doch Nella.«

»Nella? Dann müssen wir uns aber auch duzen, nicht? Ich heiße Lillemor, doch das hat Agnes bestimmt schon erzählt.«

Sie verschwand in die Küche und kam mit einer großen Schüssel mit Hähnchen wieder zurück, bevor ich antworten konnte. Die Hähnchenstücke tropften von der Schüssel auf unsere Teller. Lillemor musste auf dem Schwarzmarkt gewesen sein, um solche Luxusgüter zu erwerben.

»Hast du dein Zimmer in der Pension endgültig gekündigt, Agnes? Es hat sich so viel verändert durch den Krieg und das alles. Ja, und die Verdunklung! Die ist nicht gerade eine Zierde für die Fenster, wie ihr seht.«

Agnes öffnete den Mund und schloss ihn wieder, während Lillemor weitere Fettflecken auf die weiße Decke machte. Ihre Hände zitterten, als sie Servietten auf die Flecken legte, die sich dafür nun auf ihren Wangen ausbreiteten. Sie entschuldigte sich.

»Ich bin heute nicht ganz ich selbst«, sagte sie. Ich hätte gerne gefragt, wer sie denn dann war. Doch Agnes kam mir zuvor.

»Hast du Fräulein Lauritsen gekannt? Die Verwalterin auf Liljenholm?«

Das Befremden in Agnes' Stimme füllte das Wohnzimmer aus.

»Lillemor? Hast du sie gekannt?«

Die Uhr an der Wand hinter uns tickte laut. Lillemor blickte von Agnes zu mir. Die Angst in ihren Augen war unmöglich zu übersehen. Ihr Blick wanderte zum Bücherregal, und sie schien auf irgendetwas in dem halb vollen Regal zu starren, irgendwo zwischen einer Sammlung gebundener Klassiker und ein paar vergoldeten Leuchtern. Ich hatte Agnes noch nie so blass gesehen. Nicht einmal damals, als sie mich nach Antonias und Lilys Tod völlig aufgelöst auf Liljenholm fand.

»Lillemor?«, sagte sie immer wieder. Ich gebe zu, es amüsiert mich ein wenig zu schreiben, dass Agnes nur dasaß und wiederholte, was sie gerade gesagt hatte. Nach all den Seiten, auf denen sie sich als die Geistesgegenwart in Person beschrieben hat, ist es schön, die Dinge ein wenig zurechtzurücken.

»Lillemor?«, sagte ich ganz ruhig. »Was hältst du davon, wenn ich dir erzähle, wie Agnes und ich uns kennengelernt und was wir seitdem über die Geschichte meiner Familie herausgefunden haben? Dann kannst du vielleicht leichter entscheiden, ob du uns etwas zu sagen hast oder nicht.«

Sie drehte mir langsam den Kopf zu. Ich hatte wohl damit gerechnet, dass sie nicken würde oder auch nicht, doch sie sah mich nur mit einem toten Blick an.

»Mutter?«

Agnes klang jetzt hysterisch. Ich fiel ihr ins Wort und begann zu erzählen. Ich erzählte Lillemor alles, was Agnes und ich Ihnen gerade erzählt haben und noch ein wenig mehr. Lillemor erhob sich, als ich spät in der Nacht fertig war, sehr viel heiserer, aber auch sehr erleichtert. Im gleichen Moment schlug die Uhr zweimal. Lillemor schwankte ein wenig auf ihren hohen Absätzen, als sie sich in Bewegung setzte. Zum Regal. Seitlich angestrahlt von einer einzelnen Lampe glich sie ein wenig den vergoldeten Leuchtern, die sie vorsichtig zur Seite schob. Ebenso rank und schlank und mit fahler Haut. Lange stand sie, uns seitlich zugewandt, einfach nur da. Die Hand im Dunkeln über irgendetwas geschlossen.

»Ich hätte nie gedacht, dass es zu meinen Lebzeiten dazu kommen würde«, sagte sie. »Ich habe tatsächlich erwogen, mich dieses Buchs zu entledigen, doch ich bin nicht dazu gekommen. Ich habe es letztendlich wohl nicht geschafft.«

Sie drehte sich um und reichte mir ein kleines, rotes Notizbuch.

»Du solltest das wohl lesen und entscheiden … es ist schließlich deine Familie, nicht?«

Sie betonte das *deine*. Ich hielt das Buch in den Händen und drehte und wendete es. Es hatte Ähnlichkeit mit Laurits' kleinem, roten Notizbuch. Dem aus meinem Albtraum. Die Buchstaben tanzten vor meinen Augen … *es ist höchste Zeit, dass ich meine Sünden bekenne …*

Lillemor protestierte, als ich ansetzte laut zu lesen, als hätte sie ernsthaft erwartet, dass ich den Inhalt für mich behalten würde. Ich überhörte ihren Protest. Jetzt, wo Agnes und ich so weit gekommen waren, war es endgültig zu spät, Geheimnisse voreinander zu haben. Diese Art Geheimnisse jedenfalls. Hören Sie also, was ich las:

Liljenholm, 4. März 1926

Alle kennen mich als Laurits. Laurits von Liljenholm. Aber mein liebes Mädchen, es ist höchste Zeit, dass ich meine Sünden bekenne, sodass du verstehst, wer wir beide, ich und du, wirklich sind. Ich wollte es dir schon seit Jahren erzählen, seit du auf die Welt gekommen bist. Es hat mich so furchtbar gequält, dass ich hin und wieder denke, dass es sich einen Weg in mein Herz gefressen hat. Es schlägt jetzt langsam und schwer. Ich habe den Winter meines Lebens erreicht, und ich merke, dass ich schnell schreiben muss, wenn du die Wahrheit noch erfahren sollst, bevor ich sterbe. Es geht um deine Eltern und deren Eltern. Ich kann nicht so weit zurück ausholen, wie ich das gerne würde, oder so tief schürfen, wie ich gerne möchte. Die Zeit ist zu knapp. Jeder einzelne Buchstabe ermüdet mich, deshalb musst du Lillemor um die Antworten bitten, die dir fehlen dürften. Da sie dir dieses Buch gegeben hat, ist sie hoffentlich darauf vorbereitet, dass du sie fragen wirst.

Mein liebes Mädchen, du sollst wissen, wie oft ich an dich denke. Ich habe immer versucht, das Richtige zu tun. Doch es ist schon schwer genug, das Richtige für sich selbst zu tun. Wie soll man dann das Richtige für andere tun? In den letzten Jahren hat mich jeder einzelne Tag daran erinnert, wie sehr ich versagt habe, und ich habe es als rechtmäßige Strafe empfunden, dessen kannst du dir sicher sein. Die Menschen, die mir nahestehen, sind vom Unglück verfolgt, und das ist meine Schuld. Die einzige Hoffnung, die mir geblieben ist, ist die, dass du glücklich bist, und bevor ich meine Augen schließe und das letzte Mal ausatme, will ich beten, dass dem so ist. Denn dann ist alles, was ich versucht habe zu tun, nicht ganz vergebens gewesen.

Meine Sünden begannen damals, als ich noch sehr jung war und ich den Entschluss fasste, die Unwahrheit zu sagen, um zu überleben. Ich behauptete, besondere Fähigkeiten zu besitzen. Sie bestimmten meinen Lebensweg, und sie verhalfen mir später zu einer Anstellung als Verwalterin auf Gut Liljenholm, das angeblich von vielen verstorbenen Zwillingen heimgesucht wurde. Von Gespenstern, mit anderen Worten. Und hier kommt meine zweite Sünde, denn ich stellte schnell fest, was Liljenholm in Wirklichkeit heimsuchte. Doch ich beschloss zu bleiben und den Mund zu halten, statt die Tür hinter mir zuzuknallen und Anzeige zu erstatten. Man kann auch sagen, dass ich dazu gezwungen wurde. Mein Herr, Herr Horace, hat nämlich ebenso schnell festgestellt, dass ich nicht eine einzige besondere Fähigkeit besaß, und er stellte mich vor die Wahl. Wenn ich verriet, was auf Liljenholm vor sich ging, wollte er dafür sorgen, dass niemand im ganzen Land mich jemals wieder einstellen würde. Weder als Verwalterin noch als Wahrsagerin oder sonst etwas, wovon ich gut leben konnte. Ich erwarte nicht, dass du das verstehst, wenn du den Rest hörst, doch gut zu leben war zu diesem Zeitpunkt wichtiger für mich als die Wahrheit. Dazu bedurfte es nicht mehr als eines guten Lohns und der Aussicht, ein herrschaftliches Leben führen zu können. Deshalb sagte ich zu niemandem ein Wort, nicht einmal zu mir selbst, und, was noch viel schlimmer war, ich spielte nach bestem Vermögen mit.

Ich gab vor zu glauben, dass Herrn Horaces gebrechliche Ehefrau, Frau Clara, furchtbare Angst vor den Gespenstern hatte und dass die beiden kleinen Zwillinge Antonia und Lily sich nur ungewöhnlich nahestanden wie die beiden Seiten einer Münze. Ich erzähle dir das hier, weil du mit ihnen verwandt bist. Liljenholm ist ein merkwürdiger Ort, voller Phänomene, die sich rational nicht erklären lassen, doch die boshaften Gespenster sind wohl kaum eins davon. Dinge verschwanden hin und wieder und tauchten an merkwürdigen Orten wieder auf, und das Gut knarrte, wie alte Häuser das nun einmal tun. Doch hatten wohl kaum die Gespenster etwas damit zu tun. Das war nur Herr Horace. Er spukte auf seine ganz spezielle Weise. Er erschreckte die arme Frau Clara, indem er ihre Sachen verlegte und sonderbare Dinge mit den Mädchen anstellte, die kein Vater mit seinen Kindern anstellen sollte. Den Rest kannst du dir bestimmt denken. Das kann ich mir bei der Mutter, die du hast, gut vorstellen.

Die Mädchen waren erst ein paar Jahre alt, als ich begann, sie durch das Schlüsselloch zu beobachten. Ich sah sie nackt auf dem Bett, Herrn Horace in ihrer Mitte. Frau Clara wusste es auch, und sie war außer sich, bis Herr Horace sie mit Morphium ruhigstellte. So vergingen mehrere Jahre voller banger Ahnungen. Die Übergriffe von Herrn Horace nahmen zu, die Mädchen rückten immer enger zusammen, bis sie dort im Schlüsselloch fast zu einer Person zusammenschmolzen. Leider waren sie mir inzwischen ans Herz gewachsen. Nimm dich vor so etwas in acht, mein Mädchen. Man kann nicht gleichzeitig klar denken und lieben, ich konnte es jedenfalls nicht. In meinem Kopf sagte ich mir, dass die Mädchen schon klarkommen würden, wenn ich sie nur genug liebte und so tat, als würde nichts von all dem geschehen. Man kann das als eine harmlose Auslegung der Wirklichkeit bezeichnen. Jeden Abend übte ich sie in meiner Einsamkeit ein, bis ich fast selbst daran glaubte. Doch ein entscheidendes Ereignis hatte ich nicht vorausgesehen.

Damals hatte ich bereits herausgefunden, dass Herr Horace damals sehr viel erfolgreicher darin gewesen war, seine Zwillingsschwester, Hortensia, zu schwängern als seine Ehefrau. Während Hortensia als Vierzehnjährige in den Tod sprang, weil sie sein Kind in sich trug, wartete Frau Clara dreißig Jahre vergebens, bis sie in aller Heimlichkeit von Herrn William vom Nachbargut schwanger wurde. Antonia und Lily waren somit nicht Herrn Horaces biologische Töchter, obwohl er das allem Anschein nach glaubte. Ich schreibe das, weil ich davon ausgehe, dass du das bald als mildernden Umstand verstehen wirst.

Denn Herr Horace schaffte es auch, Lily mit vierzehn zu schwängern. Eigentlich hätte ich darauf vorbereitet sein müssen, doch stattdessen war ich schockiert. Ja, das waren wir alle. Antonia und Lily wollten nicht voneinander getrennt werden, ich wollte nicht von den beiden getrennt werden, und Lily litt furchtbar unter der Schwangerschaft. Mehrere Monate nahm sie ab, obwohl sie hätte zunehmen sollen. In ihrem allmählich immer umnebelteren Zustand traf Frau Clara eine Entscheidung, für die sie nicht lange genug lebte, um sie schließlich zu bedauern. Sie beschloss, die inzwischen sichtbar schwangere Lily mit dem einzigen Mann zu verheiraten, der sie mit Sicherheit wollte. Nämlich mit Herrn William. Er war seit mehreren Jahren in

Frau Clara verliebt, was ihn vermutlich nicht erkennen ließ, dass das Mädchen seine eigene Tochter war. Obwohl er sich ausrechnen konnte, dass sein persönlicher Diener, Jens Nielsen, sie unmöglich vergewaltigt haben konnte. Jens Nielsen beteuerte das unzählige Male. Er kannte Lily nicht einmal, und doch wurde er zu zwanzig Jahren Zuchthaus wegen Vergewaltigung verurteilt, wenige Monate bevor die Hochzeit stattfinden sollte.

Jetzt sind wir bei meiner dritten und größten Sünde: Ich habe Herrn Horace und Frau Clara umgebracht, um Lily vor einem Leben als Ehefrau ihres Vaters zu retten. Ich kann schreiben, dass ich das nicht gewollt habe, falls dadurch die Tatsache leichter zu akzeptieren ist, doch das ist gelogen. Es geschah mit Berechnung und so viel Morphium, dass es für mehrere Morde an dem verrückten Mann und seiner Frau gereicht hätte. Es erleichtert mich, das nach all den Jahren zu schreiben. Ich habe sie umgebracht, und die Gespenster kamen mir dabei gut gelegen. Ja, selbst Antonia und Lily glaubten, dass die Gespenster und nicht ich Herrn Horace und Frau Clara aus dem Weg geräumt hatten. Jetzt hätte sich eigentlich alles zum Besseren wenden müssen, doch so kam es nicht. Ich kann dir auch erzählen, warum. Wenn man einmal angefangen hat, im falschen Takt zu tanzen, findet man den richtigen nicht wieder. Man trifft Entscheidungen, die nie hätten getroffen werden dürfen. Ich entschied, dass Lily kein Kind haben sollte. Sie war zu jung, das Verhältnis zu Antonia war zu abnormal, und ja, ich kann es ebenso gut zugeben, dass ich meine Mädchen für mich haben wollte. Deshalb sündigte ich erneut.

Als Herrn Horaces Tochter aus Lilys blutigem Schoß kam, behauptete ich, dass das Mädchen tot geboren wor-

den sei, was auch gut hätte passieren können. Ich musste ihr den Mund zuhalten, bis sie ganz blau im Gesicht war, bevor ich sie Lilly zeigte und unter dem Vorwand verschwinden ließ, dass wir sie auch ebenso gut gleich ins Krematorium bringen konnten. Doch stattdessen fuhr ich nach Kopenhagen und brachte sie in ein Kinderheim. Ich erinnere mich ganz genau daran. Das Mädchen lag auf meinem Brustkorb und schlief, und aufgrund meines Umfangs glaubte die Heimleiterin, ich sei ihre frischgebackene Mutter. »Hat das Mädchen einen Namen?«, fragte sie. Ich wollte nicht Nein sagen, das Mädchen war trotz allem ein ganz klein wenig meins, hatte ich das Gefühl, so sehr wie ich seine Mutter und seine Tante liebte. Deshalb beschloss ich, sie nach mir zu nennen. Das war wohl am naheliegendsten, dachte ich. Agnes ist so ein schöner, dänischer Name, und er würde zweifellos sehr viel besser zu ihr passen als zu mir, weshalb ich ihn auch nie gebraucht habe. In ihre kleine, fechtende Hand legte ich das einzige Schmuckstück, das ich trug. Eine Brosche. Ich weiß nicht, ob du sie noch immer hast, Agnes? In der Brosche ist eine Kamee mit meinem Profil, bevor ich mich zu dick gegessen habe, um jemals verheiratet zu werden. Damals, als ich sie dir gegeben habe, hoffte ich, dass du dich vielleicht ein ganz klein wenig an mich erinnerst, wenn du sie öffnest. Eine eitle Hoffnung! Heute denke ich eher, dass ich dir die Silhouette einer Sünderin mit auf den Weg gegeben habe.

Agnes, Lillemor und ich sahen zur gleichen Zeit auf die Brosche, die wie üblich Agnes' Revers zierte. Die Sekunden und unsere Herzschläge schlugen gleich schnell, glaube ich.

Agnes wollte eindeutig etwas sagen. Doch aus ihrem Mund kamen keine verständlichen Worte. Während Lillemor jammerte, dass sie das Buch nie hätte aus der Hand geben dürfen – NIEMALS, sondern es längst in den Kamin hätte werfen sollen –, las ich so ruhig, wie ich es vermochte, was Laurits verschwiegen hatte:

Du bist Horaces einziges biologisches Kind, Agnes. Ich habe deinen Vater getötet, um deine Mutter vor einem Leben als Kinderbraut ihres Vaters auf Frydenlund zu bewahren, aber ich bin mir bei Weitem nicht sicher, ob ich sie gerettet habe. Ich komme jetzt zu einer Sünde, von der berichten zu müssen ich mich gefürchtet habe. Meiner fünften. Ich hätte Lily erzählen müssen, wo du warst, als ich begriff, wie »hart« dein »Tod« sie traf. Monatelang hat sie nur geschlafen, und wenn sie ein seltenes Mal aufgewacht ist, hat sie mich der schlimmsten Dinge beschuldigt. »Ich habe gehört, wie das Kind geschrien hat, du hast es mir genommen«, hat sie zu mir gesagt. »Wo ist es, Laurits? Sag mir, wo es ist!« Doch ich wiederholte nur, dass du längst tot und eingeäschert seist und ich nicht wüsste, wovon sie sprach. Hatte ich nicht einen weißen Gedenkstein im Park aufgestellt, oben auf der kleinen Anhöhe? Und ich fügte noch hinzu, dass sie schon wieder zu sich kommen und deinen Tod akzeptieren würde.

Doch sie akzeptierte ihn nie, und mich plagt bis heute das schwärzeste Gewissen. Ich konnte dich nur allzu deutlich vor mir sehen, dort in dem Kinderheim in Kopenhagen, ganz allein auf der Welt. Und als meine kleine Schwester mir schrieb und erzählte, dass sie ihre kleine Agathe verloren hatte, beschloss ich, euch beiden etwas Gutes zu tun. Das ist tatsächlich der einzige Entschluss, auf den ich später stolz gewesen bin. Ich habe Lillemor vorgeschlagen, dass sie dich zu sich nimmt. Du warst schließlich im glei-

chen Alter wie Agathe, und mit der richtigen Erziehung war ich mir sicher, dass du genauso schön und talentiert werden würdest wie deine Mutter. Als sie deinen Tod nämlich überwunden hatte, wurde sie eine berühmte Autorin, Agnes. Aus diversen Gründen schrieb sie unter dem Namen ihrer Schwester, Antonia von Liljenholm – du kennst den Namen vermutlich –, und damals verkauften sich ihre Bücher so gut, dass es auf Liljenholm reichlich Geld gab. Deshalb konnte ich Lillemor einen ansehnlichen monatlichen Beitrag für deinen Unterhalt anbieten und darüber hinaus eine feste Abnahmegarantie für die Agathe-Kleider, und dieses Versprechen habe ich gehalten. Ich schreibe das nicht, damit du mich lobst. Ich weiß sehr wohl, dass mein Sündenregister viel zu lang ist für diese Art von Erkenntlichkeiten. Und es ist leider noch länger.

Einige Jahre konnte ich erleichtert aufatmen. Lily sprach nicht mehr von dir und brachte einen Fortsetzungsroman und Roman nach dem anderen heraus, und bei einem einzigen Anlass bot sich mir sogar die Gelegenheit, dich zu sehen. Ich weiß nicht, ob du dich an das Fest der Silberhochzeit von Tante Anna erinnerst? Du warst etwa zehn Jahre alt, und Lillemor hatte ein Kleid für dich genäht, das vielleicht nicht das kleidsamste war. Aber trotzdem sahst du Lily so ähnlich! Ich wagte kaum, mich dir zu nähern, aus Angst, alles zu verraten. Doch ich beobachtete dich, wie du dasaßest und den spielenden Kindern zusahst. Das ist eine liebe Erinnerung für mich, Agnes, das musst du wissen.

Kurz darauf bekam Antonia eine Tochter mit ihrem Verleger, Simon. Deine Kusine Nella, die zehn Jahre jünger ist als du und das Gut erben wird, wenn Lily einmal stirbt, obwohl sowohl das Gut als auch der Titel alleine dir zukommen, soweit ich das sehe, Agnes. In dem Augenblick, in dem Nella zur Welt kam, brach Lilys Wunde wieder auf. Sie hatte die schlimmsten Wutanfälle. Eines Tages, als ich in der Stadt war, um einzukaufen, richtete sie dir ein ganzes Zimmer ein. Das Spielzimmer nannte sie es. Sie hat behauptet, dich in dem Raum spüren zu können, doch das machte alles nur noch schlimmer. Mehrere Male hätte sie sich dort drinnen beinahe umgebracht, während sie heulte, dass du am Leben seist und dass ich dich ihr weggenommen hätte. Zu diesem Zeitpunkt war es zu spät, ihr die Wahrheit zu sagen.

Außerdem hatte ich genug mit Antonia zu tun, die genau wie ihre Mutter nach der Geburt wahnsinnig wurde.

Bald kann ich nicht mehr schreiben, mein liebes Mädchen. Deshalb werde ich alles nur noch in groben Zügen schildern und dich ansonsten auffordern, in mein Zimmer auf Liljenholm zu gehen, wenn du mehr über deine Familie wissen willst. Nella wird dir sagen können, wo sie sind. Ich habe all die Jahre Tagebuch geschrieben, und viele Jahre lang hatte ich die Absicht, die Tagebücher vor meinem Abgang zu vernichten. Doch stattdessen habe ich mich entschlossen, sie für dich aufzubewahren, damit du deine Familie besser kennenlernen kannst. Du musst Nachsicht mit mir üben, dass meine Sünden in diesem Buch besser beschrieben sind als in allen Tagebüchern, in denen ich mich hauptsächlich in der harmlosen Auslegung der Wirklichkeit geübt habe. Du musst nur die Klappe im Boden öffnen. Unter dem runden Teppich. Ich habe sie in einer großen Metallkiste versteckt, die hoffentlich die Mäuse ferngehalten hat (und hab keine Angst vor ihnen, sie tun niemandem etwas).

Jetzt will ich nur erwähnen, dass es darauf hinauslief, dass wir Antonia im Turmzimmer einsperrten, wo sie sich noch immer befindet, während ich das schreibe. Sie hat sich längst mit der Situation abgefunden, und das habe ich auch. Selbst wenn es für eine alte Seele wie mich ein weiter Weg in den Turm ist, gehe ich ihn mit Freude mehrmals am Tag. Anfangs hat Antonia mich gehasst und mich jedes Mal, wenn ich gekommen bin, Mörderin genannt. »Du hast meine Mutter und meinen Vater umgebracht«, hat sie gesagt. Das stimmt auch, doch mir ist immer noch nicht klar, woher sie das weiß. All die Jahre hat sie keinen anderen Menschen als mich gesehen. Ja, man kann wirklich mit Recht sagen, dass ich ihr Ein und Alles bin, auch wenn die Kleider deiner Lillemor für sie dort oben zu einer Leidenschaft geworden sind. Sie spielt Verkleiden mit ihnen, und sie liegt oft auf Lilys alter Chaiselongue, nach der sie immer wieder gefragt hat, bis wir sie ihr nach oben geschafft haben. Vielleicht erinnert sie sie an die alten Tage. Die meiste Zeit döst sie vermutlich vor sich hin, und ansonsten nehme ich an, dass sie etwas in ihren alten Lieblingsbüchern liest oder an Geschichten schreibt. Ich hoffe und bete, dass das, was sie schreibt, niemals ans Licht kommt.

Ich möchte auch gleich erwähnen, dass deine Kusine Nella mein Schmerzenskind ist. Seit sie ein Säugling war, hat sie Lily so sehr an dich erinnert, dass sie es kaum aushalten konnte, mit ihr in einem Zimmer zu sein. Mit jedem Jahr, das vergangen ist, ist Lily verbitterter und trübsinniger geworden, obwohl Nella die reizendste Tochter ist, die man sich wünschen kann. Freu dich darauf, sie kennenzulernen, Agnes. Ich habe so oft gedacht, dass ihr beiden euch mögen würdet, und, wer weiß, vielleicht werdet ihr ja sogar enge Freundinnen. Zu meiner Freude hat Nella sich gut entwickelt, und das hast du ja auch, wie ich von Lillemor gehört habe.

Wir sind jetzt bei der einzigen meiner Sünden angelangt, auf die ich ein wenig stolz bin. Die siebte in der Reihe. Als Antonia in den Turm verbannt worden war, haben Lily und ich den untauglichen Herrn Simon vor die Tür gesetzt und ihm das Zusammensein mit Nella verboten. Zweimal im Jahr habe ich ihm jedoch für einen ansehnlichen Betrag, der mit der Zeit wuchs, einen kurzen Brief geschrieben, wie es Nella ging. Er hat seine Tochter schließlich vermisst, und damals fehlten mir außerdem die nötigen Mittel für deinen Unterhalt, da Antonia von Liljenholms Bücher sich nicht mehr so gut verkauften, wie sie das einmal getan hatten. Und so konnte es gehen, dachte ich. Herrn Simons Geld ging jedenfalls ungeschmälert an dich, und noch einmal: Ich erwarte keinen Dank, aber vielleicht hoffe ich auf ein klein wenig Verständnis. Trotz allem bist du in gut situierten und glücklichen Verhältnissen aufgewachsen, nicht wahr?

Ich weiß von Lillemor, dass du nicht ganz so geworden bist, wie ich es ihr in Aussicht gestellt habe, doch sie sagt, dass du Talent zum Schreiben hast. Sie meint, dass du es unter den richtigen Voraussetzungen weit bringen kannst, vielleicht sogar weiter als deine Mutter. Ich weiß nicht, ob dieser Brief als Beweismaterial ausreicht, dass Titel und Erbe an dich gehen, Agnes. Doch du sollst wissen, dass ich auch mit dieser Hoffnung mein Bekenntnis ablege. Ich habe immer für alle das Beste gewollt, doch wie Paulus so richtig schreibt: »Das Gute, das ich will, das tue ich nicht; sondern das Böse, das ich nicht will, das tue ich.«

Im Moment lausche ich Antonias Jammern oben im Turmzimmer, weil es Zeit für ihre Abenddosis Morphium ist. Ich werde ihre Spritze vorbereiten, sobald ich meinen Begleitbrief an Lillemor geschrieben und den Umschlag mit einer Adresse versehen habe, und dann werde ich beten, dass meine letzten beiden Wünsche erfüllt werden: dass du sofort dieses Tagebuch bekommst und dass meine geliebte Antonia nicht in wenigen Tagen zusammen mit mir in den Tod geht. Lily und ich sprechen nur selten miteinander, sodass ich nicht weiß, ob sie ihre Schwester so hasst, dass sie sie dort oben ihrem Schicksal überlassen wird, und Nella ist zu jung und zerbrechlich, als dass ich sie einweihen kann.

Deshalb bitte ich dich aus ganzem Herzen, Agnes, tue, was immer du kannst, um meine Antonia zu retten. Zumindest ist es mir gelungen, dich rechtzeitig von hier fortzubringen, nicht wahr? Hin und wieder muss jemand sein Leben lassen, um andere stärker zu machen, mein Mädchen. Deine Mutter und ich wären so stolz, wenn du den Familiennamen weiterführst.

Deine ergebene
Agnes Lauritsen

August 1947

Ein neues Ende

Wie Sie sehen, habe ich es nicht mehr geschafft, auch nur noch ein einziges Wort hinzuzufügen zu dem Buch, das Nella veröffentlicht hat und das Sie gerade gelesen haben. *Mein* Buch, möchte ich unterstreichen. In Anbetracht der Vorgeschichte sollte ich vielleicht dankbar sein, dass sie meinen Namen nicht gegen ihren eigenen ausgetauscht hat, wo sie schon einmal dabei war, ein Pseudonym zu suchen. Doch selbst jetzt, vier Jahre später, habe ich noch immer Schwierigkeiten damit, als A. von Liljenholm auf dem Titel zu stehen. Auch wenn Nella behauptet, meinen Namen in bester Absicht geändert zu haben. An den Buchtitel habe ich mich auch nicht gewöhnt. Nicht, dass ich irgendetwas gegen *Das Turmzimmer* hätte. Ich ziehe es nur vor, dass solche Entscheidungen in meinem Kopf und nirgendwo anders getroffen werden. Doch wie Nella so richtig sagt: In dem Fall hätten wir bis zur Veröffentlichung des Buchs lange warten können. Und damit hat sie mehr als recht. Wir hätten tatsächlich das ganze Jahr warten müssen, in dem ich oben im Selbstmordzimmer lag, die Tapete anstarrte und mich mit den Tatsachen zu arrangieren versuchte, dass mein Vater ein Wahnsinniger und meine Mutter eine verbitterte Autorin gewesen war und ich nur wenige Stunden zu spät gekommen war, um sie noch lebend kennenzulernen. Rückblickend muss ich durchaus zugeben, dass es für das Buch nicht von Vorteil gewesen wäre, wenn man es auch nur eine Minute später veröffentlicht hätte. Jedenfalls nicht, was den Verkauf angeht.

Sie wissen es bestimmt schon, doch *Das Turmzimmer* ist ein noch größerer Erfolg geworden als *Lady Nellas geschlossene Augen*. Innerhalb von vierzehn Tagen wurden von meinem Buch (*meinem Buch*!) 25000 Exemplare verkauft, und ein Jahr später konnte Nella bereits die achte Auflage herausbringen. Ihr folgten Übersetzungen und farbenprächtige Taschenbuchausgaben, denen von Antonias Büchern nicht unähnlich. Darüber hinaus hat übrigens auch Antonias Gesamtwerk die Renaissance erlebt, von der wir geträumt hatten. Das Problem war nur, dass die Freude nicht lange währte, denn nach Kriegsende ging es mit Antonias Gesamtwerk und dem *Turmzimmer* steil bergab. Im Moment verkauft sich von meinem Buch angeblich nicht ein Exemplar mehr. Nella behauptet, dass sie das vorausgesehen habe. Antonia von Liljenholms Sympathien für die Nazis waren dank der berüchtigten, an die Öffentlichkeit geratenen Korrespondenz mit Wallis, Duchess of Windsor, ja hinlänglich bekannt, sodass ich Nella eigentlich dankbar sein müsste, mein Buch rechtzeitig herausgebracht zu haben, bevor das Dritte Reich kollabierte.

Das ist auch alles in Ordnung so. Nur bedeutet Geld für mich nun einmal nicht das Gleiche wie für meine wahnsinnigen Verwandten. Ich kann mir weder vorstellen zu töten oder Leute einzusperren oder die Nachkommen, die ich nicht habe, zu verlassen, nur um an Geld zu kommen. Als ich endlich aus meiner Depression aufgewacht bin und eingesehen habe, dass ich längst zu Antonias Nachfolgerin auserkoren worden war und genug Geld für mehr als ein Leben einkassiert hatte, wanderten all meine Gedanken zu Lily. Wie furchtbar muss es für sie gewesen sein, als ihr Buch damals mit *gewissen Änderungen* veröffentlicht wurde. Ich dachte, dass sie genau die gleiche

Ohnmacht empfunden haben musste, die mir so zu schaffen gemacht hat, und trotzdem hatte sie Lust weiterzuschreiben. Meine Mutter! Und das hat mich schließlich inspiriert, es ihr gleichzutun. Aber unter meinem bürgerlichen Namen, Agnes Kruse, wie Sie wohl wissen. Denn der Name von Liljenholm ist immer noch so eine Art Hemmnis für mich, das muss ich zugeben.

Ich habe übrigens in jedem verdammten Interview anlässlich meiner Erzählungen *Das Irrenhaus*, *Das Mädchen mit dem goldenen Löffel* und *Die tödliche Verspätung* klargestellt, dass meine Mutter und ich zwei völlig verschiedene Menschen sind, und trotzdem werde ich laufend nach meinen Sympathien für die Nazis gefragt. Glücklicherweise ist das Interesse für diesen nicht existenten Teil meiner Vergangenheit jedoch rückläufig. Vor allem, nachdem eine meiner relativ neuen Bekannten, die liebe Baronesse Karen Blixen, sich auf der ersten Seite von *Die tödliche Verspätung* großzügigerweise hat zitieren lassen: »Agnes Kruse ist ein besonderer Mensch und eine geborene Geschichtenerzählerin. Ich kann sie nur wärmstens empfehlen«, schreibt sie. Vor diesem Hintergrund hat Nella mich auch gebeten, das vorliegende Nachwort zu schreiben.

Sie kam neulich mit der kleinen Bella an der Hand in mein Arbeitszimmer hier auf Liljenholm. Bella war gewachsen, fiel mir auf. Über den Sommer waren ihre Haare heller geworden, und ihre Augen blickten noch neugieriger als sonst. Vielleicht war Nella auch wieder schwanger, denn sie strich sich mit der Hand über ihren Bauch, während wir redeten.

»Ich möchte dich um etwas bitten«, sagte sie und sah sich um. Ich glaube, sie hat sich noch immer nicht daran gewöhnt, dass ich die Wände in der tiefblauen Farbe habe streichen lassen, die Simon und ich beide so geliebt haben. Doch dafür hat sie mich mehrmals dazu beglückwünscht, die braungrünen

Gardinen ausgewechselt zu haben. Weiße Gardinen frischen das Ganze deutlich auf.

»Um was willst du mich bitten?«

Ich saß mitten in einem schwierigen Kapitel des Romans, an dem ich gerade schreibe, deshalb begnügte ich mich damit, den Blick etwas zu heben, und hoffte, dass sie sich kurz fassen würde. Sie nickte anerkennend zu der schwarzen Schönheit hin, die ich mir angeschafft habe. Eine Underwood, endlich.

»Du hast eine neue Schreibmaschine.«

»Gefällt sie dir?«

Im selben Moment steckte Violette ihren Kopf zur Tür herein. Ja, *die* Violette. Sie sieht Louise Brooks ähnlicher denn je.

»Was hältst du von einem Glas Holunderbeersaft aus dem Garten, kleine Bella?«, fragte sie mit ihrem nonchalanten französischen Akzent. Ich war ein weiteres Mal glücklich darüber, sie eingestellt zu haben. Liljenholm hat jahrelang eine kompetente Haushälterin gefehlt, und Violette hat sich unter anderem als hervorragend darin erwiesen, kleine Mädchen zu beaufsichtigen, die alles aufmachen und in allem herumwühlen wollen. Außerdem passt ihre Figur ausgezeichnet in die sanduhrförmigen Kleider, die ich mir erlaubt habe, ihr zu schenken. Bella ließ augenblicklich die Schreibtischschublade los, die sie gerade herausgezogen hatte, und folgte meiner französischen Schönheit mit kleinen Hüpfern. Nella sah ihnen mit gerunzelter Stirn nach. Ich hatte, keine Ahnung, was sie dachte.

»Ich wollte dich fragen, ob du Lust hast, ein Nachwort zum *Turmzimmer* zu schreiben«, sagte sie schließlich und richtete den Blick auf das Fenster, wie sie das immer tut, wenn sie meinem Arbeitszimmer einen Besuch abstattet. Antonias Grabstein (derselbe, den Fräulein Lauritsen als Erinnerung an mich aufgestellt hatte, befürchte ich) leuchtete weiß im Sonnenschein. Ich muss ehrlich sagen, dass es inzwischen einige

Zeit her ist, dass ich diesem Buch einen Gedanken geschenkt habe. Das mag merkwürdig erscheinen, wenn man bedenkt, wie viel Zeit und Energie es mich gekostet hat, meine und Nellas und Liljenholms Geschichte zu entwirren und aufzuschreiben. Doch so ist das mit Büchern. Wenn man sie aus den Händen gibt, leben sie ihr eigenes Leben. Nella nickte, als ich das sagte.

»Das weiß ich sehr wohl.« Sie konzentrierte sich auf einen Punkt über meinem Kopf. »Doch es ist nun einmal so, Agnes, dass *Die tödliche Verspätung* ein Erfolg geworden ist. Ich habe mir gedacht, dass die Zeit gekommen ist, dein Debüt in einer neu überarbeiteten Auflage mit einem Nachwort, dem Zitat der Baronesse und allem herauszubringen. Ihm sozusagen ein längeres Leben zu schenken. Dann hast du auch das letzte Wort, so wie es dir am liebsten ist.«

»Ist das anrüchig, oder was?«

»Habe ich das gesagt?«

Sie atmete tief durch, während sie die Hand hob. Ob sie mich oder sich warnen wollte, konnte ich nicht sagen.

»Du schuldest mir eigentlich dieses Nachwort«, sagte sie. »Nach dem ganzen Theater.«

Sie spielte auf damals an, als *Das Turmzimmer* gerade erschienen war und sie ganz allein mit all den Anschuldigungen konfrontiert wurde, weil mit mir absolut nicht zu rechnen war. Das warf sie mir oft vor. Die Zeitungen hatten gefordert, sofort gegen Ambrosius und mich Anklage zu erheben. Hatte ich etwa nicht zugegeben, dass wir organisierte Diebe waren, Dokumentenfälschung betrieben, Leute mit Morphiumtropfen betäubt und Diebesgut ins Leihhaus gebracht hatten? Auf wundersame Weise gelang es Nella, uns durch ein Feuilleton in der *Berlingske Tidende* aus der Situation zu retten. »Verteidigung einer Sünderin« hieß es. »In *Das Turmzimmer* behauptet A. von Liljenholm zwar, die Wahrheit zu erzählen, doch die Frage ist schließlich die, ob man ihrer Aussage Glauben schenken mag«, schrieb Nella unter anderem. »Auf dem Einband des Buchs steht bekanntlich *Roman* und nicht *Erfahrungsbericht*, deshalb müssen wir davon ausgehen, dass es sich um eine künstlerische Bearbeitung der Wirklichkeit handelt. Es widerspricht allen geltenden Regeln der Kunst, einen Autor aufgrund eines literarischen Textes vor Gericht zu bringen. Ich hoffe wirklich sehr, dass es nie dazu kommen wird, dass Künstler moralisch für ihre Werke zur Verantwortung gezogen werden.« Ich selbst hätte es nicht besser schreiben können, auch wenn ich natürlich unterstreichen möchte, dass Sie allen Grund haben, Vertrauen in meine Aussagen zu legen. Natürlich sind sie künstlerisch bearbeitet worden, denn ich bin ja jetzt eine Künstlerin, doch zuallererst sind sie die Wahrheit und nichts als die Wahrheit. Das ist jetzt hoffentlich geklärt.

Wie Sie vielleicht bemerkt haben, sind Nella und ich nicht länger ein Paar. Kurz nach unserem Besuch bei Lillemor kam es zum Bruch. Ich kann nicht sagen, dass ich damals sehr viel mitbekommen habe, doch ich habe immerhin so viel begriffen, dass Nella sich während meiner durch das Schreiben bedingten Abwesenheit neue Jagdgründe gesucht hatte. Oder genauer gesagt einen neuen Jagdgrund. Nämlich den, der direkt in die Schlafgemächer von Frydenlund führte, in denen Nella viele Stunden verbracht hat, die meisten im Liegen vermutlich. Jedenfalls war sie schwanger, als wir Lillemor besucht haben. Das konnte das lose sitzende Kleid von Agathe Couture nur mit knapper Not verbergen. Doch ich bin nicht umsonst Lilys Tochter. Genau wie sie erhob ich keinen Einspruch, als mich meine Geliebte verließ. Nachdem ich Nella der Möglichkeit beraubt hatte, ihre geliebte Mutter noch lebend anzutreffen, schuldete ich ihr alles, dachte ich. Auch, dass sie mit einem anderen glücklich wurde.

Hans Nielsen ist der volle Name meines Nachfolgers, und wenn er Ihnen bekannt vorkommt, so ist das kein Zufall. Er spekuliert mit Immobilien und hat auf Liljenholm geboten, als Nella und ich damals hierhin zurückgekehrt sind, um die persönlichen Papiere von Antonia von Liljenholm zu ordnen und die Erbstücke durchzusehen. Ja, Sie kennen die Geschichte, und ich kann ihr noch hinzufügen, dass es Hans Nielsens ursprünglicher Plan war, Liljenholm und Frydenlund dem Erdboden gleichzumachen. In gewisser Weise verstehe ich ihn gut. Es war sein Vater, Jens Nielsen, der für Lilys Vergewaltigung angeklagt und zu zwanzig Jahren Zuchthaus verurteilt worden war. Als Nella den Verkauf von Liljenholm annullierte, beschloss sein Sohn, seine rechtmäßige Rache über Frydenlund ergehen zu lassen. Was sicher sehr einfach gewesen wäre, denn seit William von Frydenlund gestorben war, ohne einen Erben zu hinterlassen, stand das Gut leer. Glücklicherweise, wenn man bedenkt, dass er beinahe seine eigene Tochter geheiratet hätte. Doch nachdem Hans Nielsen erst einmal hier draußen wohnte, änderte er seine Pläne. Ich will natürlich nicht andeuten, dass sein neuer Plan der war, die Herrin von Liljenholm zu verführen und sich das Gut auf diese Weise unter den Nagel zu reißen. Das wäre jedenfalls auch deswegen ein schlechter Plan gewesen, da das Gut inzwischen mir gehört. Ich glaube wirklich, dass er sich in Nella verliebt hat. Und umgekehrt ist es ebenso, muss ich annehmen. Doch Nella hatte mir schließlich auch nur versprochen, so lange auf Liljenholm zu bleiben, bis ihre Geschichte sie nicht mehr heimsucht. Und das hat sie offenbar wörtlich gemeint. Marguerite sagt, dass ich aufpassen muss, an dieser Stelle nicht verbittert zu klingen.

»Du hörst dich so edelmütig an«, hat sie vor Kurzem gesagt, als sie mit den letzten Seiten hereingekommen ist, die Sie gerade gelesen haben. »Dass du es Nella schuldig bist, dass sie mit einem anderen glücklich wird, und so weiter. Man könnte sich fast in dich verlieben, so galant wie du klingst.«

Sie blinzelte mich an.

»Außerdem hast du ganz bestimmt keinen Grund mehr, dich zu beklagen, meine Liebe.«

Marguerite hat recht, ich beklage mich bestimmt nicht, Gott bewahre. Manches mag zwar nicht so gut laufen, doch das meiste läuft sehr viel besser als erwartet. Marguerite füllt die Rolle der Verwalterin, Privatsekretärin und Vorleserin zu meiner vollsten Zufriedenheit aus. Es geht ihr sehr viel besser, seit wir uns endgültig von Ambrosius verabschiedet und ihm einen Gedenkstein auf dem Hügel neben Antonias errichtet haben. Wir haben es jedoch unterlassen, eine Todesanzeige aufzugeben, obwohl wir das auch in Erwägung gezogen hatten.

Es hebt ihre Stimmung bestimmt auch, dass sie die ganze obere Etage zu ihrer Verfügung hat. Und auch mir ist das nicht unrecht. Die vielen Zimmer, die miteinander flüsterten, haben mich nervös gemacht, doch mittlerweile sind sie alle recht gemütlich. Marguerite hat fünf als *Regenerationsräume* eingerichtet, wie sie das nennt. Tatsächlich heißt das, dass ihre verschiedenen Bekannten aus Kopenhagen zu Besuch hier herauskommen können, wenn sie aus diversen Gründen untertauchen oder zeitweise verschwinden müssen. Sie sind zwar ein paar Tage etwas blass um die Nase, wenn sie dieses Buch hier gelesen haben, vor allem die Freunde und Bekannten, die in Horaces und Claras altem Schlafzimmer wohnen, doch ansonsten behaupten alle, dass es hier sehr erholsam ist mit dem Park und dem Wald und den üppigen Liljenholmer Zimmern.

Liljenholm hat noch immer seine eigene Persönlichkeit, obwohl unsere Gäste nur selten davon belästigt werden. Ich freue mich jeden Tag darüber, dass Marguerite und Violette zusammen mit mir hier sind. Denn auch ihnen bleiben Liljenholms Eigenheiten nicht verborgen. Ich glaube, dass ich mich nie an die knallenden Türen und die knarrenden Laute und die Dinge gewöhnen werde, die kommen und gehen wie die Schatten auf der Tapete. Auch alle Geschichten sind auf sonderbare Weise präsent. Vor allem die von Horace, der die Frauen um sich herum in diesen Zimmern in den Wahnsinn und in den Selbstmord getrieben hat. Hin und wieder überlege ich, ob er vielleicht von Beginn an verrückt war, oder ob sich hinter den Geschichten, die wir bereits kennen, noch andere verbergen. Wir werden es wohl nie erfahren. Zwar hat Fräulein Lauritsen ihr Schweigen gebrochen und erzählt, was wirklich zu ihrer Zeit passiert ist, doch auch sie war keine gebürtige Liljenholmerin. Denn dann hätte sie gewusst, dass es letztendlich darauf hinauslief, alles zu zerstören, was möglicherweise den Hausfrieden stören konnte, und zu hoffen, dass wirklich Ruhe einkehren würde, um Nella zu zitieren.

Auf diese Weise werde auch ich nie eine richtige Liljenholmerin sein. Selbst jetzt, wo ich mich an meine zweifelhaften Wurzeln gewöhnt habe, ist Marguerite noch immer der einzige Mensch, der sich für mich vorbehaltlos wie meine Familie anfühlt. Nun ja, und Nella und Bella. Und Fräulein Lauritsen wohl auch. Vielleicht weil ich ihr Notizbuch so oft gelesen habe. Sie erscheint mir jedenfalls absolut lebendig, obwohl es bald einundzwanzig Jahre her ist, dass sie widerwillig vom Leben Abschied genommen hat. Manchmal meine ich, ihre gebeugte Gestalt irgendwo auf Liljenholm zu sehen, manchmal fühle ich mich auch beobachtet, wenn ich alleine bin. Doch ich hoffe, dass das nur Einbildung ist. Nach allem, was Fräulein Lauritsen getan hat, um mich auf die Spur meiner Familie zu bringen, wünsche ich ihr Ruhe und Frieden. Obwohl ich denke, dass sie dazu beigetragen hat, dass diese Geschichte länger und komplizierter geworden ist, als sie es hätte werden müssen.

Als wir aus Kopenhagen von Lillemor zurückkamen, lag Fräulein Lauritsens Medaillon auf meinem Kopfkissen, und nicht auf Nellas Schreibtisch, wo wir es mit Sicherheit zurückgelassen hatten. Es war uns nie gelungen, es zu öffnen, doch an diesem Tag war der Deckel aufgeschlagen. Die Kamee darin war genau die gleiche wie in meiner Brosche. Ich muss immer wieder daran denken, wie *Das Turmzimmer* wohl geworden wäre, wenn ich diesen Zusammenhang gekannt hätte, als ich mit dem Schreiben begonnen habe.

Ich wünschte, ich könnte erzählen, dass ich eines Tages, ganz zufällig, über ein Notizbuch oder einen Brief oder sonst etwas von Lily an mich gestolpert wäre, aber ich habe noch immer nichts gefunden. Bis auf ihre Worte an Nella, *Du musst meine Tochter finden*, und Lilys hysterische Anfälle im Spielzimmer natürlich. Sie sagen wohl auch das meiste aus. Ich habe dort drinnen jetzt einen Wintergarten eingerichtet. Die Aussicht auf den Park ist fantastisch. Die Gegenwart eines Fremden wird jedoch mit den Jahren immer stärker spürbar. Manchmal empfinde ich sie am stärksten auf Antonias alter Chaiselongue vom Speicher. (»Das ist schon morbide, dass du sie hier heruntergeschafft hast«. Ich kann Nella nahezu hören, wie sie das sagt.) Andere Male spüre ich sie am stärksten hinter mir am Fenster. Ich gehe davon aus, dass es Lily ist, die mich auf diese Weise kennenlernen will. Ich wünschte, ich wäre rechtzeitig gekommen, um ihr noch lebend zu begegnen. Doch andererseits hätte ich sie bestimmt nicht wiedererkannt. So viel zu meinen schönen Träumen, wie das Treffen mit meiner Mutter hätte ablaufen sollen! Letzten Endes wäre es vielleicht doch vorzuziehen, Nella zu sein, die nicht den geringsten Grund gehabt hatte, von ihrem Vater zu fantasieren.

Während meines langen Aufenthalts im Selbstmordzimmer haben mich jedenfalls diese Fantasien am meisten gequält. Es war unerträglich, durchleben zu müssen, wie eine nach der anderen zerbrach, bis nicht eine meiner Fantasien mehr übrig war. Doch dann begann ich still und leise, die Dinge anders zu sehen. Denn Lilys gesamte Romane sind noch immer hier. Ich kann jederzeit in sie eintauchen, wenn ich Lust habe, Teil ihrer Welt zu werden, und außerdem … Ja, es ist wohl bewiesen, dass sie mir die Eigenschaften mit auf den Weg gegeben hat, die sie an sich am meisten geschätzt hat: ihre Schreiblust und ihre Liebe zur Literatur. Doch wäre ich Lily über die Jahre hinweg nicht immer wieder indirekt begegnet, würde ich heute bestimmt nicht hier sitzen und schreiben. Meine Geschichte in Worten drehen und wenden, nicht wahr? Man stelle sich einmal vor, so viel von einem Menschen zu erben, den man nicht einmal gekannt hat. Gar nicht erst davon zu reden, dass sie für meine Kusine Nella über viele Jahre das größte Rätsel war. Mit dem Brieföffner und allem.

Was Lillemor angeht, bin ich ratlos. Die ersten Male, die ich sie nach meinem und Nellas Besuch in Nyhavn gesehen habe, saß sie auf der Kante des Himmelbetts, dem noch immer der Himmel fehlt. Ihre Hände zerknüllten und glätteten unablässig eins ihrer bestickten Taschentücher.

»Ich habe versucht, das Beste für dich zu tun«, sagte sie immer wieder, bis ich mich abwandte.

»Agnes?«

»Das Notizbuch war der *Schlüssel* zu allem, und du hast

es mir vorenthalten. Wie sollte das auch nur annähernd das Beste für mich sein?«

Ich wusste sehr wohl, dass es nichts brachte, sie anzuschreien, doch ich konnte es nicht lassen.

»Was wäre gewesen, wenn ich nicht ganz zufällig Simons Annonce gelesen hätte? Hätte ich dann nie erfahren, wer meine Familie ist? Oder wie hast du dir das gedacht?«

Ich hörte, dass Lillemor wieder weinte. Es wunderte mich wirklich, woher sie all die Tränen nahm.

»Mein liebes Mädchen, ich wollte doch nur, dass du mich für deine Mutter hältst. Was solltest du denn mit zweien?… Agnes? Ich habe doch nur versucht, dich zu schützen.«

»Ich habe dich nie gebeten, mich zu schützen.«

Hinter meinem Rücken war es still.

»Man schützt die, die man liebt, das weißt du doch.«

Ich sah sie vor mir an dem Sommertag vor langer Zeit. Auf dem Weg zu mir, in ihrem feinen, weißen Kleid, das beim Gehen wippte. *Du kannst mich Lillemor nennen, Agnes.* Meine Arme um ihre Beine. *Meine Eltern müssen gedacht haben, dass ich einmal eine gute Mutter werde, meinst du nicht?* Jetzt legte sie mir die Hand auf die Schulter. Ich wusste nicht, wie ich sie abschütteln sollte.

»Ich hatte doch keine Ahnung, dass es dir so viel bedeuten würde, all diese schrecklichen Dinge zu erfahren, Agnes… verstehst du? Und was Liljenholm und das Vermögen angeht, woher hätte ich denn wissen sollen, dass das für dich einen Unterschied machen würde? Du hättest doch Geld von mir bekommen können. So viel du wolltest! Warum durfte ich dir nie etwas geben?«

Ich gehe davon aus, dass dieses Buch ihre Frage beantwortet hat. Jedenfalls hat sie mich nicht mehr gefragt, seit sie es gelesen hat. Sie kommt oft mit ihren vielen Koffern zu Besuch und behauptet, die Aufenthalte hier zu genießen, doch ich bin mir ziemlich sicher, dass das, was sie wirklich genießt, ihre vielen Besuche bei Nella und Bella (und bei Hans Nielsen vermutlich) auf Frydenlund sind. Ich weiß, dass sie ihnen selbstgenähte Kleider mitbringt, und Bella hat vor Kurzem auch ein Dagmarkreuz bekommen. Doch Nella lacht nur, wenn ich meine Bekümmerung zum Ausdruck bringe.

»Weißt du was«, sagt sie, »solange deine Lillemor nicht anfängt, das Mädchen Agathe zu nennen, ist das für mich absolut in Ordnung. Du musst endlich darüber hinwegkommen, dass sie sich damals mit Herrn Svendsen über dich unterhalten hat. Seitdem ist so viel Wasser den Fluss hinuntergeflossen, dass es bald ein ganzer Ozean sein muss. Lillemor ist so reizend zu Bella und so furchtbar stolz auf dich. Das sagt sie jedes Mal, wenn wir uns sehen.«

»Dann sprecht ihr also über mich?«

Nella kann als Einzige noch immer die Augen über mich verdrehen, ohne dass ich rotsehe. Vor Kurzem ist sie auf Liljenholm vorbeigekommen und hat gesagt, dass sie eine Idee für dieses Nachwort hat. Oder eigentlich hat sie nur gefragt: »Bist du nicht bald fertig mit dem Nachwort, Agnes?«

Und ich habe, leicht verärgert, geantwortet: »Gib mir doch ein wenig Zeit! Ich habe die Leser noch immer nicht in eine wichtige Geschichte eingeweiht. Ich hätte sie eigentlich schon vor vier Jahren erzählt, wenn du nicht so freundlich gewesen wärst, mein Buch für mich zu beenden.«

Nella sah aus, als würde sie bis zehn zählen, während sie das riesige Bild studierte, das die Wand über meinem Bett schmückt. Lilys Lieblingsbild von sich. Das mit den langen Wimpern und Nella im Hintergrund, die eher Ähnlichkeit mit einer Lampe als mit einem Mädchen hat. Darunter hat Marguerite ein ganz einfaches silbernes Kreuz gehängt.

Aus unerfindlichen Gründen meint sie, dass das zu mir passt.

»Ich hasse dieses Bild von Mutter«, sagte Nella, und ich wollte gerade antworten, dass ich es auch hasste, es aber trotzdem mochte, dass es dort hing. Dass meine *Mutter* dort hing. Doch dann blieb mein Blick an etwas hängen. An dem Buch mit dem weißem Umschlag und der roten Schrift, das Nella in der Hand hielt. Als sie es auf meinen Schreibtisch legte, sah ich, dass es Daphne du Mauriers *Rebekka* war.

»Ich habe es gelesen.«

Sie nickte. »Ja, ich bin doch kein Idiot. Ich habe dir schließlich ein Exemplar zu Weihnachten geschenkt, als mir klar wurde, dass du nur den Film gesehen hattest, der ganz anders und schlechter endet als das Buch. Anschließend haben wir davon gesprochen, wie stark eine gewisse Person, die wir kennen, an eine gewisse Sünderin erinnert.«

»Die du kennst.«

»Stimmt. Doch die Sünderin hat zufälligerweise dir und nicht mir all ihre Tagebücher und ihr gesamtes Sündenregister hinterlassen. Soweit ich mich erinnere, warst du auch diejenige, die meinte, dass einem Mrs. Danvers in *Rebekka* ziemlich bekannt vorkommt, nicht wahr?«

Ihre Finger trommelten ungeduldig auf den Tisch.

»Es ist erlaubt, das Buch zu öffnen, Agnes. Es ist zwar nicht gerade Antonia von Liljenholms Korrespondenz mit Daphne du Maurier, aber zumindest ein Detail, das du in dein Nachwort aufnehmen solltest.«

Daphne du Maurier hat nie auf Nellas Anfrage geantwortet, sodass es mich wahrlich auch gewundert hätte, wenn die Korrespondenz plötzlich aufgetaucht wäre. Ich muss unterstreichen, dass es für mich nichts Schlimmeres gibt, als wenn Nella mir vorzuschreiben versucht, was ich schreiben und einfügen soll. Doch in diesem Fall will ich eine Ausnahme machen, da sie zufälligerweise recht hat. Auf die erste Seite von *Rebekka* hat Daphne du Maurier nämlich in dünner blauer Tinte geschrieben:

For Antonia
In kind remembrance of your dear Miss Lauritsen
With affection,
Daphne

»Wo hast du das Buch gefunden?«

»Auf Frydenlund. Daphne du Maurier hat es offenbar nach Liljenholm geschickt, als es 1938 herauskam, doch da Mutter tot und Liljenholm verlassen war, hat der Postbote es stattdessen auf Frydenlund abgegeben. Hans ist ja kein großer Leser, wie du weißt, sodass er es einfach ins Regal gestellt hat, wo ich es vor Kurzem zufällig gefunden habe. Ich habe es jetzt natürlich noch einmal gelesen, aus einem neuen Blickwinkel sozusagen, und das solltest du auch, Agnes. Ich weiß nicht, ob sich Laurits sonderlich geschmeichelt gefühlt hätte, so beschrieben zu werden, doch andererseits: Wer würde sich nicht geschmeichelt fühlen, Teil eines weltweiten Bestsellers zu sein?«

In diesem Fall müssten sich alle, die in meinem Buch vorkommen, unglaublich geschmeichelt fühlen, denn bis jetzt ist *Das Turmzimmer* in fünfzehn Sprachen und ich weiß nicht wie vielen Auflagen erschienen. Natürlich bevor Lilys Sympathien für das Naziregime dem Buchverkauf ein Ende bereitet haben. Ich weiß jedoch mit Sicherheit, dass vor allem Karen Hansen, geborene Kvist, sich nicht im Mindesten geschmeichelt fühlt. Weder, dass ich habe durchblicken lassen, wie viel Sherry sie getrunken hat, noch darüber, dass ich mehr als angedeutet habe, dass sie Simon eingesperrt hat. Hoffentlich freut sie sich, wenn sie das Folgende liest. Das hoffe ich zumindest, da Nella sie sehr mag, und ihr geht es, denke ich, ähnlich.

Wir sind jetzt bei der letzten Geschichte angelangt, die ich erzählen will. Die, die ich Ihnen als Abschluss vor vier Jahren erzählt hätte, wenn man mir denn die Möglichkeit gegeben hätte, in meinem eigenen Buch das letzte Wort zu haben. Zufälligerweise ist es auch das Detail, nach dem ich in den letzten Jahren am häufigsten in Interviews und Leserbriefen gefragt worden bin. Nämlich, ob es Nella gelungen ist, Simon zu treffen, und wenn ja, wie das Treffen abgelaufen ist. Lassen Sie mich also die Zeit ein paar Jahre zurückdrehen, zu dem Wintertag im Jahr 1937, an dem Nella plötzlich in der Pension Godthåb in meiner Tür stand und sagte, dass ich versprochen hätte, sie zu begleiten.

»Wohin?«

Ich klang zweifellos genau so mürrisch, wie ich mich fühlte. Ich saß damals seit Tagen an einer langweiligen Reinschrift. Diese Arbeit war zwar ehrlich, redlich und allgemein üblich, doch brachte sie nicht halb so viel ein wie die ehemalige Kirchenarbeit. Die Telegramme. Seit Liljenholm war ich außer Stande gewesen, auch nur eins aufzusetzen, sodass Ambrosius sich eine neue Partnerin hatte suchen müssen, die auf Wohltätigkeit und Hausbesuche Lust hatte. Um mir zu schmeicheln, pflegte er zu sagen, dass Paula nicht halb so professionell sei wie ich.

»Ich möchte gerne Simon besuchen«, verkündete Nella und beugte sich über mich. Sie hatte Schneeflocken im Haar, die in ihre Augen und weiter auf meine Abschrift tropften.

»Du willst Simon besuchen … jetzt?«

»Ja, das hatte ich vor.«

Es gelang mir, schleunigst die Papiere zu retten. Ich versuchte vergebens, eine gute Entschuldigung zu finden, um zu Hause zu bleiben. Lassen Sie mich einfügen, dass danach noch viele Jahre vergingen, bevor Nella und ich Fräulein Lauritsens Tagebücher fanden und damit einen Anlass hatten, über all das zu reden, was vorausgegangen war. Nella hatte mehr als genug damit zu tun, Antonias und Lilys Tod zu verarbeiten, und ich hatte mehr als genug damit zu tun zu überleben. So können lange Perioden des Lebens unglaublich trivial erscheinen, wenn sie gedruckt vor einem liegen. Nella ahnte nicht einmal, dass Ambrosius und ich seit mehreren Jahren in der Wohltätigkeitsbranche tätig waren, und das war an jenem Tag, an dem sie meine Begleitung wünschte, in hohem Grad ein Problem für mich. Die Diamantringe waren mein Problem, denn ich sah keinen anderen Ausweg, als Nella von ihnen zu erzählen.

»Du hast zwei Diamantringe GESTOHLEN?«

»Eigentlich drei, um genau zu sein. Es war zu unser aller Bestem, glaub mir.«

Nella hatte sich aufgerichtet. Sie hatte die Hände in die Seiten gestemmt, und ihre Brauen hatten ein großes Ausrufungszeichen gebildet. Wenn sie etwas wirklich verabscheute, waren das Betrügereien. Doch sie hatte es ja schließlich auch leicht, mit ihrer feinen Herkunft, meine ich.

»Was bist du nur für ein Mensch, Agnes?«, sagte sie. Heute hätte ich sie wohl darauf hingewiesen, dass meine einfachen Trickdiebstähle mit dem Sündenregister von Liljenholm wohl kaum mithalten konnten, doch damals beugte ich den Kopf und entschuldigte mich. Ich wollte es wirklich nie wieder tun.

»Versprichst du es?«

Ich scharrte mit dem Fuß.

»Du musst Karen unverzüglich anbieten, sie abzubezahlen.«

Ich hatte noch nie etwas so Bescheuertes gehört, trotzdem willigte ich ein. Bekanntermaßen kann man nicht gleichzeitig klar denken und lieben.

»Werden wir überhaupt erwartet, Nella?«

Ich holte meinen Lodenmantel und meine wärmsten Stiefel aus dem Schrank. Sie versuchte erfolglos, mein Haar mit dem Kamm zu zähmen, den sie immer in der Tasche trug.

»Ich würde an deiner Stelle über einen Hut nachdenken«, sagte sie. Ich ging davon aus, dass das meine Frage verneinte. Andererseits waren wir es schließlich gewohnt, nicht erwartet zu werden, dachte ich. Ich etwas mehr als Nella, könnte man sagen, und außerdem sollte man die Bedeutung eines schnellen rechten Fußes nicht unterschätzen. Er wurde jedenfalls unsere Rettung, als wir die wohlbekannte Tür mit dem Namen *Hansen* in weißer Schrägschrift auf der schwarzen Platte über dem Briefschlitz erreicht hatten. Sobald Frau Hansen die Tür einen Spalt geöffnet und mich wiedererkannt hatte, versuchte sie nämlich, uns die Tür vor der Nase zuzuknallen. Doch mein Fuß war schneller. Er stand, wo er stand, ungeachtet, wie sehr Frau Hansen auch schob und sich abmühte. Ich fand es schon bemerkenswert, dass sie um Hilfe zu rufen begann. Alles in allem waren wir schließlich nur zwei Frauen, die gerne ein paar Worte mit Simon wechseln wollten. Nella trat vor.

»Mein Name ist Nella von Liljenholm«, sagte sie. »Ich bin Simons Tochter. Wären Sie bitte so freundlich, uns hereinzulassen?«

Obwohl ich nicht zum ersten Mal erlebte, wie Nella ihre völlig natürliche Autorität ausspielte, war ich noch immer zutiefst beeindruckt. Sowohl von der Tür, die beim Klang ihres Namens leise aufglitt, als auch von der Selbstverständlichkeit, mit der sie eintrat und Frau Hansen die Hand schüttelte. Anschließend entschuldigte sie sich für unser Hereinplatzen.

»Ich möchte meinen Vater wirklich gerne sehen«, sagte Nella. Frau Hansen rührte sich nicht. Wenn ich darüber nachdenke, hatte sie tatsächlich eine gewisse Ähnlichkeit mit Lillemor an dem besagten Abend vor sechs Jahren, denn ihr Gesicht fiel auf die gleiche Weise in sich zusammen. Sie versuchte, ihre hellblaue Bluse fest um sich zu ziehen, und fragte, ob sie uns ein Glas Sherry anbieten könne.

»Lieber Kaffee oder Tee, wenn Sie welchen haben.«

»Natürlich, Frau Liljenholm.«

»Fräulein Liljenholm.«

»Entschuldigen Sie vielmals. Einen Augenblick, ich bin gleich wieder da.«

Ich glaube, mir war zu dem Zeitpunkt bereits bewusst, was passiert war. Simon gab es nicht mehr. Obwohl ich ihn nur so kurz gekannt hatte, spürte ich bereits überall seine Abwesenheit. Nella erging es vielleicht ähnlich, denn sie sah sich im Wohnzimmer mit den leblosen Alltagsmöbeln, die immer noch den Balkon umringten, suchend um. Die Stühle draußen waren mit Schnee bedeckt. Ich nickte zum Balkon hin.

»Ich habe die ersten vier Jahre meines Lebens in dem Kinderheim dort unten verbracht.«

Nella trat zur Tür, die, wie es schien, verschlossen war.

»Du warst im Kinderheim?«

»Ja, vielleicht hätte ich dir das erzählen sollen, aber es ist schon so lange her. Es bedeutet nichts mehr.«

Eine Wahrheit mit leichten Abwandlungen, kann man heute wohl sagen. Im gleichen Moment trat Frau Hansen ins Zimmer.

»Gehen Sie dort nicht hinaus, Fräulein Liljenholm!«

Nella trat erschrocken einen Schritt zurück, und Frau Hansen war in Sekunden bei ihr. Ihre Hände schlossen sich um Nellas Arme.

»Oh, Gott. Sie sehen ihm wirklich ähnlich. Ihre grünen Augen …!«

Ich hätte nie gedacht, dass ich Frau Hansen einmal auf diese Weise weinen sehen würde. Wie der Schnee, der draußen plötzlich nach unten stürzte. Aber ich hatte schließlich auch keine Ahnung, wie viele Jahre sie auf Simon hatte warten müssen, während er sein Liljenholmer Abenteuer auslebte, wie wenig er ihr davon erzählt und wie sehr sie gefürchtet hatte, dass Nella ihren rechtmäßigen Teil des Erbes einfordern würde. (Letzteres befürchtet zu haben, leugnet Frau Hansen übrigens, das muss dann meine künstlerische Interpretation sein.)

»Simon ist vom Balkon gesprungen«, sagte sie schließlich. »Ein paar Tage, nachdem Sie das letzte Mal hier waren, Agnes Kruse. Mein Mann ist in den Tod gesprungen. Er ist dort unten im Garten des Kinderheims gestorben, und ich … entschuldigen Sie …«

Sie setzte sich auf den nächstbesten Plüschsessel, während ein Gedankensturm durch meinen Kopf wirbelte. Ich, die ich mit Simon über das Kinderheim gesprochen hatte. Die Art, wie er genickt hatte. Meine Verwunderung, als etwas in seinen Augen an seinen Platz fiel. Vielleicht hatte er in diesem Moment beschlossen, seinem Leben dort ein Ende zu setzen, wo meins begonnen hatte, solange er sich noch erinnerte, warum er nicht mit sich weiterleben konnte. In meinem Kopf machte das mehr Sinn als auf dem Papier, befürchte ich. Nella musste die Tassen vor uns hingestellt und Kaffee eingegossen haben. Jetzt fragte sie, ob jemand Zucker wolle, und wenn ja, wie viel. Den zierlichen silbernen Löffel, den sie in die Zuckerdose steckte, zierte eine kleine Krone. Das Geräusch war zart. Sie gab einen Löffel Zucker in ihre Tasse und rührte um, sodass der Löffel leise gegen das Porzellan klirrte. Frau Hansen starrte sie an.

»Wenn ich Sie jetzt so ansehe, wünschte ich, Simon hätte Sie noch gesehen, bevor er gesprungen ist«, sagte sie. »Sie sind sein direktes Ebenbild, Fräulein Liljenholm. Das hätte ihn so gefreut. Ich kann gar nicht ... ja, wir haben nie Kinder bekommen. Damals habe ich gedacht, dass nur ich darunter leide, aber ich habe mich getäuscht. Simon hat weit mehr darunter gelitten, als ich gedacht habe.«

Sie sah auf ihre Hände.

»Erst als er tot war und ich ... seine Papiere ... gründlich durchgesehen habe, ist mir klar geworden, wie sehr ihn unsere Kinderlosigkeit belastet hat. Und wie sehr er Sie vermisst hat. Ich glaube, ich war schockiert. Jedenfalls habe ich sofort jedes einzelne Dokument und jede Fotografie und was er sonst noch gesammelt hatte, verbrannt. Auch Ihre unbrauchbaren Abschriften, Fräulein Kruse.«

Sie warf einen Blick in meine Richtung, allergnädigst, wie mir schien.

»Ich hatte gehofft, alles zu vergessen«, fuhr sie fort. »Ich wollte nicht in etwas verwickelt werden.«

Unter anderen Umständen hätte mich die Ironie des Schicksals amüsiert. Ich hatte zwei Akten aus Simons Schrank gestohlen, die eine mit Antonias Namen in schiefen Blockbuchstaben, die andere mit Lilys, und in Wirklichkeit hatte ich sie vor der Vernichtung gerettet. Beide Akten befinden sich heute natürlich in Nellas Besitz.

»Er hat Ihnen jeden Tag geschrieben, Fräulein Liljenholm«, hörte ich Frau Hansen sagen. Nella hatte ihren Stuhl näher herangerückt. Jetzt griff sie nach Frau Hansens Händen.

»Hat er das wirklich?«

Frau Hansens Fingerknöchel waren ganz weiß.

»Ja, er hat Sie vermisst, und ich wollte es nicht wahrhaben. Ich wollte *einfach nichts* über seine Zeit auf Liljenholm wissen. Das war unsere Abmachung, die wir getroffen haben, als ich ihn zurückbekam und wir geheiratet haben. Diese Abmachung hat er genauso respektiert wie die, die er mit Ihnen auf Liljenholm getroffen hatte, wie ich jetzt erfahren habe. Was Antonia anging. Wenn es darum ging, Wort zu halten, war er ein Ehrenmann. Als ich seine Briefe gelesen habe, dachte ich zuerst, dass er geholfen hat, Lily umzubringen. Ich wollte ihn um alles in der Welt beschützen.«

Ich hätte ihr so gerne recht gegeben, doch Nellas Blick hielt mich davon ab. Frau Hansen sah unsicher in ihre Tasse.

»Später ist mir klar geworden, dass Simon seine Angst mit jemandem teilen musste. Während er noch lebte, habe ich nicht verstanden, warum er eine Sekretärin wollte, aber er konnte wohl nicht in den Tod gehen, bevor er jemanden in seinen Verdacht eingeweiht hatte, dass Lily etwas passiert und Antonia auf dem Speicher in Gefahr sein könnte … ja, und das sind dann Sie geworden, Fräulein Kruse. Denn so hing doch wohl alles zusammen, nicht wahr?«

Nella und ich nickten.

»Und jetzt ist Antonia tot, wie ich höre?«

Nella kam mir zuvor.

»Leider sind beide gestorben.«

Frau Hansen wollte nach der Kaffeetasse greifen, doch ihre Hand hielt auf halbem Weg inne. Sie glich einem flügellahm geschossenen Vogel, als sie in ihren Schoß fiel. Frau Hansen sah mich an.

»Wie haben Sie es herausgefunden, Fräulein Kruse? Hat Simon Ihnen alles erzählt?«

»Nein, Simon hat sein Versprechen nicht gebrochen. Ich habe es selbst herausgefunden, doch das ist eine längere Geschichte …«

Frau Hansen schien mir nicht zuzuhören. Ich hätte eigentlich gerne hinzugefügt, dass ich sie eines Tages wohl aufschreiben würde.

»Wir haben viel zu wenig miteinander geteilt, Simon und ich«, sagte sie. »Er war mit seiner Sehnsucht nach Ihnen ganz alleine, Fräulein Liljenholm. Die ganzen Jahre hat er Sie vermisst. Wenn man sich für so etwas entschuldigen könnte, würde ich es tun.«

Nella sah an ihr vorbei. Auf den Balkon hinaus, der immer mehr zuschneite.

»Sie können es ja versuchen«, sagte sie und tätschelte Frau Hansen die Hand. »Das hat noch nie jemandem geschadet, Frau Hansen, soweit ich weiß.«

Manchmal denke ich, dass ich, ungeachtet dessen, was ich tue und wie viel ich erreiche, immer die bleiben werde, die damals vor vielen Jahren im Kinderheim zurückgelassen wurde. Diejenige, die sich die Liebe anderer verdienen muss; Nella hingegen ist diejenige, die von Anfang an erwünscht war und ihre Privilegien mit einer Selbstverständlichkeit annehmen kann, die mir fremd ist. Sie findet nichts Merkwürdiges daran, dass Karen und Lillemor in ihr und Bella ihre verlorenen beziehungsweise nicht existenten Töchter wiedergefunden haben. Ihre Zuneigung ist offensichtlich, und in meinen traurigen Stunden würde ich mir wünschen … ja, das können Sie sich wohl denken.

Doch dann erinnere ich mich an Simon und was für ein Glücksfall es war, ihm begegnet zu sein. Es mag sein, dass er viel zu früh aus Nellas Leben verschwunden ist, doch in meins ist er getreten, als ich ihn am meisten gebraucht habe. Außerdem bilde ich mir ein, dass er gesehen hat, wer ich in Wirklichkeit bin. Hat er mich denn nicht Lily genannt und darauf beharrt, dass ich jemandem ähnlich sehe, den er kannte? Und hat er nicht erwähnt, dass wir auch noch eine andere Agnes kannten? Jedenfalls hat er mich auf die Spur all dessen gebracht, was ich von Anfang an über mich hätte wissen sollen, und wenn es nach mir ginge, wäre dieses Buch hier ihm gewidmet.

Doch wenn Nella sagt, »Widme es doch den Lebenden, Agnes!«, hat sie damit bestimmt recht. (Obwohl sie, soweit ich mich erinnere, ihren Teil des Buchs dem mausetoten Fräulein Lauritsen gewidmet hat. Aber was für den einen gilt, gilt offenbar nicht für den anderen.)

Die Lebenden. Das Beste an den Toten ist, dass man weiß, wie die Geschichte endet. Welche Entscheidungen zum Guten geführt haben und welche nie hätten getroffen werden dürfen. Doch andererseits ist es sonderbar befreiend, mitten in einem Leben zu stehen, das niemand hätte vorhersehen können. Bis auf meine ganz private Sünderin vielleicht, die noch immer mein Revers schmückt.

Alles, was ich erzählt habe, klingt so unwahrscheinlich, als wäre es erfunden, und doch ist es die Wahrheit, so wahr ich hier sitze. Außerdem hege ich den begründeten Verdacht, dass ich mich auf die besten Kapitel noch freuen kann.

Agnes Kruse, Liljenholm, 31. August 1947

Die dänische Originalausgabe erschien 2010 unter dem Titel
»Silhuet af en synder« bei Rosinante & Co, Kopenhagen.

MIX
Papier aus verantwortungsvollen Quellen
FSC® C083411
FSC
www.fsc.org

Verlagsgruppe Random House FSC-DEU-0100
Das für dieses Buch verwendete FSC®-zertifizierte Papier
Lux Cream liefert Stora Enso, Finnland.

1. Auflage
Deutsche Erstveröffentlichung April 2013,
btb Verlag in der Verlagsgruppe Random House GmbH, München

Umschlaggestaltung: semper smile, München
Umschlagmotiv: © plainpicture/owi; © plainpicture/Millennium;
© Chemtec/stock.xchng
Satz: Uhl + Massopust, Aalen
Druck und Einband: CPI – Clausen & Bosse, Leck
LW · Herstellung: sc
Printed in Germany
ISBN 978-3-442-74475-6

www.btb-verlag.de
www.facebook.com/btbverlag
Besuchen Sie auch unseren LiteraturBlog www.transatlantik.de

Dänemark, Mitte des 20. Jahrhunderts. An einem kalten Novembertag kehrt Nella als einzige Erbin in das Haus ihrer Familie zurück. Als junges Mädchen lebte sie dort zurückgezogen mit ihrer Mutter, der bekannten Autorin Antonia von Liljenholm. Begleitet wird Nella von ihrer Freundin Agnes, mit der sie gemeinsam das einst so prachtvolle Anwesen erkundet. Unter den knarrenden Dielenböden entdecken sie die Tagebücher der verstorbenen Verwalterin und erkennen nach und nach, welche erschreckenden Geheimnisse das dunkle Haus jahrzehntelang verbarg. Doch die Geheimnisse lauern nicht nur in der Vergangenheit. Denn auch Agnes verschweigt etwas …

»Ein großer, ein fesselnder Roman,
wunderbar lebendig erzählt.«
Ali Smith

Leonora Christina Skov, geboren 1976, wuchs in Dänemark auf und studierte Vergleichende Literaturwissenschaften. In ihrer Heimat ist sie für ihre sarkastische Literaturkritik und ihre Kolumne in der dänischen Wochenzeitung *Weekendavisen* bekannt. Für ihre Romane wurde sie von der dänischen Kritik gefeiert.

LEONORA CHRISTINA SKOV

DAS TURMZIMMER

ROMAN

Aus dem Dänischen
von Hanne Hammer

btb

Für Edith Schmidt,
meine liebe Großmutter

Großen Dank

an Annette
für ihre Liebe und Geduld
&
an Jannie
für ihre Freundschaft